W0284235

LE CLUB
DE LA DERNIÈRE CHANCE

DU MÊME AUTEUR
AUX ÉDITIONS BELFOND

Les Vacances de Rachel, 2000

MARIAN KEYES

LE CLUB
DE LA DERNIÈRE CHANCE

Traduit de l'anglais (Irlande)
par Roxane Azimi

belfond
12, avenue d'Italie
75013 Paris

Titre original :
LAST CHANCE SALOON
publié par Michael Joseph, Londres.

Si vous souhaitez recevoir notre catalogue
et être tenu au courant de nos publications,
envoyez vos nom et adresse, en citant ce livre,
aux Éditions Belfond,
12, avenue d'Italie, 75013 Paris.
Et, pour le Canada,
à Vivendi Universal Publishing Services,
1050, bd René-Lévesque-Est,
Bureau 100,
Montréal, Québec, H2L 2L6.

ISBN 2-7144-3752-4
© Marian Keyes 1999. Tous droits réservés.
© Belfond 2001 pour la traduction française.

À Kate

Car hier n'est qu'un rêve,
Et demain, seulement une vision :
Mais un aujourd'hui bien vécu
Fait de chaque hier un rêve de bonheur
Et de chaque demain une vision d'espoir.

Profitez donc bien de cet instant.

Proverbe sanskrit

1

Dans le restaurant verre et chrome de Camden, la réceptionniste maigrichonne fit glisser un ongle violet sur la page de son registre en marmonnant : « Casey, Casey, voyons, où vous ai-je placée ? Ah, ça y est, table douze. Vous êtes la…

— … première ? » acheva Katherine, incapable de cacher sa déception.

Dire qu'elle s'était forcée à arriver avec cinq minutes de retard !

« Vous êtes Vierge ? » Ongles-Violets était férue d'astrologie.

Comme Katherine hochait la tête, elle ajouta : « C'est votre destin d'être d'une ponctualité maladive. Vous n'y pouvez rien. »

Un serveur nommé Darius, avec des dreadlocks nouées en chignon au sommet du crâne, lui indiqua sa table. Elle s'assit, croisa les jambes et balaya en arrière ses cheveux coupés court et en dégradé pour essayer de se donner une contenance. Puis elle fit mine d'étudier la carte, regretta de ne pas fumer et se jura d'avoir *dix* minutes de retard la prochaine fois.

Peut-être devrait-elle suivre le conseil de Tara et s'inscrire aux Psychorigides anonymes.

Quelques secondes plus tard, Tara débarquait, étonnamment à l'heure, ses cheveux couleur de blé volant au vent. Elle portait une robe asymétrique visiblement neuve, manifestement chère et qui – malheureusement – avait un peu tendance à la boudiner. Ses chaussures en revanche étaient superbes.

« Désolée de ne pas être en retard, s'excusa-t-elle. Je sais que tu tiens à ta supériorité morale, mais les routes et la circulation se sont liguées contre moi.

— Tu n'y es pour rien, acquiesça Katherine gravement. Mais n'en fais pas une habitude. Joyeux anniversaire !

— Qu'est-ce que ça a de joyeux ? s'enquit Tara, mélancolique. Tu étais joyeuse, toi, le jour de tes trente et un ans ?

— Je me suis payé dix séances de remodelage facial, admit Katherine. Mais rassure-toi, on ne te donnerait pas un jour de plus que trente ans. Enfin, un jour à peine… »

Darius bondit pour prendre commande de l'apéritif. À la vue de Tara, une vive inquiétude se peignit sur son visage. Ah non, pas elle, pensa-t-il, se préparant stoïquement à passer une nuit blanche.

« Du vin ? demanda Tara à Katherine. Ou quelque chose de plus fort ?

— Un gin tonic.

— Alors, deux. Bien. » Tara se frotta joyeusement les mains. « Où sont mes crayons et mon livre de coloriages ? »

Elles étaient amies depuis l'âge de quatre ans, et Tara avait un profond respect des traditions.

Katherine fit glisser un paquet bigarré sur la table, dont Tara déchira le papier.

« Des produits Aveda ! s'exclama-t-elle, ravie.

— Le livre de coloriages de la femme de trente ans.

— Tu es resplendissante ! »

Allumant une cigarette, Tara inspecta d'un œil morne le tailleur-pantalon bordeaux de Katherine.

« Toi aussi.

— Mon cul !

— Je suis sérieuse. J'adore ta robe.

— Je me la suis offerte pour mon anniversaire. Tu sais quoi ? » La mine de Tara s'assombrit. « Je hais ces boutiques aux miroirs inclinés en avant qui te donnent l'impression d'être mince et longiligne. Comme une imbécile, je m'imagine toujours que c'est la coupe des vêtements qui est géniale, et qu'ils valent la peine qu'on claque l'équivalent de la dette d'un petit État sud-américain. » Elle s'interrompit pour tirer une gigantesque bouffée de sa cigarette. « Seulement, une fois à la maison, devant un miroir qui n'est *pas* incliné, on se rend compte qu'on a l'air d'une truie en tablier.

— Tu n'as pas l'air d'une truie.

— Si. Et ils refusent de me rembourser, dans la mesure où la robe ne présente pas de défauts. Je leur ai dit qu'elle en avait plein, des défauts, puisqu'elle me faisait ressembler à une truie en tablier. Mais d'après eux ça ne compte pas. Il aurait fallu une fermeture Éclair cassée, un truc comme ça. Du coup, j'ai décidé de la mettre, vu que j'avais atteint la limite de ma carte Visa pour l'acheter.

— Mais tu y étais déjà, à la limite.

— Non, non, expliqua Tara avec empressement. Ça, c'était la limite *officielle*. Ma limite réelle est deux cents livres au-dessus de ce qu'on m'a fixé. Tu le sais bien !

— OK », admit Katherine faiblement.

Tara s'empara de la carte.

« Regarde-moi ça, gémit-elle, angoissée. Tout a l'air délicieux ici. Mon Dieu, donnez-moi la force de ne pas commander une entrée ! Pourtant, j'ai tellement faim que je pourrais bouffer le cul d'un bébé à travers les barreaux de son lit !

— Et ton régime non restrictif ? demanda Katherine, même si elle pressentait déjà la réponse.

— Terminé, souffla Tara, honteuse.

— Ce n'est pas une perte, la consola Katherine.

— Absolument ! » Tara parut soulagée. « Parlons-en, des pertes ! Thomas était fou de rage, comme tu peux t'en douter. Mais franchement ! Un régime sans interdit pour quelqu'un d'aussi goinfre que moi, c'était la catastrophe assurée. »

Katherine émit des sons apaisants, comme chaque fois, depuis quinze ans, que Tara succombait à l'appel de la nourriture. Elle-même pouvait manger tout ce dont elle avait envie, précisément parce qu'elle n'avait pas envie de grand-chose. Extérieurement, elle offrait l'image lisse d'une femme qui ignore tout des conflits intérieurs. De sous sa frange brune, ses yeux gris contemplaient le monde avec une tranquille et hautaine assurance. Elle en était consciente. Elle s'entraînait beaucoup quand elle était seule.

Le troisième à arriver fut Fintan, dont l'entrée n'échappa ni au personnel ni aux autres clients du restaurant. Grand, beau et athlétique, la mèche brune lissée en arrière, il portait un costume violet aux manches percées de boutonnières à travers lesquelles scintillait sa chemise vert fluo ; un avion aurait pu atterrir sur les revers de sa veste. Un bruissement discret parcourut la salle : « Qui est-ce… ? Un acteur, sûrement. Ou bien un mannequin. » La fièvre du vendredi soir monta d'un cran parmi les dîneurs. Voilà un homme élégant, pensaient-ils. Ayant repéré Tara et Katherine, qui l'observaient avec une indulgence amusée, il leur fit un immense sourire. On aurait dit que la salle tout entière venait de s'illuminer.

« Très chic. » D'un signe de la tête, Katherine désigna son costume.

« Plus classe que moi, tu meurs », répliqua Fintan, essayant vainement d'imiter l'accent cockney. Mais il n'y avait pas moyen de masquer son mélodieux parler du comté de Clare.

Il n'en avait pourtant pas toujours été ainsi. Fraîchement débarqué à Londres douze ans auparavant, Fintan avait entrepris de se réinventer un personnage. Et y était parvenu avec brio. Tara et Katherine avaient dû subir, impuissantes, ses intonations traînantes du milieu gay branché et ses histoires délirantes de danse avec Boy George au Taboo.

Depuis deux ou trois ans cependant, il avait repris son accent irlandais. À quelques modifications près. Car un accent, c'était très joli, raffiné, même dans son métier, l'industrie de la mode, mais l'important était de se faire *comprendre*. À présent, il s'exprimait donc dans une sorte de Clare allégé. Quant à Tara et Katherine, en douze ans leur accent avait eu le temps de s'émousser, quoique modérément.

« Bon anniversaire », dit Fintan à Tara.

Ils ne s'embrassèrent pas. Ils avaient beau, tous les trois, embrasser la plupart de leurs amis et connaissances, entre eux les baisers n'étaient pas de mise. Dans la petite ville où ils avaient grandi, les gestes d'affection n'étaient pas très courants – à

Knockavoy, le batifolage se résumait généralement à : « Ça va chauffer, ma poule ! »

« Alors, comment vas-tu ? demanda Tara. On dirait que tu as maigri, veinard. Où en es-tu de ton béribéri ?

— Ça m'épuise complètement, il m'est monté dans le cou, soupira Fintan. Et ta typhoïde ?

— J'ai réussi à m'en défaire. Deux jours au lit, et c'est parti. Hier, j'ai eu une petite crise de rage, mais c'est passé aussi.

— On n'a pas le droit de plaisanter avec ces choses-là. » Katherine, dégoûtée, rejeta la tête en arrière.

« Est-ce ma faute si je suis toujours malade ? s'exclama Fintan, outré.

— Oui, répondit Katherine simplement. Si tu ne sortais pas te beurrer tous les soirs, tu te sentirais beaucoup mieux au réveil.

— Tu vas le regretter quand on découvrira que j'ai le sida », marmonna-t-il, lugubre.

Katherine pâlit. Même Tara frissonna. « S'il te plaît, épargne-nous ce genre de plaisanteries.

— Désolé, dit Fintan humblement. À force d'avoir peur, on finit par dérailler. J'ai rencontré un vieux pote de Sandro hier soir : il a l'air d'un rescapé des camps. Je ne savais même pas qu'il était séropo. La liste ne cesse de s'allonger, ça me tétanise complètement...

— Mon Dieu, fit Tara tout bas.

— Tu n'as rien à craindre, intervint Katherine vivement. Tu te protèges, et puis tu vis en couple. À propos, comment va le poney italien ?

— Oh, c'est un amou-ou-our de garçon ! » claironna Fintan sur un ton théâtral.

Les autres dîneurs se retournèrent et hochèrent la tête avec satisfaction : non, ils ne s'étaient pas trompés, c'était bel et bien un acteur connu.

« Sandro est formidable, poursuivit Fintan d'une voix normale. Il t'embrasse. Tiens, il t'a écrit une carte... » Il la tendit à Tara. « Il est désolé, mais à l'heure où nous parlons il est en train de danser dans une robe de bal en taffetas jade. Demoiselle d'honneur au mariage de Peter et Eric, vous comprenez. »

Fintan et Sandro sortaient ensemble depuis des années. Bien

qu'italien, Sandro était trop petit pour répondre au qualificatif d'« étalon ». Il fallait donc se contenter de « poney ». Il était architecte et vivait avec Fintan dans un luxe raffiné à Notting Hill.

« Dis-moi, hasarda Tara prudemment, ça t'arrive de te disputer avec le poney ?

— Me disputer ? » Fintan ouvrit de grands yeux. « S'il m'arrive de me disputer avec lui ? Quelle drôle de question ! Nous sommes fous amoureux l'un de l'autre.

— Excuse-moi, murmura Tara.

— On n'arrête pas, continua Fintan. On s'étripe matin, midi et soir.

— Ça, c'est de l'amour, dit Tara tristement.

— Disons que l'homme qui a fait Sandro ne l'a pas loupé. Mais pourquoi tu me demandes ça ?

— Pour rien. » Tara lui tendit un minuscule paquet. « C'est ton cadeau pour moi. Tu me dois vingt livres. »

Fintan prit le paquet, admira l'emballage, puis le lui rendit. « Bon anniversaire, poupée. Tu acceptes les cartes de crédit ? »

Il existait un accord entre eux trois : chacun s'achetait lui-même ses cadeaux de Noël et d'anniversaire. Ça remontait au vingt et unième anniversaire de Fintan, lorsque Katherine et Tara s'étaient ruinées pour lui offrir le coffret des *Œuvres complètes* d'Oscar Wilde. Il les avait remerciées avec effusion, mais son visage était resté curieusement inexpressif. Quelques heures plus tard, alors que la fête battait son plein, on l'avait trouvé, en sanglots, roulé en boule sur le sol de la cuisine parmi les miettes de chips et les cannettes vides. « Des bouquins ! pleurait-il. Des bouquins de merde ! Désolé d'être ingrat, mais je m'attendais à un T-shirt en vinyle John Galliano ! »

Leur présent accord remontait à ce soir-là.

« Qu'est-ce que je t'ai offert ? » s'enquit Fintan.

Tara déchira le papier, et ils virent apparaître un bâton de rouge à lèvres.

« Ce n'est pas un rouge à lèvres ordinaire, déclara-t-elle avec excitation. Celui-ci est *réellement* indélébile. La vendeuse m'a assuré qu'il survivrait à la bombe atomique. Je crois que ma longue quête est enfin terminée.

— Il serait temps, opina Katherine. Combien de produits bidon t'a-t-on déjà fourgués ?

— Beaucoup trop. Avec promesses de supertenue et de superadhérence, et la minute d'après j'en avais partout, sur le bord de mon verre ou sur ma fourchette. J'en aurais pleuré ! »

Là-dessus Liv fit son entrée, dans un manteau Agnès B. à tomber à genoux. Elle accordait une grande attention aux marques. Comme il convenait à quelqu'un travaillant dans le milieu du design – même en tant que décoratrice d'intérieur –, Liv était suédoise. Grande, toute en jambes, avec des dents éclatantes de blancheur et des cheveux raides blond platine qui lui descendaient jusqu'à la taille. Souvent, les hommes avaient l'impression de l'avoir déjà vue dans un film porno.

Elle avait débarqué dans la vie de Tara et Katherine cinq ans plus tôt, lorsque Fintan était parti vivre avec Sandro. Elles avaient passé une annonce pour trouver un autre colocataire, mais l'exiguïté de la chambre faisait fuir tous les candidats. Ce n'était certainement pas cette grande Suédoise qui allait leur dire oui. Pourtant, quand Liv sut qu'elles étaient irlandaises – mieux encore, qu'elles venaient d'une région rurale – ses yeux bleus s'illuminèrent, elle fouilla dans son sac et leur remit l'argent de la caution.

« Mais, dit Katherine, surprise, vous n'avez même pas demandé si nous avions une machine à laver.

— Ce n'est rien, ça, renchérit Tara, éperdue. Vous ne savez même pas où est le bar le plus proche.

— Pas de problème, répondit Liv avec son léger accent. Ces choses-là n'ont pas d'importance.

— Si vous le dites… »

Tara se demandait déjà si Liv n'avait pas d'amis suédois vivant à Londres. Des géants blonds et bronzés qu'elle inviterait à l'appartement pour les leur présenter.

Mais quelques jours après son installation, la raison de son enthousiasme devint claire. À la consternation de Tara et de Katherine, elle sollicita la permission de les accompagner à la messe et de se joindre à elles pour le rosaire du soir. Il s'avéra que Liv était à la recherche du sens de la vie. Ayant momentanément épuisé les ressources de la psychothérapie, elle avait investi tous ses espoirs dans la spiritualité et pensait que le catholicisme des filles allait déteindre sur elle.

« Je suis navrée de te décevoir, lui expliqua Katherine gentiment, mais on n'est pas des catholiques pratiquantes.

— Quoi ? s'exclama Tara. Qu'est-ce que tu racontes ? »

Katherine la regarda, étonnée. Elle n'avait pas remarqué un regain de foi chez son amie d'enfance.

« C'est peu de dire qu'on n'est pas pratiquantes, précisa Tara. Critiquantes serait plus approprié, à mon avis. »

Liv finit par surmonter sa déception. Et même si elle restait des heures à discuter de la réincarnation avec le marchand de journaux sikh, à tous les autres égards elle se révéla parfaitement normale. Elle avait des petits copains, des réveils difficiles, des lettres de menaces de son banquier et une armoire pleine de vêtements achetés en solde et jamais portés.

Elles partagèrent l'appartement pendant trois ans et demi, après quoi Liv décida de remédier à son angoisse existentielle en accédant à la propriété. Les six premiers mois, elle passa toutes ses soirées chez Tara et Katherine, à pleurer sur sa solitude. Et elle y serait encore, si Tara et Katherine n'avaient pas résilié leur bail pour aller vivre chacune de son côté.

2

« Alors, on n'est que quatre ? » s'étonna Fintan.

Tara hocha la tête. « Je n'ai pas le cœur à faire la bringue. En ce triste jour, j'ai surtout besoin d'être entourée d'un petit groupe de bons amis.

— Je veux dire par là : où est Thomas ? » Une lueur s'alluma dans l'œil de Fintan.

« Oh, il était fatigué », fit Tara, l'air vaguement ennuyé.

Sa réponse souleva un tollé général.

« Mais c'est ton anniversaire ! C'est ton petit ami !

— Il ne sort jamais avec nous, se plaignit Fintan. M. Pisse-Vinaigre aurait pu faire un effort le jour de ton anniversaire.

— Ça ne me dérange pas, protesta Tara avec fougue. Et puis demain il m'emmène au cinéma. Lâchez-le un peu. Je reconnais qu'il n'est pas toujours facile à vivre, mais il n'est pas méchant, c'est juste qu'il a été marqué par…

— Oui, oui, l'interrompit Fintan. On sait. Sa mère l'a abandonné quand il avait sept ans, ce n'est donc pas sa faute s'il est aussi pisse-vinaigre. Mais il pourrait être plus attentionné à ton égard. Tu mérites infiniment mieux.

— Je suis parfaitement heureuse comme ça, affirma Tara. Je vous le jure. Vous avez de moi une image trop… trop… » Elle tâtonna, à la recherche du mot exact. « … trop *ambitieuse*. Vous êtes comme ces parents qui rêvent que leur fils devienne neurochirurgien, alors qu'il n'est bon qu'à être éboueur. J'aime Thomas. »

Fintan était muet de frustration. L'amour est aveugle, cela ne faisait aucun doute. Dans le cas de Tara, il était également sourd, dyslexique, atteint d'une dysplasie de la hanche et d'un début d'Alzheimer.

« Et Thomas m'aime, déclara Tara fermement. Avant que vous ne vous mettiez à crier que je pourrais trouver mieux, permettez-moi de vous rappeler que je fais partie du club de la Dernière Chance. Dans l'état de décrépitude où me plongent mes trente et un ans, je ne rencontrerai probablement jamais quelqu'un d'autre ! »

Liv lui remit sa carte et son cadeau. La carte était recouverte de soie peinte à la main, le cadeau, un vase fin, aux lignes pures en verre bleu cobalt.

« Il est superbe. Tu es d'un raffinement ! s'écria Tara, cachant sa déception de n'avoir pas reçu le sérum anticellulite de Clarins, malgré le nombre de perches tendues. Merci !

— Vous avez choisi ? » Darius était là, un stylo à la main.

« Plus ou moins, marmonnèrent-ils. Qui commence ?

— OK, sourit Tara, les yeux sur la carte. Je voudrais une barre Mars poêlée servie avec un coulis de Weetabix et un cappuccino de navet. »

Darius la dévisagea, nullement amusé. Elle avait déjà fait ça la dernière fois.

« Désolée, gloussa-t-elle. C'est tellement marrant, toutes ces combinaisons délirantes. »

Il continuait à la fixer d'un œil torve.

« Je t'en prie, murmura Katherine, contente-toi de passer ta commande.

— Excusez-moi. » Tara s'éclaircit la voix. « Bon. Je prendrai une carbonade de bœuf sauce coriandre avec de l'émincé de betterave au curry et un supplément de purée au chocolat.

— *Tara !* explosa Katherine.

— C'est OK, la rassura Fintan à la hâte. C'est réellement sur la carte. »

Katherine baissa les yeux.

« Ah oui, en effet. Désolée. La même chose pour moi, s'il vous plaît. »

Une fois qu'ils furent servis – chaque plat plus sophistiqué que l'autre – la conversation roula sur les problèmes de l'âge. Après tout, ils étaient là pour fêter un anniversaire.

« On a beau dire, décréta Katherine, ce ne sont pas les rides qui me dépriment. C'est un fait qu'en dix ans mon visage s'est totalement...

— ... affaissé », firent Tara et Liv à l'unisson. Elles avaient joué à ce jeu-là un nombre incalculable de fois.

« Je vois très bien ce que tu veux dire. » Tel un coureur de relais, Tara saisit le sujet au vol. « Quand on regarde la photo de mon passeport, prise il y a neuf ans, j'avais la bouche presque à la hauteur des sourcils, et maintenant, les yeux me retombent sur le menton... Lequel ? pensez-vous – je vous connais ! Et mes tempes m'arrivent à la taille.

— Heureusement qu'il y a la chirurgie esthétique, affirma Liv avec passion.

— Je ne sais pas, observa Fintan, songeur. Je trouve merveilleux de pouvoir vieillir avec grâce, en laissant la nature faire son œuvre. Un visage âgé, ç'a tellement de personnalité. »

Les trois femmes lui décochèrent un regard noir. Évidemment, même gay, il n'en était pas moins homme. Pourvu d'un tel taux de collagène qu'il se prenait pour Dorian Gray. Dans dix ans, on verrait bien s'il était toujours prêt à vieillir avec grâce !

« Un visage âgé, ç'a tellement de personnalité, l'imita Tara. Elle est bien bonne, de la part d'un homme qui a failli prendre un appartement plus grand pour loger sa collection Clinique ! Un conservateur, voilà ce qu'il te faut pour ta salle de bains. Tu pourrais presque l'ouvrir au public. »

Ensuite, la conversation se porta évidemment sur l'inexorable mouvement de leur horloge biologique.

« J'aimerais tant avoir un bébé, dit Liv avec mélancolie. C'est terrible d'avoir un ventre en attente.

— Pas du tout ! la réprimanda Katherine. Tu cherches à t'épanouir et tu ne récoltes que des galères.

— Ne t'inquiète pas. Ça ne risque pas de m'arriver, se lamenta Liv. Avec un jules marié ailleurs et qui vit en Suède.

— Au moins, tu as un jules, déclara Fintan avec entrain. Pas comme Katherine, hein ? Ça fait combien de temps, Katherine, que tu ne t'es pas adonnée à la bagatelle ? »

La jeune femme sourit, énigmatique, et Fintan poussa un soupir.

« Qu'est-ce qu'on va faire de toi ? Pourtant, ce n'est pas faute de te faire draguer par des beaux mecs. »

Katherine sourit à nouveau, cette fois, d'un air légèrement crispé.

« Moi aussi, j'aurais aimé avoir un bébé, avoua Fintan. C'est l'un des gros regrets de ma vie d'homo.

— Mais c'est très possible, le réconforta Tara. Trouve une mère porteuse, et le tour est joué.

— Exact. Des volontaires ? Qu'en dis-tu, Katherine ?

— Non, rétorqua-t-elle, laconique. Je n'aurai pas d'enfants. »

Sa mine dégoûtée le fit rire.

« Rien de tel que l'amour d'un homme pour te faire changer d'avis. Et toi, Tara ? Tu ne la ressens pas, la vieille pulsion côté désir de maternité ?

— Si… non… peut-être. Je n'en sais rien. Il faut être réaliste, je suis à peine capable de me prendre en charge moi-même. Être obligée de laver, nourrir, habiller quelqu'un d'autre serait au-dessus de mes forces. Je suis trop immature.

— Mais tout de même, imagine-toi avec ton propre petit bébé dans les bras, fit Liv doucement. Quelle joie ce serait ! Quel bonheur !

— Alerte à la guimauve ! gloussa Tara. Arrêtez-la, elle est en train de fondre. »

Pour empêcher Liv de pleurer sur son sort, Katherine posa la première question qui lui passait par la tête :

« Qu'est-ce qu'il t'a offert, Thomas, pour ton anniversaire ?

— Un billet de dix shillings ? hasarda Fintan.

— Dix shillings ? renifla Tara. Réfléchis un peu, jamais il ne se permettrait une folie pareille ! » Elle tapa du poing sur la table et annonça avec l'accent du Yorkshire : « Je ne suis pas pingre, je fais attention, c'est tout. » On aurait dit Thomas tout craché.

« Un pot de fleurs recouvert de coquillages qu'il aurait collés lui-même ? Un vieux Bic ? persista Fintan.

— Il m'a offert une spécialité Thomas Holmes. » Tara avait repris une voix normale. « Une crème pour les mains au magnolia et la promesse d'une liposuccion quand il aura gagné au loto.

— Sacré Thomas, va, lâcha Fintan, sarcastique.

— Elle était *neuve*, cette crème ? s'enquit Katherine d'un ton neutre. Ou il l'a piquée dans les toilettes pour femmes à son boulot ?

— Ça ne va pas, non ? » Tara était outrée. « Évidemment qu'elle n'était pas neuve. C'est celle qu'il m'avait offerte à Noël. Je l'avais fourrée au fin fond du placard ; il a dû la retrouver et la recycler.

— Mon Dieu, qu'il est radinier ! s'exclama Liv impulsivement.

— Thomas n'est pas radinier », objecta Tara.

Liv la regarda, surprise. D'ordinaire, histoire de désamorcer toute critique, Tara était la première à accuser Thomas d'être près de ses sous.

« Il est radin, rectifia-t-elle. Allez, Liv, dis-le.

— Thomas est radin, répéta Liv. Merci, Tara.

— Là-dessus, il n'a pas entièrement tort, reprit Tara. Tout ça, c'est de l'arnaque pure : Noël, les anniversaires, la Saint-Valentin. Je l'admire de ne pas se laisser manipuler. Et ça ne veut pas dire qu'il ne m'offre jamais de cadeaux. Il y a quelques semaines, il m'a acheté une jolie bouillotte en peluche pour quand j'ai mes règles.

— Dis plutôt qu'il est trop rat pour te payer des comprimés une fois par mois, riposta Fintan, dédaigneux.

— Arrête, fit Tara, riant à moitié. Tu ne vois pas ce que je vois.

— Et qu'est-ce que tu vois ?

— Je sais qu'il paraît bourru, mais il peut être très tendre aussi. Parfois, ajouta-t-elle, l'air légèrement penaud, il me raconte des histoires sur un ours nommé Ernest.

— Serait-ce un euphémisme pour son zizi ? demanda Fintan, soupçonneux. Est-ce qu'Ernest a l'habitude de se cacher dans des grottes obscures ?

— Je crois bien que je perds mon temps, là, pouffa Tara. N'as-tu pas de potins à nous raconter ? Un truc croustillant à propos de quelqu'un de connu ? »

Dans son travail, en tant que bras droit de Carmella Garcia, une styliste espagnole accro à la coke considérée à la fois comme un génie absolu et une folle furieuse, Fintan avait accès à toutes sortes d'informations insolites sur les célébrités.

« OK, mais on recommande à boire d'abord ?

— Il est catholique, l'ours ? »

Un long moment et quelques cafés serrés plus tard, Katherine s'aperçut, gênée, qu'Ongles-Violets aurait bien voulu encaisser et rentrer chez elle. Ou du moins encaisser et aller se défoncer quelque part.

« Je pense qu'on devrait payer, suggéra-t-elle, parmi les éclats de rire bruyants et avinés.

— C'est pour moi, déclara Fintan avec la magnanimité de quelqu'un qui a trop bu. J'y tiens... absolument...

— Pas question, répondit Katherine.

— Tu me vexes. » Fintan jeta sa carte de crédit sur la table. « Tu m'insultes.

— Comment comptes-tu ramener ton découvert à huit chiffres si tu passes ton temps à inviter les gens ? l'admonesta-t-elle.

— Elle a raison, renchérit Tara fougueusement. Tu m'as dit qu'on va t'arrêter, si tu utilises ta carte encore une fois. Que les hommes en uniforme vont débarquer avec matraques et menottes...

— Chouette ! s'exclamèrent Fintan et Liv en ricanant et se poussant du coude.

— ... ils t'emmèneront et on ne te reverra plus. “Retiens-moi, si je m'avise de me lancer dans une nouvelle dépense”, m'as-tu dit. » Elle fit glisser sa carte vers lui.

« Et c'est toi qui me fais la leçon ?

— On ne guérit pas le mal par le mal

— Pourquoi suis-je aussi fauché ? se plaignit-il. Je gagne convenablement ma vie.

— C'est justement pour ça, le rassura Tara avec une logique née de l'alcool. Moi, plus je gagne, plus je suis pauvre. Si j'obtiens une augmentation, mes dépenses montent en flèche pour absorber le surplus, mais leur croissance dépasse largement mes gains. Les régimes vous font grossir ? Ce n'est rien, à côté des augmentations de salaire qui vous appauvrissent.

— Pourquoi ne sommes-nous pas davantage comme toi, Katherine ? » demanda Fintan.

Katherine avait avoué un jour que, quand elle était augmentée, elle signait immédiatement un ordre de virement sur un compte épargne pour le montant exact de la différence, en vertu du principe selon lequel, n'ayant jamais touché cet argent, il ne lui manquerait pas. Occupée à diviser l'addition, elle leva les yeux.

« J'ai besoin de gens comme vous pour pouvoir être contente de moi. »

« Et maintenant ? » s'enquit Tara lorsqu'ils se retrouvèrent, grelottants, dans la rue. Ce n'était que le tout début du mois d'octobre, mais l'air était déjà frisquet. « Personne ne sait s'il y a une fête quelque part ?

— Non, pas ce soir.

— Rien du tout ?

— On pourrait aller au Mundo », suggéra Katherine.

Tara secoua la tête. « Comme on y va le mercredi, pour moi c'est lié au boulot.

— Le Blue Note ?

— Ça doit être bondé, à l'heure qu'il est. On ne trouvera pas de table.

— Le Happiness Stans ?

— La musique était nulle, la dernière fois.

— Le Subterrania ?

— Oh, je t'en prie !

— Ça veut dire non, j'imagine. » Katherine avait pratiquement épuisé la liste de leurs endroits préférés.

« Et que diriez-vous du Torture Chamber ? proposa Fintan joyeusement. C'est plein de jolis garçons qu'on promène en laisse.

— Aurais-tu oublié ? lui rappela Katherine. L'autre jour, on ne nous a pas laissées entrer parce qu'on est des filles.

— C'était pour ça ? s'écria Liv. Je croyais que c'était parce qu'on n'avait pas le crâne rasé.

— Vous savez quoi ? Au fond je n'ai pas très envie de sortir en boîte, confessa Tara. Je ne suis pas d'humeur à supporter le bruit. J'ai envie de décompresser, de m'asseoir confortablement, sans être obligée de me battre pour me faire servir à boire, d'être capable d'entendre notre conversation... Oh, mon Dieu ! » Elle frémit, horrifiée. « Ça y est ! Trente et un ans tout juste, et déjà j'ai un comportement de vieille. Il faut absolument que je sorte pour me prouver que ça me plaît toujours.

— Moi non plus, je n'ai pas envie d'aller en boîte, ce soir, la consola Liv. Mais à trente et un ans et demi, j'assume.

— Non ! » Tara était consternée. « C'est déjà assez grave de ne pas vouloir, mais assumer ! Je déteste vieillir.

— Bientôt, tu préféreras rester au lit et regarder la télé. » Katherine pétillait de malice. « Tu t'inventeras des excuses pour ne pas mettre le nez dehors. Il y a même un nom officiel pour ce syndrome – le cocooning. Tu noueras une relation affective avec ta télécommande. »

Tara grimaça. « Aïe !

— Si on allait chez l'un d'entre nous ? » Fintan s'efforça de ramener la discussion sur leur soirée. « On fera comme si on était en boîte.

— On va chez moi ? » offrit Tara, pensant à Thomas et espérant qu'ils diraient non. Elle était ivre, mais pas à ce point-là.

« Ou chez moi ? proposa Katherine, qui elle aussi pensait à Thomas.

— Chez Katherine », acquiescèrent Liv et Fintan à la hâte. Eux aussi pensaient à Thomas.

« Tu as à boire ? demanda Tara.

— Évidemment, grommela Katherine.

— On est des adultes, quoi », marmonna Tara d'une voix pâteuse.

Katherine héla un taxi, au grand dam de deux hommes qui, à cinquante mètres de là, attendaient depuis plus longtemps qu'eux.

« Gospel Oak, dit-elle au chauffeur.

— Vous pourriez y aller à pied, maugréa-t-il.

— Pas moi, rétorqua Tara avec entrain. Je suis bourrée. »

Quand ils furent tous quatre à l'intérieur, elle ajouta :

« Vous vous rappelez la descente qu'on avait, quand on habitait ensemble ? Chaque fois qu'on allait en Irlande ou que tu allais en Suède... » Elle pointa le doigt sur Liv. « ... et qu'on rapportait du freety-due... je veux dire du duty-free, on se sifflait la bouteille à peine la porte franchie.

— C'était la pauverté, dit Liv.

— La pauvreté, corrigea Tara distraitement. Mais pas seulement. On était jeunes, on pétait le feu !

— Et maintenant on est vieilles, soupira Liv, accablée.

— Stop ! ordonna Katherine. C'est trop tôt pour t'écrouler. Il faut que tu tiennes encore une heure au moins. »

3

Pendant que Fintan et les filles étaient au restaurant, un peu plus loin dans la rue une autre fête battait son plein. Certes, ce n'était pas la seule : on était à Londres, un vendredi soir, qui plus est dans le quartier de Camden. Mais, à cette fête-là, il y avait Lorcan Larkin.

Lorcan Larkin avait tout pour lui. Tout, sauf peut-être son nom... une aberration de baptême. Outre son mètre quatre-vingt-six, et son corps idéal – larges épaules, ventre plat, hanches étroites – qu'il entretenait en mangeant, buvant et fumant sans retenue, il était par ailleurs pourvu d'une longue crinière roux sombre, d'une paire d'yeux mauves et de la bouche la plus magnifiquement sensuelle de toute la circonscription.

Elles étaient des milliers à tomber comme des mouches devant Lorcan, malgré le rituel refrain : « Pourtant, je n'aime pas les rouquins. Ce n'est vraiment pas de chance ! »

Mais Lorcan n'était pas un rouquin ordinaire. S'il sentait face à lui la moindre réticence à succomber sur-le-champ, au lieu d'attaquer de front, il sortait son arme secrète : son accent irlandais. Pas le simili-accent du terroir qu'on prenait pour se moquer des Irlandais, non. Lorcan avait une voix douce, mélodieuse, mais par-dessus tout cultivée. Et il ne dédaignait pas de glisser une citation, voire quelques vers dans la conversation, quand l'occasion s'y prêtait. Les femmes étaient hypnotisées par sa voix. Il faut dire qu'il y mettait le paquet.

Au moment précis où Tara commandait deux desserts (« Après tout, c'est mon anniversaire ! »), Lorcan décidait de s'offrir la fille de son hôtesse, Kelly, âgée de seize ans. Visiblement, elle ne demandait que ça ; depuis le début de la soirée, elle le dévorait de ses grands yeux de biche et le frôlait chaque fois qu'elle passait devant lui. Bon, d'accord, Angeline, sa mère, ne serait pas contente, mais ce ne serait pas la première fois qu'une mère et sa fille s'étriperaient à cause de lui – ni la dernière d'ailleurs. Il lorgnait Kelly, alléché par le voluptueux éclat de son adolescence. Ses jambes étaient longues et fines, ses fesses, hautes et rebondies. Elle était du genre à prendre du poids rapidement. D'ici à deux ou trois ans, elle serait fichue : poignées d'amour, culotte de cheval, tout le bazar. Pour l'instant, elle était parfaite.

« Faut qu'on y aille, vieux », lui rappela Benjy, s'efforçant de cacher son inquiétude. Lorcan était attendu depuis plusieurs heures déjà à l'anniversaire de sa petite copine, Amy.

Il le fit taire d'un geste.

« Mais…

— Lâche-moi la grappe », siffla Lorcan.

Benjy était son colocataire et son secrétaire improvisé. Il le suivait partout, dans l'espoir que le succès phénoménal de Lorcan auprès des femmes finirait par rejaillir sur lui. À défaut, il serait là pour consoler celles que Lorcan laissait tomber – elles étaient légion – et recoller les morceaux – de préférence au lit.

Lorcan se leva du canapé, se dépliant avec une grâce nonchalante. Un sourire éblouissant aux lèvres, il s'approcha de Kelly qui baissa coquettement les yeux, mais Benjy avait eu le temps de surprendre une lueur de triomphe dans son regard. Il n'entendit pas ce que Lorcan lui disait, mais c'était facile à deviner. Une fois, par bonté d'âme, ce dernier lui avait refilé quelques tuyaux.

« Tu lui murmures à l'oreille : "Vilaine, cessez de me tourmenter avec des yeux pareils !" Ou alors – et là, il faut bégayer, comme si tu étais mort de trac – "Pardonnez-moi de vous importuner, mais vous avez la plus belle bouche que j'aie jamais vue.

Encore toutes mes excuses de vous avoir dérangée. Je vous laisse." Avec ça, tu multiplies tes chances par deux. »

Seulement, deux fois rien, c'était toujours rien. Et les répliques qui réussissaient si bien à Lorcan valaient à Benjy des regards médusés ou des rires méprisants. Il se prit même une gifle, qui lui déclencha un sifflement à l'oreille droite pendant trois jours.

« Qu'est-ce qui cloche chez moi ? » avait-il gémi, désespéré, quand son oreille s'était arrêtée de siffler.

Son mètre soixante-quatorze, son embonpoint, ses cheveux filasse clairsemés ne l'aidaient certes pas, mais Lorcan s'abstint de le lui faire remarquer. Ça l'amusait, de jouer les bienfaiteurs.

« Écoute, avait-il souri, écoute ton maître. Tu trouves deux nanas, l'une est canon, l'autre pas, comme ça arrive souvent. Tu vises le cageot, tu te la branches, et tu ignores la jolie poupée. La moche est ravie qu'on l'ait préférée à sa copine. La poupée, vexée, fait tout pour que tu t'intéresses à elle. Et toi, tu te tapes les deux ! »

Benjy se reprit à espérer. Le raisonnement de Lorcan était somme toute logique.

« Tu as d'autres conseils à me donner ? »

Lorcan réfléchit un instant. « Chaque femme a quelque chose qu'elle préfère en elle. Quelque chose qu'elle considère comme son meilleur atout. Il suffit de repérer ce que c'est – généralement, ça saute aux yeux – et de la complimenter là-dessus. »

Benjy hochait la tête avec ferveur.

« Et à part ça ?

— Les grosses sont moins feignantes. »

Quelques secondes après que Lorcan et Kelly eurent disparu, surgit Angeline. Belle femme, mais obsédée par son ventre. « Où est passé Lorcan ? s'inquiéta-t-elle. Et où est Kelly ?

— Euh... je ne sais pas, bredouilla-t-il. Mais rassurez-vous, ils ne doivent pas être loin. »

Ils n'étaient pas loin, en effet, dans la chambre rose et kitch de Kelly, au lit couvert d'une montagne de peluches. Kelly avait beau ressembler physiquement à une femme, le reste n'avait pas suivi.

Pour elle, les choses allaient trop vite avec Lorcan. Elle aurait voulu qu'il l'embrasse pour pouvoir dire à sa mère : « Tu vois bien, espèce de grosse vache, que je suis plus jolie que toi », et n'avait pas encore décidé si elle le laisserait lui caresser les seins – à travers son pull, évidemment. Tout compte fait, il valait mieux pas. Aussi, lorsqu'il se mit à déboutonner son jean, ce fut un grand choc. Et bien pire encore quand il se planta devant elle, le jean descendu sur les cuisses.

« On retourne au salon ? fit-elle, terrifiée.

— Pas tout de suite », répondit Lorcan, souriant dangereusement, tandis qu'il posait une main ferme sur la nuque soyeuse de Kelly.

Benjy leva les yeux avec un mélange d'admiration, de haine et de jalousie quand Lorcan reparut, la mine satisfaite – tout juste s'il ne fit pas un tour d'honneur dans la pièce.

« T'en as, de la chance, mon salaud, marmonna Benjy.

— Je ne l'ai pas sautée. » Le regard de Lorcan était limpide de pureté. « Son honneur est toujours intact.

— C'est ça ! Tu ne l'as pas touchée, railla Benjy. Et Amy, tu y penses ? C'est son anniversaire.

— C'est plus fort que moi. » Lorcan haussa les épaules avec un sourire qui aurait fait chavirer plus d'un cœur féminin. « J'aime les femmes.

— Je ne le crois pas, dit Benjy à mi-voix. J'ai plutôt l'impression que tu les hais.

— Allez, viens, on y va. Remue-toi, vieux, on est en retard. »

Là-dessus, Lorcan gagna la sortie d'un pas énergique, sans un regard pour Kelly qui pleurait, humiliée, recroquevillée sur la première marche de l'escalier.

« Pourquoi traites-tu toujours les femmes comme de la merde ? demanda Benjy pendant qu'ils attendaient un taxi dans le froid soir d'octobre. Qu'est-ce qu'elle t'a fait, ta mère ? Elle ne t'a pas assez allaité ? Ou bien c'est le contraire ?

— Ma mère était quelqu'un de très bien », répliqua Lorcan.

Sa voix musicale contrastait avec les stridences rageuses de Benjy. Pourquoi les gens cherchaient-ils une explication freudienne à son incapacité de s'intéresser longtemps à une seule femme ? La réponse en fait était toute simple.

« C'est comme cette vieille blague, hein, Benjy ?

— Quelle blague ? » hurla l'intéressé.

Lorcan ne répondit pas. Benjy suivit son regard et aperçut trois femmes et un homme devant la porte d'un restaurant.

« Quelle vieille blague ? » rugit-il à nouveau, avec une exaspération accrue car le petit groupe venait d'intercepter le taxi qui arrivait dans leur direction.

« Pourquoi les chiens se lèchent les couilles ? » poursuivit Lorcan.

Benjy le contempla, dans un silence maussade.

« Parce qu'ils peuvent le faire », fit Lorcan d'un ton presque las.

4

Liv, Tara, Fintan et Katherine burent du gin tonic et dansèrent au son de Wham ! au grand dam de Roger, le voisin du dessous.

« C'est génial, non ! s'exclama Tara, rayonnante. Vous vous rappelez comme on dansait sur cette musique, l'été de nos quinze ans ? Tu t'en souviens, Fintan ? Tu t'en souviens, Katherine ?

— Oui, répondit Fintan gauchement. Mais ne t'étends pas là-dessus, sinon Liv va se sentir de trop.

— Non, non, dit Liv, s'efforçant d'être joviale. Ce n'est pas grave, je me sens toujours de trop.

— Sauf avec les gens que tu connais bien, fit remarquer Fintan avec douceur.

— Non, surtout avec eux. »

Finalement, à l'heure dite, submergée par une vague de mélancolie, Liv décida de rentrer.

« Ça ira ? » demanda Katherine en la raccompagnant à la porte.

Liv hocha la tête d'un air misérable.

« Je vais manger douze paquets de chips, dormir dix-huit heures d'affilée, et ça ira mieux après.

— La pauvre, compatit Tara après son départ. Ça m'arrive de déprimer de temps à autre, mais chez elle, c'est réglé comme du papier à musique.

— Je crois que je vais rentrer aussi, dit Fintan.

— Quoi ? Mais on va te priver du titre du plus vieux fêtard de la ville, l'avertit Tara.

— Je suis fatigué. Et puis j'ai horriblement mal au cou et à l'endroit où je suis censé avoir un foie. »

Après ces deux départs, l'humeur festive retomba, pour le plus grand soulagement de Roger.

« Danser m'a dessaoulée », déclara Tara.

Wham ! reçut l'ordre de se la boucler, on appela un taxi, et Katherine se prépara pour aller au lit.

« Regardez-moi ça, Madame Propre », fit Tara, mi-jalouse, mi-admirative, en examinant la chambre impeccablement rangée et parfumée.

Fraîche, la housse de couette, sans l'ombre d'une tache ; luxuriantes, les plantes vertes ; pas un grain de poussière à l'horizon. Les innombrables tubes de lait pour le corps sur la coiffeuse étaient pleins et avaient l'air neufs. Pas un seul, dans le tas, qui ne soit vieux et usé, avec un demi-millimètre de produit au fond, traînant là depuis cinq ans. Et si l'on prenait la peine de jeter un œil dans la salle de bains étincelante, on découvrait qu'à chaque lait pour le corps correspondait un savon ou un gel de douche assorti.

Katherine était une fana des coordonnés. Du moment que les choses venaient par deux, elle en tombait amoureuse illico. Aussi les écharpes devaient-elles s'accompagner de gants assortis, et les talcs de savons au parfum identique ; un petit bol décoratif n'avait d'intérêt que s'il était flanqué d'un bol similaire, mais plus petit encore. Tara disait souvent, en matière de plaisanterie, que l'homme idéal de Katherine devrait être beau, séduisant et avoir un frère jumeau.

Elle continuait à inspecter la chambre.

« J'ai honte, quand je vois que ton lit est fait, alors que tu ne t'attendais même pas à avoir de la visite. »

Depuis qu'elles s'étaient séparées, un an plus tôt, elle avait oublié à quel point son amie pouvait être maniaque. Katherine s'était acheté un appartement, et Tara était allée vivre chez Thomas. Qui la laissait, magnanime, payer la moitié de son prêt.

Incapable de se retenir, elle regarda dans les tiroirs. Tout était organisé, repassé, parfumé, immaculé. Avec envie, Tara observa les jambes de Katherine – affinées et musclées par ses cours de claquettes – qu'elle glissa dans un amour de short en jersey bleu à pois blancs. Vint ensuite la petite veste assortie. Si elle ne l'avait pas enfilée à l'envers et devant derrière, de sorte que l'étiquette se balançait sous son menton, jamais on ne se serait douté qu'elle avait un verre dans le nez.

« Il serait temps que tu aies un mec pour qu'il profite de tes jolis dessous, suggéra Tara.

— Je suis très bien sans.

— Mais toutes ces jolies culottes, et personne pour les voir. Je trouve ça triste.

— Pas moi, rétorqua Katherine. Et pourtant ce sont mes culottes.

— Tout de même, ça me gêne.

— Alors tu devrais te faire soigner.

— Je n'en ai pas besoin, dit Tara, ivre de gratitude. J'ai un homme dans ma vie.

— Et si ça s'arrêtait... ? souffla Katherine, tranquillement malicieuse.

— Ne parle pas de malheur ! Que deviendrais-je ? » Elle réfléchit un instant. « Je deviendrais complètement marteau, voilà tout.

— Ça y est, ça recommence », soupira Katherine.

Tara craignait qu'à partir de la trentaine une femme seule ne verse dans l'excentricité, et que le processus ne s'aggrave avec l'âge. On cultivait des habitudes de plus en plus bizarres, on se repliait de plus en plus sur soi-même. Et si jamais l'homme idéal venait enfin à passer, on était trop prisonnière de cet état pour saisir la main tendue en un geste libérateur.

« Je finirais comme ces barges qui ramassent les ordures. Qui stockent tout, depuis les épluchures de patate jusqu'aux journaux vieux de dix ans.

— Tu y es déjà presque, répondit Katherine.

— Je n'ouvrirais pas ma porte aux assistantes sociales, poursuivit Tara, perdue dans sa vision apocalyptique. Et mon appart sentirait à cent mètres à la ronde. Voilà ce que je deviendrais sans un homme.

— Heureusement que tu en as un, alors. »

On sonna à la porte d'en bas. Le taxi de Tara était arrivé.

« Flûte, Katherine, je ne voulais pas te vexer, s'exclama-t-elle, soudain mortifiée. Tu es ma meilleure amie, je t'aime et je ne dis pas que *toi* tu finiras barge…

— Pas de problème. Allez, file. J'ai rendez-vous avec ma télécommande. Mais avant ça, ajouta Katherine, il faut que je me lave les mains une cinquantaine de fois et que je repasse tous mes collants. C'est que nous autres, célibataires, sommes toutes victimes de troubles obsessionnels compulsifs. »

5

Assise dans le taxi, Tara fumait, le regard vague. Elle se sentait coupable. Non seulement elle était une pauvre fille, incapable de survivre seule, mais en plus il y avait une chance – infime, certes – qu'elle ait blessé Katherine. Son amie était si indépendante, si équilibrée que Tara en oubliait parfois qu'elle aussi pouvait avoir des sentiments.

Le taxi s'engagea dans la rue d'Alasdair, et aussitôt elle cessa de penser à Katherine. Se redressant sur la banquette, elle scruta ses fenêtres. C'était plus fort qu'elle. Il n'y avait pas de lumière. Alasdair était-il au lit avec sa femme ou bien étaient-ils sortis ?

Je suis folle, se dit-elle. Si ça se trouve, il n'habite même plus ici. Les gens mariés avaient tendance à troquer leur superbe appartement au centre de Londres, proche des meilleurs bars et restaurants, contre un pavillon de quatre pièces avec un jardin au fin fond de Heathrow.

Contrariée, elle se tortilla sur son siège. Malgré tout son amour pour Thomas, elle éprouvait encore un curieux intérêt de propriétaire vis-à-vis d'Alasdair. Il avait précédé Thomas. Alasdair et Thomas étaient le jour et la nuit. Alasdair était généreux, spontané, insouciant, tendre, sociable. Il adorait dîner dehors ; jamais il n'avait regardé la carte en disant : « Putain, dix livres pour un morceau de poulet ! On a la même chose au supermarché pour douze shillings ! »

Tara l'avait rencontré après une série d'aventures sans conséquence, alors qu'elle avait vingt-six ans. Elle avait succombé à son accent écossais, à ses cheveux bruns coiffés en brosse, à son regard un peu fou pétillant derrière ses lunettes cerclées de fer. Même son nom l'avait séduite. Il ne lui fallut pas longtemps pour décider qu'il était l'homme de sa vie. Tous les signes étaient favorables.

Elle était en âge de se marier, et, comme il avait deux ans de plus qu'elle, il l'était donc aussi. Tous deux avaient un bon job et les mêmes origines rurales. Mais par-dessus tout, ils avaient les mêmes objectifs dans la vie : sortir et s'amuser.

Ils faisaient partie de la génération vinaigre balsamique : jeunes, beaux, organisant des dîners, faisant marcher à fond la machine à cappuccino d'Alasdair, roulant dans Londres dans sa MG rouge, buvant du champagne au moins une fois par semaine, faisant du shopping le samedi chez Joseph ou chez Paul Smith. (Parfois, il leur arrivait même d'acheter un petit quelque chose. Comme une paire de chaussettes ou une épingle de cravate.)

Quand Tara était rentrée chez elle, en Irlande, un été, Alasdair l'avait accompagnée. Et soudain, elle avait découvert Knockavoy à travers ses yeux. La splendeur rugissante de l'Atlantique creusant les falaises, les vastes étendues de sable doré, l'air si pur et si doux qu'il en était presque palpable. Jusque-là elle avait détesté la petite ville où elle était née. Un trou perdu au milieu de nulle part, où il ne se passait rien, en dehors des quelques mois d'été où affluaient les touristes.

La mère de Tara avait adoré Alasdair. Son père, non, mais comme il n'aimait rien chez Tara, ce ne fut pas une surprise. Puis Alasdair l'avait emmenée dans sa famille, à Skye, ce qu'elle trouva extrêmement rassurant. Et, bien qu'elle ait mis huit jours à se remettre de la réception qu'ils lui avaient préparée, elle savait au moins d'où il venait.

Peu après leur retour de Skye, à l'occasion du deuxième anniversaire de leur rencontre, elle décida qu'il était temps d'aborder la question du mariage. Ou, en tout cas, de la vie commune. De toute façon, elle vivait pratiquement chez Alasdair ; officialiser la situation ne serait donc qu'une simple formalité.

Cependant, quand elle lui en parla, cette perspective parut l'affoler.

« Mais… » Son regard pétillant fuyait résolument le sien. « On est très bien comme ça, inutile de précipiter les choses… »

Très secouée, ne voulant pas montrer combien il l'avait blessée, Tara s'empressa de faire machine arrière.

« Tu as raison. On est très bien comme ça, ne précipitons pas les choses. »

Elle opta alors pour la guerre d'usure. Tout vient à point à qui sait attendre. Sauf qu'à vingt-huit ans le temps ne jouait plus guère en sa faveur.

Le statu quo dura encore six mois. Rien n'avait changé. En apparence. Car, désormais, Alasdair arborait un air vaguement traqué qui déteignait sur tout, leur gâchait tout plaisir. Et Tara était devenue nerveuse et angoissée.

Je suis trop vieille pour tout recommencer, paniquait-elle, réveillée en sursaut au milieu de la nuit. Je n'ai plus le temps. C'est lui ou rien.

Finalement, la patience n'étant pas son fort, elle redemanda à Alasdair quelles étaient ses intentions à son égard. Elle savait qu'elle n'aurait pas dû. Que chercher à lui forcer la main risquait d'aboutir au résultat inverse.

Et elle ne s'était pas trompée. D'un ton brusque, furieux qu'elle brise par ses exigences une si belle harmonie, il lui rétorqua qu'il ne l'épouserait pas. Il l'aimait, mais il voulait juste prendre du bon temps ; la routine d'une vie de couple ne l'intéressait pas.

Le choc fut tel qu'elle dut se mettre en congé de maladie pendant une semaine.

« Sauve les meubles, lui conseillait-on tandis qu'elle errait de-ci de-là, assommée de douleur. Quitte-le maintenant, pour ne pas jeter le bébé avec l'eau du bain. »

Mais elle en était incapable. Incapable de dire adieu à deux ans et demi de son existence. D'admettre la possibilité d'avoir à envisager l'avenir sans lui.

Elle fit donc comme si de rien n'était. Et, lorsque feindre devint trop dur, elle joua son va-tout et le menaça de rupture. Elle avait entendu dire que quelquefois, mis au pied du mur, l'homme prenait conscience qu'il ne pourrait se passer de la femme qui partageait sa vie. Mais rien n'y fit. Alasdair lui répondit tristement :

« Pars, si tu le désires. Je ne t'en voudrai pas.

— Tu ne m'aimes pas, alors ? demanda-t-elle d'une voix stridente, horrifiée par la bévue qu'elle venait de commettre. Je ne te manquerai pas ?

— Bien sûr que je t'aime, répondit-il gentiment. Et que tu me manqueras. Mais je n'ai pas le droit de te retenir, si tu as envie de partir. »

Mortifiée, Tara coupa court à sa tirade tragique du « tout est fini entre nous ». Son stratagème s'était retourné contre elle. Elle opéra une rapide volte-face. Ni vu ni connu, espéra-t-elle. Hélas, leur merveilleuse relation n'était plus qu'un simulacre. Au moins, se disait-elle avec amertume, ça valait mieux que pas de relation du tout.

Tout le monde n'était pas de cet avis. En tout cas, pas Alasdair.

« Ça ne peut plus durer », dit-il à Tara au bout d'un mois.

Elle le dévisagea, pétrifiée. De bancale, leur histoire devenait soudain unique et irremplaçable.

« Mais... rien n'a changé », balbutia-t-elle.

C'était elle, pourtant, qui était censée mener le jeu. Elle qui avait menacé de rompre parce qu'il lui avait fait mal. Et pas l'inverse.

« Désolée de t'avoir reparlé de mariage, de t'avoir encore enquiquiné avec tout ça. N'y pensons plus et continuons comme avant. »

Il secoua la tête. « Impossible. Je préfère qu'on arrête là.

— Mais pourquoi ? suffoqua-t-elle. On est très bien comme ça.

— Non. Tu mérites quelqu'un d'autre, quelqu'un qui te donnera ce que tu désires. Pars, tu perds ton temps avec moi. »

Elle eut beau lui assurer que, mariage ou pas, elle était heureuse avec lui, il ne voulut rien entendre. Jusqu'au moment où elle comprit que toute discussion était vaine. Il avait pris sa décision avant même qu'elle n'ait ouvert la bouche.

Tara sombra dans un état proche de la démence. Couchée sur

son lit, elle hurlait sa douleur comme une bête. Tellement fort qu'un soir les voisins du dessus appelèrent la police.

Elle installa le lecteur de CD dans sa chambre et, hoquetante, sanglotante, se repassa en boucle *It's Over* de Roy Orbison. Aux dernières mesures, elle se remettait à pleurer de plus belle et rappuyait sur le bouton Replay. Un soir, Liv et Katherine comptèrent jusqu'à vingt-neuf passages d'affilée. Certains jours, elle chantait en bramant avec le disque, tirant un soulagement particulier de la reprise qui montait d'une octave. « C'est fiiii-niiii. » Une octave plus haut. « C'EST FIIIIII-NIIII ! » Les voisins du dessus menaçaient de rappeler la police.

Elle reprit une semaine de congé. À son retour au bureau, ses collègues regrettèrent qu'elle n'ait pas prolongé son absence. Tous les programmes qu'elle était censée avoir testés étaient défaillants, semant la pagaille dans divers systèmes un peu partout dans Londres. Pendant deux mois, son service croula sous une double charge de travail, le temps de rattraper les catastrophes causées par Tara. Elle dormait trois heures par nuit et errait dans l'appartement, fumant cigarette sur cigarette. Les gestes les plus quotidiens semblaient lui échapper. Elle oubliait de rincer son après-shampooing. Elle allait travailler le samedi, s'étonnant de trouver porte close. Elle partait au bureau en voiture, rentrait en métro et, ne voyant pas sa voiture en bas de chez elle le lendemain matin, se persuadait qu'elle avait été volée. Elle ôtait le couvercle d'un pot de yaourt, jetait le pot à la poubelle et fixait le couvercle, se demandant ce qui n'allait pas. Dans les moments d'accalmie, elle parlait, les poings serrés à s'en faire blanchir les jointures, de prendre des cours du soir. Émaux, russe, pâtisserie.

De temps à autre, elle craquait et appelait Alasdair pour lui extorquer un rendez-vous. Il ne disait jamais non et, naturellement, ça se terminait au lit. Étreintes larmoyantes, frénétiques, vêtements arrachés dans la hâte et le soulagement de retrouver une intimité familière.

Elle en vint à penser que tout n'était peut-être pas perdu. À l'évidence, il était aussi malheureux qu'elle, donc il l'aimait encore.

Mais, un soir, il refusa de la recevoir chez lui.

« Pourquoi ? » demanda-t-elle.

Jusque-là, il ne s'était jamais fait prier.

Elle l'entendit prendre une inspiration et, dans la nanoseconde qui précéda sa réponse, elle eut un mauvais pressentiment. Il ne l'avait pas encore dit qu'elle le savait déjà.

« J'ai rencontré quelqu'un d'autre. »

Tara raccrocha tranquillement, monta dans sa voiture, arriva chez Alasdair, ouvrit la porte avec la clé qu'elle ne lui avait toujours pas rendue, le trouva dans la cuisine en train de faire chauffer la bouilloire et, avec l'avant-bras, lui assena un tel coup sur le crâne que ses lunettes dégringolèrent.

Sans lui laisser le temps de recouvrer ses esprits, elle le frappa à la tête et au visage avec le plat de la main en scandant : « Salaud ! Espèce de salaud, va ! » Comme les gifles ne suffisaient pas à exprimer l'étendue de sa haine et de sa douleur, elle le gratifia d'un coup de poing à l'estomac, surprise de sentir son bras aussi faible.

Pourtant, ça marchait, pensa-t-elle, impassible, en regardant Alasdair tousser et s'étrangler.

« Ali ? »

Se retournant, Tara aperçut une blonde potelée à la porte de la cuisine.

« Qu'est-ce qui se passe ? » souffla celle-ci, horrifiée par le spectacle qui s'offrait à ses yeux.

Tara sortit de sa transe. Après une ultime bourrade qui projeta Alasdair contre l'usurpatrice, elle quitta l'appartement.

Quand elle raconta à Liv et Katherine ce qu'elle venait de faire, elles ne cachèrent pas leur consternation et s'empressèrent de la consoler. « Quel salopard ! Bien fait pour lui. J'espère que tu lui as cassé deux ou trois côtes.

— Arrêtez ! » supplia Tara. Le brouillard rouge s'était dissipé, la laissant malade de honte et de dégoût. « Je l'ai battu, gémissait-elle, se balançant d'avant en arrière, le visage dans les mains. Je croyais qu'on ne pouvait pas être plus mal que je l'ai été depuis sept semaines, quatre jours et… » Elle fit une pause pour consulter sa montre. « … seize heures et demie, mais je me trompais. Je vais m'allonger et hurler comme un chien », conclut-elle d'une voix brisée, se retirant dans sa chambre.

Liv et Katherine se préparèrent à subir Roy Orbison. Au lieu de quoi, surprises et soulagées, elles entendirent *Somebody Else's Guy*[1]. Une fois. Deux fois. Trois fois. Quatre. Cinq. Six.

Tara refit surface plus tard dans la soirée.

« Je vais l'appeler.

— Non ! » Katherine se jeta sur le téléphone pour le confisquer. « Ça va être pire.

— Pire, répéta Tara misérablement. Comment ça pourrait-il être pire ? Jéhovah, Jéhovah, Jéhovah !

— C'est dans un film qui s'appelle *La Vie de Brian*, expliqua Katherine précipitamment devant la mine perplexe de Liv. Non, Tara, pas question de téléphoner.

— Juste pour m'excuser, implora Tara. Sinon, j'attendrai que vous soyez couchées, et ce sera bien pire si je le réveille en pleine nuit. »

Katherine finit par capituler. « Mais si tu te mets à l'insulter ou à le menacer, je coupe la communication.

— Merci. »

Tara composa le numéro d'Alasdair.

« Salut, dit-elle à la hâte quand il eut répondu. C'est moi, je suis désolée, ne raccroche pas, s'il te plaît, tu n'imagines pas combien je regrette ni à quel point j'ai honte. »

Loin de jeter le combiné, il déclara : « C'est bon, je comprends. »

Au fond, Alasdair était plutôt soulagé. Il avait culpabilisé de sortir avec Caroline, or, chaque gifle que Tara lui avait donnée faisait pencher la balance de la sympathie en sa faveur. Désormais, ce ne serait plus « pauvre Tara cocue », mais « pauvre Alasdair battu ».

« Tu as un sacré crochet du droit, tu sais, fit-il en s'efforçant de rire.

— Pardonne-moi, chuchota-t-elle.

— Je te pardonne. »

Néanmoins, lorsqu'il téléphona six semaines plus tard pour lui annoncer qu'il allait se marier, il prit la précaution de changer ses serrures d'abord.

1. Le mec d'une autre. *(N.d.T.)*

Ce fut ce soir-là que Tara rencontra Thomas.

C'était à une fête donnée par l'assistante de Fintan, Dolly. Tara, qui dansait comme une forcenée, cueillit distraitement la cigarette de Thomas dans sa bouche et la colla dans la sienne. Ce n'était pas de la provocation de sa part – elle n'avait même pas vu Thomas. Simplement, elle avait très envie d'une cigarette et ne retrouvait pas les siennes.

Malgré le vol de sa cigarette, Thomas tomba immédiatement sous le charme. Il prit sa déraison pour de la vivacité et sa spontanéité pour la promesse d'un tempérament volcanique au lit. Il fut surtout très impressionné par la minceur qu'elle affichait, à force de jeter tous ces pots de yaourt à la poubelle. Il hésita quelques instants, réfléchissant à la meilleure technique d'approche. Cependant, étant un homme simple, il opta pour la méthode directe.

« Je peux récupérer ma clope ? »

Tara cessa de s'agiter frénétiquement et, se retournant, aperçut un homme planté devant elle en train de lui sourire. Un homme pas trop vilain. Pas très beau non plus, remarquez. Rien à voir avec Alasdair.

Mais, à y regarder de plus près, elle vit qu'il avait d'épais cheveux châtains et une carrure rassurante qui lui donna envie de se blottir contre lui.

Il souriait toujours, chaleureux et admiratif.

« Vous êtes craquante comme nana, lui dit-il avec un touchant mélange de timidité et d'assurance. Gardez-la, la clope. »

En temps ordinaire, Tara aurait traversé la rue pour éviter un homme qui traitait les femmes de « nanas ». Seulement voilà, elle revenait de loin. Croisant le regard marron de Thomas, elle fut stupéfaite d'y lire respect et enthousiasme. Après ce qui s'était passé avec Alasdair, elle pensait ne plus être cotée en Bourse. Peut-être que cet homme pouvait l'aider à se redéfinir, à se revaloriser.

« Venez danser avec moi », proposa-t-elle effrontément en s'emparant de sa main.

Même si les vêtements d'un brun terreux semblaient demeurer sur place, malgré les efforts de leur propriétaire qui s'essayait à la danse, le monde de Tara se transforma instantanément en un univers magique, enchanté. Un nouvel avenir s'ouvrait devant elle. Thomas était son sauveur.

« Il y a un proverbe chinois, marmonna-t-elle, qui dit : "Si quelqu'un te sauve la vie, tu lui appartiens." »

Thomas hocha la tête sans comprendre, puis poussa du coude son copain Eddie : « Elle est encore plus bourrée que je ne le croyais. C'est mon jour de chance. »

Ils passèrent tout le week-end, du vendredi soir jusqu'au lundi matin, chez Tara, principalement au lit, mais quelquefois sur le canapé devant la télé, s'embrassant à pleine bouche, pendant que Liv et Katherine essayaient de regarder *Ballykissangel* en ignorant les bruits de succion.

« On dirait les sabots d'un cheval qu'on tire de la boue », déclara Katherine quand elle téléphona à Fintan pour se plaindre.

Mais Tara était aux anges.

« Je suis folle de lui, annonça-t-elle à qui voulait l'entendre.

— Folle, c'est le mot, marmonna Katherine en toisant Thomas dans toute sa splendeur brunâtre.

— C'est le contrechoc, dit Liv sagement.

— Le contrecoup, rectifia Katherine. Oui, tu as raison. »

6

Maintenant qu'elle était passée devant chez Alasdair, Tara avait hâte de retrouver Thomas. Elle courut presque du taxi à l'entrée de l'immeuble, mais entre son exaltation et la quantité d'alcool circulant dans ses veines, elle eut un certain mal à introduire la clé dans la serrure. Elle dut s'y reprendre à quatre fois avant de pénétrer en titubant dans l'appartement. Se redressant, elle appela : « Thomas ? »

Il était au salon, affalé sur le canapé, avec quatre cannettes de bière vides et une boîte de langue de bœuf en gelée à ses pieds. « C'est pas trop tôt, grommela-t-il avec bonhomie.

— Je t'ai manqué ? » Elle était si contente de le voir.

« Peut-être. » Il plissa les yeux dans un sourire taquin. « Et peut-être pas. De toute façon, j'avais Beryl pour me tenir compagnie. »

Beryl était la chatte adulée, pomponnée et choyée de Thomas. Tara lui vouait une jalousie féroce ; elle ne supportait pas la désinvolture avec laquelle l'ingrate créature se lovait sur les genoux de son maître pour l'abandonner l'instant d'après, simplement parce que tel était son bon vouloir.

« Tu as passé une bonne soirée ?

— Oui. » Elle s'abstint d'ajouter : Dommage que tu ne sois pas venu. Son homme ne s'entendait pas avec ses amis ; c'était une situation courante, et il ne servait à rien de l'envenimer en essayant de les rabibocher de force.

« Je n'ai pas pris d'entrée, et attends de voir mes cadeaux ! Regarde le rouge à lèvres, il est superbe, non ?

— Ça va. » Il haussa les épaules.

Elle aperçut soudain quelque chose sur la table basse.

« Oh, Thomas, tu as rempli les formulaires d'assurance de ma voiture. Merci. Tu sais à quel point je déteste faire ça.

— Tu ne diras pas que je ne me démène pas pour toi, sourit-il. Et tant qu'on y est, j'ai réservé deux places de ciné pour demain soir.

— Pour quel film ?

— *Justice sauvage.* Un film de gangsters. Ç'a l'air bien.

— Ah… » La mine de Tara s'allongea. « J'avais dit que je voulais voir *L'homme qui murmurait à l'oreille des chevaux.*

— Je n'irai pas voir ce putain de mélo.

— Mais… »

Thomas avait l'air contrarié et, pour prévenir une de ces sautes d'humeur dont il avait le secret, elle enchaîna rapidement : « Tant pis, ça ne fait rien. Je suis sûre que l'autre film est bon aussi. »

Thomas était terriblement sensible. Cela remontait à un certain dimanche matin où, à l'âge de sept ans, il avait trouvé sa mère dans l'entrée avec une valise. Quand il lui demanda, étonné, où elle allait, elle rit et lui dit : « Arrête tes bêtises. Tu le sais bien. » Il protesta qu'il ne savait rien, et elle annonça avec amertume : « Ton père et moi, on se sépare. » Thomas était tombé des nues et même maintenant, vingt-cinq ans après, il assurait qu'il souffrait encore à l'idée que sa mère s'était apprêtée à partir sans lui dire au revoir.

« Ne viens pas, si tu n'as pas envie, fit-il, peiné. Mais vu que je me suis donné du mal pour réserver…

— Si, si, j'ai envie d'y aller. Merci de t'en être occupé. Quel intérêt, d'ailleurs, d'aller voir Robert Redford avec son visage tout fripé ? » Elle remarqua le paquet de cacahuètes sur lequel était allongé Thomas. « Miam !

— Ah, non ! » Il lui donna une tape sur la main.

« C'est mon anniversaire.

— Je-suis-ta-conscience, tonna-t-il. Tu me remercieras plus tard.

— Sûrement, opina-t-elle, mélancolique.

— Allez, ne fais pas cette tête, Tara. C'est pour ton bien.

— Tu as raison. » Elle fourragea dans son sac à main. « Oh, non ! je n'ai plus de clopes. Comment c'est arrivé ? Tu m'en files une ? »

Après un imperceptible instant d'hésitation, il lui lança son paquet de cigarettes. Puis, tout en se penchant vers elle avec le briquet, il dit : « Il faut qu'on arrête avec ça, Tara.

— C'est vrai.

— Ça coûte la peau des fesses.

— Exact.

— Trois livres par jour, Tara. Chacun.

— Je sais.

— Ça fait vingt et une livres par semaine. Chacun.

— Je sais.

— Quatre-vingts livres par mois. Chacun.

— Je sais. »

Mille livres par an. Chacun. Pense à tout ce qu'on pourrait acheter avec cet argent, Tara, se récita-t-elle mentalement.

« Mille livres par an. Chacun, dit Thomas. Pense à tout ce qu'on pourrait acheter avec cet argent, Tara. »

Et encore, c'est moins grave pour toi. Tu es analyste-programmeuse. Tu gagnes deux fois plus que moi.

« Et encore, c'est moins grave pour moi, déclara-t-elle avec impertinence. Je suis analyste-programmeuse. Je gagne deux fois plus que toi. »

Il y eut une pause, électrique, puis Thomas sourit, désabusé.

D'une voix lugubre de présentateur de documentaire, elle entonna : « C'était l'homme le plus mesquin que j'aie jamais rencontré.

— Comme si j'avais un putain de choix ! » s'emporta-t-il.

Tous ses anciens camarades de fac avaient décroché des postes aux salaires mirifiques avec des primes bien souvent supérieures à elles seules à son revenu annuel. Mais le caractère trop carré de Thomas rebutant tout employeur privé potentiel, il avait atterri dans un collège de l'Ouest londonien, où il enseignait la géographie. Il travaillait dur, gagnait une misère, et son amertume était légendaire. Quoique pas aussi légendaire que sa pingrerie. Ainsi, au lieu de laisser traîner la monnaie dans ses poches comme toute personne normalement constituée, il la gardait dans un porte-monnaie. Un petit porte-monnaie de vieille dame, en skaï marron, qui se refermait avec un clic. Une fois, Katherine l'avait chipé et avait réussi à l'ouvrir avant que Thomas ne le lui arrache. Elle jurait qu'une mite en était sortie.

« J'ai horreur qu'on soit fauchés, Tara, geignit-il. Tu jettes ton argent par les fenêtres, et moi, je n'ai rien à dépenser. On va devoir se passer de clopes.

— Le meilleur moment pour arrêter de fumer, c'est le début du mois, acquiesça-t-elle pour lui faire plaisir.

— Sur ce coup-là, tu as raison.

— On a raté le début d'octobre. On arrêtera donc tous les deux le 1er novembre.

— Ça marche ! »

L'instant d'après, ils avaient déjà tout oublié.

« C'est l'heure d'aller au lit. » Thomas s'extirpa du canapé. « Tu viens, j'ai un cadeau d'anniversaire pour toi. »

Le visage de Tara s'illumina. Jusqu'au moment où il jeta un coup d'œil sur sa braguette. C'était donc *ça,* son cadeau.

Elle repensa avec nostalgie à son anniversaire deux ans plus tôt. Ils sortaient ensemble depuis moins d'un mois et, comme elle fêtait ses vingt-neuf ans, il lui avait offert vingt-neuf présents. D'accord, certains avaient été minuscules – genre boîte d'allumettes multicolore. Et d'autres, carrément de la pacotille : vernis à ongles rose pailleté, ou boucles d'oreilles qui lui avaient infecté les oreilles. Mais l'intention, le temps et l'effort qu'il avait consacrés à acheter chaque objet et à l'emballer individuellement l'avaient émue aux larmes.

Tara poussa un soupir. L'euphorie du début ne pouvait durer éternellement. C'était bien connu. Dans le noir, elle noua les bras autour de Thomas et se blottit dans sa chaleur douillette. C'était ça, le bonheur. Être aimée et protégée, au lit avec son homme.

7

Bien que le lendemain fût un samedi, Katherine était obligée d'aller travailler. Mais auparavant, elle téléphona à sa grand-mère dont c'était le quatre-vingt-onzième anniversaire. En attendant la sonnerie, elle pria pour que ce ne soit pas sa mère, Delia, qui décroche.

« Allô ? » fit Delia, hors d'haleine.

Katherine en éprouva une pointe d'irritation familière. « Bonjour, maman.

— Katherine, souffla Delia. Nom d'un petit bonhomme ! Je parlais de toi il y a cinq minutes à peine. Pas vrai, Agnes ?

— Non, fit d'une voix étouffée la grand-mère de Katherine. Sauf si tu te parlais à toi-même, ce qui ne m'étonnerait pas.

— Je parlais de toi, insista Delia sans désarmer, s'adressant à sa fille. Je savais que le téléphone allait sonner et je savais que c'était toi. Je les sens, ces choses-là. J'ai un don, je vois.

— Tu parles ! pouffa Katherine. Tu sais très bien que je téléphone toujours pour l'anniversaire de mémé.

— Ne l'appelle pas mémé. Son prénom, c'est Agnes. Et ne t'ai-je pas répété depuis le jour de ta naissance de ne pas m'appeler maman ? Mon nom est Delia. »

Katherine avait une famille atypique. Du moins pour Knockavoy. Son pivot était Delia, qui en son temps avait été une jeune femme belle et indomptable. Elle avait passé son adolescence, dans les années soixante, à dénoncer haut et fort la mainmise de l'Église catholique sur l'Irlande. Elle n'avait peur de rien.

Un jour, lorsqu'elle avait dix-sept ans, elle arriva dans la cuisine, les mains sales, plus échevelée qu'à l'ordinaire, avec une lueur de jubilation à peine cachée dans ses yeux gris.

« Qu'est-ce que tu as fait ? » Agnes, sa mère, craignait le pire.

« J'ai bombardé le curé avec des mottes de tourbe pendant qu'il passait à bicyclette. » Delia s'étrangla de rire.

Se précipitant vers la fenêtre, Agnes vit le jeune père Crimmond pédaler furieusement dans la descente, un peu de tourbe toujours collée à son grand pardessus noir.

« Fais attention ! Tu vas nous attirer de sacrés ennuis, protesta-t-elle, alarmée mais en même temps honteusement réjouie.

— Des ennuis, c'est ça qu'il leur faut, ici, décréta Delia d'un air sombre. Ça leur ferait un bien fou. »

Quand les habitants de la petite bourgade apprirent ses frasques, il y eut un énorme scandale. Ils n'avaient jamais rien entendu de tel. Dans son sermon, le père Crimmond fit une allusion indirecte à l'agression et invita l'assemblée à prier pour la malheureuse à l'esprit dérangé qui l'avait attaqué. « Elle est bien plus à plaindre qu'à blâmer », conclut-il à la grande déception de ses ouailles, qui s'attendaient justement à un blâme exemplaire.

Dans nombre de paroisses voisines, on ne parla plus que de Delia. Les gens secouaient la tête en l'apercevant. « La fille Casey, elle a une case en moins », disait-on. « Elle n'est pas finie, la petite Casey. »

Austin, le père de Delia, un homme dangereusement placide, soupçonnait qu'on leur avait changé leur fille à la naissance. D'autres, plus terre à terre, pensaient simplement qu'Agnes avait fauté.

Delia continuait de se rebeller. Mais comme personne ne voulait se joindre à elle – les gens avaient bien trop peur – et que la rébellion en solo, ce n'est pas très drôle, elle quitta Knockavoy, en 1966, et partit pour Londres, où s'offraient bien d'autres moyens de fustiger l'ordre établi que de jeter du combustible sur des ecclésiastiques roulants.

Le plus gros de son insoumission s'exprima à travers le sexe et la drogue : l'un et l'autre firent l'objet d'une consommation effrénée. Et au cas où certains doutaient encore de la sincérité de sa révolte, Delia les rasséréna en tombant enceinte. Mieux encore, le responsable était un homme marié qui n'avait nulle intention de quitter sa femme.

Et brusquement, à sa propre stupeur, Delia eut peur. Elle se sentait très jeune, seule et perdue, et en vint à regretter d'être partie d'Irlande.

Là-dessus, huit jours après qu'elle eut découvert sa grossesse, son père mourut d'une crise cardiaque. (Il était sorti ramasser de la tourbe pour le feu. Comme disait Agnes, la tourbe n'avait jamais réussi aux Casey.)

Dans le train qui la ramenait chez elle pour l'enterrement, Delia répéta son plaidoyer. « Une nouvelle vie à la place de l'ancienne. Papa est parti, un nouvel être va naître pour le remplacer. » Elle avait le trac. Plus elle se rapprochait de Knockavoy, moins ses idées de liberté et d'indépendance lui semblaient convaincantes.

Après l'enterrement, elle dut attendre que les amis et les pique-assiettes aient terminé tous les sandwiches au jambon et vidé la barrique de bière avant de pouvoir annoncer la nouvelle.

« Maman, je vais avoir un bébé.

— Certainement, *alanna*[1] », répondit Agnes.

Cela ne l'étonna guère. Connaissant la débauche qui régnait dans un lieu de perdition tel que Londres, elle s'était stoïquement préparée à en accepter les conséquences. Son seul regret était de n'avoir pas pu y séjourner elle-même. Voilà bien longtemps que sa vie était dépourvue de frissons. Depuis la guerre civile, en fait.

L'enfant vint au monde fin août 1967. Puisque c'était l'Été de l'Amour, Delia s'apprêtait à le gratifier d'un prénom comme Goutte de Pluie ou Rayon de Lune, mais Agnes s'interposa. « Déjà que c'est une bâtarde, la raisonna-t-elle, ne peux-tu pas lui donner un nom décent, pour lui éviter de devenir la risée de toute la ville par-dessus le marché ? »

1. Terme d'affection en gaélique. *(N.d.T.)*

Tout le monde pensait que Delia allait retourner à Londres. Mais, à la surprise générale, elle s'installa dans la maison de sa mère, la ferme où elle avait grandi, pour élever son enfant. Elle faisait des petits boulots – barmaid durant les mois d'été, conductrice du bus scolaire – et aidait sa mère à s'occuper des vaches, des poules et à assurer les récoltes.

Belle mais toujours aussi déjantée, aucun homme du pays ne voulut d'elle, surtout maintenant qu'elle avait une fille. Directe et fantasque, elle était plus marginale que jamais. Son radicalisme, elle l'exerçait à distance. Elle organisa une marche de protestation contre l'intervention américaine au Vietnam qui devait partir un samedi à seize heures de la quincaillerie Tully… elle avait choisi Tully parce que Curly Tully avait vécu dix-huit mois à Boston dans les années cinquante. Les seuls manifestants qui se présentèrent furent elle-même et Katherine, alors âgée de deux ans. (Agnes assura qu'elle aurait volontiers participé, seulement elle devait traire les vaches.)

Ensuite, Delia lança une pétition contre l'apartheid, harcelant les gens à la sortie de la messe pour recueillir leurs signatures. Elle en obtint sept : la sienne, celles de sa mère, de sa fille, de Tommy Forman le simplet, plus d'un certain M. D. Duck, d'un M. M. Mouse et d'un M. J. F. Kennedy.

Elle essaya d'enseigner le yoga. Personne ne vint. Elle voulut ouvrir une boutique d'artisanat. La camelote se révéla invendable.

Elle portait des sarraus, des sabots, des bijoux en bois et prétendait posséder des pouvoirs médiumniques. Elle insistait pour que Katherine l'appelle Delia, lui affirmait qu'elle n'était pas obligée d'aller à l'école si elle n'en avait pas envie, et *surtout* qu'elle n'était pas obligée d'aller à la messe. Sa fille savait à peine nouer ses lacets toute seule que la reproduction humaine dans ses moindres détails n'avait plus de secret pour elle.

Naturellement, Katherine se rebella. À sa manière, en étant propre, rangée, ordonnée, calme, respectueuse, obéissante et pieuse. D'humeur égale, elle ne posait jamais de questions, faisait exactement ce que les bonnes sœurs lui disaient de faire, connaissait son catéchisme à l'envers (c'était beaucoup mieux) et répétait à qui voulait l'entendre que sa première communion avait été le plus beau jour de sa vie.

Delia était atterrée. « Attendons l'adolescence, pleurnichait-elle. Les gènes finiront bien par parler, elle est la fille de sa mère. »

Mais Katherine était aussi la fille de son père.

Fidèle à ses principes libertaires, Delia ne lui avait jamais raconté de craques sur un papa tragiquement mort à la guerre, dans un accident d'auto ou un malencontreux accident de tracteur (rayez la mention inutile). Katherine savait dès sa plus tendre enfance que son père était un petit-bourgeois minable nommé Geoff Melody, qui avait attiré Delia dans son lit en lui faisant miroiter diverses drogues et la promesse de quitter sa femme.

Bien qu'il n'y eût plus aucun contact – ni aucun sentiment – entre Delia et Geoff Melody, Delia avait souvent dit à Katherine que si elle souhaitait entrer en relation avec son père, elle ferait son possible pour lui faciliter la tâche. La question cependant se posa seulement quand sa fille eut dix-neuf ans. Au sortir de sa première déception sentimentale, Katherine exprima le désir de rencontrer son père, et Delia s'empressa de lui fournir sa dernière adresse connue. « Elle date de vingt ans, mais si ça se trouve, il y est encore. » Elle ne put s'empêcher d'ajouter, méprisante : « C'est tout à fait le genre. »

Agnes prit le téléphone pour parler à sa petite-fille. Elle la remercia pour son cadeau, deux écharpes en soie assorties qu'elle lui avait envoyées. « Je m'en sers tout le temps », déclara-t-elle. Ce qui était la stricte vérité : la veille au soir, une charnière de la porte du poulailler s'était détachée, et il avait fallu la remplacer par quelque chose pour la fixer au poteau. « C'est comment, Londres ? s'enquit Agnes, nostalgique. Toujours un lieu de perdition ?

— Absolument, acquiesça Katherine avec enthousiasme. Pire que jamais. Tu devrais venir me voir, pour t'en rendre compte par toi-même.

— Ah non, dit Agnes. Si c'est moins horrible que tu le dis, je risque d'être déçue. Non, j'aime autant rester là, à imaginer. »

8

Katherine émergea de son immeuble en brique rouge, et l'automobiliste qui passait par là faillit monter sur le trottoir, à force de loucher sur elle, fraîche et impeccable dans son tailleur gris, ses cheveux tirés au cordeau. Au portail, elle fit une pause pour admirer son bonheur et sa fierté, sa Karmann Ghia bleu pastel. Katherine vouait une véritable passion à sa voiture : si elle n'avait pas craint d'être surprise par un lève-tôt de ses voisins, elle l'aurait embrassée.

Les gens étaient souvent étonnés qu'elle possède un bijou pareil. Ils ignoraient que Katherine était du genre à viser haut. Lorsqu'elle se donnait la peine de viser.

Ils s'étonnaient également qu'elle possède une voiture aussi peu *fiable*. À vrai dire, la Karmann Ghia était pratiquement la seule folie d'une vie par ailleurs ordonnée. Katherine fréquentait si assidûment le garage Volkswagen qu'elle promettait en plaisantant à Lionel, le mécano, de donner son nom à son premier-né – il n'était pas censé savoir qu'elle ne voulait pas d'enfant.

D'ordinaire, elle ne prenait pas la voiture pour aller au bureau, mais le samedi les rues étaient dégagées, et la circulation, fluide. À sa stupéfaction, elle put se garer juste devant Breen Helmsford, l'agence de publicité où elle travaillait comme comptable.

« Dieu soit loué, marmonna-t-elle. C'est un miracle. »

« Bonjour, Katherine ! lança Desmond, le portier, tandis

qu'elle se dirigeait vers les ascenseurs. Ils sont vaches de vous faire venir le week-end, hein ? »

Mais au lieu de se lamenter amèrement à l'exemple de ses collègues déjà arrivés, elle eut un sourire inexpressif et dit : « Il faut bien que quelqu'un se dévoue. »

Breen Helmsford était une agence relativement modeste, avec seulement soixante-dix employés répartis sur deux étages de bureaux paysagés – et quelques cages de verre pour le personnel de direction.

Quand Katherine fit son entrée, la plupart d'entre eux étaient déjà à leur poste. Outre ses assistants, Breda, Charmaine et Henry, il y avait là une poignée de « créatifs » qui se prenaient pour le sel de la terre, à mille lieues de ces malheureux bureaucrates qui rognaient sur les dépenses juste pour le plaisir. Lesdits créatifs – une bande de jeunes gens furieusement tendance, accoutrés comme s'ils avaient racheté tout le stock de Duffer of St. George – mettaient la touche finale à la campagne qu'ils devaient présenter le lundi suivant à un fabricant de tampons. Au son assourdissant de *Freedom* de George Michael, des filles radieuses atterrissaient en masse sur la Lune dans un paysage jaune censé figurer la planète Vénus. L'accroche était : « Sans doute le meilleur produit d'hygiène féminine dans l'univers connu. »

Il y avait deux règles incontournables dans la publicité pour les tampons : user de périphrases pour désigner le produit et ne jamais employer la couleur rouge.

Tout le monde leva automatiquement les yeux sur Katherine. Pour retourner à leurs occupations après avoir vu qui c'était. La jeune femme ne suscitait pas beaucoup de sympathie parmi ses collègues. Ni d'antipathie non plus. Ne sortant pas faire la bringue plusieurs fois par semaine et ne couchant pas avec les hommes de l'agence, elle était en quelque sorte inexistante.

Les coucheries venaient en tête de liste des activités chez Breen Helmsford. Le personnel épuisant régulièrement toutes les possibilités avec les collègues du sexe opposé, chaque nouvelle recrue était accueillie avec plus d'enthousiasme que l'attribution d'un nouveau budget. Par chance, les créatifs étaient virés et remplacés avec une rapidité vertigineuse ; il y avait donc du sang frais en permanence.

Katherine était surnommée la Reine des Neiges. Elle le savait, et sa seule objection était que, dans une agence de pub, on aurait pu faire preuve de plus d'imagination.

Le directeur du budget tampons, Joe Roth, était assiégé par cinq gaillards qui clamaient avec véhémence : « Tout le monde sait qu'on peut faire du saut à l'élastique avec un tampon » ou « Le saut à l'élastique, c'est dépassé » ou bien « Et les voyages dans l'espace, non ? ». Il regarda Katherine s'approcher de son bureau et allumer son PC. « C'est du bon boulot, les garçons, les félicita-t-il. Pour ma part, je serais prêt à acheter ces tampons. Nom de Dieu, je regrette presque de ne pas avoir de règles. Maintenant, si vous voulez bien m'excuser, ajouta-t-il sans perdre de vue Katherine, c'est l'heure de ma douche froide. »

Katherine intriguait Joe Roth. Il n'était chez Breen Helmsford que depuis trois semaines – ailleurs, on aurait dit qu'il débutait à peine dans son nouveau job, mais dans le milieu de la pub les années se multipliaient par sept, comme celles des chiens. Trois semaines, c'était amplement suffisant pour décrocher un gros budget, bénéficier d'une double promotion, se faire surprendre au lit avec la femme du P-DG, perdre le gros budget et se faire virer. En tout cas, pensait Joe, trois semaines, c'était suffisant pour avoir avancé ses pions auprès de Katherine, même s'il n'était pas certain que cela le mènerait quelque part.

Le jour de son arrivée à l'agence, Fred Franklin, le quadragénaire bedonnant et fortement alcoolisé qui allait être son patron, l'avait pris à part. Après s'être enquis de l'équipe de foot que Joe soutenait – Arsenal –, il lui prodigua des conseils paternels sur son nouveau poste. L'emplacement de la machine à café, comment trafiquer ses notes de frais et, par-dessus tout, les meilleurs coups parmi le personnel féminin.

« Tiens, tu vois Martini, fit-il, indiquant une grande rousse à la denture chevaline. Elle est toujours partante.

— Je croyais qu'elle s'appelait Samantha, dit Joe.

— Normalement, oui. Mais ici, on l'appelle Martini, parce que avec elle, c'est comme on veut, quand on veut. Elle est géniale. »

Et Fred de conclure sur le plus beau compliment qu'il aurait pu faire à une femme : « C'est un vrai mec à nichons. »

Il désigna ensuite une petite blonde frisottée. « Effie, elle, connaît un truc super avec de l'huile pour bébé et de la flanelle froide, mais c'est une emmerdeuse. Un jour, elle a téléphoné à ma femme pour lui dire…

— Je croyais que son nom, c'était Connie, interrompit Joe.

— Oui, mais on l'appelle Effie parce qu'elle…

— … s'étale facilement », acheva Joe, ironique.

Fred s'épanouit dans un énorme sourire. « Tu as tout compris ! Je crois, fiston, que tu vas te plaire ici. »

Joe n'en était pas aussi sûr. « Et celle-là, là-bas… euh… Katherine, la comptable ? demanda-t-il négligemment.

— Qui ?

— La petite Irlandaise.

— Elle ? s'étrangla Fred. Cette vieille peau ?

— Elle est sublime, protesta Joe, surpris.

— Mais elle ne fait *rien* ! Rien de rien. À ta place, fiston, je ne perdrais pas mon temps avec elle. M'est avis que cette Katherine est un peu gouine sur les bords.

— Elle n'a pas voulu sortir avec toi ? compatit Joe.

— Pas qu'avec moi, rugit Fred. Avec personne. Quel gâchis, celle-là. Regarde-moi ça comment elle est fagotée. On dirait une bonne sœur ! »

Katherine venait au bureau en tailleur strict et chemisier immaculé. D'autres femmes mettaient des tailleurs chez Breen Helmsford, mais plutôt comme une marque de fantaisie. Leurs tailleurs à elles étaient sexy, à la mode, colorés, avec une jupe courte. Par contraste, Katherine, prudente, choisissait des jupes qui s'arrêtaient pile au-dessus du genou.

Mais Joe avait capté des signes de féminité sous cette carapace. Un léger bourrelet, sous sa jupe ajustée, laissait deviner des bas et un porte-jarretelles au lieu d'un vulgaire collant. Ou alors, assis devant elle à se faire enguirlander pour n'avoir pas gardé ses notes de restaurant, il avait entrevu un bout de dentelle sous son chemisier blanc et s'était promis de continuer à perdre ses reçus. Aussi, en ce onzième jour de travail d'affilée, alla-t-il se percher sur le bord de son bureau.

Il était très grand – un mètre quatre-vingt-trois – et plutôt efflanqué. Mais force était de reconnaître que ça lui allait bien. Ses habits tombaient sur lui avec une sorte de désinvolture alanguie. Ce jour-là, il était vêtu d'un pantalon de treillis et d'un T-shirt à manches longues. Pour le voir correctement, Katherine fut obligée de s'incliner en arrière jusqu'à ce que son visage soit presque parallèle au plafond.

« Bonjour, Katie, dit-il avec un grand sourire. Qu'est-ce qui vous amène là un samedi ? »

Ce « bonjour, Katie » laissa Katherine sans voix. Au bureau, elle cultivait délibérément une certaine distance. Personne ne l'appelait Katie, ou Kate, ou Kath, ou Kit, ou Kitty. C'était toujours Katherine. Au fond, elle aurait préféré qu'on l'appelle miss Casey, mais il ne fallait pas rêver. Chez Breen Helmsford, la décontraction était de rigueur. Même le directeur général tenait à ce qu'on l'appelle Johnny. (Bien que son véritable prénom fût Norman.)

Seule la femme de ménage avait droit aux égards. Une femme au visage dur qui fumait comme un pompier, toussait à s'arracher les poumons et se plaignait constamment du désordre. On la craignait trop pour s'autoriser la moindre familiarité. Elle avait probablement dû *naître* Mme Twyford.

Katherine décocha à Joe son Regard Effrayant, force quatre. Un regard qui plongeait les hommes dans une peur panique. C'était juste deux crans au-dessous du Regard Méduse – parfois, elle en arrivait à s'effrayer elle-même en le peaufinant devant sa glace. Mais avant qu'elle ne l'informe d'un ton glacial qu'elle ne tolérait pas les diminutifs, Joe, une lueur amicale dans ses yeux marron, questionna : « Vous avez mal aux dents ? Aïe ! À moins que vous n'ayez quelque chose dans l'œil ?

— Ni l'un ni l'autre, marmonna-t-elle, relâchant les muscles de son visage, crispés dans un rictus carnassier.

— Et pourquoi vous êtes là aujourd'hui ?

— Normalement, je ne travaille pas le week-end, expliqua-t-elle poliment, levant les yeux sur lui. Mais comme c'est la fin de l'année comptable, j'ai beaucoup à faire.

— J'adore votre accent, déclara-t-il avec un sourire béat. Je pourrais l'écouter pendant des heures.

— Je doute que vous en ayez l'occasion », répliqua-t-elle avec froideur.

Légèrement désarçonné, Joe ne s'avoua pas vaincu pour autant.

« Serait-il opportun dans ces conditions de vous inviter à déjeuner ?

— Non, fit-elle, laconique. Pourquoi ne me laissez-vous pas tranquille ?

— Pourquoi je ne vous laisse pas tranquille ? répéta-t-il, songeur. Je vais vous le dire. Pour citer un vieux sage… Attendez, quelle est la phrase exacte, déjà ? » Il parut réfléchir, le regard dans le vague. « Ah oui ! "Je t'ai dans la peau."

— Ah bon ? Eh bien, pour paraphraser l'un de mes héros, le grand humaniste Rhett Butler : "Franchement, mon cher, je m'en fiche comme d'une guigne."

— Mon Dieu, qu'elle est cruelle ! » Joe fit mine de chanceler, comme s'il venait de recevoir un coup de poignard.

Katherine le toisa avec mépris. « Si vous voulez bien m'excuser, j'ai du travail. » Elle se tourna vers son écran.

« On prend un verre après le boulot ? suggéra-t-il avec entrain.

— Quelle est la partie du mot "non" que vous ne comprenez pas ? L'un des deux *n* ou le *o* ?

— Vous me brisez le cœur.

— Tant mieux. »

Il l'enveloppa d'un regard admiratif.

« Vous êtes la femme la plus déconcertante que j'aie jamais rencontrée.

— Vous devriez sortir plus souvent. »

Joe, qui était un homme intelligent, sut qu'il perdait son temps.

« Pas d'autres questions », dit-il énergiquement, tel un jeune et dynamique avocat de la défense.

Il avait voulu la faire rire. Elle ne rit pas.

« Bon, il faut que j'aille voir quelqu'un pour une histoire de tampons. Mais comme a dit le grand savant et philosophe Arnold Schwarzenegger… » Il fit une pause pour ménager son effet, puis se pencha vers Katherine et chuchota d'une voix rauque : « … Je reviendrai… »

Il s'éloigna en souriant. Pas de doute, elle était en train de se lâcher. En tout cas, elle se montrait plus bavarde. À ce rythme-là, dans une petite dizaine d'années il réussirait à lui arracher un sourire.

Katherine le suivit du regard. Elle savait qu'elle faisait preuve de méchanceté gratuite. Mais ça ne lui déplaisait pas. Une pensée coupable lui traversa l'esprit : pourquoi ne pas prendre un verre avec lui ? Non, décida-t-elle, définitivement non. Qu'était-il arrivé la dernière fois qu'elle était sortie avec quelqu'un ? Et la fois d'avant ?

« Vas-y ma fille, dit Charmaine dans son dos. Il est trop canon ! »

Katherine pivota sur son siège pour la rembarrer.

« Je sais. » Charmaine l'avait devancée. « Ferme-la et retourne casser les blocs de pierre avec les autres forçats. »

Plus tard dans la journée, Joe vit Katherine s'approcher d'une Karmann Ghia, ouvrir la portière, s'installer au volant et démarrer. Pétrifié, il sentit son admiration croître au centuple. Une femme avec une belle carrosserie, c'était déjà quelque chose, mais une femme avec une belle voiture, alors là…

9

« Mets ta robe rouge, demanda Thomas. Tu es drôlement sexy dedans.

— Mais c'est juste pour aller au ciné ! »

Voilà un moment que Tara ne l'avait pas mise, et elle soupçonnait fortement qu'elle avait beaucoup grossi depuis.

« Allez, s'il te plaît.

— On mange d'abord. » Elle espérait qu'entre-temps il aurait oublié. « Le dîner est servi. »

Elle l'escorta vers la table éclairée par des bougies.

« Hachis Parmentier ? s'enquit Thomas, suspicieux.

— La surprise, expliqua-t-elle, radieuse, c'est que le mien est 127 % allégé, contrairement au tien.

— Chapeau !

— Tu peux éteindre la télé ?

— Mais c'est *Gladiateurs*.

— Oui, et alors ? »

Ils mangèrent en silence à la lueur des chandelles en regardant *Gladiateurs*. Quand Thomas ne grommelait pas, nostalgique « Cette Ulrika Johnson est sacrément bien roulée », Tara pouvait s'extasier à cœur joie : « C'est si romantique ! On devrait faire ça plus souvent. »

Après leurs portions respectives de cheesecake aux myrtilles (celui de Tara étant 210 % allégé et celui de Thomas, normal), il lui redemanda de mettre sa robe rouge. Non sans appréhension, elle alla dans la chambre où ses pires craintes se trouvèrent confirmées : ses formes s'étaient considérablement arrondies depuis la dernière fois qu'elle l'avait portée. Rentrant le ventre, retenant son souffle, elle revint se présenter devant Thomas.

« Voyons voir », dit-il avec fierté.

Son regard glissa sur elle, s'attardant une fraction de seconde sur la bosse de son ventre. Tara baissa les yeux et s'aperçut que le tissu, étiré, plissait. Malheureusement, elle n'y pouvait rien. Pourvu que Thomas ne se lance pas dans une diatribe contre son poids. Car si celui-ci avait tendance à la déprimer, elle le déprimait, semblait-il, encore davantage. Et Thomas, quand il était en rogne, lui faisait vivre l'enfer.

« Ça m'a l'air différent », décréta-t-il, contrarié.

Lorsqu'il avait connu Tara deux ans plus tôt, il n'en avait pas cru sa chance. Avec ses cheveux blonds, sa poitrine généreuse, sa taille fine et ses jambes fuselées, il avait cru décrocher le jackpot. Comme beaucoup d'hommes endoctrinés par les tabloïds, il avait des idées très arrêtées sur le « profil » de la femme idéale.

Mais sitôt qu'elle eut de nouveau un homme dans sa vie, Tara se remit à manger. Elle prit du poids plus vite qu'elle n'en avait perdu, et Thomas fut amèrement déçu. Allez donc faire confiance aux femmes ! Il s'employa dès lors à la remettre dans le droit chemin. Il la poussait à courir, à s'inscrire dans un club de gym, la culpabilisait à chaque bouchée. Lui-même pourtant n'avait rien d'un mannequin. « Surveillez-le, disaient les femmes à la cantine scolaire. Surtout le jeudi (jour du roulé à la confiture). Il serait capable de piquer leur part aux gosses. »

Mais, malgré sa propre brioche, son adoration pour Tara s'était amenuisée au prorata de ses kilos superflus.

« Franchement, maugréa-t-il, examinant la robe rouge sous toutes les coutures, on dirait que tu es en cloque. Quand je t'ai rencontrée, tu étais un supercanon.

— Je n'irais pas jusque-là, rit-elle.

— Alors que si je te rencontrais maintenant, je ne te fréquenterais même pas.

— Moi non plus, dit-elle d'un ton léger, je ne me fréquenterais pas, si j'avais le choix.

— Six mois, fit-il avec un hochement de tête en direction de son ventre. On dirait que tu es enceinte de six mois.

— Plutôt sept, allez », rectifia-t-elle avec un sourire désabusé.

Puis, comme ça n'avait pas l'air de l'amuser, elle monta la barre d'un cran.

« Ce serait tordant si j'étais réellement enceinte. Qu'est-ce qu'on ferait, hein ? »

Elle avait espéré le dérider. En général, elle y parvenait. Mais elle ne s'attendait certainement pas qu'il réponde : « On ? », comme s'il entendait ce mot-là pour la première fois.

« On ? répéta-t-il, encore plus surpris. Qu'est-ce qu'*on* ferait ?

— Mais oui. » Levant les yeux au ciel, elle rit de sa lenteur à comprendre. « Les deux principaux responsables. »

Thomas rétorqua, catégorique : « Je n'aurais rien à voir là-dedans, moi.

— Les nuits blanches, les couches sales. » Tara grimaça, espiègle. « On pourrait guère t'en vouloir. Le pauvre enfant mourrait sûrement par manque de soins. »

Elle pensait clore le chapitre là-dessus. Mais Thomas insista, buté : « Je n'aurais rien à voir là-dedans. »

Tara savait qu'elle n'aurait pas dû, mais elle ne put s'empêcher de demander, d'une toute petite voix : « Que veux-tu dire ?

— Exactement ce que j'ai dit. Je n'aurais rien à voir là-dedans. »

Son sang se glaça dans ses veines. C'était censé être une plaisanterie, sauf que Thomas ne plaisantait pas.

Arrête, s'exhorta-t-elle. Laisse tomber. Ne joue pas avec le feu. Il n'est pas sérieux. Ou alors, s'il l'est, il vaut mieux ne pas le savoir.

« Autrement dit, tu ne… ? » Elle s'interrompit juste avant de prononcer les mots « m'épouserais pas ». Elle avait déjà fait fuir Alasdair ; elle s'était juré de ne pas commettre la même erreur avec Thomas.

« … tu ne me soutiendrais pas ? » Et elle esquissa – trop tard – un sourire crispé.

Thomas s'assit sur le canapé et la regarda fixement. Tara

regrettait d'avoir ouvert la bouche. Elle éprouvait une abominable sensation de déjà-vu et un terrible pressentiment de ce qui allait suivre.

« Je ne sais pas », répondit-il d'une voix atone.

Le cœur de Tara fit un saut périlleux, surfant sur une vague de panique.

« Mais tu resterais avec moi, n'est-ce pas ? Tu assumerais ? » fit-elle, désespérée. Sa voix lui parut étouffée, on aurait dit qu'elle avait les oreilles bouchées.

Il la dévisagea à nouveau.

« Je ne crois pas », dit-il, comme sous le coup d'une illumination.

Pas étonnant, se rappela-t-elle, le souffle coupé. Comment pourrait-il investir dans une vie de famille après ce qui est arrivé à ses parents ?

Ce fut une piètre consolation.

« Tu m'aimes, non ? protesta-t-elle.

— Oui, mais…

— Tu me donnerais de l'argent pour le bébé ? croassa-t-elle, angoissée comme si l'enfant était bien réel.

— Tara, tu gagnes deux fois plus que moi, observa-t-il avec aigreur.

— C'est vrai », reconnut-elle, honteuse.

Il y eut un silence chargé. Un courant de tension circulait entre eux deux.

D'affolantes questions se bousculaient dans la tête de Tara. Que signifiait tout cela ? Quel genre d'avenir pouvaient-ils escompter ?

« Mais enfin, si tu ne… » Elle se tut abruptement. À quoi bon jeter de l'huile sur le feu ? « Cette discussion est absurde puisque je ne suis pas enceinte ! » s'exclama-t-elle avec un sourire forcé, dans sa hâte de rafistoler l'accroc. Vite, vite, avant qu'il ne s'en aperçoive. Avant qu'*elle* ne s'en aperçoive. « Grosse, certainement, mais pas enceinte. Il n'y a pas de quoi s'inquiéter. »

Thomas la regardait d'un air bizarre. Presque avec désarroi. Peut-être était-il en train de se poser les mêmes questions… Il ouvrit la bouche pour parler.

« Allons-y, bredouilla-t-elle afin de l'en empêcher. On va être en retard pour le film. »

Il hésita, mais, le temps de reprendre sa respiration, la lueur meurtrière s'était éteinte dans son œil.

« OK, dit-il, passant un bras autour d'elle. Allons-y. »

Ils ne revinrent plus sur le sujet. Cependant, après le cinéma, au lieu d'aller à une soirée ou dans une boîte, comme ils en avaient l'habitude, ils rentrèrent chez eux pour regarder la télé, fumer et boire du vin en silence. Une fois la bouteille terminée, Tara alla dans la cuisine et se prépara en cachette un énorme gin tonic. Puis un autre, et encore un autre. Elle but de quoi assommer un éléphant, mais sans parvenir à trouver son bonheur.

Cette nuit-là, tandis que Thomas ronflait à son côté, elle échafauda des plans, auréolés de vapeurs éthyliques. Même si elle se refusait à l'admettre, elle venait de recevoir une sorte d'avertissement. Elle devait donc redoubler d'efforts pour essayer de rendre heureux cet homme blessé, tourmenté qui partageait sa vie.

C'était en son pouvoir. Il avait été fou d'elle. Littéralement fou, au début. Dieu, qu'elle aurait voulu revivre l'époque où il souriait sans cesse, où il disait qu'elle était la plus craquante des nanas, qu'il ne connaissait pas une seule fille aussi bien roulée qu'elle. Où ils faisaient l'amour vingt-quatre heures sur vingt-quatre. Où elle se sentait aimée, choyée, irrésistible.

Tara fixait l'obscurité, se creusant la cervelle à la recherche de ce qu'elle pourrait faire pour Thomas. Quel était le plus beau cadeau qu'elle ait jamais reçu ? En fait, ça remontait à ses neuf ans. Elle avait supplié sa mère de lui acheter une jupe et une veste en jean. Seulement, Fidelma Butler n'en avait pas les moyens. Alors, elle prit le car pour aller à Ennis où elle acheta un patron et du denim gratté afin de confectionner la veste et la jupe elle-même. Ce qu'elle fit, en suivant scrupuleusement les indications de sa fille. « Il faut qu'il y ait deux rangées de points orange sur le bord, m'man. Et que ça se voie. » Ce n'était pas ainsi que Fidelma envisageait un ourlet, mais elle s'exécuta pour faire plaisir à Tara. Et ç'avait été le plus beau cadeau de sa vie. Même si son père avait levé les yeux de son journal pour ricaner : « Tu peux habiller une chèvre de soie, ça restera toujours une chèvre », rien n'avait pu ternir sa joie le jour où elle avait revêtu son ensemble tout neuf.

Certes, elle voyait mal Thomas exulter si elle lui offrait une veste et une jupe en jean de sa fabrication. Mais l'idée de faire quelque chose de ses mains lui plut. Soudain, tout devint clair. Elle allait… elle allait… elle allait… *lui tricoter un pull* !

10

Le lendemain matin, Tara se réveilla très tôt. Avec la gueule de bois. Je suis trop vieille pour ça, se dit-elle en avalant une poignée d'analgésiques. Je ne tiens plus le coup. La douleur s'estompa, mais la sensation d'une catastrophe imminente lui colla à la peau et la suivit de la chambre à la salle de bains et à la cuisine.

Malgré toutes ses bonnes résolutions, elle avait une faim de loup. C'était toujours comme ça, après une cuite. Il y avait des gens qui étaient malades au point de ne pas supporter la vue de la nourriture. Elle, c'était l'inverse : vertiges, gargouillements d'estomac, une fringale quasi animale. Il lui fallait des glucides. À la pensée de toasts, elle eut une poussée d'adrénaline qui la souleva presque du sol.

Subrepticement, elle referma la porte de la cuisine pour éviter que l'odeur aille chatouiller les narines de Thomas et mit deux tranches de pain à griller. Trépignant d'impatience, elle brancha le toaster ; vite, vite... Par esprit de sacrifice, afin de lui épargner la tentation, Thomas avait depuis longtemps vidé les placards de chips et de petits gâteaux.

Les toasts remontèrent. Ses mains tremblaient tandis qu'elle les tartinait, l'un de fromage, l'autre de confiture. Tout en les engouffrant, elle en mit deux autres à griller. Puis deux autres. Une orgie de toasts, et elle était au paradis. Toast au beurre de cacahuètes, toast au fromage, toast à la confiture, toast au Marmite.

Couverte de miettes, elle aspirait littéralement chaque tranche, adossée à la porte de la cuisine, guettant l'arrivée de Thomas.

Une tête apparut derrière la fenêtre. Tara sursauta avant de reconnaître Beryl ; ses yeux verts brillaient d'une lueur méprisante dans sa bouille noire. Levant deux doigts écartés, Tara lui tourna le dos pour remettre du pain à griller. Jusqu'au moment où elle découvrit qu'il n'y en avait plus.

Ô Seigneur ! Elle avait fini le pain de mie. Thomas allait s'en apercevoir, se demander où il était passé. Paniquée, elle tenta de se raisonner. Où était le problème ? Elle n'avait qu'à sortir en acheter un paquet sous prétexte de rapporter le journal du dimanche. Si le Pakistanais était fermé, elle irait à la station-service ouverte vingt-quatre heures sur vingt-quatre. Elle s'habilla sans bruit, terrifiée à la pensée de réveiller Thomas, et émergea dans l'air humide et brumeux sous l'œil soupçonneux de Beryl. Ça ne l'étonnerait pas outre mesure que cette saloperie de chatte aille la balancer.

L'épicier étant fermé, Tara alla chercher pain et journaux à la station-service. Elle finit par acheter également trois beignets, un au chocolat et deux à la crème anglaise – elle adorait la crème anglaise – qu'elle mangea en marchant avec une lenteur délibérée : elle se débarrassa des emballages dans une poubelle devant la grille d'une maison puis, après avoir énergiquement brossé ses vêtements et s'être passé la langue sur les dents pour éliminer toute trace de son méfait, elle se prépara à regagner l'appartement.

Thomas n'était toujours pas levé ; elle était donc libre de manger encore, si elle le voulait. Mais la fièvre était retombée. Si je m'empiffre, c'est uniquement parce que j'ai la gueule de bois, se rassura-t-elle en allumant une cigarette. Je commencerai mon régime demain, mais je ferai attention dès aujourd'hui. Assise à la table de la cuisine, elle fuma en essayant de lire le journal. Quelle tristesse que de se réveiller aussi tôt par un froid et humide dimanche d'octobre. Elle pouvait, certes, aller se recoucher avec le journal, mais elle avait peur de réveiller Thomas.

Là-dessus, elle consentit enfin à examiner ce qui la tarabustait. C'était ce qu'il lui avait dit la veille.

Instantanément, elle ressentit comme un nouvel accès de fringale qui, étant donné ce qu'elle avait englouti, se mua aussitôt en nausée.

Avec une véhémence née de l'affolement, elle s'exhorta à la raison. Il ne désirait pas qu'elle se retrouve enceinte ? Et alors ? Elle non plus. Rien que d'y penser… Beurk ! Il n'y avait pas de quoi paniquer. Il l'aimait, et elle savait que, ce coup-ci, ça allait marcher. La foudre ne tombait jamais deux fois au même endroit.

Elle téléphona à sa mère, ayant besoin parler à quelqu'un qui l'aimait. Ce fut son père qui répondit.

« Ta mère n'est pas là, bougonna-t-il, comme à son habitude.

— Et où est-elle à cette heure-ci ?

— À ton avis, espèce de mécréante ? » rétorqua-t-il.

Toujours en quête de réconfort, elle téléphona à Katherine. Aucun risque qu'elle soit à la messe, au moins.

« Excuse-moi, j'espère que je ne te réveille pas.

— Ça va. De toute façon, il faut que j'aille travailler.

— Un dimanche ? Ah, ces enfants de pub !

— Bilan de fin d'année, c'est exceptionnel.

— Je suis très mal, dit Tara.

— Vitamine C et promenade de santé.

— Je bouffe de l'aspirine comme si c'était des Smarties. D'ailleurs, je préférerais que ce soit des Smarties. Mais il ne s'agit pas de ma gueule de bois, si monumentale soit-elle.

— Qu'est-ce que c'est, alors ?

— Pas maintenant, je ne veux pas te mettre en retard. Simplement, dis-moi une chose. La foudre ne frappe jamais deux fois au même endroit, n'est-ce pas ?

— Bien sûr que si, répondit Katherine avec douceur. Rappelle-toi, le toit de chaume de Billy Queally a pris feu pendant un orage, et deux ans après il a été électrocuté et projeté à travers sa cuisine, quand il a allumé son grille-pain, au cours d'un autre orage.

— Je ne parle pas au sens *propre,* gémit Tara, accablée. Mais merci quand même.

— Raconte-moi ce qui ne va pas.
— Ce n'est peut-être rien, dit Tara avec un gros soupir.
— Viens ce soir, quand je serai rentrée du bureau.
— Merci, tu es un amour. »

Katherine se doutait bien de ce qui n'allait pas. Persuadée dès le départ que l'histoire avec Thomas ne durerait pas plus de quinze jours, elle attendait depuis presque deux ans que Tara lui annonce leur séparation.

Thomas, elle l'avait pris en grippe le soir même de leur rencontre. D'un côté, elle était heureuse pour Tara mais, de l'autre, elle avait senti confusément que Thomas n'était absolument pas l'homme qu'il lui fallait.

« On dirait qu'elle s'est fait un nouveau copain, lui avait glissé Fintan, tandis que Tara et Thomas se dévoraient des yeux dans la cuisine de Dolly sans se soucier du reste du monde.

— Mmmm, avait marmonné Katherine d'un air vague.

— Quoi ?

— Je ne sais pas. C'est peut-être son jean. Son jean marron.

— Le marron est le noir d'aujourd'hui.

— Mais il est immonde. Et regarde ! Sa chemise est marron aussi.

— Arrête de marronner, lui conseilla Fintan. Je suis sûr qu'il est très gentil. »

Plus tard, cependant, lorsque Thomas rentra en taxi avec Tara, Katherine et Liv, il refusa de verser sa part du prix de la course. « Non, déclara-t-il, lapidaire. Si je n'avais pas été là, vous auriez payé ce que vous payez d'habitude. C'est nul de profiter de ce que je suis là aujourd'hui. Je le dis comme je le pense. »

« Je le dis comme je le pense » était la phrase favorite de Thomas. Et il pensait rarement du bien.

En revanche, il ne manquait jamais de le dire.

Le lendemain de la fameuse soirée, alors qu'ils étaient tous vautrés dans le salon, Katherine décida qu'il était temps de ranger un peu, même si elle s'attendait d'avance à des objections.

« Je ne vais pas me frapper la poitrine, commença-t-elle, mais...

— Tu appelles ça une poitrine ? » l'interrompit Thomas.

Tara hurla de rire, pendant un temps si long que même lui finit par s'alarmer. Et quand, ayant recouvré ses esprits, Katherine voulut protester, il déclara haut et fort : « Mais c'est VRAI, non ?

— Là n'est pas la question, répondit-elle sèchement. C'est très mal élevé…

— MAIS C'EST VRAI, NON ? répéta-t-il en haussant encore la voix. Tu n'as pas de nichons. C'est un fait, et je n'ai pas l'intention de te mentir.

— Personne ne t'a demandé ton avis.

— Il n'y a que la vérité qui blesse, hein ? » Il haussa les épaules. « Putain, ce que tu peux être chochotte ! Je le dis…

— … comme tu le penses, acheva Katherine. Je suis au courant. »

En l'espace de quelques jours, Thomas avait réussi à insulter tous les amis de Tara. Il traita Liv de grande bringue et, après avoir consulté le dictionnaire, elle en fut profondément vexée. Quand on le présenta officiellement à Fintan, la manière dont il hésita avant de lui serrer la main et la hâte avec laquelle il s'essuya la paume sur son jean juste après révélèrent clairement ce qu'il pensait des homosexuels.

Ce fut toutefois lorsqu'il s'en prit à Tara pour tenter d'inverser en douce le rapport de force en sa faveur que les autres se rebiffèrent pour de bon. Hélas, pour Tara il était trop tard. Thomas l'avait sauvée alors qu'elle s'apprêtait à passer les quarante-cinq années à venir dans la solitude du célibat. Elle était devenue son adoratrice fanatique et, s'il avait le moindre reproche à lui faire, c'était à elle d'assumer.

Elle sortait avec lui depuis un mois quand elle laissa entendre pour la première fois qu'il se plaignait de sa prise de poids.

« Quelle horreur ! s'exclama Liv, scandalisée. Il est censé t'aimer pour toi-même !

— S'il me dit ça, c'est parce qu'il s'inquiète pour moi. Il a raison. J'ai pris quelques kilos ces derniers temps. Et je compte bien les perdre. »

Liv serra les poings de dépit.

« Depuis l'histoire avec Alasdair, tu te considères comme une moins que bien.

— Tu veux dire : une moins que rien, rectifia Katherine gentiment.

— Thomas n'est qu'une brute, ne te laisse pas faire, insista Liv.

— Allons, allons, sourit Tara, je sais que tu n'as pas digéré sa remarque au sujet de ta taille. Et toi, Katherine, tu lui en veux à cause de ce qu'il a dit sur ta poitrine. Mais reconnaissez-le, il a été franc, c'est tout. N'est-ce pas rafraîchissant d'avoir affaire à quelqu'un avec qui tu sais exactement à quoi t'en tenir ? »

Ce fut à ce moment-là que Katherine avait décidé de déménager et d'acheter un appartement pour elle toute seule.

« J'adore sa force de caractère, poursuivit Tara rêveusement. Cette assurance, ce franc-parler, vous ne trouvez pas ça excitant ? Et à propos d'excitant, je ne vous raconte pas au lit... ça ne va pas, Katherine ? Tu es toute rouge.

— Ça va », marmonna Katherine. Un mot de plus sur les prouesses de Thomas au lit, et elle allait se mettre à hurler.

« Et puis, ajouta Tara, revenant à leur conversation initiale, si Thomas est quelquefois maladroit, ce n'est pas sa faute. »

À la vue de leur mine sceptique, elle se lança dans le récit du départ de sa mère. « Peut-être que si nos mères nous avaient abandonnées à un âge aussi critique, on aurait également tendance à dire les choses comme on les pense. »

Fintan et, dans une moindre mesure, Liv avaient tout fait pour la ramener à la raison. En pure perte. Tara s'était fixé pour mission de mieux aimer Thomas. Même grincheux – ce qu'il était de plus en plus, la dépouillant au fil des mois du pouvoir qu'il lui avait concédé au début –, elle ne pouvait s'empêcher de lui trouver des excuses.

Elle voyait l'enfant abandonné en Thomas adulte. En quoi était-ce étonnant s'il se défoulait parfois de cette suprême trahison ?

Par ailleurs, il y avait le prix de consolation. Thomas accordait une très grande importance à la loyauté. Et, s'il exigeait la fidélité absolue, il la promettait aussi en retour.

11

Lorsque, après avoir raccroché, Tara s'aventura dans la cuisine, elle tomba sur Thomas, absorbé dans la contemplation de la huche à pain pseudo-rustique achetée au marché de King's Crescent pour 99 pence.

« Le pain… il était ouvert hier soir. »

Le sang de Tara se glaça dans ses veines. Fébrilement, elle tâtonna, à la recherche de ses cigarettes. Non, mais quelle idée d'avoir mis le pain dans la huche, tel quel ! Pourquoi n'avait-elle pas ouvert le paquet, comme elle l'avait trouvé à son réveil ?

« C'est un nouveau ? souffla Thomas, incrédule.

– Oui. »

Elle n'avait pas la force de mentir ni de faire le clown.

« Et où est l'autre ? »

Tara aurait pu dire qu'il n'était plus bon et qu'elle l'avait jeté, mais elle était trop déprimée pour chercher des excuses.

« Je l'ai mangé. »

Il la dévisagea, bouche bée. Tellement choqué qu'il en avait presque perdu la voix. « Un pain quasiment entier ? bégaya-t-il. Mais pourquoi ?

– Il était là, je me sentais seule, lança-t-elle, retrouvant un semblant de désinvolture.

– Il n'y a pas de quoi rire, Tara ! explosa-t-il.

– Allez, répondit-elle avec un grand sourire. Je m'y mets tout de suite. Degré zéro de nourriture. Et demain après le boulot, j'irai au cours de step. »

Le malaise persista toute la journée. Comme si la grisaille matinale s'était infiltrée dans l'appartement, les enveloppant tous les deux, imprégnant l'air de morosité. Thomas était si mal embouché que c'en était palpable. On aurait dit une cheminée crachant de gros nuages gris d'insatisfaction.

L'atmosphère dans le salon – déjà déprimante en temps normal, avec le canapé marron et la moquette marron de Thomas – s'alourdissait d'heure en heure. Tous deux fumaient plus que d'ordinaire, et la forte odeur de cigarette contribuait à rendre la pièce plus oppressante encore. Tara brûlait d'alléger la tension, de rendre le sourire à son homme, mais elle ne savait comment s'y prendre. Chaque fois qu'elle commentait quelque chose dans le journal, il se contentait de grogner ou bien l'ignorait carrément.

Dieu sait qu'ils en avaient déjà passé, des dimanches à buller sur le canapé, et ç'avait toujours été agréable. En apparence, rien n'avait changé. Alors comment expliquer ce sentiment… d'angoisse anticipée ? Oui, c'était le mot juste. De l'angoisse anticipée. Mais qu'attendait-elle exactement ?

« J'aimerais bien aller voir la pièce sur Woodstock », déclara Tara, rompant un silence d'une heure. À dire vrai, elle s'en fichait pas mal, de cette pièce sur Woodstock, mais l'absence de tout bruit devenait insoutenable.

Thomas leva les yeux de son journal.

« Eh bien, vas-y, qu'est-ce qui t'en empêche ? » aboya-t-il comme si elle venait de proférer une énormité.

Il redressa son journal d'un coup sec et se replongea dans la lecture sans remarquer la mine atterrée de Tara.

Beryl entra en trottinant dans la pièce, évita dédaigneusement Tara par un sinueux détour – *Je t'ai vue te goinfrer de toasts, espèce de grosse vache* – et sauta sur les genoux de son maître.

« On est venue voir papa ? roucoula-t-il, s'illuminant comme un sapin de Noël. C'est qui, la belle fifille ? Hein, c'est qui, la belle fifille ? »

Tara regarda sa main glisser sur le dos et la queue de la chatte qui, l'air sournois, se lova sur ses genoux. Elle avait l'impression de faire partie d'un triangle amoureux. Dieu, qu'elle aurait voulu être à la place de cette satanée bestiole ! Bénéficier du dixième de l'affection que Thomas lui prodiguait. Se faire chatouiller le ventre. Recevoir des barquettes de lapin en gelée.

Beryl s'attarda à loisir puis, avec cette insolence souveraine que Tara lui enviait tant, elle descendit des genoux de Thomas et quitta le salon. Aussitôt, il se renfrogna de nouveau.

« Je vais prendre une douche », marmonna Tara lorsqu'elle sentit les murs commencer à se refermer sur elle.

L'eau jaillissante, l'odeur fraîche de propre lui remontèrent momentanément le moral. Mais, quand elle revint au salon, l'angoisse était là qui l'attendait, intacte.

« Ça ne va pas ? » demanda-t-elle à Thomas.

Ce qui eut l'air de l'irriter plus qu'autre chose. Au bout d'un moment, n'y tenant plus, elle suggéra gaiement : « Et si on faisait quelque chose ? Au lieu de traîner là comme deux limaces, si on sortait ?

– Pour aller où ? maugréa-t-il.

– Je ne sais pas, moi, hésita-t-elle, ébranlée par son hostilité. On est à Londres, bon sang. Il y a mille trucs à faire.

– Du genre ?

– Euh... » En vain, elle se creusait la cervelle, à la recherche d'une idée originale. « On pourrait aller au musée. À la Tate ! Ça serait sympa, non ?

– Tu débloques », riposta-t-il sans aménité.

Tara dut admettre qu'elle était soulagée. Rester confinée entre quatre murs ne l'emballait guère, mais aller piétiner dans un musée l'horripilait franchement. Jouer des coudes parmi les hordes de touristes bruyants et tous ces insupportables « amateurs d'art » et ensuite subir une heure de file d'attente à la cafétéria pour manger l'incontournable tranche de cake aux carottes, non merci, très peu pour elle.

« On peut faire les boutiques. C'est comme ça qu'on s'éclate, aujourd'hui. »

Il esquissa une moue de dérision. « Tu es fauchée comme les blés, et moi, bien que je fasse l'un des métiers les plus importants au monde, je n'ai pas plus de ronds que toi.

– Je sais ! s'exclama-t-elle convulsivement. On prend la voiture et on part en balade.

– Une balade en voiture ? » Thomas, qui avait raté trois fois son permis, tentait de faire passer la conduite pour une forme de déviance. « Où ça ? »

Mais Tara était en panne de suggestions. « À la mer ? » proposa-t-elle avec l'entrain du désespoir.

Tout à coup, cette idée lui parut excellente. L'air frais, vivifiant, dissiperait le marasme dans lequel ils barbotaient. Un peu de spontanéité ne pouvait que leur faire le plus grand bien.

« À la mer ? Un 4 octobre ? »

Il la scruta, comme si elle avait perdu la tête.

« Et pourquoi pas ? On n'a qu'à bien se couvrir.

– Bon, d'accord, allons-y », bougonna-t-il.

Après la débâcle des toasts, Tara n'osa pas aborder la question du déjeuner avant leur départ. Elle fuma donc cigarette sur cigarette pendant tout le trajet, obnubilée par une seule pensée : la nourriture. Tout ce qu'ils croisaient sur la route prenait une allure comestible. Les arbres se transformaient en brocolis. Les meules de foin en baklavas explosant de miel et de sucre. Alors qu'ils dépassaient un pré avec des moutons, son pouls s'accéléra ; elle venait de songer à un paquet de marshmallows. Une carrière de craie à ciel ouvert lui fit penser à un gros pavé de nougat. Le spectacle d'un champ boueux la fit saliver : on aurait dit un hectare de fondant au chocolat.

« Je souffre d'analogie alimentaire », chuchota-t-elle à l'adresse de Thomas.

Mais, trop occupé à fumer, à demi tourné vers la vitre du passager, il ne l'entendit pas. Du reste, elle n'y tenait pas.

Ils étaient partis depuis plus d'une heure quand il pointa le doigt en direction d'un restoroute. « Regarde ! »

Le cœur de Tara tressaillit d'espoir. Peut-être aurait-elle droit à un petit quelque chose. Mais il se trouvait que Thomas avait repéré la mer. Ils s'arrêtèrent à Whitstable, dans le Kent, où ils eurent la plage de galets pour eux tout seuls. La journée était aussi humide et brumeuse que le début de matinée. La mer immobile était couleur de vase, entre le gris et le brun, et le ciel paraissait bétonné. Tout ce vide et toute cette grisaille achevèrent de déprimer Tara. Ils avaient eu tort de venir ici. Les deux heures passées dans l'habitacle exigu de la voiture à fumer comme des pompiers s'étaient révélées encore plus électriques que leur tête-à-tête du salon. Malgré un temps peu engageant, elle insista pour qu'ils sortent se dégourdir les jambes, espérant que l'air frais accomplirait des miracles. Le nez baissé, ils marchèrent jusqu'à la digue, s'assirent sur les galets mouillés et contemplèrent la masse d'eau stagnante. Ce fut aussi bénéfique que de fixer un écran noir. Il n'y avait même pas d'oiseaux.

Au bout d'un quart d'heure de silence, ils se traînèrent jusqu'à la voiture et rentrèrent. Sur le chemin du retour, il se mit à pleuvoir.

12

Fintan et Sandro passaient un dimanche infiniment plus agréable que Tara et Thomas. Après un déjeuner fort animé avec une bande d'amis à Piccadilly Circus, ils étaient rentrés et lisaient maintenant les journaux. Fintan était allongé sur leur canapé plus-design-que-ça-tu-meurs, les pieds sur les genoux de Sandro.

Parfaitement en phase l'un avec l'autre, ils avaient à peine besoin de parler pour communiquer.

« Tu as lu…

– Michael Bywater ?

– Mmmmm. C'est marrant.

– Mmmmm. »

Un long silence confortable s'ensuivit.

« Tu crois…

– … un tapis de haute laine ? Tout à fait. On pourrait aller jeter un œil…

– … le week-end prochain. Ça marche. »

Nouvelle pause.

Sandro replia les pages culturelles de l'*Independent* et ouvrait la bouche pour demander à Fintan de lui passer la rubrique Faits de société que, déjà, il la lui tendait.

Ils s'étaient rencontrés six ans auparavant, à l'époque où Fintan partageait l'appartement de Kentish Town avec Tara et Katherine. Sandro avait été l'homme d'à côté. Au sens littéral du terme.

Au premier regard, le jour où il emménagea sur leur palier, Fintan était tombé amoureux de sa silhouette frêle, de son visage délicat, de son crâne rasé et de ses lunettes rondes. Il était mûr pour une relation de couple. Voilà un an qu'il se plaignait : « J'en ai marre de papillonner, je voudrais me ranger. Je veux ma moitié d'orange. »

Ils savaient, d'après son courrier, que le nouveau voisin se nommait Sandro Cetti. Comme il était souriant et aimable, un matin Tara lui adressa la parole et apprit qu'il était architecte, originaire de Rome.

« Un étalon italien, commenta Fintan.

– Tu parles d'un étalon, rétorqua Tara. Un poney, plutôt. »

Le sobriquet lui resta.

« Je n'arrive pas à savoir s'il est gay, se torturait Fintan. Je ne capte aucun signal.

– Moi non plus, dit Tara. Mais je ne suis pas sûre qu'il soit hétéro.

– Peut-être qu'il vient d'une autre planète, lança Katherine de la salle de bains.

– Il s'en va, il s'en va ! » glapit Tara.

Fintan se précipita vers la fenêtre pour épier Sandro, qui s'éloignait d'un pas élastique, frais comme un gardon dans son petit costume dernier cri et ses Doc Martens étincelantes.

« Qu'est-ce qu'il est mignon », soupira-t-il.

Au fil des semaines, sa passion ne fit que croître. Il vivait toujours à deux cents à l'heure : pubs, soirées, boîtes, l'œil aux aguets dans le cas où Sandro se manifesterait dans l'un des clubs gays qu'il fréquentait. Mais il n'en fut rien, et Fintan commençait à dépérir.

Le coup de théâtre se produisit un soir, alors qu'il rentrait chez lui, vêtu de son pantalon sadomaso blanc Katherine Hamnett. Il sauta du bus de nuit, marchant à petits pas de geisha, ses jambes étant entravées par des lanières, quand il fut attaqué par une bande de voyous ivres de préjugés et de désœuvrement.

Incapable de courir, Fintan se mit à sautiller frénétiquement, comme lors d'une course en sac, tout en s'efforçant de rompre les liens. Trop tard. Il fut roué de coups jusqu'à perdre connaissance. C'était déjà arrivé, mais jamais à ce point-là.

Au bout de trois jours d'hôpital, on le renvoya chez lui, et ce fut là que Sandro entra en scène. Il offrit de passer le voir dans la journée, pendant que les filles étaient au bureau. Fintan avait l'air de sortir d'une catastrophe ferroviaire, mais son moral était tellement bas qu'il ne se souciait même plus de son apparence.

Sandro lui fit du thé et, pour ne pas heurter sa mâchoire démise, l'aida à le boire avec une paille. Ensuite, comme Fintan n'y voyait pas clair, avec ses deux yeux au beurre noir, il proposa de lui faire la lecture.

« Oui, s'il vous plaît. Vous n'avez qu'à prendre un magazine sur la pile, là-bas. »

Fintan agita la main, et Sandro s'exécuta, se demandant de quel genre de magazines il s'agissait. Des brochures d'agences de voyages.

Couché tout près de l'objet de son désir, en proie à un délicieux tourment, Fintan l'écoutait égrener des douceurs dans son oreille. « … piscine avec bar, jardins paysagers, air conditionné, aire de jeux surveillée.

– En demi-pension ?

– La chambre seulement. Mais ils disent qu'il y a trois restaurants. "La plage et son grill, le Harvey's, où tout est prévu pour l'accueil des enfants et le plus formel Pied-de-Cochon."

– Ça m'étonnerait que j'y aille un jour, marmonna Fintan. Mais ça fait du bien de rêver. C'est quoi, la température moyenne en cette saison ? »

Sandro consulta la carte au dos de la brochure et soudain la jeta par terre. « Je suis tellement en colère contre ces gens, ces *animaux*, qui ont fait ça à vous ! s'écria-t-il avec fougue.

– C'est… c'est vrai ? bafouilla Fintan.

– Je suis en colère qu'ils font ça à un gay, et je suis en colère qu'ils font ça à vous ! »

Comment fallait-il prendre cette déclaration ? Sandro était-il simplement un sentimental au grand cœur ? Un *hétéro* sentimental au grand cœur ?

Par bonheur, non. Sandro était aussi gay que n'importe qui (Fintan en l'occurrence). Questionné, il finit par tout avouer, y compris que son compagnon était mort du « virus » deux ans auparavant.

« J'ai l'impression que je ne pourrai plus aimer personne. Mais je vous vois aller et venir... » Sandro baissa la tête, gêné. Ça ne changeait pas grand-chose : Fintan n'avait toujours pas recouvré la vue. « Et je me dis, il est... il est beau. Puis vous m'apportez mon courrier, la pub pour les pizzas et le nettoyage des vitres, et je me dis, il est très gentil. »

Très doucement, afin de ne pas disloquer davantage la mâchoire de Fintan, ils échangèrent leur premier baiser. Fintan crut que son cœur allait éclater de bonheur. À partir de ce jour-là, Sandro et lui ne se quittèrent plus ; le ciel lui-même en avait décidé ainsi.

Ils étaient fous l'un de l'autre. Tous deux avaient souffert – Fintan, du traumatisme de l'agression, et Sandro d'avoir perdu son ami – et ils ne se ménageaient ni tendresse ni attentions. En outre, ils possédaient chacun d'inépuisables réserves d'énergie, un vaste cercle d'amis, et adoraient sortir et recevoir. Sandro fit d'énormes progrès en anglais, qu'il parlait désormais avec des inflexions irlandaises.

Six mois plus tard, ils achetaient un appartement au dernier étage d'un petit immeuble, à Notting Hill, où Sandro déploya ses talents d'architecte à abattre tant de plafonds et de cloisons, à créer tant de mezzanines et de hublots qu'on en publia des photos dans *Which House ?* et dans *Elle Décoration*.

« Allez, debout ! » Fintan ôta les pieds des genoux de Sandro. « On a des choses à voir, des gens à faire. Tu veux qu'on passe chez Katherine ? »

Sandro acquiesça avec enthousiasme. C'était l'une des raisons de leur entente. Fintan était livré avec un lot – qui m'aime, aime mes amis – et il avait déjà rompu une fois avec un amoureux potentiel parce que ce dernier avait critiqué Katherine en disant : « Ce qu'elle est cul coincé, celle-là ! »

« Après Katherine, on ira boire un verre et danser ? demanda Sandro.

– Bien sûr. Et on prépare tout pour Norwich maintenant : demain matin, tu seras trop fatigué. »

Le lendemain, Sandro allait travailler une semaine à Norwich, où l'attendait un gros chantier.

« Apporte-moi tes chemises, que je les repasse.

– Tu n'es pas obligé de faire ça, protesta Sandro. Je pourrais essayer.

– Pouah, penses-tu ! Tu n'as pas mon tour de main.

– OK, fit-il timidement. Merci. »

Fintan sortit la planche à repasser, et Sandro lui tendit cinq chemises.

« Qu'est-ce qu'il me faut d'autre ? cria-t-il depuis la chambre beige de style japonais, sa valise grande ouverte sur le lit en estrade.

– Cinq slips, cinq paires de chaussettes, une brosse à dents, du sent-bon, le chargeur de ton portable – tu l'as oublié la dernière fois...

– Je peux t'emprunter ta veste en jean ?

– Si ça ne te dérange pas qu'elle soit trop grande. »

Après avoir éliminé amoureusement tous les plis des chemises de Sandro, Fintan les rangea avec soin dans la valise. « Voilà, tu es prêt. Bon, il faudrait que j'appelle ma mère. »

Il lui téléphonait tous les dimanches, sans faute. Pour une Irlandaise catholique de soixante-dix ans et quelque, JaneAnn était une mère particulièrement cool. L'homosexualité de son fils ne lui posait aucun problème. Le seul hic, c'était la question du « colocataire ». Fintan n'avait jamais su comment lui annoncer qu'il vivait avec son petit ami et, le temps passant, il devenait de plus en plus difficile d'amener le sujet sur le tapis.

Quand il eut fini par raccrocher – après avoir eu droit aux derniers potins de Knockavoy –, Fintan se tourna vers Sandro. « Si tu venais avec moi en Irlande pour Noël ? »

Sandro pouffa nerveusement. « J'ai peur. Peur qu'ils ne m'aiment pas. Ta mère et tes frères.

– Mais si, ils t'aimeront. On a déjà attendu trop longtemps

pour connaître nos familles respectives. Il serait temps qu'on s'y mette.

– Tu as raison, et pour le jour de l'an, on irait chez moi. »

Fintan pâlit. « Ou alors, on laisse tomber et on part à Lanzarote.

– Encore ?

– On verra. Allez, on se prépare ?

– Tu as pris tes vitamines aujourd'hui ?

– Zut, j'ai oublié. Je vais les prendre tout de suite.

– Fintan, il faut que tu y penses. C'est important. » Sandro avait l'air ennuyé.

« Oui, maman. »

13

Ce soir-là, Tara craignait presque de sortir, de laisser Thomas seul alors que tout allait de travers. Elle avait l'impression de sceller un constat d'échec. Mais, une fois dehors, dans la voiture, elle crut suffoquer de soulagement. Quelle chance de pouvoir s'échapper de cet appartement ! De fuir son atmosphère étouffante de tension et d'angoisse.

« Tu vas bien ? » demanda Katherine lorsqu'elle ouvrit la porte.

Tara hocha la tête et alluma une cigarette. « Désolée pour mon coup de fil SOS du petit matin. C'était un de ces réveils douloureux, où tout paraît… sinistre. Ça m'apprendra à boire trop de gin.

– Si tu le dis. » Tara ne disait pas tout ; pas encore.

« Oh, non ! s'exclama-t-elle en brandissant sa cigarette avec des traces de rouge sur le filtre. Mon nouveau rouge à lèvres indélébile n'est pas si indélébile que ça ! D'après la vendeuse, il fallait un décapant pour le faire partir.

– Classique, compatit Katherine.

– Pourquoi on me raconte toujours des craques ? s'enquit Tara tristement. Pourquoi à moi ?

– Allez, viens boire un coup. Vin ou bière ?

– Bière. Je vais tricoter un pull pour Thomas. »

Passé le premier instant de stupeur, Katherine déclara précipitamment : « Super !

– J'étais bonne en travaux manuels, tu t'rappelles ? Tu sais, la jolie écharpe rose que j'avais tricotée pour le chat Pupuce ?

– Ouiii, fit Katherine faiblement. Ça ne fait rien si c'était il y a vingt-six ans ?

– Le tricot, c'est comme la bicyclette. Quoique..., ajouta Tara, soudain anxieuse, tirant sur sa cigarette, tu te souviens comment Pupuce avait tiré dessus pour s'en débarrasser ? Il l'a presque mise en pièces, ma jolie écharpe.

– Peut-être que le rose n'était pas sa couleur. »

Tara la regarda comme si elle ne la reconnaissait pas. « Ouais, peut-être. » Elle jeta un coup d'œil éperdu autour d'elle. « Oh, Katherine, mais qu'est-ce qui m'arrive ? »

Un mec immonde ? se retint de suggérer Katherine.

« Ça doit être les hormones, poursuivit Tara, se répondant à elle-même. C'est un peu tôt, mais ça expliquerait en bonne partie l'état dans lequel j'ai été toute la journée. Il ne me manquait plus que de tomber dans un escalier et de claquer un mois de salaire dans un ravissant tire-bouchon jaune pour que le tableau soit complet.

– Tout va bien, la rassura Katherine. Et n'oublie pas que j'ai une chambre d'amis, si jamais tu as besoin d'un endroit où dormir... »

Tara, qui commençait juste à émerger, se sentit illico au trente-sixième dessous. Ma foi, tant pis.

« J'ai téléphoné à Fintan, disait Katherine. Ils ont promis de passer, le poney et lui. »

Le moral de Tara remonta en flèche. Fintan avait le don de la faire rire ; la chape de plomb qui pesait sur elle depuis son réveil décolla légèrement de ses épaules.

« J'ai appelé Liv aussi, mais il y a Lars. Il a débarqué sans prévenir. »

Lars était le Suédois marié qui sortait avec Liv. Ou plutôt qui restait à la maison avec elle. Il se rendait à Londres une fois tous les deux mois, espaçant suffisamment ses visites pour la rendre folle de solitude, mais pas assez pour qu'elle s'en détache.

Compte tenu de la brièveté de ses séjours, ils passaient le plus clair de leur temps au lit.

La sonnette retentit, annonçant l'arrivée des garçons. Katherine pressa le bouton pour leur ouvrir la porte d'en bas et se posta à l'entrée de son appartement. Fintan monta bruyamment les marches, affublé d'un manteau en peau de mouton vert pistache qui devait coûter les yeux de la tête. Il avait l'air à bout de souffle.

« Allez, venez, ordonna-t-il, refusant d'entrer. Vite, les filles ! Ici même, au portail, j'ai failli entrer en collision avec un mec à tomber à la renverse. Une allure de Viking. Sandro est en train de faire le guet. » Attrapant Katherine par la main, il voulut l'entraîner vers l'escalier. « Une sorte de grand escogriffe avec – je sais, vous n'allez pas me croire – une superbe chevelure rousse. Un rouquin, vous imaginez ! Mais il était splend… Quoi, qu'est-ce qu'il y a, Katherine ? On dirait que tu as avalé un manche à balai.

– Pas du tout.

– Viens voir, alors. Avant qu'il parte.

– Mais il pleut.

– Comme tu voudras. Tu viens, Tara ?

– Pas ce soir. »

Tara adorait Fintan, mais elle n'avait pas la moindre envie de se geler dehors pour les beaux yeux d'un rouquin à la gomme.

« Allez, va t'asseoir. Et montre-nous ton fabuleux manteau.

– Toi aussi ? Mais qu'est-ce que vous avez, ce soir, les deux chochottes ? »

Conscient cependant que son Viking devait déjà être loin, Fintan fourra deux doigts dans la bouche et émit un sifflement perçant. On entendit un bruit de course, et Sandro parut dans l'escalier.

« Le dieu de l'Amour va nous filer entre les doigts, pantela-t-il. Si on ne se dépêche pas…

– Laisse tomber, Sand. Ça ne les intéresse pas. »

Sandro ouvrit des yeux ronds, et Fintan murmura : « Je sais. »

Puis Sandro secoua la tête, et Fintan murmura derechef : « Je sais. »

Enfin, Sandro soupira : « Ah, les femmes ! » Et Fintan murmura : « Je *sais*.

– Vous allez entrer, oui ou non ? » les gronda Katherine.

Les deux garçons sursautèrent et obéirent avec empressement.

« Comment se fait-il que vous draguiez des hommes dans la rue alors que vous êtes pratiquement mariés ? » questionna Tara pendant que Fintan et Sandro prenaient place sur le canapé. Fintan était toujours drapé dans son manteau vert pâle.

« Il n'y a pas de mal à regarder, sourit Sandro. On ne l'a pas kidnappé, hein ?

– Seulement parce qu'on avait oublié notre grand filet à la maison. » Fintan lui donna une bourrade, et tous deux partirent d'un gros rire salace en s'appuyant l'un contre l'autre.

« Si Thomas essayait d'attraper au filet une jolie fille dans la rue, je lui couperais les valseuses, avertit Tara. Je sais bien que vous le détestez, mais...

– On ne le déteste pas, l'interrompit Katherine.

– Moi, si, déclara Fintan sans s'émouvoir.

– Moi aussi, renchérit Sandro. Et Liv aussi.

– Moi aussi, reconnut Katherine. Désolée, Tara, mais tu as tapé dans le mille. Tout le monde le déteste. Vas-y, continue. »

L'air morne, Tara les regarda se tordre de rire.

« Je plaisante », se rétracta Katherine à la hâte. Contrairement à Fintan, elle s'efforçait de masquer le mépris que lui inspirait Thomas. Elle marchait sur la corde raide : d'un côté, il lui incombait de faire comprendre à Tara qu'elle méritait mieux, mais, de l'autre, elle se devait de jouer son rôle de confidente. Si jamais Tara se doutait de l'ampleur de son aversion pour Thomas, elle ne lui dirait plus rien. Or, ce ne serait pas une bonne solution. Du moins pour Tara. Katherine, elle, ça lui aurait fait un bien fou... Chaque fois qu'elle entendait la dernière de Thomas, sa tension en prenait un coup.

« Je sais bien que vous le détestez, répéta Tara. Mais vous ne voyez pas ce que je vois.

– Sûrement, marmonna Fintan, incapable de regarder les autres, de peur de succomber à une nouvelle crise de fou rire.

– Je me rends compte qu'il est parfois... difficile. Mais ça, c'est parce qu'il a été abandonné par sa mère. Il m'aime et il ne me trompera jamais. Ça compte beaucoup. Surtout après... »

Tout le monde attendait.

Ils connaissaient la chanson par cœur.

« Surtout après... » Tara eut un petit hoquet qui n'augurait rien de bon.

« Surtout après...

– ... qu'Alasdair a rompu avec toi..., lui souffla gentiment Fintan.

– ... pour épouser quelqu'un d'autre », acheva Katherine.

Tara les considéra d'un œil suspicieux. « Je radote, ou quoi ?

– Pas du tout, répondit Fintan avec bonhomie. Deux ans, c'est rien. »

Elle se ragaillardit.

« Puisque vous le dites. »

Puis elle reporta son attention sur la tenue de Fintan.

« Je peux toucher le manteau ? s'enquit Tara avec déférence. C'est réellement à toi ou tu l'as emprunté ?

– Je l'ai pris dans la réserve. Si Carmella le savait, elle m'arracherait les yeux.

– Tout te va, soupira-t-elle avec envie. Particulièrement depuis que tu as maigri. »

Fintan s'habillait toujours en fonction de son personnage du moment. Comme le manteau faisait partie du look Manchester, il portait également un jean ample, un haut flottant et des brodequins bleu cobalt.

« J'ai l'humeur nostalgique ce soir », déclara-t-il, au cas où on l'aurait soupçonné de croire que le look Manchester était encore à la mode. Fintan respirait l'air du temps et tenait à ce que ça se sache. « J'avais envie de me faire un plan rétro. Un petit retour en 1997. La seule chose qui manque, c'est... », ajouta-t-il lentement en lorgnant les lunettes de Sandro.

Ce dernier adopta aussitôt une position défensive. « Non ! Tu ne les auras pas.

– Juste cinq minutes. Sans ça, je me sens nu. Impossible d'avoir le look Manchester sans les lunettes à la John Lennon. S'il te plaît !

– Bon, d'accord. »

À contrecœur, Sandro lui tendit ses petites lunettes rondes.

« Là ! dit Fintan en les mettant. Enfin, j'ai la tenue complète. Nom de Dieu, ce qu'elles sont fortes. » Il s'efforça de fixer les autres. « Mais c'est génial ! Dommage que je n'aie pas connu ça plus tôt. Côté hallucinations, j'aurais pu économiser une fortune en drogue, pendant toutes ces années.

– Je peux les récupérer ? supplia Sandro. Sans elles, je suis aveugle.

– De toute façon, le dimanche, tu finis la soirée tellement bourré que tu n'y vois plus clair. Considère ça comme une avance sur l'horaire normal. »

Tara déclina la proposition de Fintan d'essayer les lunettes de Sandro. « Avec ça, j'aurai l'air d'une chouette.

– Une chouette quoi ?

– Une chouette andouille, rit-elle.

– Alors comment tu fais ? Lentilles de contact ?

– Ouais.

– Et toi ? demanda-t-il à Katherine. Elle est comment, ta vue ?

– Vingt-vingt. »

Tout le monde éclata de rire, y compris Katherine.

« Tu m'étonnes, grinça Tara. Miss Perfection.

– Parfois, je me dégoûte moi-même, pouffa Katherine.

– Tu devrais t'inscrire aux Lèche-Culs anonymes, tiens.

– Aïe, se plaignit Fintan, la main derrière l'oreille. Oh zut, aïe ! Mes ganglions ! J'ai atrocement mal au cou.

– Au cou, tu es sûr ? intervint Tara.

– Ce n'est pas drôle. Le cou, l'estomac, je suis une loque. Putain de bactérie ! J'étais en superforme toute la journée, je croyais m'en être débarrassé. »

Katherine ouvrait la bouche pour le tancer, mais, en voyant l'expression inquiète de Sandro, elle renonça.

Fintan se tourna vers Tara. « Et toi, quels symptômes aujourd'hui ?

– La malnutrition, soupira-t-elle. J'en suis au stade où le ventre gonfle par manque de nourriture. Chez moi, le mal a pris des proportions telles que c'est descendu sur les cuisses, le cul et le reste.

– À ce propos, glissa Katherine, on appelle pour commander des pizzas ?

– Manger ? dit Fintan, désinvolte. Je ne sais pas ce que c'est. Nous autres, gens de la mode, on ne mange jamais.

– Pourtant, il faut bien que tu te nourrisses.

– "Je ne peux pas ! glapit-il en se tenant l'estomac. Depuis que j'ai avalé un Advil mardi dernier, j'ai pris un gramme. J'en suis presque à vingt kilos." Voilà ce que j'entends tous les jours au boulot. C'est à gerber. Bon, je voudrais une grande Quatre-Saisons avec supplément de fromage, tomates, champignons, jambon, poivrons… » Tout le monde attendait qu'il ajoute : « Oh, et puis merde, commandez-m'en *deux* ! » Mais il ne le fit pas. Et quand Katherine le lui rappela, il répondit : « Non, je n'ai pas très faim. Une, ça me suffit.

– Une grande *Quattro Formaggi* à pâte épaisse pour moi », déclara Sandro d'un ton ferme. Il faisait partie de ces gringalets qui s'empiffrent comme des porcs sans jamais grossir.

« J'ai tellement faim que je pourrais bouffer en gigot l'agneau de Dieu, annonça Tara. Mais je m'abstiendrai car je suis au régime. En fait, poursuivit-elle, quand je suis au régime, je mange normalement, sauf que je n'arrête pas de penser à la nourriture. Sauf que j'y pense en permanence, de toute façon. J'ai tout le temps faim. On me marche sur le pied, et j'ai la bouche qui s'ouvre ! » Sa voix monta d'un ton. « Le trac, ça me donne faim. L'excitation me donne faim. L'angoisse me donne faim. Même quand je suis barbouillée, la seule chose qui me calme l'estomac, c'est la bouffe. Ma vie est un CAUCHEMAR », acheva-t-elle, sur une note aiguë, au milieu d'un silence compatissant.

Katherine parla la première. « Comme d'habitude, alors ?

– Demande aussi du pain à l'ail avec du fromage », suggéra Tara.

Katherine passa la commande par téléphone, puis tout le monde s'installa pour regarder un épisode de *The Ambassador*.

« C'est extra, observa Fintan au moment de la coupure publicitaire. Un divertissement sympa, simple, sain. Comme au bon vieux temps.

– Je n'aurais pas dû commander tout ça, l'interrompit Tara à voix basse. Franchement, je n'aurais pas dû. » Son ton allait crescendo. « Mais pourquoi j'ai fait ça ? Mon Dieu, pourquoi ?

– Tu n'es pas obligée de tout manger, hasarda Katherine sans conviction.

– Je n'ai pas le choix ! s'écria-t-elle, au bord de l'hystérie. Maintenant que j'ai commandé, je ne pourrai pas m'empêcher de tout manger. Je n'ai pas une once de volonté. Et pourtant, c'est mon avenir que je suis en train de jouer. Ô mon Dieu, s'étrangla-t-elle, qu'est-ce que je vais devenir ? »

Sur ce, se cachant le visage dans les mains, elle fondit en larmes.

Le livreur choisit précisément cet instant pour sonner à la porte. Pendant que Katherine et Sandro consolaient Tara, Fintan descendit chercher les pizzas et régler la commande. Il ne résista pas à la tentation d'aller jusqu'au portail pour voir si son Viking était toujours là. Mais Lorcan était parti depuis longtemps.

« Excusez-moi, sanglotait Tara, je crois que je traverse une mauvaise passe. Entre Thomas, mon anniversaire, le fait d'être une grosse vache, cette désastreuse journée à la mer et mon rouge à lèvres indélébile qui n'a rien d'indélébile ! Ça ira mieux quand j'aurai maigri un peu et tricoté un pull à Thomas… excusez-moi.

– Tu n'as pas à t'excuser, la coupa Fintan.

– Bien sûr que non, la réconforta Sandro.

– Pas avec nous, la rassura Katherine.

– Nous sommes tes amis ! » firent-ils à l'unisson.

14

Alors que Tara et Katherine étaient inséparables depuis leur première semaine d'école, Fintan avait débarqué dans leur vie assez tardivement. Elles avaient toutes les deux quatorze ans, et lui en avait quinze. Naturellement, elles le connaissaient : dans une petite bourgade comme la leur, tout le monde connaissait tout le monde. D'autant plus que Fintan était différent des autres garçons : en témoignaient sa gentillesse envers sa mère, son habileté manuelle et son manque d'empressement à arracher les pattes des grenouilles.

Mais ce fut en 1981, lorsqu'il découvrit les nouveaux romantiques, que la « différence » de Fintan devint criante. Tout à coup, on le vit parader dans les deux rues de Knockavoy drapé dans une étoffe jaune et brillante. (Même à l'époque, il qualifiait un tissu d'« étoffe », preuve certaine qu'il allait faire carrière dans la mode.) Il arborait un bandeau de soie autour de sa coupe au bol asymétrique, du rouge à lèvres violet et des boucles d'oreilles qu'il avait fabriquées lui-même, avec des mouches artificielles chipées parmi l'attirail de pêche de son frère.

« Non, mais regardez-le, murmurait-on dans les boutiques, les bars mal éclairés et l'annexe du bureau de poste. C'est-y pas la belle nappe de JaneAnn O'Grady qu'il porte ? Jeremiah O'Grady doit se retourner dans sa tombe. »

En temps normal, Fintan aurait été battu comme plâtre par les autres jeunes du village. Du reste, ils ne cachaient pas leur hostilité. « Hé ! toi, espèce d'asticot », l'apostrophait-on tandis qu'il passait, auréolé de soie safran. L'un des garçons s'enhardit même jusqu'à crier : « Sale pédé, va ! »

Mais les insultes cessèrent brusquement quand Fintan riposta : « Oh, toi, Owen Lyons, tu ne disais pas ça dimanche dernier, derrière l'étable des Cronin. Toi non plus, Michael Kenny. » Malgré les dénégations fébriles des intéressés, ses paroles avaient semé le doute et la suspicion.

Fintan n'avait pas la langue dans sa poche. Il était grand et bien bâti. Qui plus est, il avait quatre frères tout aussi grands et bien bâtis, et qui veillaient jalousement sur le petit dernier. Tout bien considéré, les gars du village décidèrent de le laisser tranquille.

Du fait de sa marginalité – volontaire ou imposée –, Fintan n'avait pas d'amis. Au profond désespoir de Tara. « C'est affreux, disait-elle à Katherine lorsqu'elles croisaient Fintan dans la Grand-Rue, en proie aux regards meurtriers et aux injures marmonnées. Il doit se sentir terriblement seul. »

Une ampoule s'alluma soudain au-dessus de sa tête. « Je sais ! *Nous* serons ses amies. »

Elles émergeaient à peine de l'âge farouche du mépris et de la détestation des garçons (situé traditionnellement entre sept et douze ans). À quatorze ans, elles s'intéressaient de près à la question, Tara, en tout cas, même si Fintan ne correspondait guère au profil recherché ; Katherine, elle, n'avait rien contre les garçons.

« Pourquoi veux-tu qu'on soit amies avec lui ? demanda-t-elle d'une petite voix rongée par la jalousie. Est-ce parce qu'il est… » Elle hésita avant de prononcer le mot tabou. « … gay ? Ou parce que les filles de Limerick se sont moquées de tes sandales l'été dernier ? »

Tara fut choquée par cette façon de réduire Fintan à un simple accessoire de mode. « Pas du tout. Parce qu'il n'a pas d'amis. »

Katherine refusa de se laisser amadouer. « Bof, dit-elle avec aigreur. D'ailleurs, il n'est absolument pas gay. Réfléchis un peu, comment peut-il l'être alors qu'il n'y a personne d'autre à Knockavoy pour l'être avec lui ? »

Curieusement, cet argument massue ne parut pas ébranler

Tara, et, le temps que se scelle leur alliance avec Fintan, Katherine vécut deux semaines sur des charbons ardents. Tétanisée, elle pensait qu'en officialisant leur amitié Tara et Fintan ne tarderaient pas à l'abandonner. Un sourire figé aux lèvres, elle brûlait d'être rassurée, mais ne savait comment s'y prendre. Obscurément, Tara avait capté sa détresse. « Tu seras toujours ma meilleure amie, mais on ne peut pas laisser le pauvre Fintan tout seul.

– Pauvre Fintan, mon œil », grommela Katherine intérieurement sarcastique.

Mais, à sa stupeur, Fintan et elle s'entendirent comme larrons en foire. Tant et si bien que Tara se sentit presque de trop.

Tous deux avaient grandi sans père : Fintan avait perdu le sien à l'âge de six mois. Que Katherine, sous ses airs de sainte-nitouche, cache un redoutable sens de la repartie n'était pas pour lui déplaire. Katherine, pour sa part, était enchantée d'avoir maintenant deux amis.

Seule sa grand-mère ne se réjouissait pas de cette nouvelle relation. « Avec qui tu as été traîner, hein ? » demanda Agnes un soir, lorsque Katherine rentra, les joues rougies par le froid.

« Avec Tara et Fintan O'Grady, répondit-elle, une note de fierté dans la voix.

– Fintan O'Grady ! Pourrais-tu m'expliquer pourquoi il se promène dans la robe de chambre de JaneAnn ?

– Mais parce qu'il est gay.

– Gay ! s'exclama Agnes avec emportement. Non, mais écoutez-la ! Gay, rien que ça ! »

Katherine et Delia n'en revenaient pas. Agnes qui, d'ordinaire, était la tolérance même !

« Il y a des claques qui se perdent », menaça-t-elle.

Atterrée, Delia prévoyait déjà une vente de gâteaux contre l'homophobie.

« Maman… Agnes, pardon, tu ne dois pas être aussi sectaire. Fintan a le droit d'exprimer ses préférences sexuelles…

– Qui parle de ses préférences sexuelles ? explosa Agnes. Je m'en contrefiche, de ses préférences sexuelles. Il peut faire ça avec des poules, si ça lui chante. Peut-être qu'elles pondront mieux. Non, je parle du mot "gay". C'était un si joli mot. » Une expression rêveuse se peignit sur son visage. « Quand les gens venaient voir ma mère, Dieu ait son âme, elle était assise là, au coin du feu, et ils lui disaient : “Maudie, ce que tu es gaie ! Un vrai pinson.” Ça voulait dire qu’elle était heureuse, bien dans sa peau, quoi. Allez donc dire ça maintenant, vous vous ferez étriper ! »

La mère de Tara, en revanche, avait un faible pour Fintan. Quand ils arrivaient tous trois après les cours, il se perchait sur le canapé-lit, les jambes coquettement repliées sous lui, brûlait Woodbine sur Woodbine avec un fume-cigarette en ébène et discutait cinéma avec elle. Pendant que les trois jeunes frères de Tara, Michael, Gerard et Kieran, passaient la tête par la porte et ricanaient sous cape, Fidelma et Fintan dissertaient sur *Les hommes préfèrent les blondes, La Dolce Vita* et autres films qu’elle avait vus du temps où elle travaillait à Limerick.

En général, Tara sombrait dans la torpeur au cours de ces interminables discussions, mais rien que d’entendre son père râler, ça valait le coup ! C’était un vrai plaisir, quand il rentrait dans la pièce, de l’entendre siffler rageusement à l’adresse de Fidelma : « Il a le droit de fumer, ce morveux ? Je suis sûr que JaneAnn O’Grady le lui interdit. »

Et elle exultait encore plus quand sa mère, placide, répondait : « À mon avis, JaneAnn O’Grady ne doit pas lui interdire grand-chose. »

Frank Butler était un homme irascible et tyrannique. Tout le monde le craignait. Tout le monde, sauf Katherine, qui l’idolâtrait en secret. Ses principes, sa rigidité même le rendaient irrésistible à ses yeux. Il était particulièrement intraitable sur la question des devoirs. Si Katherine redoutait tant de perdre Tara, c’était entre autres parce qu’elle ne pourrait plus passer ses après-midi chez elle et que cette ambiance électrique lui manquerait.

La nuit, dans son lit, elle rêvait souvent d’un père qui l’engueulerait parce qu’elle n’aurait pas fait ses exercices. D’un patriarche qui l’interrogerait tous les soirs : « Combien y a-t-il de mètres carrés dans un hectare ? En quelle année la République a-t-elle été proclamée ? Quelle est la capitale de Lima ? » Même si elle avait été très gênée pour M. Butler quand Tara avait fini par lui faire comprendre que Lima ne pouvait avoir de capitale puisque *c'était* une capitale.

Delia, la mère de Katherine, refusait catégoriquement de surveiller ses devoirs. « Ce n'est pas la bonne méthode, répétait-elle. Inoculer la peur et la nervosité aux gamins, les faire réciter par cœur comme des perroquets. Si un sujet les intéresse, ils le retiendront ; s'il ne les intéresse pas, ça ne sert à rien de les forcer. »

Katherine la suppliait de revoir ses positions.

15

Quelque chose tira Lorcan Larkin de son profond sommeil. Il faisait nuit noire ; qu'est-ce qui avait bien pu le réveiller ?

Personne n'était là pour lui répondre. Exceptionnellement, il dormait tout seul.

Vendredi soir, lorsqu'il avait débarqué à l'anniversaire d'Amy, si tard que presque tout le monde était déjà parti, elle avait piqué une crise. Souriant, il avait haussé les épaules, style « je n'y peux rien » et déclaré : « Je meurs de faim. » Prenant l'un des canapés qui restaient sur le plateau – et qui commençaient à se dessécher –, il l'enfourna dans sa bouche au dessin parfait. À sa grande surprise, Amy eut le culot de lui hurler de le reposer, qu'il n'obtiendrait plus rien d'elle, que jamais elle n'avait subi pareille humiliation et qu'elle ne voulait plus le revoir.

« Et toi, glapit-elle, se tournant vers Benjy qui inspectait le contenu d'une assiette de petits-fours, lâche ça et fiche-moi le camp ! »

Benjy, qui s'apprêtait à porter à sa bouche une miniquiche de la taille d'une pièce de dix pence, suspendit son geste. Le jeu en valait-il la chandelle ? À la réflexion, il décida que non. Amy n'était pas dans son état normal, Dieu sait ce qui pourrait lui passer par la tête.

« Pas de problème, si c'est ce que tu souhaites. » Lorcan la gratifia d'un sourire éclatant. Il était très en colère, mais il n'était pas question de le montrer.

« On s'en va ? » demanda-t-il à Benjy, comme si c'était lui qui avait choisi de partir.

Benjy le dévisagea d'un air de lapin traqué, ne sachant que répondre. Hésitant, il hocha imperceptiblement la tête. Par chance, c'était la bonne réponse.

« Allez, viens. »

D'un pas martial, Lorcan traversa la pièce, piétinant les serpentins déchirés, écartant du pied les ballons ratatinés, Benjy sur ses talons.

Évidemment, quelques heures plus tard, Amy reprit ses esprits, et samedi matin le répondeur de Lorcan croulait sous une avalanche de messages désespérés.

« Je suis désolée. »

« Je suis *vraiment* désolée. »

« S'il te plaît, rappelle-moi. »

« Où es-tu ? »

« Rappelle-moi, je t'en supplie ! »

« Écoute ça, dit-il, méprisant, à Benjy qui avait dormi sur le canapé. Rampe, ma petite, rampe ! »

Benjy, qui avait passé la nuit à côté du téléphone, avait déjà entendu tous les messages d'Amy.

« Tu vas lui téléphoner ? s'enquit-il, troublé par la voix angoissée de la jeune femme.

– Lui téléphoner ? Après ce qu'elle m'a fait ?

– C'était son anniversaire, murmura Benjy. Tu es arrivé très en retard.

– Dans quel camp tu es, bon sang ? » demanda Lorcan froidement.

Benjy se tut.

Les messages continuèrent à affluer pendant les trente-six heures qui suivirent. Dimanche soir, tandis que Lorcan procédait à son sacro-saint traitement capillaire, Amy appela à intervalles réguliers. Tantôt elle raccrochait, tantôt elle laissait un message.

« Si tu es là, décroche, s'il te plaît, implorait-elle, frôlant l'hystérie. Tu as dû avoir mes autres messages. Et si tu ne les as pas eus, où es-tu ? »

Devant son affolement, Lorcan hochait la tête avec une sombre satisfaction. Ça lui apprendrait à l'engueuler devant tout le monde. À le perturber à un point tel qu'il avait dû attendre le dimanche après-midi pour renvoyer Benjy chez lui.

Tout au long du week-end, il s'était convaincu que la victime, c'était lui. Le dimanche, il alla se coucher persuadé d'être l'homme le plus injustement persécuté de la terre. Drapé dans sa dignité et dans une serviette rose, il s'endormit profondément.

À présent, il était réveillé.

Il regarda son réveil : il était quatre heures dix. Que se passait-il ?

Étendu sur son lit dans le noir, il entendit soudain la sonnette de la porte. Il se rendit compte alors qu'on avait déjà sonné quelques minutes plus tôt. Voilà ce qui l'avait réveillé.

Qui ça pouvait-il bien être ? Voyons, ironisa-t-il intérieurement, serait-ce Amy ? Et pourquoi pas ? Il en avait connu, des femmes délaissées qui avaient perdu la tête et fait irruption chez lui au beau milieu de la nuit. Eh bien, qu'elle attende. C'est elle qui lui avait dit qu'elle ne voulait plus le revoir. C'était lui l'offensé.

Mais la sonnerie retentit encore une fois, et Lorcan changea d'avis. Manifestement, elle se repentait. Peut-être avait-elle assez souffert. Au nouveau coup de sonnette, il se leva pour aller ouvrir.

Étonné, il distingua de drôles de bruits derrière la porte, sur le palier. Des voix. L'une d'elles au moins était masculine ; ce n'était donc pas Amy qui, folle de chagrin, parlait toute seule. Puis il entendit des grésillements, comme le portable d'un livreur de pizzas ou la radio d'un chauffeur de taxi. Et d'autres voix, grêles, étouffées. Bizarre. Très bizarre.

On tambourina impérieusement à la porte, et Lorcan sursauta.

« M. Larkin ? fit une voix d'homme. Vous m'entendez ? Pouvez-vous m'ouvrir ? »

Nouveaux grésillements.

« Il n'a pas l'air de répondre, dit l'homme.

– On devrait aller voir », répliqua une femme. Qui n'était pas Amy.

Lorcan était plus intrigué qu'effrayé. Franchement, il n'y avait pas de quoi avoir peur. Si c'étaient des cambrioleurs, côté discrétion, ils avaient encore beaucoup à apprendre.

« On va faire sauter la serrure », déclara l'homme.

Essaie un peu, pensa Lorcan, alarmé. Ça coûte cher, une serrure. Il ouvrit la porte à la volée.

À leur immense consternation, l'agent Nigel Dickson et l'agent Linda Miles se retrouvèrent face à un homme très grand, très énervé et très nu, avec une serviette rose autour de la tête.

« Euh… M. Larkin ? s'enquit l'agent Dickson quand il eut recouvré ses esprits.

– C'est pour quoi ? » aboya Lorcan.

Son regard glissa sur les deux silhouettes trapues, les uniformes, les talkies-walkies, les grosses matraques, les survestes fluo, le tout décoré d'un damier noir et blanc.

« On nous a signalé la disparition de M. Lorcan Larkin. Une certaine miss Amy… quel est son nom déjà ? » demanda Dickson à sa collègue.

Mais l'agent Linda Miles n'écoutait pas vraiment, incapable de détacher les yeux de Lorcan. Elle n'avait encore jamais vu de toison pubienne rousse. Ou, plus exactement, de cette belle couleur cuivrée aux reflets d'or…

« Miss Amy Jones. »

Sa collègue étant tombée en transe, Nigel avait dû consulter son calepin.

« Elle était inquiète car vous ne répondiez pas à ses appels, bien qu'elle ait vu de la lumière dans l'appartement. Elle craignait que vous ne vous soyez blessé, accidentellement ou… volontairement », ajouta-t-il.

Sa voix s'évanouit dans un murmure. Lorcan fulminait.

« Où est elle ?

– Dans la voiture de police. »

Nigel déglutit anxieusement.

« On a promis de l'avertir par radio une fois qu'on serait sur les lieux.

– Avant que vous ne l'arrêtiez pour atteinte à l'ordre public, dites-lui que j'ai une audition demain. Si je n'obtiens pas le rôle, ce sera à cause d'elle. »

Lorcan leur claqua la porte au nez. Les yeux étrécis, Linda regarda Nigel.

« Tu sais, je me doutais que c'était une emmerdeuse.

– Il te branchait bien, hein ? lui lança-t-il jalousement.

– Nigel, je t'assure… !

– J'ai bien vu comment tu le matais ! »

L'agent Nigel Dickson et l'agent Linda Miles sortaient ensemble depuis quatre mois et demi. C'était leur première dispute.

« De toute façon, reprit Nigel, presque au bord des larmes, il est irlandais. Je parie qu'il fait partie de l'IRA.

– O-o-oh ! fit Linda, déçue. Je n'aime pas les Irlandais. »

Après avoir claqué la porte, Lorcan retourna se coucher, moins furieux qu'il ne prétendait l'être. Extrêmement soulagé, même. L'espace d'un instant, il avait cru que son passé l'avait rattrapé et qu'on était venu l'arrêter. Oh, pour une faute vénielle, comme avoir eu des rapports avec une mineure.

Qu'une femme ait fait appel aux forces de l'ordre pour arriver à le joindre à tout prix était une première, et il en était flatté.

16

Lundi matin, Tara se réveilla affamée. Mais elle avait pris la ferme résolution de ne pas manger. La faim est mon amie, se répétait-elle, couchée, en buvant le café que Thomas lui avait laissé. La faim est ma meilleure copine.

Au moment de s'habiller, elle remercia le ciel qu'il soit déjà parti travailler. À la regarder se battre avec ses vêtements étriqués, il se serait à nouveau mis en rogne. Elle transpirait malgré le froid ; ses mains glissaient tandis qu'elle s'efforçait de boutonner sa jupe.

Il y avait belle lurette qu'elle portait du quarante-deux, mais ce n'était qu'une mesure temporaire, en attendant de perdre du poids et de revenir au quarante. Du reste, le quarante aussi avait été une mesure temporaire, le temps de mincir et de retrouver sa vraie taille, sa taille d'origine, son havre spirituel, le trente-huit. À présent, avec cette jupe tellement serrée qu'elle lui comprimait les organes internes, Tara envisageait à contrecœur d'acheter du quarante-quatre. Histoire de pouvoir respirer. Temporairement, bien sûr. Lorsqu'elle aurait maigri, elle reviendrait au quarante-deux.

Tout de même, *quarante-quatre* ! pensa-t-elle, atterrée. Jusqu'où irait-elle ? Car, après le quarante-quatre, il y avait le quarante-six, puis le quarante-huit.

Quand elle eut fini de boutonner sa veste, elle était en nage et suffisamment épuisée pour retourner au lit. Elle haïssait son corps, Dieu qu'elle le haïssait. Tout ce lard qu'elle se trimballait en permanence, elle n'avait pas l'impression qu'il était à elle.

Avant de partir, elle se força à se regarder dans la glace. Le spectacle était déplorable. Sa belle veste tendue par-dessus son ventre qui saillait tel un ballon aux endroits où les pans ne se rejoignaient plus.

Je suis grosse, se dit-elle, glacée d'horreur. Officiellement grosse. Je ne suis plus ronde, ni joliment potelée, ni même un peu enveloppée. Je suis grosse. Pour de vrai.

Elle se voyait déjà plonger la tête la première dans le gouffre de l'exclusion. Je serai incapable de monter dans un bus. Je serai obligée de payer pour un excédent de bagages à l'aéroport rien qu'à cause de mes fesses. Les petits garçons me jetteront des pierres. Je casserai les chaises quand on m'invitera à dîner. Je serai rétrogradée car tout le monde sait que les gros sont moins performants que les maigres. Il me faudra un treuil pour sortir de voiture. Les gens vont me prendre pour une ratée : le surpoids signifie forcément qu'on est malheureuse. Je vais devoir mentir, raconter que j'ai des problèmes hormonaux.

Je ne suis pas digne d'aller dans le monde. J'ai tellement honte de moi.

Tara dut se faire violence pour quitter l'appartement. Elle s'attendait presque que les gens klaxonnent dans la rue en hurlant : « Regardez-la, cette grosse vache ! » Mais, par bonheur, il pleuvait des cordes, et il est plus facile de passer inaperçu par mauvais temps. Sa voiture était une vieille Volkswagen d'occasion, orange vif, bruyante, pétaradante. Une vraie poubelle roulante qui empestait la cigarette, avec des cassettes éparpillées à même le plancher. Les sièges étaient jonchés de cartes, de vieux journaux, d'emballages de bonbons, de cannettes vides, plus une culotte dont elle se servait quand il y avait de la buée sur les vitres.

Ses essuie-glaces étaient cassés. À chaque feu rouge, elle était obligée de se ruer dehors pour nettoyer le pare-brise avec du papier journal roulé en boule, tout en se débattant contre de jeunes malabars armés de raclettes et de seaux d'eau savonneuse qui eux aussi en voulaient à son pare-brise, moyennant la modique somme de une livre sterling. Le trajet était long entre Holloway Road et Hammersmith ; elle arriva au travail trempée et exténuée, ayant crié le mot « Non ! » vingt-huit fois sur son chemin, et « Allez-vous-en, je n'ai pas de monnaie » onze fois.

Lorsqu'elle monta dans son petit bureau paysagé, seul Ravi était là. En train de manger, comme d'habitude.

« Salut, Tara ! rugit-il avec son accent à couper au couteau. Ça te dit, un bout de cheesecake au chocolat ? Vingt-sept grammes de lipides la part. Génial !

– Comment peux-tu manger à cette heure-ci ? » Elle aimait faire semblant de se nourrir comme une personne normale.

« Debout à cinq heures ! beugla-t-il. Ramé sur trente kilomètres. Mort de faim ! »

Ravi était un fana de sport. Outre sa pratique de l'aviron, il fréquentait une salle de gym au moins quatre fois par semaine et ne partait qu'après avoir lu sur l'affichage électronique des appareils qu'il avait brûlé mille calories. Sa vitalité prodigieuse n'avait d'égale que son prodigieux appétit. Pas une matinée ne se passait sans qu'il débarque au bureau chargé de sacs Marks & Spencer.

« Tu veux peut-être garder l'emballage pour le lécher plus tard ? »

Il agita un morceau de plastique en forme de triangle qu'elle accepta.

« Alors, ce rouge à lèvres que Fintan t'a offert ? Ça marche ?

– Non, Ravi. Encore un coup pour rien.

– Oh, zut. La quête continue.

– Eh oui. Tu as mis à jour les résultats de la ligue ? » Tara alluma son PC.

– Tout à fait. » Ravi hocha la tête, et une mèche épaisse et luisante lui tomba sur le front. Il ressemblait à Elvis, version indienne.

Ravi avait monté une ligue de football à l'intention des employés de GK Software. En début de saison, chacun donnait son pronostic de classement pour le championnat de première division. Après chaque week-end, il remettait les résultats à jour afin que tout le monde puisse suivre les progrès de son équipe. Certains disaient que c'était la seule chose capable de les tirer du lit un lundi matin.

Les gens commençaient à arriver. Evelyn et Teddy d'abord. Evelyn et Teddy étaient mariés. Ils vivaient ensemble, se rendaient au bureau ensemble, travaillaient côte à côte, déjeunaient ensemble et rentraient ensemble. « Bonjour, dirent-ils en chœur.

– Tu as… ? demanda Evelyn à Ravi.

– Bien sûr ! »

Et tous deux, Teddy et Evelyn, de pianoter fébrilement sur le clavier de leur ordinateur pour accéder à la nouvelle grille.

Ensuite ce fut au tour de Vinnie, le patron de Tara, un brave quadragénaire à la calvitie naissante, père de quatre jeunes enfants. Vinnie se rêvait homme d'affaires dynamique, affectionnant les expressions du genre : « Je joue mes couilles sur ce coup-là ! », mais, chaque fois qu'il en proférait une, il ne récoltait que des rires et des caresses de compassion sur son crâne dégarni.

« Bonjour, tout le monde, lança-t-il. On a passé un bon week-end ?

– Non, répondirent les autres comme un seul homme.

– Tu as remis à jour… ? » demanda-t-il anxieusement à Ravi.

Après avoir obtenu un hochement de tête affirmatif, Vinnie se précipita sur son ordinateur et l'alluma.

Le téléphone de Tara sonna. C'était Thomas. Son cœur bondit d'angoisse, mêlée de joie. Il ne voulait pas lui parler, annonça-t-il avec une brusquerie qu'elle jugea excessive. C'était simplement pour lui rappeler de régler la facture du câble. Ne le prends pas pour toi, essaya-t-elle de se rassurer. C'est juste sa façon d'être.

Le lundi midi, tout le service avait coutume de déjeuner chez l'italien. C'était comme un clin d'œil au week-end, la reconnaissance tacite que tout le monde avait la gueule de bois. À partir de dix heures trente, une fois la digestion du petit déjeuner terminée, les uns et les autres réfléchissaient à ce qu'ils allaient commander.

« Pain grillé, omelette tomates-champignons, saucisses, un KitKat et un verre de Coca, déclara Teddy sans lever les yeux de son écran.

– Frites, deux œufs au plat, bacon, une tranche de pain

beurré et une Aqua Libra, répliqua Vinnie, scotché à l'écran lui aussi.

– Pain grillé, deux saucisses, une omelette oignons-fromage, une crème caramel et un thé avec trois sucres ». La voix de Cheryl l'Asperge, derrière la cloison.

Cheryl l'Asperge avait fait partie de l'équipe de Vinnie pendant plus d'un an et, bien qu'elle ait été transférée dans l'équipe de Jessica, elle avait gardé le contact.

« Quatre saucisses, quatre œufs au plat, tomates, champignons, bacon, une double portion de frites, six tranches de pain beurré et un Lucozade Sport », dit Ravi.

À midi trente tapant, ils mettaient généralement leurs écrans en veille, enfilaient leurs manteaux et descendaient ensemble chez Cafolla. Seule une personne restait au bureau pour assurer l'assistance en ligne et répondre aux coups de fil de clients hystériques dont le système tout entier venait de sauter. Ils fonctionnaient par roulement, et ce jour-là le malchanceux fut Steve la Marmotte (ainsi surnommé en raison de son habitude de se saouler après le travail, de s'endormir dans le train qui le ramenait chez lui, à Watford, et de se réveiller au terminus, à Birmingham). L'œil cave, il contempla l'exode et demanda d'une petite voix si on voulait bien lui rapporter un sandwich.

« Allez, viens, Tara, claironna Ravi. On y va !

– Je crois que je n'irai pas.

– Oh, non, fit-il, déçu. Encore ton putain de régime ? Ma pauvre fille. Bon, alors allez-y sans moi, les gars, je reste avec Tara. »

Elle culpabilisa aussitôt. Ravi n'avait peut-être pas inventé la poudre, mais il avait un cœur d'or. Il n'était pas juste de le priver de son festin pantagruélique.

Par ailleurs, elle n'avait rien mangé depuis son réveil, et pour le dîner elle prévoyait seulement une grande assiette de crudités. N'oublie pas, se raisonna-t-elle, que tu as un cours de step après le boulot. Si tu ne manges pas maintenant, tu vas tomber dans les pommes.

« OK, fit-elle à Ravi. Je viens. »

D'ordinaire, s'entasser avec les autres autour d'une table en formica, dans la buée et les bruits familiers du restaurant, pour manger des frites et des flageolets et boire du thé fort dans une grosse tasse blanche lui remontait le moral. Mais pas ce jour-là. Thomas lui avait parlé d'un ton froid et impatient, et la sensation d'une catastrophe imminente était revenue au galop.

Après le déjeuner, pendant que les dames dégustaient leur dessert, les hommes allaient boire une bière au pub d'à côté. Tout en débarrassant la table, M. Cafolla prit la commande. Arrivé à Tara, comme elle demeurait silencieuse, il interrogea : « Et vous, jeune fille, qu'est-ce que je vous sers ? Un petit flan ? »

Elle grimaça. Le salaud. Il connaissait bien ses points faibles. Elle ne devrait pas. Jamais elle ne maigrirait si elle mangeait des flans. Mais c'était plus fort qu'elle.

À regarder la surface jaune et lisse au bord légèrement caramélisé, une bouffée de pur bonheur l'envahit. Mais sitôt le flan englouti vint la culpabilité. Elle s'en voulait terriblement de sa faiblesse. Un instant, elle pensa à demander à M. Cafolla la clé des toilettes pour essayer de se faire vomir, mais toutes ses tentatives passées s'étaient soldées par un échec. Comment faisaient-ils, les boulimiques ? Il devait sûrement y avoir un truc, une ficelle du métier qui lui échappait.

17

De retour au bureau, Tara s'éclipsa aux toilettes pour s'en griller une. Et tomba sur Amy Jones qui travaillait à l'étage du dessus, au service des Achats. Elles ne se connaissaient que de vue jusqu'au vendredi précédent, où elles avaient découvert qu'elles étaient nées le même jour en se retrouvant au pub, à fêter leur anniversaire avec leurs collègues respectifs. Et, bien que les deux groupes soient restés séparés, tous avaient marqué le coup avec force sourires, hochements de tête et chopes levées.

Vendredi, avec quatre gin tonics dans le nez, Tara avait trouvé Amy très sympa. Maintenant, en la regardant glisser un peigne dans ses longues boucles blondes, elle décida qu'elle la détestait. Toute cette blondeur, cette beauté gracile… voilà quelqu'un qui n'avait pas dû en baver beaucoup dans la vie.

« Alors, on a bien fait la fête ? lui demanda Tara poliment.

Mmm… ouais », fit Amy avec un sourire tremblant.

Elle avait l'air vannée ; la bringue, apparemment, avait duré tout le week-end.

« Sauf que, ajouta-t-elle d'une voix aiguë, je… euh… je me suis disputée avec mon petit ami et j'ai… j'ai fini au poste. »

Des larmes coulèrent sur ses joues satinées tandis qu'elle vidait son sac : la soirée d'anniversaire, la honteuse absence de son ami, son arrivée tardive, l'engueulade, la nuit blanche, les messages par milliers, un samedi et un dimanche sans fin, la frénésie du désespoir, le coup de téléphone à la police... Tara écoutait, horrifiée, répondant à son récit par les platitudes d'usage. « C'était juste une dispute... Vous savez comment sont les hommes, laissez-lui le temps de digérer sa mauvaise humeur... Oui, je sais ce que c'est... Tous les mêmes ! »

Une fois à son bureau, elle eut envie d'appeler Thomas. Normalement, elle ne lui téléphonait pas au travail, au risque de l'interrompre en plein cours. Mais elle avait besoin de se rassurer. De savoir que l'hostilité qu'elle avait perçue, ce matin, au téléphone, n'était que le fruit de son imagination.

Cependant, après qu'elle se fut moralement préparee à la discussion, Lulu, la secrétaire du collège, refusa d'aller le chercher. On aurait dit qu'il était sa propriété. « Je dirai à M. Holmes que vous avez appelé, mentit-elle.

– Pouffiasse, va, marmonna Tara en raccrochant.

– Qui ça, Lulu ? tonna Ravi.

– Qui veux-tu que ce soit d'autre ? »

Perturbée, elle appela Liv pour se plaindre. Elle tomba sur le répondeur et essaya de la joindre sur son portable.

« Allô ? dit Liv.

– C'est moi. Tu es occupée ?

– Je suis dans le Hampshire avec une affreuse bonne femme qui veut de l'or partout dans sa maison.

– Beurk. Genre robinets et poignées de porte ?

– Non, plutôt éléments de cuisine et abris de jardin.

– Aïe ! Au fait, comment ça va avec Lars ?

– Très bien. » Liv semblait déraisonnablement optimiste. « Il dit que cette fois-ci il va quitter sa femme pour de bon.

– Génial ! »

Tara aurait bien voulu voir ça. Elle n'aimait pas Lars. Ce n'était pas parce qu'il était grand, blond et buriné qu'il avait le droit de mener Liv en bateau depuis quinze mois avec ses fausses promesses de divorce.

« Quand est-ce qu'il repart ?

– Samedi.

– Parfait, je serai là pour l'épongeage.

– Il faut que j'y aille, siffla Liv. Madame Midas est de retour.

– Il n'a toujours pas quitté sa femme ? demanda Ravi lorsque Tara eut raccroché.

– Il dit que ça ne va pas tarder. »

Tous deux levèrent les yeux au ciel, puis elle composa le numéro de Fintan. Vinnie la fusilla du regard.

« Si je ne téléphone pas, j'envoie des e-mails, précisa-t-elle avec honnêteté.

– Oh, non, pas ça ! protesta Ravi. Sinon, comment je pourrai me tenir au courant, moi ?

– Heureusement que vous faites du bon boulot, l'un et l'autre », grommela Vinnie.

Fintan n'était pas à son travail. Officiellement pour cause de maladie. Tara savait ce qu'il avait. La veille, à minuit, alors qu'elle partait de chez Katherine, Fintan et Sandro étaient sur le point de sortir. Leur soirée ne faisait que commencer.

Elle téléphona chez lui.

« Fintan a mal aux cheveux, hein ? s'enquit Ravi.

– J'en donnerais la tête de ma mémé à couper. »

Le téléphone sonna interminablement avant que Fintan ne décroche.

« Qu'est-ce qui t'arrive, espèce de poivrot ? le salua-t-elle avec entrain.

– J'ai un problème au cou. Une énorme bosse.

– Mon Dieu, que tu es futile ! soupira Tara. Tout le monde a des boutons.

– Tara, ce n'est pas un bouton. C'est enflé, on dirait Elephant Man.

– Moi-même, j'ai eu un terrible accès de peste noire ce matin. Je te raconte pas les clous !

– Je suis sérieux, Tara. J'ai une bosse de la taille d'un melon dans le cou.

– C'est ça ! Quelle sorte de melon ? Melon d'Espagne ? Gallia ? Cantaloup ?

– Bon, d'accord, peut-être pas un melon. Mais un kiwi, c'est sûr.

– Tu as essayé le Savlon ?

– Le Savlon ! C'est un traitement, qu'il me faut.

– Alors, va voir le médecin.

– Tu crois ? fit-il, sarcastique. Et moi qui pensais m'allonger et attendre que mon cou dégonfle tout seul ! J'ai rendez-vous ce soir », ajouta-t-il.

Il avait l'air inquiet, et elle regretta un peu de s'être moquée de lui.

« Tu veux que je t'accompagne ? »

Et, collant sa bouche contre le combiné : « Si je dis à Vinnie que j'ai mes règles, il me laissera filer. Ça le gêne trop. Quelquefois, je les ai deux ou trois fois dans le mois, mais il n'ose pas en parler.

– Non, non, ça ira très bien.

– À quelle heure tu seras rentré ?

– Je ne sais pas exactement. Disons, vers huit heures, pour plus de sécurité.

– OK, je te donnerai un coup de bigo. Bonne chance, mais je suis sûre que c'est rien. »

Sitôt qu'elle eut raccroché, Ravi souffla avec empressement : « Alors, qu'est-ce qu'il a, Fintan ?

– Une inflammation des ganglions, un truc comme ça. » Tara haussa les épaules. « Ce qu'il peut être hypocondriaque ! »

Ensuite, elle téléphona à Katherine. Qui n'était pas rentrée du déjeuner. À trois heures et demie ? Voilà qui ne ressemblait guère à Miss Bûcheuse.

« Ça y est, Vinnie, j'ai appelé tout le monde. »

Elle voulut se remettre au travail, mais ne put s'empêcher de songer à Fintan. Et s'il ne dramatisait pas ? S'il avait réellement attrapé une saloperie ? C'était tout le problème, quand un ami gay tombait malade. On pensait tout de suite sida. Tara se reprit… Allons donc, s'imaginait-elle que le sida et l'homosexualité étaient indissolublement liés ?

De Fintan, son inquiétude se reporta malgré elle sur Thomas. Que leur arrivait-il ? C'était peut-être juste dans sa tête. Mais leur conversation du samedi soir continuait à la hanter, et elle ne savait si elle devait s'affoler ou bien tâcher de l'oublier, dans l'espoir que les choses finiraient par se tasser.

Incapable de travailler, à quatre heures elle s'apprêta à partir.
« Excuse-moi, où tu vas ? s'enquit Ravi, soupçonneux.
– J'ai une poussée de fièvre acheteuse.
– Non ! » Conformément aux instructions, il lui barra le passage. « Il faut que tu arrêtes de dépenser de l'argent.
– Merci, Ravi. » Tara essaya de le contourner. « J'apprécie ta vigilance, mais je n'ai pas envie qu'on m'arrête, aujourd'hui.
– Tu m'as demandé de ne pas céder, même si tu me suppliais. » Menaçant, il bomba le torse.

Tara fit un bond de côté pour se faufiler entre les deux bureaux mais, rapide comme l'éclair, Ravi la marquait. Il y eut une brève escarmouche.

« Vinnie, rappelle-le !
– Il ne fait que ce que tu lui as demandé. »

Vinnie haussa les épaules avec lassitude. Et on s'étonnait après qu'il perde ses cheveux.

Ils se faisaient face ; jambes fléchies, muscles bandés, mains jointes, Ravi se préparait à l'assaut, quitte à recourir au kung-fu. Tara regrettait amèrement d'avoir sollicité son aide.

« On ne peut pas commencer demain ? implora-t-elle, cajoleuse. S'il te plaît ! »

Déçu, Ravi baissa la garde. « Bon, alors va-t'en. »

Elle partit donc faire les boutiques, histoire de se changer les idées, mais se résigner à porter du quarante-quatre était au-dessus de ses forces. Acheter des vêtements n'était plus un plaisir ; ça relevait plutôt d'un exercice de sauvetage.

Sa seule consolation, c'étaient les chaussures. Éternellement belles, même quand tout le reste s'en allait en eau de boudin.

Le mascara à cheveux n'était pas mal non plus. Elle était passée maîtresse dans l'art de la diversion. Bijoux extravagants, sacs délirants et maquillage en technicolor, aucune technique de camouflage ne lui était inconnue. Rien de tel qu'une frange bleue pour détourner l'attention de son ventre rond.

Le temps d'acheter un désodorisant en forme d'arbre, parfum fraise, pour sa voiture, une paire de babies noirs à hauts talons, du mascara bleu et du mascara violet pour les cheveux, un patron, des aiguilles à tricoter et de la laine pour le pull de Thomas, elle avait loupé son cours de step.

Tara feignit d'être déçue. Elle pouvait toujours aller à la salle de muscu, mais c'était plein de grands gaillards qui faisaient des tractions sur une main en grognant sous l'effort. Elle n'avait pas le courage de les affronter, pas en body rose. Demain je m'y mets, se promit-elle.

18

En rentrant, elle décida sur un coup de tête de passer chez Katherine. En principe, ce n'était pas dans ses habitudes : elles avaient en cela adopté les mœurs de Londres où une visite impromptue était considérée comme un manque total de savoir-vivre. La phrase « J'étais dans le coin » ne valait guère mieux qu'un impair du genre : « Vous avez un gros nez. » Les Londoniens, accoutumés à filtrer les appels par le biais du répondeur, paniquaient devant le moindre coup de sonnette inattendu. Comment, un visiteur ? En chair et en os ? Sur le pas de leur porte ?

Katherine était sous la douche, mais Tara crut qu'elle ne répondait pas faute d'avoir été prévenue à l'avance. Elle sortit son portable. Malheureusement, elle avait oublié de recharger la batterie.

« C'est moi, cria-t-elle, s'écartant de l'interphone et levant les yeux vers la fenêtre de Katherine. Ouvre ! »

Plantée au milieu du minuscule jardin devant la maison, elle hurla, dépitée : « Espèce de cul gelé, je sais que tu es là, je vois de la lumière.

– Bonsoir, fit une voix. Vous cherchez Katherine ? »

Tara se retourna. Quelqu'un, qui devait être le pauvre Roger, se dirigeait vers la porte d'entrée avec une clé.

« Oui. » Elle osait à peine le regarder, compte tenu des

circonstances dans lesquelles ils avaient communiqué jusqu'alors – Roger cognant le plafond avec un manche à balai et Tara glapissant, ivre morte : « Relax, tocard ! »

« Merci », souffla-t-elle en se précipitant dans l'escalier. Pendant qu'elle martelait la porte de ses poings en criant : « Ouvre ! », Katherine apparut, très calme, sur le seuil. Elle portait une courte chemise de nuit en soie blanche et un déshabillé assorti qui s'entrouvrait sur ses jambes fuselées. Dans son agitation, Tara ne remarqua pas le bien-être qui irradiait d'elle.

« Salut ! » Katherine la gratifia d'un sourire éclatant. « Comment as-tu fait pour entrer ?

– Grâce à ce brave vieux Roger.

– Pauvre Roger. Il faudra que j'aille m'excuser auprès de lui pour tout ce vacarme. Qu'est-ce qui t'arrive ? Pourquoi essaies-tu de démolir ma porte ?

– Je croyais que tu ne voulais pas me voir.

– Quelle idée ! » Le sourire de Katherine s'élargit.

Elle avait de très jolis pieds. Fins et délicats, avec des ongles au vernis irisé. En fait, Tara ne comprenait pas très bien pourquoi elle prenait la peine de se peindre les ongles. Elle, si elle avait été seule, se serait épargné cet effort. D'ailleurs, même en n'étant pas seule…

Katherine la précéda au salon et lui demanda si elle voulait un sandwich au fromage.

« Arrière, Satan, fit Tara. Je boirai juste une tasse de thé. Bien que j'aie tellement faim que je pourrais bouffer les fesses d'une nonne à travers le portail d'un couvent. Je t'en supplie, ne me propose pas de nourriture. »

Elle se sentait en sécurité avec Katherine. Aucun risque qu'elle lui offre de partager un repas calorique, saturé de graisses. La plupart du temps, quand on s'enquérait de ce qu'elle allait préparer pour son dîner, elle répondait vaguement : « Je n'en sais rien, une tartine peut-être. »

« Je vais faire chauffer l'eau », dit Katherine.

Le paquet de Hula Hoops sur l'étagère du salon était là depuis la veille. Tara se souvenait clairement de l'avoir vu. Comment Katherine avait-elle pu garder ces délicieux Hula Hoops à portée de main sans y toucher ? Elle-même n'en aurait pas fermé l'œil de la nuit. Quoi qu'il en soit, elle allait les manger là, tout de suite. De toute façon, le mal était fait, puisqu'elle avait raté son cours de step. Elle se jeta sur le paquet juste au moment où Katherine revenait dans la pièce.

« Non ! » hurla-t-elle.

Tara sursauta.

« Lâche… les Hula… Hoops, rugit Katherine, mettant les mains en porte-voix. Je répète. Lâche… les Hula… Hoops. »

Tara se figea, désarçonnée par l'attitude extravagante de son amie.

« Pose-les, tonna Katherine. Par terre. Doucement. Pas de gestes brusques. »

Avec précaution, Tara plaça le paquet rouge à ses pieds. Qu'est-ce qui lui prend ? pensa-t-elle, désemparée.

« Très bien, approuva Katherine. Les mains sur la tête. »

Tara s'exécuta.

« Et maintenant, envoie les Hula Hoops vers moi. »

Le paquet de Cellophane rouge rebondit sur le tapis, et Katherine le cueillit, un immense sourire aux lèvres.

« Merci », fit Tara.

Et elles éclatèrent de rire, Tara avec un soupçon d'hystérie, Katherine rayonnante de joie de vivre.

« Il était moins une.

– Tu ne devrais pas acheter ces trucs-là si tu t'inquiètes pour ton poids, la tança Katherine avec bonhomie.

– Mais ce n'est pas à moi ! C'était là. Comment ça se fait que tu ne voies pas ces choses-là ? gémit Tara. À la seconde où je suis entrée, ce paquet s'est mis à briller comme un phare. Pour attirer mon attention. Il s'est exhibé devant moi. Pour un peu, il se serait déshabillé… »

Katherine rit, et il vint à l'esprit de Tara qu'elle paraissait exceptionnellement en forme.

« Au fait, où étais-tu aujourd'hui ? J'ai téléphoné à trois heures et demie, et tu n'étais toujours pas rentrée de déjeuner. »

Katherine ne répondit pas.

« Où étais-tu ? répéta Tara.

– Hmmmm ? Comment ? » fit Katherine rêveusement.

Quelle mouche l'avait donc piquée ? Elle n'était pas dans son état normal. L'œil brillant, la lèvre incurvée, il se dégageait d'elle comme des ondes d'excitation contenue.

« Où étais-tu pendant ce long… » Tara s'interrompit. « Tu m'écoutes ?

– Oui », acquiesça Katherine sans conviction.

Tara la regarda à nouveau. Les joues roses, elle arborait la mine complaisante de quelqu'un qui dissimule un agréable secret.

« Tu n'as pas… Tu as… Tu t'es envoyée en l'air, hein ?

– Sûrement pas !

– En tout cas, ça te réussit. Tu as un mec en vue ?

– Non.

– Tu t'es fait draguer ?

– Non. »

Mais Tara avait remarqué une imperceptible hésitation.

« Aha, chantonna-t-elle. A-a-a-a-ha. Tu es sur un coup. Qui c'est, dis-moi ?

– Il n'y a rien à dire », répliqua Katherine avec raideur.

Tara trépignait d'impatience. Enfin une bonne nouvelle. « Je parie qu'il est superbe. »

Les rares hommes de Katherine étaient en général extraordinairement beaux. À tomber par terre. Bien au-delà de ce que Tara pouvait espérer. Certes, ça ne durait jamais très longtemps, mais n'empêche.

« Ça doit être quelqu'un du bureau. Sinon je ne vois pas où tu l'aurais rencontré.

– On se calme.

– Voyons, il y a un mec qui te plaît. Où est le mal ?

– Il n'y a personne.

– Bon, alors c'est toi qui plais à un mec. Où est le mal ? »

Katherine ne répondit pas. Elle ne rayonnait plus, et son regard avait de quoi arrêter une horloge.

« Katherine, reprit Tara avec douceur, je sais qu'on s'est déjà disputées là-dessus et que tu ne veux surtout pas perdre ton fameux self-control, mais il faut parfois savoir se jeter à l'eau.

– Pour ne récolter que douleur et souffrance ? lâcha Katherine sèchement. Non merci.

– Pas toujours », protesta Tara. Elle ouvrit la bouche pour

ajouter : « Regarde Thomas et moi. » Mais les mots refusaient de sortir.

« Je suis parfaitement heureuse comme ça, déclara Katherine dont le visage demeurait de marbre. Le célibat n'est pas synonyme de solitude.

– Tu ne peux pas te défiler éternellement ! s'exclama Tara, exaspérée. L'amour fait partie de la condition humaine. Sans lui, on ne vit qu'à moitié. Tout le monde a besoin d'un compagnon, c'est un besoin fondamental.

– Ce n'est pas un besoin, c'est un désir. Et moi, je *désire* pardessus tout ne pas souffrir.

– Quand on aime, on ne souffre pas forcément, objecta Tara, alarmée par son intransigeance.

– Ah oui ? Tu es bien placée pour le savoir. Regarde à quel point tu es malheureuse avec ce connard de Thomas.

– Je ne suis pas malheureuse », affirma Tara vaillamment.

Malgré sa colère, Katherine ne put s'empêcher de noter qu'elle ne s'était pas récriée contre le « connard ».

« Eh bien, si tu es heureuse moi je suis très bien comme je suis. »

L'air s'était chargé d'électricité.

« Je vais répéter ma question, dit Tara, menaçante.

– Quelle question ? siffla Katherine.

– C'est quelqu'un du bureau ? »

Les yeux exorbités de rage, Katherine remua les lèvres en silence, cherchant une réplique cinglante.

« Oui », avoua-t-elle finalement.

19

« Raconte-moi », exigea Tara.

En vérité, décida Katherine, il n'y avait pas grand-chose à raconter. Le matin à la première heure, Joe Roth s'était approché de son bureau comme il le faisait depuis les douze derniers jours ouvrables. Était-ce le vert céladon de sa chemise qu'il avait mise en l'honneur de la présentation du budget tampons ou la façon dont son costume bleu cobalt épousait son corps longiligne ? Force lui fut d'admettre qu'il était particulièrement agréable à regarder. D'emblée, elle adopta une expression dure, insondable.

« Bonjour, Katie, dit Joe avec un immense sourire qui illumina son visage tout entier.

– M. Roth, répliqua-t-elle, glaciale, le gratifiant du Regard Effrayant force trois (inutile de recourir à la force quatre ou cinq, le ton de sa voix suffisait). Mon prénom, c'est Katherine, et je ne réponds pas aux diminutifs. »

Elle s'attendait qu'il batte en retraite, humilié et vaincu. Au lieu de quoi, toujours appuyé sur son bureau, il se mit à rire aux éclats. Elle eut alors la soudaine prémonition d'un désastre.

« M. Roth », l'imita-t-il, la considérant presque avec affection.

Katherine le dévisagea sans ciller, les traits figés en un masque poli de quelqu'un dont la patience était mise à rude épreuve.

« M. Roth, répéta-t-il. J'adore. Vous êtes merveilleuse, Katherine. Tout simplement merveilleuse. »

Comme elle continuait à le fixer d'un œil torve, il déclara : « Pardonnez-moi si je vous ai froissée en me montrant trop familier. À partir de maintenant, ce sera Katherine. À moins que vous ne préfériez qu'on vous appelle miss Casey. »

Joe remarqua la fraction de seconde qui s'écoula avant qu'elle ne proteste. Il se remit à hurler de rire.

« J'ai vu juste, hein ? Soit, va pour miss Casey. »

Et il enchaîna sur un ton professionnel : « Bien, miss Casey, il faudrait qu'on se réunisse pour discuter du dépassement de budget de la bière Noritaki. Mais comme les responsables de Geetex ne vont pas tarder à arriver pour la présentation, je suggère qu'on en parle autour d'un déjeuner.

– Un déjeuner ? fit-elle avec froideur. Financé par qui ? »

Katherine Casey n'était pas à vendre. Les occasions n'étaient, certes, pas nombreuses de manger dans un restaurant chic et branché aux frais de la princesse – dans une agence de publicité, la comptable faisait plutôt figure de Cendrillon –, mais elle refusait de se laisser appâter par la perspective d'une salade au chèvre chaud.

« D'ailleurs, ajouta-t-elle, s'il s'agit d'un dépassement de budget, il serait illogique d'accroître le déficit juste pour en discuter.

– C'est moi qui vous invite », dit Joe.

Katherine rit. Ce qui ne présageait rien de bon. « Bien joué, Joe. Seulement, voyez-vous, toutes les notes de frais atterrissent sur mon bureau. »

Les directeurs de clientèle ne payaient jamais rien. Ils gardaient la moindre facture pour tenter de se faire rembourser. Pas uniquement les notes d'hôtel ou de restaurant, mais tout et n'importe quoi, depuis la mousse à raser (« J'avais une présentation, il fallait que je sois nickel ») jusqu'aux cravates (même justification) et les courses de la semaine chez Tesco. Une fois, quelqu'un avait glissé un reçu pour un costume Armani ; une autre fois, pour un jacuzzi. Katherine les avait tous vus.

« Vous avez ma parole, insista-t-il. Ce déjeuner, je le paierai de ma poche.

– Non.
– Allez, plaisanta-t-il. Un déjeuner avec Joe Roth, sinon rien.
– Non. »

Il redevint sérieux. « Écoutez, je ne cherche pas à vous faire du gringue. Honnêtement, j'ai un réel problème à vous soumettre.

– Désolée, mentit Katherine. Je suis dans le bilan de fin d'année jusqu'au cou. » Elle avait presque tout bouclé durant le week-end, mais ça, il n'avait pas besoin de le savoir. « Voyez Breda, mon assistante. Elle pourra certainement vous aider, et je suis sûre qu'elle sera ravie de déjeuner avec vous.

– OK », dit Joe d'un air morne, en tournant les talons.

En temps ordinaire, il n'aurait pas réagi ainsi mais, démoralisé à l'idée de se faire éconduire pour la quatrième semaine d'affilée, il alla voir Fred Franklin pour lui demander d'intervenir. Celui-ci était dans son petit bureau vitré en compagnie de Myles, un jeune rédacteur qui se voulait le roi de la combine.

« Fred, peux-tu me rendre un service ? »

Fred savait déjà de quoi il retournait : il avait observé Joe pendant qu'il parlait avec Katherine.

« Tu es malade, dit-il.

– Ah oui ? fit Myles avec empressement. Malade comment ? On a tout ce qu'il faut sous la main.

– C'est le glaçon irlandais qui l'intéresse, déclara Fred à brûle-pourpoint.

– Qui ça ? La Reine des Neiges ? suffoqua Myles. Je ne savais pas que tu étais maso.

– Je ne suis pas maso.

– Ah, mais si, mon pote. Autant se taper la tête contre un mur de brique. »

Myles, qui trouvait Joe Roth sympa et plutôt drôle, se demanda s'il n'allait pas réviser son jugement.

« Toutes les autres considérations mises à part, je dois vraiment discuter du budget Noritaki avec Katherine.

– Tu me prends pour un demeuré, fiston ? s'esclaffa Fred. Parles-en donc avec la grosse Breda. »

Joe ne répondit pas.

« Allez, vas-y, quoi. Au moins elle a des nichons, celle-là.

– S'il te plaît, va dire un mot à Katherine. Je te le revaudrai. »

Fred réfléchit. Joe était beau gosse, son nom revenait souvent dans les conversations des employées. Si jamais il arrivait à quelque chose avec le glaçon, il la laisserait vite tomber. Entre-temps, évidemment, elle se serait amourachée de lui. Et *ça*, ça vaudrait le coup d'œil.

« C'est bon », grommela-t-il en s'extirpant de son fauteuil en cuir.

Quand elle vit Fred se diriger pesamment vers son bureau, Katherine devina ce qui l'amenait. Lamentable, Joe, d'aller pleurer sur l'épaule du patron ! Mais malgré le mépris que lui inspirait cette démarche, son intérêt fut piqué par tant de persévérance. D'autres, aussi persévérants que lui, avaient renoncé en y laissant des plumes…

« Écoutez-moi bien », aboya Fred.

Il avait horreur de parler à Katherine. La façon dont elle le regardait lui donnait l'impression d'être quelque chose de rampant et de visqueux. Depuis le jour où, à ses débuts chez Breen Helmsford, il l'avait invitée à boire un verre et où elle avait répondu : « Je ne sors pas avec les hommes mariés. » Fred avait bredouillé, suffoquant : « C'était juste pour faire connaissance, vous aider à mieux vous intégrer. » Elle l'avait foudroyé du regard et, lorsqu'il en avait eu fini de se haïr, sa haine s'était reportée sur elle.

« Vous allez déjeuner avec Joe Roth pour discuter de ce putain de budget.

– C'est un ordre ?

– On peut dire ça comme ça.

– Vous n'êtes pas mon supérieur hiérarchique. »

Elle sourit. Et ajouta pour elle-même : On n'est même pas situés sur la même échelle de l'évolution. Son sourire mielleux s'élargit.

« Pas directement, admit Fred, excédé. Mais ce garçon s'inquiète pour le budget. Breda est une fille formidable, seulement Joe aime mieux s'adresser à Dieu qu'à ses saints. »

Ils se toisèrent avec hostilité, et Katherine regretta brièvement de n'être pas un animal social. Pourquoi n'était-elle pas comme les autres ? Ça lui aurait sûrement facilité la vie au bureau. Elle savait qu'on ne l'aimait pas beaucoup, et quelquefois ça lui pesait. Comme aujourd'hui.

« Ce n'est qu'un déjeuner, dit Fred en haussant la voix. Un déjeuner de travail. »

Juste un déjeuner. « OK », soupira-t-elle.

Fred regagna, triomphant, son bureau-aquarium.

« Ça marche, fiston, annonça-t-il à Joe qui attendait, l'air anxieux. Tu nous raconteras. »

Son téléphone bourdonna.

« Les gars de Geetex sont là. »

Dans l'euphorie du moment, Joe fit une présentation éblouissante à la délégation de chez Geetex. Il se montra si convaincant qu'ils en vinrent presque à croire à la qualité des tampons.

« À mon avis, c'est dans la poche », dit Myles en regardant les clients, sous le charme, prendre congé.

Généralement, après un coup réussi, toute l'équipe allait fêter ça autour d'un déjeuner bien arrosé. Mais, cette fois-ci, Joe ne se joignit pas à eux. Il les expédia avec sa bénédiction, non sans avoir vérifié le nom du restaurant où ils se rendaient. Pour emmener Katherine dans la direction opposée.

Katherine avait passé la matinée à régulariser les passifs. Joe Roth lui était complètement sorti de la tête. Elle considérait la comptabilité en partie double comme l'un des grands acquis de l'humanité, au même titre que l'invention de la roue. Si seulement le monde pouvait tourner selon les mêmes principes ! À gauche, les débits, à droite, les crédits, si bien qu'on savait toujours où on en était. Le bonheur.

À une heure, Joe se matérialisa, penaud, devant son bureau, son exultation première ayant cédé la place à l'embarras d'avoir fait jouer les rapports hiérarchiques.

« Ah, oui, c'est vrai, le déjeuner Noritaki », dit-elle d'un ton peu amène.

Il se dandina gauchement d'un pied sur l'autre pendant qu'elle finissait un calcul. Un calcul qui aurait pu attendre, sauf qu'elle ne voyait pas pourquoi.

En éteignant sa machine, elle hésita à aller aux toilettes, gênée de le dire. Pourquoi pas au restaurant ? Oh, et puis pourquoi pas maintenant ? Joe n'était rien pour elle. Dans un passé brumeux et lointain, quand un homme lui plaisait, c'était différent. Les fonctions physiologiques cessaient d'exister. Mais avec Joe Roth ?

« Je dois passer aux toilettes », annonça-t-elle, souveraine.

Elle laissa délibérément son sac sur son bureau, afin qu'il ne s'imagine pas qu'elle allait se recoiffer et se mettre du rouge à lèvres pour lui.

20

Le restaurant où il l'emmena se trouvait à quelques minutes de marche. Heureusement, car, coincée dans un taxi avec lui, elle aurait étouffé. C'était un lieu cher, bruyant et branché ; avec sa façade en briques de verre et sa profusion de bois blanc, il lui rappela celui où ils avaient fêté l'anniversaire de Tara. Pas besoin de lire la carte pour savoir ce qu'il y avait au menu.

Joe avait pris la précaution de réserver un box. Une fois qu'ils furent installés, le bruit s'atténua, et Katherine commença à se détendre. Au point de commander un verre de vin. « Ne me regardez pas comme ça, fit-elle, hautaine. On peut être efficace, on n'en reste pas moins humain.

– Je ne vous regarde pas "comme ça", répondit-il avec son sourire radieux. Buvez, autant de vin que vous voudrez. »

Il la couvait d'un œil si chaleureusement admiratif qu'elle déclara d'un ton énergique : « Bien, parlons affaires. Les principaux postes du budget Noritaki sont…

– Katherine », l'interrompit-il avec douceur.

La façon dont il avait prononcé son nom – tristement, presque – lui donna envie de se lever et de partir.

« Si on commandait d'abord ? »

Soudain, elle décida de se lâcher. De s'accorder une trêve. Depuis trois semaines qu'elle le repoussait, elle était momentanément à court de munitions. Oh, et puis zut, se dit-elle.

Pourquoi je ne me laisserais pas chouchouter ? Rien qu'une heure. Le sourire qu'elle adressa à Joe était pour une fois dénué de toute trace de dédain ou de sarcasme.

« Qu'est-ce que vous prenez comme entrée ? demanda-t-il avec un coup d'œil sur la carte qu'elle n'avait pas ouverte.

– Je vais tenter le risotto aux girolles avec des copeaux de truffe, dit-elle, le regard pétillant. Et vous ?

– Le potage à la coriandre et à la citronnelle. Mais dites donc ! s'exclama-t-il en inspectant la carte. Il n'y a pas de risotto aux girolles avec des copeaux de truffe.

– Oh si, il y est forcément, sourit-elle. Regardez autour de vous. »

Elle désigna d'un geste les murs à l'incontournable crépi jaune citron, les jardins zen de soixante centimètres carrés, le plafond incrusté de spots. Joe rit, et elle se vit s'épanouir dans ses yeux. Mais lorsqu'elle ouvrit la carte, elle éclata : « Votre potage à la coriandre et à la citronnelle n'y est pas non plus.

– Oh si, il y est forcément, répliqua Joe. Regardez autour de vous. »

Ce fut à son tour de le voir s'épanouir.

Katherine n'arrivait pas à le situer. La plupart des hommes qui la poursuivaient de leurs attentions avaient un ego monumental. C'était inévitable car, s'il y avait la moindre brèche dans l'armure de leur amour-propre, son dédain s'y glissait pour infliger des blessures mortelles. À défaut d'être un égoïste forcené, il fallait qu'il soit bête comme ses pieds, ou bien naïf comme Forrest Gump. Or, Joe n'était ni l'un ni l'autre.

La serveuse parut. « Dans les spécialités du jour, on a le risotto aux girolles… »

Katherine n'entendit pas la suite. Elle gratifia Joe d'un immense sourire que, brièvement déconcerté, il s'empressa de lui rendre. En regardant ses longs doigts jouer avec le pied de son verre de vin, elle éprouva une sensation quasiment oubliée au creux de ses reins. Comme un élastique qui aurait lâché. Oh non !

Elle commanda des tagliatelles. Pas question de capituler. Il ne s'agissait pas d'un rendez-vous galant qui excluait toute situation potentiellement gênante. Les tagliatelles se balanceraient en désordre au bout de sa fourchette, et alors ? Elles lui balaieraient le menton, l'éclaboussant de sauce ? Ça prouverait qu'elle s'en fichait pas mal. Elle aurait bien commandé des épinards pour qu'ils se prennent entre ses dents, mais malheureusement il n'y en avait pas.

En mangeant les entrées, ils discutèrent spontanément de ce qui les réunissait : leur travail. Comme Joe parlait facilement de lui, elle le soupçonna d'en attendre autant de sa part. Il mentionna un week-end passé « chez lui », puis dit : « J'ai eu trente ans en juillet, et comme je ne suis toujours pas marié, ma mère en a conclu que je devais être gay. » Il n'en profita pas pour la dévisager avec insistance dans un silence lourd de sous-entendus, et Katherine décida que ce n'était pas une ruse pour lui extorquer son âge et son état civil.

« Et c'est où, chez vous ?

– Dans le Devon. Je suis un gars de la campagne. »

Comme s'il y avait de quoi être fier, pensa-t-elle, méprisante.

Cependant, elle s'entendit déclarer : « Moi aussi, je suis née à la campagne. »

En réponse à ses questions, elle lui parla un peu de Knockavoy. Du paysage, en tout cas. Des énormes vagues de l'Atlantique, si hautes qu'elles déferlaient quelquefois par les fenêtres. De l'air si roboratif que, « d'après mon amie Tara, on en mangerait avec une fourchette et un couteau ». Pauvre Tara, pensa Katherine. Elle est effectivement obsédée par la nourriture.

Leurs plats arrivèrent. Celui de Joe était une impressionnante construction verticale.

« Mais comment ils font ça ? demanda-t-il avec admiration. Oh, je vois. Une couche de *bruschetta*, une couche de poulet, une couche de basilic, une couche de tomates marinées et une couche de mozzarella. Répétez autant de fois que nécessaire. Nom d'un chien, voilà un truc à ne pas refaire à la maison !

– Vous cuisinez ? » Qu'est-ce qui lui avait pris de lui poser cette question ? Comme si ça avait un quelconque intérêt.

« Non, avoua-t-il sincèrement. Jamais. Et vous ?

– Vous détestez les gens qui passent leur vie aux fourneaux ?

– Non, pas exactement. Disons que je ne les comprends pas.

– Je vois très bien. »

Ils se regardèrent, dans un silence complice.

« On pourrait publier ensemble un livre de cuisine, suggéra-t-il subitement. Pour ceux qui ont horreur de cuisiner.

– Pourquoi pas ? Je connais un tas de recettes. » Le visage de Katherine s'anima. « Tenez, le houmous par exemple. Allez à Safeway, achetez une boîte, ôtez le couvercle et le papier alu, servez.

– Ça me plaît. » Il l'éblouit d'un sourire. « Et celle du rôti sans peine ? Partez en week-end chez maman.

– On ferait des photos couleurs sur papier glacé, renchérit Katherine avec entrain. Du micro-ondes, du livreur de pizzas et de gens mangeant dans des boîtes en plastique.

– Ça changerait de la porno-gastronomie dont on nous gave. » Joe rayonnait. « Delia Smith, tes jours sont comptés. »

Katherine devait reconnaître qu'il était sympa. Du moins, il *paraissait* sympa. En d'autres termes, c'était probablement un assassin fou. Ils avaient tous ce profil-là. Dans le silence qui suivit, ils s'aperçurent pour la première fois qu'il pleuvait dehors.

« La pluie, soupira-t-elle.

– J'aime la pluie.

– Il n'y a pas grand-chose que vous n'aimez pas, observa-t-elle dans un brusque accès d'acrimonie. Seriez-vous la perfection faite homme ? »

Joe rit. « Je pense seulement qu'on peut tourner beaucoup de choses à son avantage. Prenez la pluie, par exemple. Imaginez la scène… » Il esquissa un geste empreint d'une grâce nonchalante. « Dehors, c'est le déluge. La pluie secoue les vitres. Mais on est à l'intérieur, devant une bonne flambée, vautré sur le canapé, une couette sur les pieds, une bouteille de rouge…

– On porte des chaussettes et un pantalon de survêt », interrompit Katherine avec une ferveur qui la surprit elle-même.

Joe hocha la tête. « Le traiteur chinois doit vous livrer d'un instant à l'autre.

– Il y a un bon film à la télé… »

Les yeux de Joe brillaient d'enthousiasme.

« Un film en noir et blanc…

– Évidemment.

– *Indiscrétions…* ?

– *Casablanca*… ?

– Non, dirent-ils à l'unisson. *Vacances romaines* ! »

Ils se dévisagèrent. Katherine eut l'impression que leurs âmes soudain mises à nu venaient de se frôler. Cette sensation fut si forte qu'elle en eut la chair de poule. Lorsque la serveuse, surgie pile à cet instant-là, leur demanda s'ils avaient terminé, elle l'aurait embrassée, alors que Joe l'aurait volontiers assommée à coups de gourdin.

Histoire de repousser l'instant du retour au bureau, il pressa Katherine de choisir un dessert. « Que diriez-vous d'une terrine aux trois chocolats ? s'enquit-il en consultant la carte. Ou d'un fondant praliné-caramel ? »

Elle pinça les lèvres. Non, mais pour qui la prenait-il ? Pour une femme ? « Vous allez commander quelque chose ?

– Non, mais…

– Alors, c'est bon », dit-elle froidement.

Il se demanda ce qu'il avait fait. Tout allait pourtant si bien…

Katherine cependant avait regardé sa montre et vu que l'heure était écoulée. Très largement même. Elle s'en voulait et elle en voulait à Joe.

Son masque était de nouveau en place. Elle commanda un double express et se mit à réciter les coûts fixes et variables de Noritaki. Pour bien lui montrer que la récréation était finie, elle sortit un listing de son sac. Puis – par pure cruauté – elle posa sa calculette de poche sur la table.

« Un pousse-café ? proposa Joe quand elle eut terminé. Et après, on rentre. »

Le visage fermé, elle secoua la tête.

« Allez ! Comme a dit un grand penseur : "Restez encore un peu."

– Et pour employer une expression empruntée au répertoire populaire, rétorqua-t-elle sèchement, jetant la calculette dans son sac : "N'y revenez pas, jeune homme." »

Katherine se leva.

Elle le laissa payer l'addition, faisant taire ses scrupules. Après tout, il avait insisté pour qu'elle vienne. Mais, au moment de sortir, elle lâcha, malicieuse : « N'oubliez pas le reçu, comme ça vous pourrez demander à vous faire rembourser. »

Le regard qu'il lui lança – peiné et dégoûté – lui fit presque regretter sa rosserie.

Il était près de quatre heures quand ils revinrent au bureau. Cela n'aurait pas dû arriver. En tout cas, ça ne se reproduirait pas. De toute façon, Joe risquait fort de prendre la porte avant la fin du mois. Il avait déjà trop duré chez Breen Helmsford par rapport à la norme. Et elle se ferait un immense plaisir de calculer ses indemnités de départ.

Seul ennui, il était très compétent et très aimé de tout le monde. En y repensant, elle éprouvait un désagréable serrement de cœur.

Le temps de rentrer chez elle, sa mauvaise humeur avait fait place à un rayonnement de bien-être dont elle n'avait même pas conscience. Jusqu'à ce que Tara le lui fasse remarquer. Et ça, Katherine ne l'apprécia pas du tout.

21

Lorsque Tara poussa la porte en essayant de planquer ses achats, elle trouva Thomas dans l'entrée, avec Beryl qui ondulait lascivement entre ses jambes.

« C'était comment, ton cours de step ? »

Elle mit un moment à comprendre ce qu'il lui demandait.

« Mon cours de step ? Dur, dur, mentit-elle.

– C'est bien. » Il se lécha les babines, satisfait.

Était-ce la faim ou la colère qu'elle couvait depuis samedi soir ? Elle s'en prit à lui avec une violence soudaine et inexplicable.

« C'est bien ? *Bien ?* Tu vas me remettre un prix ? Ou me noter ? J'ai mérité combien, à ton avis ? Huit sur dix ? Un B moins ? Un C plus ? Nom de Dieu ! »

Les yeux exorbités, Thomas ouvrit et referma la bouche sans proférer un son.

« On dirait un poisson dans un bocal, siffla-t-elle. J'ai un coup de fil à donner. »

Elle claqua la porte de la chambre, jeta ses emplettes par terre, alluma une cigarette et pianota le numéro de Fintan de sa main libre.

« Alors, il a dit quoi, le médecin ?

– Je n'y suis pas allé. Après t'avoir parlé aujourd'hui, tu ne devineras jamais ce qui est arrivé.

– Qu'est-ce qui est arrivé ?

– La bosse a disparu, rit Fintan. Comme un ballon qui se dégonfle. Du kiwi, elle est passée à la taille d'un grain de raisin, puis à celle d'un raisin sec.

– J'étais inquiète, tu sais. » Elle se sentait toute bête. « Tu aurais peut-être dû voir le médecin, au moins pour savoir ce que c'était.

– Pas la peine. Le problème est réglé.

– Et Sandro, qu'en pense-t-il ?

– Sandro ne pense pas, en tout cas, pas quand il peut éviter de le faire.

– Fintan, je t'en prie, sois sérieux.

– Pas question. »

Il y eut une longue pause. Finalement, Tara se risqua à exprimer tout haut ce qui la tracassait.

« Fintan, j'ai quelque chose à te demander. C'est pas mes oignons, mais tant pis. As-tu fait un test de dépistage récemment ?

– Arrête de dramatiser.

– Regarde-moi dans les yeux et dis-moi que tu as fait un test récemment.

– Je ne peux pas.

– Tu veux dire que tu n'as pas fait de test ? » D'anxiété, la voix de Tara monta d'une octave.

« Je veux dire que nous sommes au téléphone.

– Tu sais de quoi je parle.

– Et toi, tu as fait un test de dépistage ? demanda-t-il soudain, la prenant au dépourvu.

– Non, mais…

– Mais quoi ? »

Elle garda un silence embarrassé. Comment formuler ça ?

« Tu utilises toujours une capote avec Thomas ? » insista-t-il.

En d'autres circonstances, elle aurait ri en repensant à leur première nuit ensemble, au cirque que Thomas lui avait fait quand elle lui avait suggéré de mettre un préservatif. « C'est comme manger un bonbon avec le papier, avait-il pleurniché, ou aller se baigner avec des chaussures aux pieds. » Elle ne lui en avait plus reparlé. Par chance, elle était toujours sous pilule à l'époque.

« À vrai dire, non, mais...

– Et Thomas, il a fait son test de dépistage ? »

Comme si..., pensa Tara. Il serait le dernier à faire ça.

« Non, mais...

– Alors boucle-la, lui intima Fintan, la remettant gentiment mais fermement à sa place. Merci de ta sollicitude, ce n'était sans doute qu'un accès bénin de myxomatose. Ou de diabète. Et toi, où en es-tu de tes maladies ? »

Mortifiée, rouge de honte, Tara n'avait pas le cœur à batifoler.

« Côté rage, toujours RAS ? »

Elle ne répondit pas, maudissant ses états d'âme déplacés. Des deux, c'était elle qui risquait probablement le plus d'être séropositive.

« Et le paludisme ? » s'enquit-il poliment.

Tara ne disait rien.

« Il paraît qu'il y a une méchante épidémie d'anthrax en ce moment, alors couvre-toi bien !

– Si tu es sûr que tout va bien, fit-elle humblement, je vais te laisser pour aller dîner. Je t'appelle demain.

– Je ne serai pas là de la semaine. Un boulot à Brighton. On se verra le week-end. »

Thomas écoutait derrière la porte. Tara sortit en trombe et s'engouffra dans la cuisine. Elle était furieuse contre elle-même et elle avait faim ; en cet instant, mieux valait ne pas lui parler régime.

« Qu'est-ce qu'il y a à manger ? »

Elle ouvrit la porte du placard et contempla, dégoûtée, les potages Weight Watchers, les tomates en conserve, les paquets de pâtes et les boîtes pour chat.

« On se croirait en période de disette, maugréa-t-elle. Dans une cuisine du tiers-monde. Si on fait pas gaffe, l'Organisation mondiale de la santé va bientôt nous parachuter des sacs de maïs et de farine. »

Thomas la regardait, bouche bée. Il ne l'avait encore jamais vue dans cet état. Un autre placard s'ouvrit sur son stock personnel de boîtes de langue de bœuf en gelée.

« Tu peux en prendre une, si tu veux, proposa-t-il d'une voix chevrotante.

– J'aimerais mieux manger ma propre langue. Quelle heure est-il ? Le Safeway est encore ouvert, je vais faire des courses.

– Attends une minute, je viens avec toi.

– Sûrement pas, répliqua-t-elle en attrapant ses clés de voiture.

– Achète plein de légumes ! » lui cria-t-il.

Tara fit demi-tour, revint dans la cuisine et approcha son visage du sien.

« Si tu la fermais un peu ? »

Et elle repartit, le laissant planté là, médusé. Il y avait indiscutablement de la révolte dans l'air.

Tara observait deux ou trois règles d'or dans la vie. Notamment : « Ne fais pas aux autres ce que tu ne voudrais pas qu'on te fasse. » Et aussi : « Ne va pas au supermarché quand tu as faim. »

Seulement, elle traversait une phase de transgression. Panier ou chariot ? Chariot ou panier ? Quelle était l'ampleur des dégâts à envisager ?

Elle opta pour le chariot.

Au pas de charge, elle parcourut le rayon fruits et légumes, jetant des regards dédaigneux à droite et à gauche. Pas question de rapporter le moindre produit frais à la maison. Soudain, elle aperçut des carottes. Les carottes sont mes amies, se souvint-elle. Combien de fois une carotte crue l'avait-elle aidée à conjurer le spectre de la faim. Mais pas aujourd'hui. À moins qu'elles ne soient enrobées de chocolat.

« Qu'elles aillent donc se faire foutre, les carottes », marmonna-t-elle.

Un jeune homme, fraîchement débarqué du car de Cardiff, l'entendit. Sa mère avait raison : Londres était peuplé de dingues. Chouette !

Normalement, une expédition au supermarché prenait un temps fou. C'était comme s'aventurer dans un champ de mines. Des tentations partout. Chaque achat faisait l'objet d'une longue et douloureuse réflexion. Chaque paquet était consciencieusement étudié pour savoir combien de calories et de matières grasses il contenait. Au-dessus de cinq pour cent, l'accès au chariot était interdit.

Sauf quand Thomas avait le dos tourné.

Mais, ce soir, c'était différent. Tara fonça à travers les rayons tel un char d'assaut, balayant tout sur son passage. Et hop ! la moitié de l'étagère de chips. Plus deux sandwiches bien gras pour la route.

Le plus dur, c'était de ne pas se jeter sur la nourriture qu'elle entassait dans le chariot. N'y tenant plus, espérant qu'on ne la regardait pas trop, elle ouvrit un paquet de Monster Munch. Puis un autre. Puis un chausson à la viande. Avant d'en arriver aux petits gâteaux.

Incapable de se contrôler, elle s'empara d'un paquet de cookies. Je ne devrais pas, pensa-t-elle. Mais une petite voix perfide lui souffla : Au nom de quoi ?

Tara oscillait, frémissant de désir et d'anticipation. Un instant après, les oreilles bourdonnantes, submergée par une déferlante d'adrénaline, elle déchira le paquet avec des doigts tremblants.

Miettes, pépites de chocolat, noisettes, fragments d'emballage volèrent en tous sens. Elle était transportée, presque en extase, même si elle sentait à peine le goût de ce qu'elle enfournait... à cette allure-là, ses papilles avaient du mal à suivre.

En un éclair, ce fut terminé. La raison revint, et avec elle la honte. Tête basse, elle se dirigea vers la caisse, terriblement gênée par tous ces emballages vides dans son chariot, surtout quand la caissière les fit passer au lecteur optique. Mais si elle avait voulu s'en débarrasser, elle se serait fait pincer pour vol à l'étalage. C'était garanti.

Qu'avait-elle fait ? Quid de ses bonnes intentions ? De tous ses efforts ? Dire qu'elle avait failli aller au cours de step, et tout ça pour rien !

Elle pensa à Thomas, et son sang se glaça dans ses veines. Elle l'avait engueulé. Une vraie harpie, voilà ce qu'elle était. En plus d'être grosse. Leur relation était déjà assez délicate pour qu'elle n'aille pas le comparer à un poisson dans un bocal. Malade de peur, écœurée par tout le sucre absorbé, elle reprit la voiture pour rentrer à la maison.

Assis dans la cuisine, Thomas fumait, Beryl lovée dans son panier à ses pieds. En entendant Tara, il leva sur elle un regard angoissé.

« Salut, fit-il avec un petit sourire nerveux.

– Je te demande pardon. »

Conditionnée à se soumettre, elle s'empressait de rendre le pouvoir à son propriétaire légitime, comme s'il était tombé entre ses mains par erreur, tel un portefeuille égaré.

« Si tu es furieux contre moi, je ne t'en voudrai pas. Je suis absolument désolée et je te promets de commencer un régime hyper-strict dès demain. »

À chaque mot de repentance, Thomas perdait un peu plus de son air de chien battu et retrouvait son arrogance fanfaronne. Il semblait se rengorger à vue d'œil et, lorsque Tara lui parla de la bosse de Fintan, il avait suffisamment récupéré pour rétorquer : « Avec la vie qu'il mène, il a de la chance que ce soit juste le cou. »

22

Lorcan Larkin était acteur. À la ville comme dans la vie privée. Entre vingt et trente ans, il avait connu la gloire. Immensément populaire en Irlande, où il était une véritable star, il avait joué pendant plusieurs années dans un feuilleton télévisé où il interprétait un don Juan impénitent. Ce qui constituait une parfaite excuse à son comportement odieux hors caméras : il avait besoin de se glisser dans la peau de son personnage. Celui-ci avait beau être lunatique (pâle imitation de la réalité), Lorcan était considéré comme un sex-symbol, fêté et adulé. Il avait rencontré le *Taoiseach*[1] et la présidente. Même lorsque les tabloïds avaient publié l'amère tirade de son ex-épouse qui l'avait entretenu à l'époque des vaches maigres pour se faire larguer dès les premiers succès, sa popularité n'en avait guère pâti. Mais Lorcan avait davantage d'ambition. Aussi, environ quatre ans plus tôt, avait-il fait ses adieux à l'Irlande, suscitant un considérable battage médiatique. « Je ne rajeunis pas, vous savez », plaisantait-il avec les journalistes, quoiqu'il n'en pensât pas un mot, se croyant immortel.

Et il partit pour Hollywood, histoire de leur en remontrer. Bientôt – c'était une question de jours – il se prélasserait au bord

1. Premier ministre irlandais. *(N.d.T.)*

de sa propre piscine bleu azur, croulant sous les scripts, assiégé par les réalisateurs.

Quelle ne fut pas sa consternation en découvrant que Hollywood avait atteint son quota d'Irlandais séduisants. Pierce Brosnan, Liam Neeson et Gabriel Byrne faisaient parfaitement l'affaire, merci. Apparemment, la mode était aux acteurs écossais, rares, et donc très demandés. Lorcan envisagea brièvement de se faire appeler Ewan.

Sans se démonter, il accepta le rôle d'un cybervampire gay dans un film d'art et d'essai où les murs s'écroulaient chaque fois qu'on fermait une porte. Rôle pour lequel il ne toucha pas un sou, car l'argent vint à manquer en plein milieu du tournage. Là-dessus, il se vit proposer un autre rôle – le premier rôle du reste – après que le réalisateur se fut aperçu aux lavabos que Lorcan en possédait toutes les qualités requises.

Il crut alors toucher le fond. Et les seules piscines bleu azur qu'il lui fut donné d'approcher furent celles qu'il dut nettoyer pour gagner sa vie.

Jusque-là, le succès s'était attaché à ses pas comme une ombre. Cet abandon brutal le plongea dans un abîme d'angoisse. Si grand était son ego, et cependant si fragile, qu'il lui en fallait toujours plus. Plus de succès, plus d'acclamations, plus d'argent, plus de femmes. Il n'avait donc pas d'autre choix que de quitter cet endroit où il n'était rien.

Il possédait juste de quoi se payer un billet de retour. Mais pas question de rentrer en Irlande, où on lui avait fait croire qu'il était une star. Il préféra cacher son humiliation dans l'anonymat de la capitale britannique. Il loua une chambre minuscule dans un appartement miteux de Camden. Son colocataire se nommait Benjy, un brave patapouf qui travaillait au service des contraventions.

Au bout d'un moment, il prit un agent et se mit à courir les auditions. Mais le monde du spectacle est extrêmement sensible et peut flairer l'échec à dix kilomètres à la ronde. Bien qu'il fût beau comme un dieu et presque dangereusement sexy, il se dégageait de Lorcan une imperceptible odeur de has been.

Et ça, personne ne voulait s'y frotter. Des fois que ce serait contagieux. Si les filles des castings étaient prêtes à coucher avec

Lorcan, elles manifestaient beaucoup moins d'empressement à lui offrir un rôle dans leur production. Il continuait à s'accrocher, par orgueil. Et aussi parce qu'il ne savait rien faire d'autre. Il ne pouvait que se relever après chaque K-O et repartir tenter sa chance ailleurs.

Restaient les femmes. Seul secteur de sa vie qui fonctionnât encore, modèle réduit de ce qu'il attendait de l'existence idéale. Avec elles, il était le maître du jeu. Certes, c'était un piètre challenge que de faire pleurer les minettes, mais c'était mieux que rien. Et il gagnait à tous les coups.

Les mois passant, il eut de plus en plus de mal à joindre les deux bouts. Amer et désenchanté, il accepta un travail de serveur. Lui, le grand Lorcan Larkin, réduit à apporter des spaghettis carbonara à des ploucs ! Par bonheur, il fut viré au bout de huit jours pour comportement inadapté. (Le patron n'arrivait pas à lui faire comprendre que quand on lui demandait un autre café, il fallait répondre « Tout de suite, monsieur, ça vient », et non : « Il est mort de quoi déjà, votre dernier esclave ? Allez le chercher vous-même. »)

Il fut donc obligé de se trouver une autre source de revenus.

Il aurait pu embrasser une carrière de gigolo. Londres ne manquait pas de femmes riches et âgées qui lui auraient assuré un train de vie auquel il se serait vite accoutumé, moyennant ses prestations au lit. Mais c'était au-dessus de ses forces.

Et puis, en l'espace d'une semaine, la chance lui sourit à trois reprises. D'abord, on l'engagea pour lire des commentaires en voix off à l'office du tourisme irlandais. Le lendemain, il réussit à obtenir auprès d'une association d'aide au logement un appartement à Chalk Farm. (Benjy en eut le cœur brisé.)

Et, pour finir, il rencontra Amy.

C'était dans une soirée. Un coup d'œil sur son corps de liane, son visage radieux au teint pur, ses bouclettes blond vénitien, et Benjy se dit que c'était la plus belle fille du monde.

« Regarde, souffla-t-il en poussant Lorcan du coude.

– Trop charmante pour être honnête, elle a envie de plaire, observa Lorcan, songeur.

– Pas à moi, en tout cas », répondit Benjy avec aigreur.

Tout était une question de timing. Lorcan attendit que ses

concurrents aient risqué une approche. Il savait qu'elle l'avait vu. Étant donné sa haute taille, il était difficile de ne pas le remarquer. Et il l'avait surprise en train de lorgner de son côté.

Il prit des chemins détournés. Un bel homme trop sûr de lui, ça effarouche. Mais un bel homme qui se montre vulnérable, c'est du tout cuit. Il l'aborda donc mine de rien, sous prétexte d'aider le maître de maison à ramasser les verres et les cannettes.

« Excusez-moi, vous savez si c'est vide, ça ? »

Lorsqu'elle hocha la tête, il ajouta, hésitant : « Dites... Non, vous avez déjà entendu tout ça... Non, non, rien. Je n'ai rien dit. »

Sur ce, il fit mine de s'éloigner, conscient d'avoir éveillé son intérêt.

« S'il vous plaît, finissez votre phrase, dit-elle.

– Oh, non. » Il se dandina d'un pied sur l'autre, penaud à souhait. « Ce n'est rien.

– Vous ne pouvez pas commencer quelque chose, puis vous arrêter en plein milieu. » Les yeux bleus d'Amy se firent implorants.

Évitant son regard, Lorcan déglutit et bredouilla : « D'accord. Vous en avez sûrement marre d'entendre ça, mais laissez-moi vous dire que vous avez les plus beaux cheveux que j'aie jamais vus. » Il avait le don irremplaçable de rougir sur commande.

« Merci, souffla Amy en s'empourprant à son tour.

– Bon, eh bien, je... » Il esquissa un geste maladroit avec les verres vides, suivi d'un sourire timide. « Il faut que j'aille porter ça à la cuisine. »

Dix minutes plus tard, quand Amy mit une cigarette à sa bouche, il se précipita à travers la foule, bousculant tout sur son passage, tâtonna à la recherche de son briquet spécial et le fit cliquer sous son nez. Le briquet – comme prévu – refusa de marcher. Lorcan se figea, horrifié, puis, croisant le regard d'Amy, eut un rire désabusé. « Il marchait il y a cinq minutes. » Le briquet ne fonctionnait plus depuis deux ans.

« Ces trucs-là, soupira-t-il, ça vous lâche toujours au moment où vous voulez faire bonne impression. Vous ne trouvez pas ? » Il haussa les épaules. « Excusez-moi. » Et il s'en fut, sous l'œil nostalgique d'Amy.

Peu après, ainsi qu'il s'y attendait, elle vint le relancer. Enfin, il voyait le bout du tunnel. Dieu qu'il aimait ça ! Il était invulnérable. Il était le maître.

Le lendemain, Amy convoqua l'assemblée générale extraordinaire de toutes ses copines.

« J'étais terriblement gênée pour lui ! s'exclama-t-elle. La tête qu'il faisait ! Il a rougi, je vous jure qu'il a rougi. Il tenait tellement à me l'allumer, cette cigarette. En plus, il est superbeau et supercraquant, vous ne pouvez pas vous imaginer. Que dites-vous de ça ? Un beau mec sensible, et attentionné pardessus le marché. Je sais que c'est un peu tôt et que j'ai peut-être tendance à brûler les étapes, mais honnêtement, il est possible que ce soit… » Elle fit une pause et murmura, frémissante : « … l'homme de ma vie. »

23

En voyant Katherine se diriger vers son bureau, Joe Roth sentit son cœur chavirer. Après le succès mitigé du déjeuner de la veille, il s'efforçait de trouver le courage de l'inviter à dîner. Cette fois-ci, il se débrouillerait seul, sans l'aide de Fred Franklin et sans prétexter un besoin professionnel. La ruse et la manipulation n'étaient pas sa tasse de thé. Tandis qu'il la regardait accrocher soigneusement sa veste au dossier de sa chaise, il se demanda où il pourrait bien l'emmener. Que préférerait-elle, le flambant neuf ou les vieilles pierres ?

Katherine s'assit, alluma son ordinateur et ouvrit un fichier. Puis elle le referma et en ouvrit un autre. Qu'elle referma aussi. Elle n'arrivait pas à décider par où commencer. À vrai dire, elle avait la tête ailleurs. Et quand elle vit Joe s'approcher de son bureau, elle se rendit compte qu'elle l'attendait. Il était particulièrement irrésistible aujourd'hui. Donc, pour le quatrième jour d'affilée. Il portait un beau costume bleu marine tissé de turquoise, et le vert très clair de sa chemise rehaussait le noir de ses yeux et de ses cheveux.

« Bonjour, Katherine.

– Bonjour », répondit-elle rapidement.

Il chercha son regard.

« Merci d'être venue travailler aujourd'hui. Vous avez rendu un vieil homme très heureux. »

Froidement, elle haussa un sourcil.

« Ah bon ?

– Comme a dit un grand sage… » Il s'interrompit, se frotta pensivement le menton. « Comment c'est, déjà ? Oh oui ! "Vous êtes le soleil de ma vie."

– Très intéressant, fit Katherine lentement. Parce que, justement, un autre grand sage – juge de son état – a dit : "Le harcèlement sexuel sur le lieu de travail est passible de sanctions pénales." »

Il y eut un silence de mort, puis Joe tressaillit comme si elle l'avait frappé. Le visage en feu, il recula, assommé et malade de dégoût. Jamais il ne lui serait venu à l'idée que sa fervente admiration serait interprétée de la sorte. Il avait cru flirter avec elle, rien de plus. Il se sentait sale, répugnant… et rejeté.

« Pardonnez-moi, bégaya-t-il, battant en retraite. Je ne voulais pas… Ce n'était pas dans mes intentions de… Je suis vraiment désolé. »

Savourant avec quelque aigreur son triomphe, Katherine se replongea dans ses chiffres. Pour être tout à fait honnête, ce n'était pas du harcèlement sexuel à proprement parler. Il l'avait juste forcée à déjeuner avec lui, même si cela avait un vague rapport avec le travail. Et il n'arrêtait pas de lui sourire, ce qui n'avait *pas* de rapport avec le travail. Sans parler de tout ce charabia sur les vieux sages. Tout ça finissait par lui taper sur les nerfs !

Au fond d'elle-même, elle se doutait que ses arguments ne convaincraient guère les vraies victimes de harcèlement sexuel. Mais, au moins, elle avait réussi à se débarrasser de lui. Bon, et maintenant au boulot !

Joe retourna à son bureau, et Myles, qui avait observé la scène de loin, murmura, compréhensif : « Elle t'a jeté ?

– Oui », répondit Joe d'une voix blanche.

Myles chercha alors un moyen de le consoler. Quelque chose de radical. Quand, soudain, il eut une illumination.

À midi, il vint vers Joe, posa une main sur son épaule et, le contemplant avec une infinie commisération, proposa : « Ça te dirait d'aller boire un demi ? »

Une lueur minuscule apparut dans le regard éteint de Joe. « Allons-y. »

Leur déjeuner dura longtemps, même pour des publicitaires. En d'autres termes, ils ne revinrent pas avant trois heures de l'après-midi – le lendemain.

Après la cinquième bière, ils avaient épuisé les traditionnels sujets de conversation – l'Arsenal, les voitures, l'Arsenal, les gros seins, les clients qui étaient tous des nazes, l'Arsenal, les chances de l'Angleterre d'accueillir la Coupe du Monde en 2006 – et, l'alcool aidant, ils en vinrent aux confidences. En pleine discussion sur les transports publics à Manchester, Joe lâcha le morceau : on l'avait accusé de harcèlement sexuel.

« Je n'aurais pas dû la forcer à déjeuner avec moi hier, admit-il, bourrelé de remords.

– Ça valait le coup d'essayer, vieux, le réconforta Myles la Magouille.

– J'ai été trop loin, elle est visiblement très fragile.

– Aussi fragile qu'un tank Sherman, grommela Myles.

– Tu ne vois pas ce que je vois. Elle peut être tellement… » Le regard dans le vague, Joe prit un air rêveur. « … tellement mignonne.

– Elle t'accuse de harcèlement sexuel et tu la trouves mignonne ! T'es bourré, mon pote.

– Maintenant que tu le dis, je crois que oui.

– Une fois que tu auras dessaoulé, tu n'y penseras plus.

– Ça m'étonnerait.

– Tu seras bien obligé, puisqu'elle ne veut pas de toi. »

Joe grimaça. « Je vais m'excuser auprès d'elle.

– T'es complètement ouf ! s'exclama Myles, atterré. Ne va surtout pas faire ça, tu lui donnerais raison. Tu veux te faire virer, ou quoi ? Laisse tomber, mec.

– À mon avis, elle ne parlait pas sérieusement. C'était juste pour que je lui lâche les baskets…

– Eh bien, fais-le, dit Myles simplement. Écoute-moi, écoute tonton Myles. Ce qu'il te faut, c'est un contact rapproché avec une fille sympa. Ça te remettra les idées en place.

– Non. C'est trop tôt.

– D'ici le week-end ?

– Non.

– Oh, pardon, j'oubliais ton match de foot.

– Non, je veux dire que même ça, ça serait trop tôt.

– Tu n'auras qu'à faire comme si c'était elle.

– Je ne peux pas. Je saurai que ce n'est pas Katherine.

– Quand on tisonne le feu, on ne regarde pas la cheminée, ricana Myles, qui avait réponse à tout.

– Tu me déprimes, dit Joe avec lassitude.

– Courage, vieux. Ce n'est pas la première fois que tu te fais larguer, hein ?

– Ma foi, je suis sorti trois ans avec Lindsay avant qu'elle parte s'installer à New York…

– Et ça ne t'a pas empêché de draguer d'autres nanas ? interrompit Myles.

– Non, c'est vrai. De toute façon, ça n'allait pas fort entre nous, mais bien qu'on se soit quittés en bons termes j'ai mis un moment à…

– Passionnant, coupa Myles. Absolument palpitant. Ce que j'essaie de te dire, c'est : Une de perdue, dix de retrouvées. Tu t'en remettras. »

Une étincelle d'espoir jaillit dans le cerveau embrumé de Joe. À travers les vapeurs d'alcool, il lui semblait désormais possible de cesser de penser à Katherine. Voire de rencontrer une autre fille. Déjà, il se sentait mieux.

« Tu as raison, acquiesça-t-il. La vie est trop courte ! »

24

Katherine ne manqua pas de noter que Joe n'était pas rentré au bureau après le déjeuner. À tous les coups, il s'était réfugié au pub. L'idée qu'il attache autant d'importance à son opinion lui procura une certaine jouissance.

Le lendemain matin, elle arriva au travail passablement curieuse. Joe avait eu le temps de cuver sa déconfiture. Allait-il lui refaire du charme ? Revenir se percher sur son bureau pour un brin de causette ? Continuer à la draguer dans l'espoir qu'elle finirait par craquer ?

À son étonnement, elle découvrit qu'elle était prête à lui accorder un répit. Il avait tellement ramé, ça ne serait que justice. Peut-être accepterait-elle de prendre un verre en sa compagnie… en feignant d'y aller contrainte et forcée, bien sûr.

Elle surveillait la porte, pas vraiment inquiète, mais pas tout à fait tranquille non plus. Toujours aucun signe de Joe. Finalement, elle se plongea dans la balance d'inventaire, pour se rendre compte à midi qu'elle n'avait pas cessé de le guetter d'un œil toute la matinée.

Il débarqua à trois heures de l'après-midi, Myles sur ses talons et une bouteille de Lucozade à la main. Le teint blafard, les deux hommes arboraient un air penaud.

« Messieurs, ravi que vous soyez des nôtres aujourd'hui », les accueillit Fred, sarcastique.

Joe marmonna quelque chose à propos du tournage d'un spot.

« Ils ont tourné dans ta chambre, hein ?

– Non, répliqua-t-il, sur la défensive. Plutôt dans la salle de bains », ajouta-t-il avec une mine de chien battu en traversant la pièce.

Instantanément, Katherine prit une expression impénétrable. C'était parti !

Joe s'approcha de son bureau, à deux pas d'elle… et poursuivit son chemin. Vers la machine à café. Quelques secondes plus tard, à son retour, elle se figea à nouveau. Mais il passa devant elle sans s'arrêter. Sans même lui jeter un regard.

Katherine lui laissa cinq minutes pour consulter sa boîte vocale et ses e-mails. Comme il ne venait toujours pas, elle attendit qu'il règle les affaires urgentes. Il avait sans doute beaucoup à rattraper après son déjeuner de vingt-six heures. Elle l'observait à la dérobée. Il n'avait pas la tête de quelqu'un qui croule sous le travail.

Au bout d'une heure, elle comprit que Joe ne viendrait pas lui rendre visite. Apparemment, il avait renoncé. Elle fut partagée entre la déception et le soulagement. Quelle mauviette ! Un homme, un vrai, ne se serait pas dégonflé pour si peu.

Avec effort, elle essaya de se concentrer sur son travail. Mais si, extérieurement, elle donnait l'impression d'une femme immergée dans les calculs de l'amortissement, sa tête était remplie de points d'exclamation. Il me laisse tomber, je n'y crois pas ! Comme ça, du jour au lendemain ! Alors qu'hier encore il était raide dingue de moi ! J'étais le soleil de sa vie !

Au moment où elle terminait sa journée, Joe et son équipe parlaient d'aller au pub.

« Ohé ! » appela Joe.

Katherine leva la tête. Nom d'un chien, il était temps ! De toute façon, elle avait l'intention de se faire prier. Pas question de céder facilement. Mais le regard de Joe glissa sur elle pour aller se poser plus loin dans la salle.

« Ohé, Angie ! Tu viens boire un verre ? »

L'estomac de Katherine se contracta. Petite brune gracile, Angie était rédactrice. Nouvellement arrivée parmi eux, elle ne bénéficiait pas encore d'un surnom témoignant de ses performances sexuelles.

« Pourquoi pas ? » sourit-elle.

Katherine attendit que Joe l'invite également, mais les murs lui renvoyèrent l'écho de son silence.

Elle introduisit une disquette pour sauvegarder son travail de la journée et délibérément, avec une froide satisfaction, durcit son cœur. Joe Roth était un minable. Dire qu'elle avait regretté de l'avoir envoyé sur les roses ! Il n'avait pas mis longtemps à l'oublier. On aurait dit qu'il était attiré par les petites maigres.

Il avait juste joué avec Katherine et, à la minute où elle avait mordu à l'hameçon, il s'était débiné, la laissant avec ses blessures. Il ne la désirait que parce qu'elle était inaccessible. Les hommes étaient des gamins. Pour eux, l'herbe était toujours plus verte de loin.

Elle l'avait échappé belle.

La sauvegarde terminée, elle jeta la disquette dans son tiroir. En arrivant à l'ascenseur, elle tomba sur toute la bande. Joe était là aussi, riant avec Angie. Katherine voulut tourner les talons, mais ç'aurait été plus humiliant encore. Les traits figés, elle descendit donc avec les fêtards qui savouraient d'avance leur première gorgée de bière.

« Vous venez avec nous ? » proposa Myles, désireux de remonter le moral à Joe.

Aussitôt, il se mordit la langue. Et si elle l'accusait, lui, de harcèlement sexuel ?

« Non, merci », murmura-t-elle, pensant que Joe allait intervenir pour tenter de la convaincre.

Il n'en fit rien. Elle écumait de rage. Quel porc ! En sortant de l'ascenseur, elle lança par-dessus son épaule : « Amusez-vous bien. »

En général, le mercredi soir, Katherine allait à son cours de claquettes. Où elle s'abandonnait, marquant le tempo avec six autres femmes en short évasé, aux rêveries d'une enfance heureuse, sous l'œil goguenard de ceux qui passaient devant la salle pour se rendre au cours d'aérobic.

Ensuite, elle sortait avec Tara et Liv, et quelquefois Fintan et Sandro. Mais ce jour-là, elle n'avait qu'une envie : rentrer chez elle. Trop déprimée pour culpabiliser, elle s'engouffra dans le flot d'employés de bureau qui se dirigeait vers la station de métro Oxford Circus. Et ça non plus, elle n'avait pas la force de le supporter. Elle héla un taxi, priant pour tomber sur un chauffeur muet. Mais, à l'évidence, ce n'était pas son jour. Pendant quarante minutes, elle dut subir les récriminations d'une espèce de facho xénophobe nommé Wayne, qui arborait la photo de ses trois rejetons gras et laids sur son tableau de bord et disait de tous les peuples de la terre : « L'ennui, ma p'tite dame, c'est qu'ils sont sales, pas vrai ? » Français, Bosniaques, Jamaïcains, Algériens, Grecs, Pakistanais, et Irlandais bien sûr, tous étaient sales. Tandis qu'elle appelait les autres de son portable et laissait des messages pour prévenir qu'elle ne sortirait pas, elle s'entendait à peine penser.

Enfin, Katherine arriva devant son immeuble. Sa jubilation fut de courte durée. Son appartement immaculé lui parut triste et stérile. Trop propre. D'une propreté *névrotique*. Elle songea vaguement au dîner, mais elle avait la flemme de s'en occuper. Elle alluma la télé ; il n'y avait rien qui l'intéressait. Sa vie, qui d'ordinaire lui convenait parfaitement, lui semblait soudain un désert aride. Tout, depuis son travail jusqu'à chez elle, était devenu terne, insignifiant, confit en médiocrité. Elle fit éclater quelques cloques d'un emballage à bulles, mais cela même avait perdu de son charme.

Elle n'envisageait pas d'appeler Tara, Fintan ou Liv pour s'épancher et chercher du réconfort. Ce n'était guère dans ses habitudes. Elle s'était toujours débrouillée seule. Qui plus est, ça serait très perturbant pour eux, si elle s'effondrait. Elle qui passait pour un modèle d'efficacité et de sang-froid.

Finalement, elle décida de manger quelque chose mais, bien entendu, son frigo était vide. Fébrile, elle descendit à la supérette du coin et se servit au hasard. Au moment de payer, elle regarda les trois malheureux articles qui se battaient en duel au fond de son panier. Des lasagnes surgelées et une brique de lait individuelle. Une pomme. Pathétique. Il n'y avait pas meilleur moyen d'afficher sa solitude. Le caissier allait la plaindre.

Avec rage, elle s'empara d'un sac de deux kilos de patates terreuses et le fourra dans le panier, manquant se disloquer l'épaule. Là ! Ça leur apprendrait à croire qu'elle n'avait pas de mec. Aucun célibataire n'irait acheter deux kilos de patates. Surtout aussi crades. C'était la prérogative des mères de famille, debout devant l'évier, les doigts gercés, de les nettoyer avec une brosse avant de les mettre à bouillir dans une énorme casserole pour toute la tribu.

Les joues en feu, Katherine sourit avec défi au caissier. Qui ne la regarda même pas. Après quoi, elle traîna les pommes de terre chez elle, se demandant ce qu'elle allait bien pouvoir en faire.

Elle mangea les lasagnes, la pomme, but une tasse de thé, mais la soirée était longue, et tout ce vide autour d'elle la rendait nerveuse.

Elle remplit la baignoire, y versa un bain moussant de la série Philosophie, attirée par la bouteille *Je sais* parce que l'étiquette promettait à ses utilisateurs qu'ils retrouveraient « le sens de leur propre valeur, la confiance en soi, l'émancipation et un sentiment de plénitude ». Puis elle alla se coucher et, pour la première fois depuis des lustres, se rendit compte qu'elle était seule.

Tant pis, se dit-elle. J'ai toujours ma télé. Elle prit sa chère télécommande, bien déterminée à trouver quelque chose qui l'aiderait à glisser dans le sommeil. Un homme, pour quoi faire, quand on a le câble ?

À quatre heures du matin, elle se réveilla en sursaut, serrant la télécommande contre elle. Une angoisse lui étreignait le cœur, et il lui fallut un moment pour l'identifier. Tout d'un coup, elle se souvint. Joe Roth qui allait au pub. Angie qui allait au pub. Dire qu'il aurait pu être au lit à côté d'elle. Maintenant. Quelque part à l'autre bout de la ville, Joe Roth pouvait être au lit avec une femme ! Katherine avait eu la présomption de croire qu'elle avait le monopole de son ardeur.

Allongée sur le dos, elle fixa anxieusement le plafond. Cela faisait longtemps, très longtemps, qu'elle ne s'était pas réveillée en pleine nuit, et elle n'aimait pas ça. Les vieux démons étaient de retour.

Elle avait à nouveau dix-neuf ans, et son cœur en miettes lui faisait souffrir les tourments de l'enfer. À l'époque, elle travaillait comme comptable stagiaire à Limerick, mais elle avait préféré tout quitter et rentrer chez elle, à Knockavoy, car tout à Limerick lui rappelait son amour perdu.

Elle arriva sans crier gare un après-midi de septembre. Ses proches furent surpris, car on ne l'avait pas beaucoup vue pendant l'été. Et on le fut encore plus d'apprendre qu'elle était rentrée pour de bon. Katherine avait été le fleuron de la promo 85, celle qui avait réussi à partir. Pourquoi ce retour inopiné ?

La joie de Tara et Fintan eut tôt fait de se muer en inquiétude. Manifestement, l'histoire d'amour qu'elle avait vécue à Limerick s'était très mal terminée.

« Raconte-nous, l'imploraient-ils. Ça te fera du bien d'en parler. On te le promet, on sait ce que c'est. »

Mais elle restait murée dans son silence. Elle ne pouvait pas faire autrement.

Jusque-là, Katherine avait été parfaitement heureuse, dans l'univers exclusivement féminin où elle avait grandi. Mais maintenant qu'elle avait goûté au plaisir d'une présence masculine, elle se sentait en manque. En manque d'amour et de tendresse… de la part d'un homme. Même si elle trouvait ça illogique, elle sentait que seul un homme pouvait la guérir des blessures infligées par un autre homme.

Qu'allait-elle devenir ? L'idée de retomber amoureuse la paralysait de terreur. D'ailleurs, elle ne s'était pas remise de son chagrin d'amour. Une nuit sans sommeil, quinze jours après son retour de Limerick, elle songea soudain à son père, Geoff Melody. Et tout rentra dans l'ordre.

Une envie impérieuse de le rencontrer embrasa Katherine. Elle en aurait presque sauté du lit pour se précipiter à Londres séance tenante. Elle ne comprenait pas pourquoi elle avait attendu tout ce temps.

Comment était-il ? Inutile de demander à sa mère, elle se ferait un plaisir de le descendre. Tant mieux, si sa mère ne l'aimait pas, il y avait de fortes chances pour qu'elle, Katherine, le trouve bien.

Un avenir radieux s'offrait tout à coup à elle. Elle irait vivre en Angleterre avec son papa. Comme la plupart des Anglais de son âge, il aurait un jardin potager, où il ferait pousser de la rhubarbe. Elle lui tiendrait compagnie pendant qu'il binerait le sol et lui parlerait de sa vie. Lui ne serait pas très loquace, mais ses rares discours seraient empreints de sagesse. De sagesse *masculine*.

Pas un instant il ne lui vint à l'idée que Geoff Melody pourrait ne pas s'intéresser à elle. Elle avait tant besoin de lui que la réciproque lui semblait couler de source.

Elle mit un long moment à rédiger sa lettre. Ayant appris que les hommes n'aimaient pas qu'on les sollicite trop directement, elle exprimait son désir de le rencontrer en termes neutres et dégagés.

Je ne vous demanderai rien, lisait-on entre les lignes.

Dix jours après avoir posté sa lettre, Katherine reçut une enveloppe avec un timbre anglais. Son père avait répondu ! À en juger par l'épaisseur du luxueux papier vélin, il ne devait pas manquer de moyens.

Elle se trompait sur l'expéditeur. La missive était de l'exécuteur testamentaire de Geoff Melody, qui l'informait que ce dernier était décédé depuis six mois d'un cancer du poumon.

Alors qu'elle avait vécu la fin de son histoire d'amour comme un deuil, elle ressentit ce deuil-là comme la fin d'une histoire d'amour.

25

Le lendemain matin, Katherine eut hâte d'arriver au bureau, afin de vérifier discrètement si, oui ou non, Joe avait passé la nuit avec Angie. Mais le temps de franchir la porte de Breen Helmsford, elle s'était calmée. Il lui avait paru sérieusement mordu, et elle n'était pas certaine que c'était terminé. Par ailleurs, c'était quelqu'un de droit et d'intègre… pas le genre à coucher avec la première venue.

Elle ne prit pas la peine de se demander pourquoi, puisqu'il était si intègre et si droit, elle persistait dans son refus de sortir avec lui…

Sereine, elle fit son entrée. En apercevant Joe adossé au mur, à côté de la machine à café, elle ne put s'empêcher de lui sourire Jusqu'à ce qu'un examen plus attentif lui révèle qu'il était échevelé et mal rasé. Il semblait très fatigué, vieilli d'un seul coup.

Son regard glissa sur lui et, comme dans un mauvais rêve, elle remarqua qu'il portait les mêmes vêtements que la veille. Était-ce son imagination ? Elle regarda de nouveau. Nom d'un chien ! Exactement le même costume. La même chemise. La même cravate. Preuve flagrante qu'il n'était pas rentré chez lui.

Un grand froid se fit en Katherine. Elle eut l'impression que son sang se figeait dans ses veines, que le choc lui avait brutalement coupé la circulation.

Il ne lui rendit pas son fugace sourire. Ses yeux sombres,

d'ordinaire pétillants de chaleur et d'humour, demeuraient froids. Il la salua d'un bref signe de tête, jeta son gobelet en plastique dans la poubelle et s'éloigna.

Telle une somnambule, Katherine ôta son manteau. Peut-être qu'il avait dormi chez un des garçons. Ce n'était pas forcément Angie, si petite et maigrichonne soit-elle.

En allumant son ordinateur, elle éprouva un brusque et violent accès d'aversion pour son bureau. Agacée, elle le scruta pour essayer de savoir ce qui n'allait pas. Puis elle comprit : Joe ne venait plus s'asseoir dessus.

Toute la matinée, feignant de se concentrer sur ses feuilles de calcul, Katherine se perfectionna dans l'art d'observer sans en avoir l'air, pour essayer de déceler la moindre trace d'intimité entre Angie et Joe. Apparemment, ils gardaient leurs distances, mais ça ne voulait rien dire. Souvent, des gens qui avaient couché ensemble s'ignoraient le lendemain. En fait, plus les gens s'ignoraient, et plus ils avaient de chances d'avoir couché ensemble.

Chacun à son poste, Angie et Joe pianotaient furieusement sur leur clavier, ce qui ne consolait guère Katherine... après tout, qui sait s'ils ne s'envoyaient pas des e-mails érotiques ?

Une fois de plus, elle se sentit insignifiante et décalée, jamais au cœur de la vie, toujours à traîner sur les bas-côtés.

« Excusez-moi, Reine des Neiges. »

D'un mouvement brusque, Katherine leva la tête et vit Angie plantée devant son bureau. Une fraction de seconde, elle crut qu'Angie était là pour lui dire qu'elle n'avait pas couché avec Joe Roth. Mais au fait...

« Comment m'avez-vous appelée ?

— Reine des Neiges », répondit Angie aimablement.

Voyant l'expression de Katherine, elle balbutia : « Ce n'est pas votre prénom ? » Elle semblait perdue. « Tout le monde vous appelle comme ça. Je pensais que c'était irlandais. Moi-même, j'ai connu une Marie des Neiges...

— Mon nom est Katherine. Vos collègues et les miens me surnomment la Reine des Neiges pour la simple raison que je me respecte trop pour coucher avec mes collègues de travail, rétorqua sèchement Katherine.

— Oh, mer... »

Angie paraissait terriblement gênée – et un peu honteuse. Parce qu'*elle* ne se respectait pas assez pour ne pas coucher avec quelqu'un du bureau ?

« Ça y est, j'ai compris… *la* Reine des Neiges. Désolée ! Je voulais juste vous donner mon abattement fiscal pour le registre du personnel. » Elle posa le code des impôts sur la table. « Pour ne pas avoir à payer de surplus d'impôt. » Sur ce, elle prit ses jambes à son cou.

Katherine regarda la feuille de papier devant elle. Il serait si facile de se tromper, d'attribuer à Angie un indice tel que son salaire net ressortirait sous forme d'un nombre négatif de quatre chiffres. Évidemment, l'erreur serait rectifiée le mois suivant, mais ça en vaudrait la peine, rien que pour voir sa tête.

Je suis une professionnelle, se rappela-t-elle. Et elle redescendit sur terre. Ç'avait été un joli rêve, sans plus. Avec un soupir inaudible, elle se replongea dans son travail. Elle s'en remettrait. Il lui faudrait peut-être quelques jours, mais elle s'en remettrait.

26

Tara avait passé une bonne semaine. Enfin, une semaine d'abstinence. À deux écarts près. Une portion de poisson-frites mercredi et les viennoiseries du vendredi après-midi. (Comment faillir à la tradition ?) Si elle avait craqué, elle avait néanmoins su se restreindre, sans succomber à l'un de ses irrépressibles accès de gloutonnerie. Qui plus est, elle avait réussi à tricoter vingt-huit rangs du pull de Thomas et à aller quatre fois au club de gym.

Même si elle n'avait pas vraiment fondu à vue d'œil, Thomas paraissait content de ses efforts et se montrait étonnamment affectueux.

Mercredi soir, il lui dit : « Viens par ici, vieille branche. » Et il lui tint la main pendant tout le match Barcelone-Real Madrid. Dans la nuit du jeudi au vendredi, il fit tomber son bras sur elle dans son sommeil. Et elle savoura son poids, immobile, n'osant pas bouger, de peur qu'il ne change de position.

Vendredi matin, il décréta de but en blanc : « Il faudrait que tu ailles chez le coiffeur. Fais-toi faire des mèches blondes. »

Tara s'épanouit : elle trouvait ses façons de macho brut de décoffrage totalement irrésistibles, et l'intérêt qu'il portait à son look la touchait. Un intérêt qui, pour une fois, n'avait rien à voir avec ses rondeurs.

Elle passa donc une bonne partie de la journée de samedi à se faire faire un balayage, persuadée à tort qu'en améliorant sa coiffure on améliorait sa vie. Naturellement, quand elle rentra, Thomas était d'une humeur de dogue parce que Huddersfield avait été battu à domicile par l'équipe de Bradford.

« Trois-zéro ! rugit-il lorsqu'elle poussa la porte. Trois-zéro, bordel !

— Tu aimes mes cheveux ? eut-elle la bêtise de demander.

— On dirait un tas de paille, tonna-t-il. Combien ça t'a coûté ? »

Tara était si furieuse qu'elle en aurait pleuré. C'était sur sa suggestion – presque sur son ordre – qu'elle était allée chez le coiffeur ! Elle lâcha ses sacs et quitta le salon... il n'était pas question qu'elle pleure devant lui. Il s'était plaint une fois de son ex-copine, Bella : « Toujours en train de bramer. » Apparemment, Bella était susceptible, exigeante et pot de colle. Et avant elle, Claire n'avait été guère mieux. Face au mépris affiché de Thomas, Tara s'était juré d'être différente, de ne jamais lui faire subir ses états d'âme et autres pleurnicheries.

Tout en suffoquant d'humiliation dans la chambre, elle se dit qu'il ne faisait pas exprès d'être aussi salaud. Il était juste en colère contre la vie, et il fallait bien qu'il passe cette colère sur quelqu'un. Mais ce n'était pas dirigé contre elle.

Ce soir-là, elle avait pour mission d'aller à l'anniversaire d'un copain de Thomas, Eddie. N'éprouvant pas une grande passion envers ce dernier, elle tenta de joindre Fintan afin de le supplier de l'accompagner, à titre de soutien moral, mais tomba sur son répondeur, puis sur la boîte vocale de son portable. Ils ne s'étaient pas parlé depuis le lundi. D'habitude, ils se téléphonaient tous les jours. Mais Fintan était parti pour Brighton, et surtout le souvenir cuisant de leur conversation sur le dépistage du sida n'avait guère incité Tara à lui parler depuis.

Ensuite elle appela Katherine. Qu'elle n'avait pas vue non plus de toute la semaine.

« Je t'en prie, ne me laisse pas y aller seule !

— Désolée, mais je déteste Eddie, répondit Katherine calmement. Ça me ferait mal au cœur de lui souhaiter un bon anniversaire. »

Katherine considérait Eddie comme un sosie mieux payé de Thomas.

« Je ne t'ai pas vue depuis lundi, se lamenta Tara. Je sais, c'est ma faute, j'ai passé toutes mes soirées au club de gym, mais quand même. Et tu fais quoi, ce soir ? Tu restes chez toi, tranquille, avec ta télécommande ?

— J'étais censée aller à une fête avec Dolly, mais elle est tombée de ses talons aiguilles de douze centimètres et s'est foulé la cheville.

— Flûte. Si l'assistante de Fintan porte des talons aiguilles, c'est qu'ils reviennent à la mode. Il va falloir que je m'entraîne.

— Bref, je vais au cinéma.

— Un samedi soir ? C'est triste, ça.

— Moins que l'anniversaire d'Eddie.

— Tu y vas avec qui ?

— Toute seule.

— Cool, fit Tara avec envie.

— Explique-moi ce qui se passe avec Fintan. Je n'arrive pas à mettre la main dessus.

— Ne me demande pas. Moi non plus. »

Pour finir, Tara téléphona à Liv.

« Désolée, dit Liv, mais Lars retourne en Suède. Je dois l'accompagner à l'aérogare pour pleurer et le supplier de quitter sa femme pour moi. »

Malgré son régime crève-la-faim, s'habiller demeurait un supplice pour Tara. Elle se sentait diminuée, privée des légitimes attributs de la féminité. Elle qui rêvait de pouvoir enfiler une petite robe moulante et sexy dut se contenter d'un haut large et difforme qui masqua une multitude de péchés et arracha une grimace de dégoût à Thomas.

Elle endura trois heures au pub en compagnie des amis d'Eddie et de Thomas, où, livrée à elle-même, elle passa son temps à boire du Coca light et à lorgner les cacahuètes avec concupiscence, priant pour qu'un jour on invente une bière allégée en matières grasses. Puis tout le monde alla chez Eddie, à Clapham, pour y faire la fête. À la grande déception de Tara, il n'y avait qu'une vingtaine de personnes, toutes dûment invitées.

La plupart des gens avaient été obligés de partir pour libérer leurs baby-sitters après le pub.

La musique n'était pas assez forte pour donner envie de danser. Debout ou assis en petits groupes, les invités parlaient poignées de porte de chez Conran Shop, meilleures boutiques de canapés…

Tara écouta une conversation entre Stephanie et Marcy qui, selon toute apparence, souhaitaient avoir un enfant. Il y était beaucoup question d'acide folique et des mille raisons de faire son premier bébé à trente-sept ans.

« Et votre partenaire, il est d'accord ? demanda Stephanie.

— Quel partenaire ?

— Euh… le père.

— Ah… » Marcy rit nerveusement. « Je n'en sais rien. Je ne le connais pas.

— Mais je croyais… que vous désiriez un enfant ?

— Banque de sperme. »

Tara s'excusa à la hâte et rejoignit Mira, l'amie de Paul. Avec sa minijupe en vinyle noir, elle n'avait pas l'air du genre canapés et acide folique.

« C'est tout petit, soupira Mira, extatique. Mais moi, j'adore. »

De quoi parlait-elle ? De son tatouage ? D'un piercing ? De la zigounette de Paul ?

« Un vrai piège à soleil. L'été, les rhododendrons contre le mur du fond sont une splendeur. Ils poussent comme de la mauvaise herbe… »

Bon sang ! Du jardinage ! Tara était écœurée. Qu'est-ce qu'il ne fallait pas entendre !

Désœuvrée, elle pénétra dans la cuisine, où Thomas et ses copains éclusaient de la bière en échangeant des insultes. À grand renfort de sourires, pour bien montrer que ce n'était pas méchant. En riant, Eddie se moqua du travail mal payé de Thomas, lequel à son tour le traita de sale frimeur. Thomas enfonça Paul, qui soutenait une équipe de foot de troisième division, et Paul riposta que lui, au moins, savait être fidèle. Paul hurla de rire en apprenant que la petite amie de Michael l'avait plaqué. Et Michael frôla l'apoplexie quand il sut qu'Eddie avait complètement bousillé sa voiture dans le courant de la semaine.

Pendant que, pliés en deux de rire, ils brandissaient leurs cannettes de bière, Tara affichait un sourire poli. Discrètement, elle risqua un coup d'œil à sa montre. Une heure trente. Avec un peu de chance, ils seraient bientôt à la maison. Vous parlez d'un samedi soir ! Elle aurait presque mieux fait d'aller au cinéma avec Katherine.

La joute se poursuivait. Se tenant les côtes, Eddie annonça que l'appartement de Thomas était un placement déplorable et qu'il ne récupérerait jamais sa mise de fonds initiale. Hilare, Thomas raconta à tout le monde que, d'après l'ex-copine de Paul, ce dernier aurait eu besoin de se faire prescrire du Viagra. Paul gratifia Thomas d'un large sourire. « Au moins, ma mère à moi n'a pas pris la poudre d'escampette. »

Angoissée, Tara sentit que les choses étaient sur le point de dégénérer quand, par bonheur, quelqu'un mit *One Step Back* sur la platine. Et le salon se transforma subitement en piste de danse, pour la première et la dernière fois de cette soirée.

27

Durant la semaine, elle avait pris un certain plaisir à se sentir vide et légère, à avoir la situation bien en main. Mais, au fil du temps, ce sentiment s'estompa. Si bien que le dimanche Tara était mûre pour un bon gueuleton. Son métabolisme commençait à battre de l'aile, faute de nourriture. Et puis, au bout de cinq jours de fruits et de privations, elle méritait une récompense. Elle avait conscience de reproduire toujours le même schéma, mais trop vaguement pour être capable d'en sortir. Quelque part dans les méandres de son cerveau se profilait l'idée d'un grand déjeuner bien arrosé.

La chance lui souriait. Thomas ne serait pas là de la journée car ce dimanche-là il jouait au foot.

Tara téléphona aux uns et aux autres. Malheureusement, Katherine travaillait. Les comptes de début d'année.

« Mais tu viens juste de faire ceux de la fin d'année ! protesta Tara, déçue.

— À chaque fin correspond un début, dit Katherine.

— Très profond. D'ailleurs, tu ferais bien de t'en souvenir. »

À nouveau sans résultat, Tara rappela Fintan. Peut-être que Sandro et lui étaient partis en week-end. Mais ils prévenaient toujours dans ce cas-là. Que ce soit Margate ou Marrakech, ils en faisaient tout un plat. Alors, où diable étaient-ils passés ?

Allumant une cigarette, elle téléphona à Liv, qui, dans la

foulée du départ de Lars, était d'accord pour une sortie. Seul inconvénient, Liv était excessivement malheureuse. D'ailleurs, même quand tout allait bien dans sa vie, Liv était excessivement malheureuse.

Devant Thomas, Tara convint avec elle d'aller faire du shopping. Sauf qu'elle entendait ne pas traîner, pour vite se mettre en quête d'un pourvoyeur de patates sautées. Sa décision était prise, et tant pis si d'un coup elle reprenait tout le poids perdu en cinq jours.

« J'arrive tout de suite », promit Liv.

Elle fit son possible pour éviter de tomber sur Thomas, mais à sa grande consternation il était toujours là quand elle arriva. Il hocha brusquement la tête lorsqu'elle suivit Tara dans la cuisine. La longue chevelure blonde de Liv et sa peau dorée n'étaient pas pour lui déplaire, mais il avait fallu qu'elle gâche tout en étant plus grande que lui.

Liv détestait l'appartement de Thomas : c'était sombre, déprimant, et ça empestait le chat. Elle brûlait d'arracher la toile de jute marron et de peindre les murs en vert Nil, d'enlever la moquette pour vernir le plancher, de décrocher les stores pour les remplacer par un drapé d'organza lilas. Mais le pire, c'était la cuisine. Ces placards en formica moutarde lui donnaient envie de… de… de mettre le feu à l'ensemble.

Franchement, Tara devrait prendre les choses en main. Ignorait-elle que décorer son intérieur était très tendance ?

Tara ferma la porte de la cuisine.

« Alors, Lars est reparti ?

— Oui, acquiesça Liv d'un air morne. Je suis très mal cette fois. Très, très mal.

— Tu es toujours très mal, fit Tara pour la consoler. Même s'il quitte sa femme et t'épouse, tu te débrouilleras pour être malheureuse.

— Non, mais je suis trop mal pour aller faire du shopping, s'excusa Liv. Et si je ne trouve rien qui me plaise ? Fragile comme je suis, ça sera difficile à gérer.

— Imagine ton bonheur, si tu découvres une superbe paire de pompes. »

Tara avait peur que Liv ne l'abandonne ; elle serait alors obligée d'accompagner Thomas à son match de foot.

« Et que se passera-t-il, si elles n'existent pas dans ma pointure ? Ça pourrait être dangereux. D'après Jung…

— Jung ne connaît rien aux chaussures », décréta Tara. Elle refusait de se laisser désarmer par les vastes connaissances de Liv en matière de psycho. « Mais si Jung ne veut pas que tu ailles faire les boutiques, *toi*, tu as envie de faire quoi ? »

Liv fixa sur elle le regard clair et candide de ses yeux bleus. « J'ai envie de me saouler la gueule.

— Il fallait le dire ! s'exclama Tara, rayonnante. Je pensais que tu voulais rentrer chez toi. Viens ! On va aller dans un pub du coin se prendre une grosse cuite et… » Elle baissa la voix pour ne pas être entendue de Thomas. « … se manger une grillade.

— Avec plein de patates sautées, chuchota Liv, excitée.

— Le tout baignant dans la sauce.

— Puis une tarte aux pommes…

— Avec un seau de crème anglaise. Attendons que Thomas soit parti », ajouta Tara.

Dix minutes plus tard, on vint le chercher. Elles laissèrent passer encore un moment, par mesure de sécurité, puis se poussèrent joyeusement du coude. « Allons-y ! »

« On prend un taxi ? demanda Liv, dès qu'elles furent dehors.

— J'ai une suggestion à faire, déclama Tara d'un air théâtral. C'est risqué, mais pourquoi pas ? Si on y allait à pied ?

— À pied ? C'est loin ?

— Cinquante mètres à peine.

— OK. On prend un taxi ? dit Liv, imperturbable. Oh, j'ai fait de l'humour ! Tu m'as entendue, Tara ? J'ai fait de l'humour !

— Bravo.

— C'est un jour à marquer d'une pierre rouge.

— D'une pierre *blanche*. »

Pendant qu'elles se dirigeaient vers Le Renard et La Plume, Liv remarqua : « Ça ne m'arrive pas souvent.

— Quoi ? De te pinter un dimanche ?

— Non, de marcher. »

Trois numéros avant le pub, un institut de beauté affichait sur un grand panneau, dans la vitrine : TABLES DE MASSAGE TONIFIANT ! ESSAI GRATUIT ! Ce fut pour Tara une révélation : il existait d'autres moyens de mincir que l'exercice et un régime draconien. Peut-être qu'elle y ferait un saut samedi prochain pour savoir combien ça coûtait.

Le pub était bruyant et bondé ; les gens mangeaient, buvaient et jouaient aux fléchettes. Le tout dans la bonne humeur.

« Tu veux boire quoi ? Du vin ? Un gin tonic ?

— Non, répliqua Liv avec fermeté. Je veux un demi pression.

— Ooooh, ça, j'aime ! » Tara l'enlaça affectueusement par les épaules. « C'est ce que j'espérais t'entendre dire.

— On mange maintenant ou plus tard ? » demanda Liv.

Tara était partagée. Manger, ce n'était jamais de refus, mais l'alcool avait un effet imparable sur un estomac vide, et elle tenait à prendre une énorme cuite...

« Bien vu ! acquiesça Liv. Une fois qu'il n'y aura plus de problème et qu'on sera complètement bourrées, on mangera. »

Tara se fraya un passage jusqu'au comptoir, revint avec deux demis, et repartit aussitôt pour aller en chercher deux autres. « Tant qu'à faire. On est en mission commandée. »

Elle les posa sur la table et entreprit de sortir de ses poches des paquets d'amuse-gueule. « Je ne peux pas boire une bière sans les chips pour lui tenir compagnie. »

Elles trinquèrent. La conversation roula sur la semaine écoulée et, tout naturellement, elles en vinrent à « ma vie est un plus gros gâchis que la tienne » – jeu pour deux personnes ou plus.

« Nous voilà à la case apitoiement sur soi. Je suis plus grosse que toi, commença Tara.

— Non, c'est moi la plus grosse, rétorqua Liv.

— Mais je suis plus pauvre que toi.

— Non, c'est moi la plus pauvre.

— Je fume plus que toi.

— Non, c'est moi qui fume le plus.

— Liv, tu ne fumes pas.

— Oui, mais si je fumais, je fumerais plus que toi. J'ai un côté très autodestructeur, ajouta-t-elle avec fierté.

— Un point pour toi. Où en étions-nous ? Ah oui. Mon mec est plus salaud que le tien.

— Non, le mien est… Attends un peu, tu as raison, ton mec est plus salaud que le mien. Sur ce coup-là, c'est toi qui gagnes.

— Oh… » Tara était ennuyée. Elle avait dit ça uniquement pour que Liv puisse la contrer.

« J'ai tort ? fit Liv d'une petite voix.

— Oh, Liv », soupira Tara.

Elle but une grande gorgée de bière et alluma une cigarette.

« Il y a quelque chose qui cloche entre Thomas et moi »

C'est pas nouveau, t'as pas autre chose à me raconter ? faillit demander Liv.

Tara avait peur d'en parler – exprimées tout haut, ses angoisses devenaient réalité –, néanmoins elle s'entendit bredouiller : « On a eu une… euh… conversation samedi dernier… »

Elle fit une pause. Silencieuse, Liv la regardait avec compassion.

« … et il m'a dit que si je tombais enceinte, ça ne serait pas son problème. Non pas que ce soit dans mes intentions, mais ça m'a tétanisée. J'ai essayé de ne pas y penser et je sais bien qu'il m'aime. Mais toute la semaine, j'ai eu le sentiment qu'il allait m'arriver une catastrophe. » Elle tira une bouffée tremblotante de sa cigarette. « Ça n'a pas été une mauvaise semaine – une fois ou deux, il a même été adorable avec moi –, mais je ne peux pas me défaire de cet horrible pressentiment. Et puis, je suis à cran ! Je lui ai fait une scène lundi soir, et ça m'a repris hier, en revenant de chez le coiffeur. Je ne comprends pas ce qui se passe. »

Liv, elle, comprenait fort bien qu'on puisse sortir de ses gonds avec Thomas.

« Que dois-je faire ? gémit Tara, anéantie. Seulement, je t'en prie, laisse tes sentiments personnels au vestiaire. »

Inspirant profondément, Liv décida de se jeter à l'eau. « À ta place, je le quitterais.

— HAHAHAHA ! » rugit Tara. Avant d'allumer fébrilement une autre cigarette.

« Je suis sérieuse. Quel genre d'avenir vous attend ? S'il te lâche parce que tu tombes enceinte, c'est qu'il n'envisage pas vraiment une relation à long terme.

— Je m'arrangerai pour ne pas me retrouver enceinte, rétorqua Tara d'un air sombre.

— Tu ne veux pas avoir d'enfants ? Un jour ?

— J'y survivrai.

— De toute façon, la question n'est pas là. Toi, tu recherches une forme d'engagement qui ne lui convient pas. Il serait temps de penser à sauver les meubles. »

Où donc avait-elle déjà entendu ça ?

« Mais bon sang, comment puis-je le quitter ? souffla-t-elle, soudain au bord des larmes.

— C'est facile. Fais ta valise et viens habiter chez moi, chez Katherine ou chez Fin…

— J'ai trente et un ans. » Une note d'hystérie perçait dans la voix haut perchée de Tara. « Si je le quitte, je ne rencontrerai personne d'autre. C'est trop tard…

— N'importe quoi !

— Je vieillis, ma chair est en train de s'affaisser, mes jours de future mère sont comptés…

— Tu viens juste de dire que tu pourrais t'en passer.

— Et d'ailleurs, où me trouverai-je un homme ? poursuivait Tara sans lui prêter attention. Cette soirée où je suis allée hier, c'était d'un sinistre ! Et le pire, c'est que je n'ai même plus envie de sortir en boîte. » Elle s'interrompit, atterrée. « C'est un désastre, Liv. Je suis au club de la Dernière Chance… et je voudrais qu'on baisse la musique ! »

Liv commençait à désespérer. Il était difficile d'aider Tara sans un minimum de coopération de sa part.

« Donc, puisque tu es persuadée que tu ne trouveras personne d'autre, tu acceptes de rester avec quelqu'un de caractériel et d'égoïste ?

— Ce n'est pas sa faute, protesta Tara. Et, si ça ne te dérange pas, je préfère le considérer comme quelqu'un de sensible et qui a souffert. »

Incapable de supporter un nouveau prêche sur l'enfance malheureuse de Thomas, Liv dit précipitamment : « Tu acceptes de rester avec quelqu'un de sensible et qui a souffert ? » Ajoutant dans sa barbe : « Et qui se montre caractériel et égoïste ?

— Absolument. Ça vaut mieux que pas d'homme du tout. »

Cependant, après qu'elles eurent liquidé leur troisième bière, l'horizon de Tara commença à s'éclaircir.

« Aucun couple n'est parfait, se consola-t-elle, flottant sur un nuage rose au-dessus d'une mer d'alcool. Tout est question de compromis. Thomas et moi, ça baigne. Tu sais ce que c'est, quand tu embrasses un crapaud et que tu te plains parce qu'il ne se transforme pas en prince charmant ? C'est de l'immaturité, voilà ce que c'est ! Quand on est adulte, on embrasse un crapaud et on en prend son parti.

— Ça y est, tu es saoule ? demanda Liv.

— Encore un midi, et c'est bon.

— Pardon ?

— J'ai dit : encore un demi, et c'est bon. Tu es sourde ou quoi ? »

Vers trois heures, lorsqu'elles décidèrent enfin qu'elles avaient assez bu, il n'y avait plus rien à manger au pub.

« Oh, non ! » Plaquant une main sur sa bouche, Tara se mit à glousser. « Qu'est-ce qu'on fait ?

— J'ai très, très faim, la prévint Liv.

— On n'a qu'à aller dans un fast-food, il y en a plein par ici.

— Des frites ! exigea Liv. Si on ne peut pas avoir de patates sautées, il nous faut des frites. Il nous en *faut.* »

Elle abattit son verre vide sur la table et scanda : « Des frites ! Des frites ! Des frites ! »

À quelques pas de là, l'homme qui lançait sa dernière fléchette et s'apprêtait à gagner la partie manqua de peu empaler l'oreille d'un client…

En quête de frites, Liv et Tara émergèrent, titubantes, dans Holloway Road, surprises de découvrir qu'il faisait encore jour. Et elles s'engouffrèrent dans le fast-food le plus proche, plein à craquer de pères divorcés profitant de leur droit de visite hebdomadaire. Le vacarme était assourdissant.

« Sur place ou à emporter ? » s'enquit Tara.

Liv jeta un coup d'œil sur la horde de gamins coiffés de chapeaux en carton.

« À emporter, dit-elle. À emporter loin. À emporter très loin. Oh, Tara, voilà que je refais de l'humour ! »

Pourvues de deux sacs en papier brun archipleins, elles se frayèrent un passage vers la sortie.

« J'ai tellement faim que je pourrais manger un poney pommelé entre deux fourgonnettes de boulanger, déclara Tara. Allez, vite, à la maison. T'inquiète, ajouta-t-elle en remarquant l'air hagard de Liv, Thomas ne sera pas rentré avant plusieurs heures. »

Mais quand elles passèrent à la hâte devant l'institut de beauté, elles s'aperçurent que c'était ouvert. Soudain, Tara se dit qu'il serait génial d'aller essayer les tables de massage, là, tout de suite.

« Super ! hurla Liv, se cramponnant à elle. J'ai toujours rêvé de m'offrir ça. »

Elles franchirent la porte en chancelant. Deedee, l'esthéticienne de garde, vit leurs figures rouges et leurs yeux anormalement brillants et eut très envie de se cacher sous le comptoir.

« C'est fermé, hasarda-t-elle.

— Pas du tout. »

Avec un sourire carnassier, Tara lui souffla un relent de bière au visage.

« On veut essayer les tables de massage.

— Je crois que ce n'est vraiment pas le moment.

— Pourquoi, elles sont occupées ?

— Non, mais...

— Vous êtes en train de dire que nous sommes ivres ? » questionna Liv.

Ses yeux étaient très bleus dans son visage violacé.

« Euh... non.

— On est de bonnes clientes, insista Tara. Je me fais jampiler les pieds ici.

— Je vous demande pardon ?

— Je me fais épiler les jambes ici. Combien de fois faut-il vous le répéter ? »

La pauvre Deedee n'avait guère le choix. À contrecœur, elle les escorta dans une petite pièce contenant six lits en plastique rose alignés côte à côte. Tara et Liv s'extasièrent bruyamment.

Avec des « Oh ! », des « Ah ! » et des « Voilà à quoi ça ressemble ! », elles s'installèrent chacune sur un lit, sans lâcher leurs sacs en papier. Cependant, une fois ses chevilles attachées, Liv annonça : « Je meurs de faim ! Ça dure combien de temps ? »

Tara la considéra avec stupeur.

« Mais… mais tu n'as qu'à manger ! C'était prévu, non ? Moi, en tout cas, je mange.

— Génial, dit Liv, fourrageant dans son sac. A très faim.

— Je ne crois pas…, protesta Deedee, désemparée.

— Une frite ? lui offrit Liv.

— Je mets les tables en marche, fit Deedee d'un air compassé.

— C'est parti, mon kiki, lança Tara tandis que l'extrémité de la table se soulevait en même temps que ses jambes. Wouaouh ! Ça, c'est vivre ! »

Ses jambes montaient, descendaient, montaient, descendaient. Celles de Liv s'ouvraient et se refermaient, s'ouvraient et se refermaient. Pendant qu'elles-mêmes, allongées sur le dos, mangeaient leurs frites et leurs cheeseburgers.

« C'est merveilleux, soupira Liv. Je me sens en pleine forme.

— C'est très important de prendre soin de son corps », affirma Tara tout en enfournant une poignée de frites. Le reste fut inintelligible car elle avait la bouche pleine.

« Pardon ?

— J'ai dit : parce qu'on le vaut bien. O-oh, ça s'arrête. »

Maussade, Deedee les fit changer de table. C'était reparti pour un tour.

« Regarde, je lève les bras ! Eh ! je te fais signe.

— Et moi, je m'assois. Non, je me recouche. Non, attends, je me rassois… »

Lorsqu'elles descendirent, balayant les miettes et les éclaboussures de ketchup, elles s'inspectèrent mutuellement et conclurent à une nette amélioration côté silhouette.

Tout sourires, elles sortirent, assurant à Deedee, tétanisée, qu'elles reviendraient s'inscrire pour une série de séances d'ici à un jour ou deux. Puis elles gagnèrent clopin-clopant l'appartement de Tara, où elles vidèrent toute la réserve de bière Newcastle Brown de Thomas.

28

Lundi matin, quand le téléphone de Tara sonna sur son bureau, elle crut que c'était Thomas, pour lui dire de faire ses valises et de débarrasser le plancher. Il avait été fou de rage la veille au soir, mais elle était tellement saoule qu'elle n'avait pas très bien compris pourquoi. Était-ce le vol de sa Newcastle Brown et de sa bouteille de brandy ? Ou parce que, à son retour, il avait trouvé Tara et Liv au milieu des cartons de pizza ? Était-ce les emballages de hamburgers repérés dans la poubelle ? Le fou rire qu'elles avaient piqué en le voyant dans son long short tout crotté ? Ou le fait qu'elles avaient oublié de nourrir Beryl ?

Tara était rongée par le remords. Quand elle s'était réveillée, Thomas était déjà parti travailler. La bouche sèche et pâteuse, elle resta assise dix minutes, la tête dans les mains, à gémir. Puis elle composa le numéro de Liv et chuchota : « Je n'y crois pas qu'on ait fait ça. Dis-moi que je rêve. Qu'on n'a pas mangé de hamburgers. Tu peux imaginer qu'on a mangé des hamburgers ? Et en plus sur les tables de massage ? La honte, oh, la honte…

— On a été atroces, fit Liv d'une voix étranglée.

— Il faudra que j'aille me faire épiler ailleurs. Je n'oserai plus y remettre les pieds. Je préfère même traverser la rue plutôt que de passer devant.

— Devine ce que j'ai fait quand je suis rentrée, suffoqua Liv.

— Oh, non. Tu n'as pas…

— … appelé Lars ? Bien sûr que si. J'étais ivre.

— Et tu lui as dit quoi ?

— Comme d'habitude, je suppose. Je ne me souviens plus très bien. J'ai dû le traiter de salaud et le menacer de tout raconter à sa femme.

— Du moment que tu ne lui as pas dit que tu l'aimais.

— Aïe ! » Les paroles de Tara venaient de faire surgir un souvenir vaguement consternant dans sa mémoire. « Si. Si, je lui ai dit. Maintenant, il faut que je le rappelle pour m'excuser. S'il me prend au sérieux, il va me larguer. »

Le téléphone sur le bureau de Tara continuait à sonner. Elle avait peur de répondre, mais les froncements de sourcils et les regards inquisiteurs de ses collègues eurent raison de sa résistance.

« Allô ? bredouilla-t-elle d'une voix tremblante, priant pour que ce soit un client courroucé.

— Tara ? » Ce n'était pas Thomas, c'était Sandro.

« Salut, toi ! s'exclama-t-elle, ravie. Où étiez-vous passés, toi et ton mec ? On a cru que vous aviez été kidnappés par des extraterrestres. »

Tara se rendit soudain compte que malgré l'affection qui les liait, Sandro et elle ne se téléphonaient jamais directement. Au même moment, il dit : « J'ai une mauvaise nouvelle. »

Instantanément, tout s'éclaircit dans sa tête. Bien qu'elle fût assise, elle sentit le sol tanguer sous elle.

« Quoi ?

— C'est Fintan.

— Qu'est-ce qui lui arrive ?

— Il est malade.

— *Malade ?* Qu'est-ce qu'il a ? La grippe ? » Elle savait déjà que ce n'était pas ça.

« On ne sait pas encore très bien.

— Comment est-il ? Quels sont les symptômes ? Température ? Vomissements ? Mal au ventre ? »

Vinnie, Teddy, Evelyn et Steve la Marmotte levèrent les yeux de leur écran. Sauf Ravi. Il était déjà suspendu aux lèvres de Tara.

« Faiblesse, fièvre et suées nocturnes, admit Sandro.

— Faiblesse, fièvre et suées nocturnes », articula-t-elle.

Les mots mirent une seconde à peine à se graver dans son cerveau.

Et ce fut comme si elle avait toujours su. Depuis que les tout premiers amis de Fintan avaient découvert qu'ils étaient séropositifs, ç'avait été l'un de ses pires cauchemars. Maintenant qu'il était devenu réalité, il revêtait un caractère cruellement inévitable... Comment avait-elle pu songer que ça n'arriverait pas ?

Elle se rappela s'être moquée de sa bosse dans le cou, et sa respiration se fit courte et saccadée.

« Il a aussi beaucoup maigri, dit Sandro.

— Ça fait seulement une semaine que je ne l'ai pas vu. » Inexplicablement, Tara se mit en colère. « Comment a-t-il pu maigrir en une semaine ?

— Je suis désolé, Tara.

— Pourquoi ne m'as-tu pas appelée ? Je n'ai pas arrêté de téléphoner pendant tout le week-end. J'ai laissé plein de messages. »

Elle avait l'absurde impression que si elle l'avait su à temps, elle aurait pu intervenir pour éviter le pire.

« Je ne savais pas qu'il était aussi mal, se défendit Sandro. Je n'étais pas là – je travaillais sur un chantier à Norwich et je ne suis rentré qu'hier.

— Alors pourquoi *lui* ne m'a pas appelée ?

— Tara, il a passé presque toute la semaine à l'hôpital.

— *À l'hôpital ?* »

Elle se mit à pleurer, sans trop savoir si c'étaient des larmes de rage, de chagrin, de peur ou de compassion.

« Je croyais qu'il était à Brighton ?

— À moi aussi il m'a menti. Il m'a dit qu'il avait la grippe.

— Mais comment as-tu pu le laisser aller à l'hôpital tout seul ? »

Les larmes ruisselaient sur ses joues ; tout juste si elle se rendit compte que Ravi lui glissait une serviette Marks & Spencer dans la main.

« Je n'étais pas au courant ! » Sandro était désespéré. « Il m'a téléphoné à Norwich pour m'avertir qu'il avait la grippe et me dire de ne pas m'inquiéter s'il ne répondait pas au téléphone, qu'il serait en train de dormir.

— Tu ne t'es donc pas inquiété ? demanda Tara, caustique.

— Bien sûr que si. Je me faisais du souci depuis pas mal de temps déjà. »

Ce fut un choc. La colère de Tara s'évanouit. Sandro n'avait pas négligé Fintan. Il s'était fait du souci. C'était bien plus grave qu'elle ne l'avait cru.

« Nous sommes à l'hôpital, poursuivit Sandro. Il est avec le médecin. Ensuite, on rentrera à la maison. Tu pourras le voir à ce moment-là.

— J'imagine... » Tara serrait le combiné dans sa paume moite. « ... que tu n'as pas prévenu Katherine. »

Il ne l'avait pas fait.

Elle composa le numéro de Katherine.

« Salut !

— J'ai une mauvaise nouvelle », lâcha Tara de but en blanc, sans passer par les traditionnels préliminaires du lundi matin, à savoir ce qu'elles avaient fait le samedi soir et combien Tara aurait déjà voulu être à vendredi.

Katherine attendait avec son sang-froid coutumier. L'affolement, les questions pressantes, ce n'était pas son genre.

« C'est Fintan. Il est malade.

— Malade comment ? »

La voix de Katherine était calme, posée, réfléchie.

« Ils ne savent pas encore. Il pique des suées la nuit, il a maigri, il est extrêmement faible... »

Il y eut un silence, puis un drôle de son se fit entendre à l'autre bout du fil. Mi-sanglot, mi-gémissement. Katherine était en train de pleurer.

Katherine ne pleurait jamais.

L'après-midi, Fintan leur fit parvenir une requête par l'intermédiaire de Sandro. Pourraient-elles passer le voir après le bureau ?

« Évidemment, bégaya Tara. Je viens tout de suite.

— Non, tout à l'heure, c'est mieux, lui assura Sandro. On en saura plus.

— Parce que…, s'étrangla-t-elle. Il y a quelque chose à savoir ?

— Oui.

— De bon ou de mauvais ?

— Oh, Tara…, soupira-t-il.

— Mais…

— À tout à l'heure », fit-il d'un ton ferme.

Même si ça représentait un détour considérable, Tara insista pour aller chercher Katherine à la sortie de son travail afin qu'elles arrivent à Notting Hill, chez Fintan, ensemble.

À six heures et demie, Katherine grimpa dans sa Coccinelle pourrie et s'assit sur la culotte-essuie-glace sans y prêter attention. Elles roulèrent en silence. Dehors, il faisait froid, et le chauffage ne marchait pas, mais elles étaient en nage l'une et l'autre.

« Il avait une bosse dans le cou », dit Tara tout bas. Elle vibrait de honte à l'idée de ne pas l'avoir pris au sérieux. « À mon avis, ça durait depuis un certain temps déjà. Désolée pour le choc, Katherine.

— Quel choc ? rétorqua sèchement Katherine.

— Comment ? » Tara était sidérée. « Tu le savais ?

— Bien sûr que je le savais. Il a perdu l'appétit, il maigrit, il a mal au cou, à l'estomac et ailleurs. Avec toutes ces histoires de rage, de béribéri et d'anthrax…

— J'étais la seule à ne pas être au courant ? » Tara était accablée.

Une fois dans la rue de Fintan, elle se gara de manière plus fantaisiste encore que d'habitude et se précipita dehors.

« Allez, viens », lança-t-elle, au pied des marches.

Mais, au moment d'appuyer sur la sonnette, une étrange répugnance s'empara d'elle. Elle n'avait plus du tout envie de voir Fintan. Elle avait envie de fuir.

« Oh, Tara… »

Katherine lui saisit la main et l'étreignit avec force. Dans leurs paumes pressées l'une contre l'autre, elles sentaient la pulsation de leur sang.

Comment pouvait-on maigrir autant en un laps de temps aussi court ?

En l'espace d'une semaine, le visage de Fintan semblait s'être rabougri. Il a une drôle de tête, pensa Katherine. Et soudain, elle comprit. C'étaient ses dents. Elles paraissaient trop grandes pour son visage, comme chez un vieillard à la bouche ratatinée.

Derrière son oreille pointait, tel un œuf incongru, une grosse bosse recouverte en partie d'un pansement épais, avec du coton s'échappant par en dessous.

Frappée d'horreur, Tara la contempla fixement.

« Mais tu m'avais dit que la bosse était partie !

— J'ai menti », chantonna Fintan, curieusement guilleret.

Sandro boudait en silence. On aurait dit qu'il était en colère. Fintan, en revanche, arborait un air réjoui.

« Asseyez-vous, asseyez-vous, s'empressa-t-il de dire, les yeux brillants dans son crâne décharné. Sandro va nous chercher à boire. Bien, j'ai une bonne et une mauvaise nouvelle. Par quoi je commence ?

— La bonne », réclama Tara.

La mauvaise, elles la connaissaient déjà.

« Voilà. La bonne nouvelle, déclara-t-il avec désinvolture, c'est que j'ai passé plusieurs tests, et je suis définitivement, sans l'ombre d'un doute, cent pour cent séronégatif. »

Dans la pièce, on aurait entendu une mouche voler.

« Séronégatif ? finit par balbutier Tara. Tu veux dire… que tu n'as pas le sida ?

— Je n'ai pas le sida.

— Ô mon Dieu ! »

Une bulle de joie explosa dans la tête de Tara.

« Je n'arrive pas à y croire. J'étais tellement sûre que tu étais fichu. C'est une superbonne nouvelle. »

Elle bondit sur ses pieds et se jeta au cou de Fintan.

« Tu ne vas pas mourir !

— Ça, c'est la bonne nouvelle, remarqua Katherine d'une voix étranglée. Et quelle est la mauvaise ? »

Tout le monde regardait Fintan.

« La mauvaise, c'est que j'ai chopé un truc intéressant, plus connu sous le nom de maladie de Hodgkin. »

Katherine était blanche comme un linge.

« Qu'est-ce que c'est que ça ? demanda Tara.

— Je sais ce que c'est…, fit Katherine.

— C'est un problème au niveau de mon système lymphatique, interrompit Fintan.

— C'est un cancer », dit Katherine faiblement.

29

Un silence de mort accueillit sa déclaration.

« C'est vrai ? s'enquit Tara en les regardant l'un après l'autre.

— Katherine a raison », confirma Fintan.

L'espace d'une seconde, Tara haït Katherine. Ne pourrait-elle pas avoir tort au moins une fois dans sa vie ?

« Mais comment peuvent-ils se prononcer sans faire une biopsie ? » demanda-t-elle avec un dédain forcé.

Elle ne savait pas très bien ce qu'était une biopsie, seulement sa raison se refusait à admettre la terrible nouvelle.

Fintan s'esclaffa. « J'ai eu une biopsie, Tara. Que crois-tu que j'aie fabriqué la semaine dernière ? Pourquoi crois-tu que j'aie un pansement sur le cou ?

— Je pensais que tu avais encore essayé de te trancher la gorge. » Elle esquissa un pâle sourire. « Tu étais donc à l'hôpital la semaine dernière, tout seul, sans personne pour te soutenir ? C'est trop nul, ça.

— Tout s'est passé si vite. » Fintan haussa les épaules. « Je vais consulter un spécialiste pour lui montrer le kiwi que j'ai dans le cou, et lui, aussi sec, m'expédie au bloc pour une biopsie. Et me voilà sur le billard, pleinement conscient, pendant qu'on me charcute un ganglion lymphatique. Puis on me recoud, et le ganglion part au labo. Un vrai tourbillon, mes chéris ! Je devais être en état de choc, ajouta-t-il, hagard. On m'a fait dix mille prises de sang, on m'a palpé et papouillé sous toutes les coutures. Et aujourd'hui, on m'a convoqué pour m'annoncer que j'avais un cancer ! »

Pour la première fois depuis son diagnostic, Katherine prit la parole.

« C'est grave ? » Sa voix restait délibérément neutre. « Il en est à quel stade ?

— Je n'en sais rien, répondit Fintan en écartant les bras. Il y a plusieurs variantes de la MH...

— La MH ? répéta Tara.

— La maladie de Hodgkin. »

Seigneur, déjà il parlait un langage différent. Un langage de malade.

« C'est sûr que les ganglions sont atteints, mais je dois subir d'autres examens pour voir si je ne l'ai pas ailleurs.

— Où ça, ailleurs ?

— La poitrine. La moelle osseuse. Les organes internes. Si c'est juste les ganglions, je suis tiré d'affaire. Un coup de chimio, et on n'en parle plus.

— Et si tu l'as ailleurs ? hasarda Tara.

— Ça se traite, intervint Sandro. Le médecin est très optimiste. »

Le cœur de Tara se serra. Personne n'avait oublié que Sandro avait déjà perdu un ami – tout cela devait être un calvaire pour lui.

Au choc initial succéda un semblant de normalité plus ou moins bancal, et ce fut là que les questions fusèrent.

« C'est quoi au juste, le système lymphatique ? risqua Tara. Moi, je connais seulement le drainage lymphatique qu'on emploie contre la cellulite.

— C'est un système circulatoire, n'est-ce pas ? » Katherine regarda Fintan. « Qui fait partie du système immunitaire. »

Il hocha la tête.

« Et que va-t-il se passer maintenant ?

— Demain matin, je retourne à l'hôpital pour quarante-huit heures. Ils vont me faire des tas de trucs.

— Quels trucs ?

— Qu'est-ce que j'en sais ! répliqua-t-il d'un ton badin. Une biopsie de la moelle osseuse. Un scanner. Des radios à gogo. Nous autres, gens de la mode, on n'arrête pas une minute !

— Tu as peur ? demanda Katherine avec douceur.

— Non, dit Fintan. Je suis complètement terrorisé. »

Il partit d'un grand éclat de rire, avant de s'interrompre abruptement.

« Il faut que j'aille aux toilettes. »

Lorsque la porte se fut refermée derrière lui, Sandro questionna : « Vous savez comment c'est, une biopsie de la moelle osseuse ? »

En silence, Tara et Katherine secouèrent la tête.

« On te prélève ça sur une hanche. Sous anesthésie locale, pour engourdir la peau et les muscles. Mais il est impossible de faire plus, expliqua-t-il d'une voix atone. Si bien que quand on enfonce l'aiguille, c'est comme si on te brisait l'os. Apparemment, la douleur est atroce. »

Katherine avait la bouche sèche, et Tara sentit la tête lui tourner. Elles n'avaient rien soupçonné de tel. Les examens, oui. Mais la douleur !

« Je croyais qu'on allait l'endormir pour ce genre de choses », murmura Tara.

Sandro haussa les épaules.

« Ils sont très pingres, côté anesthésies générales.

— C'est abominable. »

Katherine s'était raidie. Imaginer Fintan en proie à une souffrance insoutenable était presque pire que de le savoir atteint d'une maladie grave.

« On ne peut pas faire un scandale ? Exiger une anesthésie générale ?

— On a tout essayé. » Fintan était revenu dans la pièce. « On a crié. Pleuré, même. Pour faire pression sur le toubib. Mais il m'a juste pris pour une chochotte. Ce en quoi il n'a pas entièrement tort.

— Et quand auras-tu les résultats ? demanda Tara.

— À la fin de la semaine, j'espère. »

Katherine venait de penser à quelque chose.

« Tu as prévenu ta mère ?

— Non.

— Tu comptes le faire quand ?
— Je n'ai rien décidé dans l'immédiat.
— Fintan, il faut que tu lui dises. C'est la moindre des choses.
— Oui, Fintan, il le faut, renchérit Tara.
— Je n'arrête pas de le lui répéter, maugréa Sandro.
— Je ne peux pas. Franchement, je ne peux pas. Ça va la tuer.
— Ce qui la tuera, c'est si elle l'apprend une fois qu'il sera… »
Tara se rendit soudain compte de son manque de tact.
« Ta mère est plus coriace que tu ne le crois. » Katherine se porta à sa rescousse. « Tu dois lui dire.
— Je ne peux pas. »
Fintan se cacha le visage dans les mains.
« Et si on le faisait à ta place… Tara et moi ? »
Elle était sûre qu'il l'enverrait promener. Elle ne s'attendait guère qu'il se redresse et la considère d'un air plein d'espoir.
« C'est vrai, vous feriez ça ?
— Évidemment. Même qu'on va le faire maintenant. Tout de suite. »
Le visage de Tara s'était figé en un rictus d'horreur.
« Ça ne vous ennuie pas si je n'écoute pas ?
— On va téléphoner de ta chambre. Comme ça, tu n'entendras rien. Tu viens, Tara ? »
Une fois dans la chambre, Katherine dit : « C'est bon, pétocharde, je vais le faire.
— Tu veux que je le fasse ?
— Non, je voudrais juste que tu me tiennes la main. Et rappelle-moi le numéro. Mais qu'est-ce qui m'arrive ? Je ne me souviens même plus de l'indicatif de l'Irlande. »
Quand le « Allô ? » méfiant de JaneAnn grésilla à l'autre bout du fil, Katherine se mit à trembler.
« Bonsoir, Mme O'Grady. Katherine Casey à l'appareil. »
Tara serra sa main libre à lui broyer les os.
« Katherine Casey, fit JaneAnn lentement, avec son accent rustique. Bon sang, comment ça va ?
— Très bien, merci. J'ai quelque chose…
— Et toute la famille ?
— Tout le monde va bien, merci. JaneAnn, il faut…

— J'ai vu ta grand-mère, l'autre jour, à un concert au profit du Rwanda. Dame, elle pète le feu, la mémé.

— Mme O'Grady, je regrette, mais j'ai une mauvaise nouvelle à vous annoncer. Fintan est malade, bredouilla Katherine, incapable de tourner plus longtemps autour du pot.

— Malade ? Fintan est malade ? C'est grave ?

— Malheureusement, oui. Il a…

— … le sida, l'interrompit JaneAnn. Je m'y attendais. Justement, on en parlait dans le journal.

— Non, Mme O'Grady. » Elle s'efforça d'adoucir sa voix. « Ce n'est pas le sida.

— Je suis informée, répondit JaneAnn avec dignité. Ce n'est pas parce que j'habite dans un trou perdu que je ne me tiens pas au courant.

— Mme O'Grady, Fintan a une forme de cancer.

— Je suis sa mère. La vérité est dure à entendre, mais je veux que tu me la dises. Ne m'embrouille pas avec tes histoires de cancer.

— Je vous le jure, Mme O'Grady. Fintan a réellement un cancer.

— Tu ne dis pas ça pour me rassurer ? s'enquit JaneAnn, soupçonneuse. Parce que tu veux me ménager, hein ?

— Certainement pas », fit Katherine, au bord des larmes.

Ce soir-là, Fintan but plus que de raison.

« Profitons-en, riait-il. Je n'aurai peut-être plus l'occasion de sitôt. »

Il débordait d'une gaieté sauvage et amère.

Tara, Katherine et Sandro cherchèrent eux aussi l'oubli dans l'alcool, sans toutefois parvenir à briser l'impression de cauchemar.

« Ne faites pas cette tête, se plaignit Fintan en regardant les trois visages pâles et défaits tournés vers lui. C'est moi qui vais mourir, nom de Dieu ! »

Par moments, la soirée paraissait presque normale. Presque, mais pas tout à fait : il y avait une sorte de décalage dans l'air, un sentiment d'oppression latent, comme dans un mauvais rêve.

Vers minuit, Fintan annonça qu'il allait se coucher.

« J'ai une grosse journée demain.

— On sera là dans la matinée, promit Tara.

— Avec un beau pyjama, lui rappela-t-il. Essaie Calvin Klein.

— C'est comme si c'était fait.

— Et si tu ne trouves rien chez Calvin Klein, vois du côté de Joseph. Il faut que je sois présentable. Ma carrière est en jeu : si jamais on me surprend fagoté dans une horrible tenue d'hôpital, je risque de me faire virer.

— On s'en occupe, le rassura Katherine.

— Ça ne vous dérange pas ? s'inquiéta-t-il soudain. On ne va pas vous chercher des noises pour une absence injustifiée aux heures de bureau ? »

Elles le dévisagèrent toutes les deux, en proie à une exaspération muette.

Katherine résuma la situation.

« On s'en tape, du bureau, dit-elle simplement.

— Mon Dieu, marmonna Fintan. Ça doit être grave. »

Sans mot dire, Tara et Katherine descendirent et regagnèrent la vieille Coccinelle.

« Tu te sens en état de conduire ? s'enquit Katherine anxieusement, comme Tara démarrait dans un crissement de pneus.

— Je conduis toujours mieux quand j'ai un verre dans le nez.

— Non, c'est juste l'impression que tu as. »

Elles rirent, puis se turent brusquement.

« C'est curieux, fit Katherine, songeuse, qu'on trouve prétexte à rire dans un moment pareil.

— Je sais, soupira Tara. Ce soir, par exemple, on a bien rigolé. J'ai honte, mais je me suis presque sentie normale. Sauf que c'était comme dans une sorte de monde parallèle.

— C'est probablement le choc.

— Peut-être. Il faut le temps de digérer. Dommage que Liv ne soit pas là, elle nous aurait expliqué ce qui nous arrive.

— Ô mon Dieu ! »

Elles furent simultanément frappées par la pensée de Liv.

« Qui va lui dire ? souffla Tara. Elle sera anéantie, elle adore Fintan. Tu peux t'en charger ? Tu t'y prends mieux que moi. Tu es moins émotive. »

Et, bien que Katherine ne fût pas d'accord, elle acquiesça. « Je l'appelle en rentrant. Elle ne sera pas couchée. Pauvre insomniaque. »

Elles continuèrent à rouler en silence.

« Je n'arrête pas de penser à cette histoire de moelle osseuse, dit Katherine tout bas. C'est trop barbare. Demain matin, ça va être l'horreur. Surtout pour Fintan, s'empressa-t-elle d'ajouter.

— Vivement demain midi, que tout soit terminé.

— Détrompe-toi, ce n'est que le début.

— Non ! s'exclama Tara en agrippant le volant. Il ne faut pas dire ça. Si ça se trouve, il s'en tirera. »

Katherine réfléchit un instant.

« Ce n'est pas impossible.

— Voilà, j'aime mieux ça ! »

30

Le lendemain après-midi, JaneAnn débarquait à Londres, avec son mètre quarante-cinq et ses grands et taciturnes gaillards de fils.

C'était la première fois qu'ils prenaient l'avion. À vrai dire, ils avaient rarement franchi les frontières du comté de Clare. Engoncés dans leurs habits du dimanche démodés, au milieu de la foule trépidante de l'aéroport, ils avaient l'air d'arriver d'une autre planète.

Bien que Tara et Katherine n'aient pas été travailler de la matinée, elles quittèrent le bureau à quatre heures pour les accueillir à leur descente d'avion.

« Les voilà ! »

Tara désigna JaneAnn, Milo et Timothy, blottis autour de leur valise comme des réfugiés en temps de guerre.

JaneAnn était affublée d'un vieux manteau noir au col d'astrakan. Pour l'occasion, Milo, le frère aîné, avait emprunté un blazer qu'il portait par-dessus sa salopette, tandis que Timothy avait mis son unique costume – un complet rayé bleu marine aux larges revers dans lequel il s'était marié vingt ans plus tôt. Vu son âge vénérable, le costume était pratiquement revenu à la mode. Certes, Timothy avait un peu forci entre-temps. Ou alors c'était l'épais chandail sous son veston qui lui donnait cette apparence boudinée.

Malgré leur allure de campagnards, les O'Grady ne semblaient guère affectés par la frénésie qui régnait à Heathrow. Marchant d'un pas lent, comme s'ils étaient à Knockavoy, ils s'amusèrent de la réaction d'un jeune homme d'affaires qui les dépassa en marmonnant : « Non, mais d'où ils sortent, ceux-là ? »

« On dirait qu'il tient le sort du monde entre ses mains, fit remarquer JaneAnn.

— Dame, non, sourit Milo. C'est bien plus important que ça. »

Ils se rendirent directement à l'hôpital, entassés dans la Coccinelle de Tara. Milo et Timothy durent se serrer à l'arrière avec Katherine : bien qu'ils soient immenses, et JaneAnn toute menue, le protocole voulait qu'une maman irlandaise s'assoie à l'avant.

D'humeur loquace, ils échangèrent les dernières nouvelles et parvinrent à rire une ou deux fois. Puis Katherine se souvint pourquoi elle était coincée dans une petite voiture avec la famille de Fintan, et cette hilarité lui parut fort déplacée.

Tara aussi était déphasée. Elle se comportait comme si les O'Grady étaient venus faire du tourisme à Londres.

« Ça, c'est le palais de Kensington, indiqua-t-elle tandis qu'ils avançaient à une vitesse d'escargot dans Kensington High Street.

— Et qu'est-ce qui se passe là-bas ? demanda Milo poliment.

— C'est là qu'habitait la princesse Diana, bégaya-t-elle.

— Bon sang, les notes de chauffage qu'elle devait avoir ! »

Avec une grimace, Milo se pencha en avant pour mieux voir.

L'hôpital lui-même ressemblait davantage à un hôtel qu'à un établissement de soins, mais les O'Grady ne firent aucun commentaire. Ils ne s'attardèrent pas non plus pour acheter des revues ou des friandises à Fintan. Leur bonne humeur les avait désertés ; ils avaient peur.

Dans un silence tendu, ils prirent l'ascenseur et longèrent le vaste couloir au sol couvert de lino en direction de la chambre que Fintan partageait avec cinq autres patients. Devant les portes battantes, JaneAnn se cramponna à Katherine.

« Il est comment ?

— Ça va, répondit-elle, l'estomac noué. Il a maigri, et son cou est un peu enflé, mais autrement il va bien. »

Inutile de raconter qu'il n'était pas très brillant lorsqu'on l'avait ramené de sa biopsie. Katherine sentit ses muscles se contracter au souvenir de Fintan, de son visage livide, de ses yeux clos, pendant qu'il murmurait : « La douleur a été infernale, j'ai vraiment vu des étoiles. »

Tara et elle s'écartèrent pour laisser les O'Grady se masser autour du lit en métal blanc. Sandro se tenait humblement assis sur une chaise à côté de lui.

« Que Dieu bénisse cette assemblée, fit Milo, à la tête du clan.

— Chouette, le blazer, Milo, dit Fintan faiblement, couché sur le dos dans son pyjama tout neuf en soie bleu paon.

— Ah, mais je suis la beauté incarnée ! » Milo eut un rire désabusé.

« Bonjour, m'man.

— A-t-on idée de nous faire une peur pareille ? se plaignit-elle affectueusement, les larmes aux yeux.

— En tout cas, c'est sympa de ta part, tu as bien choisi ton moment, dit Timothy.

— Entre la fin de la fenaison et le début de l'agnelage, acheva Milo. C'est ce qu'on appelle avoir de la classe. »

Durant cette scène de retrouvailles, Sandro, image même de l'humilité, se faisait tout petit dans son coin. Il était mort de trac. Ce matin-là, il avait attendu le retour de Fintan et, après s'être assuré qu'il ne manquait de rien, avait balbutié nerveusement : « Et si je ne leur plais pas ?

— À qui ? croassa Fintan, hébété de douleur.

— À ta famille. Comment dois-je me comporter avec eux ? »

Dans son désarroi, Sandro posa la main sur la hanche qui venait juste de subir la biopsie.

« Aïe, aïe, doucement, nom d'un chien ! » Fintan se convulsa dans le lit. « Tu ne pourrais pas faire attention ? Ma pauvre hanche !

— Pardon, pardon, pardon ! Toutes mes excuses, je suis vraiment désolé. Au fait, je garde ce costume ou je m'habille plus décontracté ? »

Une vision de Sandro affublé d'un blouson surgit devant les yeux épuisés de Fintan.

« On s'en fiche, répondit-il avec lassitude. Pour le moment, on a des préoccupations plus importantes, non ?

— Je suis en train d'astiquer les cendriers sur le *Titanic* », avait déclaré Sandro.

À présent, Fintan lui faisait signe d'approcher.

« Sandro, dit-il d'un ton officiel, voici ma maman, JaneAnn, mon frère Milo et mon autre frère, Timothy. »

Anxieux, Sandro leva la main.

« *Ciao*, hello, ravi de vous connaître... euh...

— Sandro est mon... » Pause éloquente. « ... ami.

— Ah, vous êtes à la colle avec Fintan ! » s'exclama JaneAnn.

Sandro blêmit d'horreur. « On ne se drogue pas, mentit-il, hautain.

— Non, non, non, s'interposa Fintan. Ça signifie qu'on vit ensemble.

— Oh ! Oh oui, je comprends. Oui, Mme O'Grady, je suis dans la colle avec Fintan.

— Et d'où venez-vous ? s'enquit JaneAnn gentiment.

— D'Italie. Roma.

— De Rome ! Avez-vous déjà rencontré le pape ?

— M'man ! » Fintan agita le bras dans sa direction.

« Mais oui, j'ai rencontré *il Papa*, répliqua Sandro à sa stupeur. Il y avait du monde, bien sûr ; on était allés écouter la messe place Saint-Pierre, ma mère et moi.

— Quelle chance ! » JaneAnn ouvrait de grands yeux. « C'était beau ?

— Très beau. »

Sandro hésitait à décrire la magnifique soutane pourpre du Saint-Père, mais, les choses se déroulant beaucoup mieux qu'il ne l'avait craint, il décida que ce n'était pas la peine d'en rajouter.

Milo alla débusquer le médecin de garde dans son bureau. Il parlait si bas que le Dr Singh avait du mal à l'entendre.

« Je suis le frère aîné de Fintan, expliqua-t-il en contemplant ses genoux. C'est pratiquement moi qui l'ai élevé. Le sida, je connais. Ce n'est pas parce qu'on vient du fin fond de l'Irlande qu'on est des ignorants. On est tout à fait capables de faire face, vous savez. »

Le Dr Singh était un homme occupé qui n'était pas rentré chez lui depuis trente-deux heures. Il n'était guère d'humeur patiente. Il parvint cependant à faire comprendre à Milo que Fintan n'avait pas le sida.

Vers sept heures et demie, alors que tous s'apprêtaient à prendre congé de Fintan afin de le laisser dormir, on entendit courir dans le couloir. C'était Liv. Ses longs cheveux volaient au vent, ses joues étaient roses, ses yeux, d'un bleu intense. On aurait dit une Walkyrie. La vue du monde agglutiné autour du lit l'arrêta net dans son élan.

« Liv, appela Fintan avec un sourire, viens, viens. Je te présente ma maman, voici mon frère Timothy, et voilà Milo, mon autre frère.

— Bonsoir. » Elle s'exprimait avec une réserve très suédoise. « Comment allez-vous ? »

Elle leur serra la main à tous les trois et, arrivée à la hauteur de Milo, se figea.

« Excusez-moi... c'est la surprise. Vous ressemblez tellement à Fintan.

— Dame, non. Le beau gosse, c'est Fintan. » Milo haussa les épaules avec un lent sourire. « Je ne suis qu'une faible imitation. Une... comment dit-on déjà ? Une contrefaçon.

— Pas du tout, protesta Fintan galamment. J'ai pris exemple sur toi. »

Il y avait, à n'en pas douter, un air de famille : tous deux étaient bruns aux yeux bleus, sauf que, côté coiffure, Milo semblait être passé sous une tondeuse à gazon.

« Alors ? demanda Fintan à Liv.

— Je les ai. »

Elle lui tendit un sac en plastique d'où il sortit deux superbes verres à pied vert-jaune et turquoise.

« C'est pour quoi faire ? s'enquit Tara.

— Je suis venue il y a deux heures, et il était accablé par la laideur de ses verres à eau, expliqua Liv.

— Et comme j'avais repéré ceux-là dans *Elle Décoration*,

enchaîna Fintan, Liv, en âme charitable, est allée me les acheter à Conran Shop.

— Venez, on y va. » Se levant, Tara regarda les autres.

« Il n'y a pas le feu, la taquina Milo sans bouger de sa chaise.

— Mais on était sur le point de… »

Tout à coup, elle comprit. Les O'Grady jugeaient malpoli de partir au moment où quelqu'un venait juste d'arriver.

Elle se rassit donc et se tourna vers Fintan.

« À quelle heure tu dois sortir demain ?

— Je ne sors pas, rétorqua-t-il abruptement.

— Comment ça ? »

C'était quoi, cette histoire ?

« Oh, ce n'est pas grand-chose. J'ai chopé une infection dans le cou, là où on m'a enlevé le ganglion. Du coup, ils préfèrent me garder, le temps que ça s'arrange. Et j'espère que ça va s'arranger. Sinon on va m'amputer le cou et j'aurai l'air d'un joueur de rugby !

— Il y en a pour combien de temps ? » souffla Katherine.

Cela ne lui disait rien qui vaille. Les lits d'hôpital étaient rares et chers ; si l'on vous autorisait à rester, c'est que votre cas était grave.

« Cinq ou six jours. » Fintan haussa les épaules avec une apparente insouciance. « On verra. »

Une demi-heure plus tard, ils lui dirent au revoir et se dirigèrent vers la porte.

« Katherine, Tara, siffla-t-il, les rappelant à son chevet. Veillez sur Sandro, d'accord ? Je sais que ce n'est pas pareil, mais après ce qu'il a déjà vécu… Je m'inquiète pour lui, et tant que je suis coincé ici je ne peux rien faire. »

En bas, sur le parking, Sandro prit Katherine et Tara à part.

« Il faut qu'on aide Fintan à garder le moral. Nous devons le distraire, l'empêcher de se faire du souci. »

Les O'Grady devaient loger chez Katherine. C'était de loin la solution la plus rationnelle : elle avait une petite chambre d'amis avec tout juste de quoi accueillir les garçons, une chambre à coucher immaculée, digne d'une maman irlandaise, et un canapé-lit au salon pour ses propres et modestes besoins. Comme l'avait dit Tara : « Ils ne voudront pas venir chez moi. Je vis dans le péché. » Inutile de préciser que Thomas aurait refusé tout net de les héberger.

JaneAnn s'extasia longuement sur l'appartement de Katherine.

« Mais c'est magnifique ! On se croirait chez une star de cinéma.

— Sûrement pas, fit Katherine avec un haussement d'épaules. Attendez de voir chez Liv. *Là*, on se croirait chez une star de cinéma.

— C'est un beau brin de fille, tiens, acquiesça JaneAnn. Dire qu'elle nous vient droit de Suisse.

— De Suède, rectifia Milo.

— De Suède, si tu veux. Hein, qu'elle est belle, Milo ?

— Elle a de jolies dents et elle est bien élevée. Bon, où est-ce que je mets tout ça ? »

Éberluée, Katherine découvrit que sa table de cuisine croulait sous la nourriture. Jambon cuit, pain bis enveloppé dans un torchon, lard fumé, boudin noir, beurre, thé, scones et quelque chose qui ressemblait à un poulet rôti dans du papier d'alu.

« Oh, vous n'auriez pas dû apporter tout ça », gémit-elle.

Le matin même, elle avait fait des courses monumentales en l'honneur de ses invités. Jamais ils ne pourraient tout liquider. De sa vie, son frigo n'avait connu un tel encombrement.

« On ne peut pas débarquer chez toi et te demander en plus de nous nourrir, dit Milo.

— C'est vrai, il a raison. » Chose rare, c'était Timothy qui avait parlé.

« Tu prendras un sandwich ? la pressa JaneAnn.

— Non, non, merci. Ça va.

— Mais il faut que tu manges. Tu es maigre comme un coucou. Hein, Timothy ?

— Dame, oui.

— Hein, Milo ?

— Laisse la pauvre Katherine tranquille. »

Tara, de son côté, venait juste d'arriver à la maison.

« Mon pauvre bébé, entendit-elle Thomas dans la cuisine. Viens par là, que je te fasse un câlin. »

De soulagement, elle se sentit toute légère. Thomas était gentil avec elle. *Dieu soit loué*. Maintenant seulement, elle reconnaissait à quel point leurs rapports avaient été tendus, faussés depuis… ? Depuis ce fameux samedi soir où elle avait abordé la question d'une éventuelle grossesse. Dommage qu'il ait fallu une crise pour remettre de l'ordre dans tout ça.

Elle se précipita dans la cuisine au moment même où Beryl se lovait contre la poitrine de Thomas.

« Où étais-tu ? interrogea-t-il d'un ton brusque.

— À l'hôpital. »

Tara s'arrêta, désemparée. Et son câlin ?

« Je t'avais demandé de nourrir Beryl ce matin et tu as oublié. Mon pauvre bébé. » Il frotta sa joue contre la tête du chat. « Mon pauvre bébé affamé. »

Glacée, Tara se rendit compte que depuis le début il parlait à cette saloperie de bestiole.

« Désolée, fit-elle avec lassitude. J'avais d'autres soucis en tête. »

Thomas poussa un soupir.

« Que pensons-nous des filles qui font passer leurs amis avant Beryl ? dit-il, s'adressant à la chatte. Pas grand-chose, hein ? »

Il secoua la tête, et Tara eut l'impression que Beryl en faisait autant.

« Merde, à la fin ! » explosa-t-elle.

Que Thomas se soit toujours montré désagréable envers ses amis, par manque de confiance en lui, admettons. Mais là, il allait trop loin.

« Fintan a un cancer du système lymphatique !

— C'est sûr ? dit-il, incrédule.

— Sûr et certain.

— Voyons, Tara, réfléchis un peu. Le système lymphatique fait partie du système immunitaire. Il souffre donc d'une déficience immunitaire. Une déficience acquise, probablement…

— Thomas, Fintan n'a pas le sida. Il est séronégatif. »

Thomas renifla, sceptique.

« Il a un cancer, persista Tara.

— Et alors, que veux-tu ? Quand on se livre à des pratiques contre nature…

— On n'attrape pas le cancer par pénétration anale. »

Thomas grimaça et plaça ses mains sur les oreilles de Beryl.

« Pourquoi faut-il que tu sois aussi brutale ? »

Songeuse, Tara le dévisagea longuement, sans dire un mot.

« Pourquoi faut-il que *tu* sois aussi brutal ? » s'entendit-elle répondre finalement.

31

Pendant qu'ils attendaient les résultats de la biopsie de la moelle osseuse, Fintan croulant sous une avalanche de visites et de vœux de prompt rétablissement, la vie avait pris la liberté de suivre son cours.

La prétendue carrière de Lorcan lui causait d'énormes soucis. Le lendemain du tour pendable que lui avait joué Amy, il avait passé une audition pour jouer la doublure de Hamlet. Et pas dans un minable spectacle paroissial, mais dans une vraie production, avec de vrais acteurs et un vrai public… payant, qui plus est.

Durant toute la semaine, il s'était répété comme une litanie : « Si je n'ai pas le rôle, je meurs. Je meurs, un point, c'est tout. »

Mais, apparemment, la mort n'était pas au programme.

Lundi soir, son agent l'appela pour lui dire qu'il était convoqué à une seconde audition, et qu'il ne restait plus que trois autres candidats en lice.

Mardi matin, tandis qu'il les regardait – il passait en dernier –, Lorcan faillit expirer d'angoisse et de jalousie. Ses concurrents lui apparaissaient, au choix, plus jeunes, plus grands, plus en forme, plus riches, mieux entraînés, plus expérimentés et mieux introduits que lui. Il détestait ce sentiment d'infériorité. Mais, comme à l'accoutumée, il dissimula son manque de confiance derrière une façade d'arrogance.

Son tour vint enfin. Il déclama le célèbre monologue de

Hamlet, seul sur scène, sous un unique projecteur, dans une posture empreinte de confusion, son beau visage devenu un masque de désarroi.

« Il traduit bien les tourments de l'indécision, murmura Heidi, qui remplissait les fonctions de régisseur.

— Tout à fait », acquiesça le metteur en scène.

Quand il eut terminé, Lorcan dut serrer les mâchoires pour se retenir de supplier : « S'il vous plaît, dites-moi que j'ai été bon. Dites-moi que vous m'engagez. »

Il ignorait que la personne pressentie pour être la doublure de Hamlet avait accepté entre-temps le premier rôle dans une pièce montée au théâtre de l'Almeida. Aussi, lorsque Heidi lui annonça qu'il était pris, il connut un instant de jubilation incrédule avant que le balancier de son amour-propre ne bascule violemment de l'autre côté. Déjà, il pensait que c'était la moindre des choses. Évidemment qu'il était pris ! Qui aurait pu en douter ? Toutes ses craintes avaient fondu comme neige au soleil.

« Félicitations. » Heidi rayonnait.

Lorcan la gratifia d'un sourire du style : « Il n'y a vraiment pas de quoi en faire un plat. »

« Je sais bien que c'est juste pour servir de doublure à Frasier Tippett, dit-elle, mais bravo tout de même.

— Peut-être que Frasier Tippett aura un grave accident. On peut toujours espérer. »

Lorcan croisa les doigts d'un geste ostentatoire, lui adressa un dernier sourire dévastateur et s'en fut.

La mine radieuse de Heidi s'assombrit. Frasier Tippett était son petit ami.

Le lendemain, Lorcan devait tourner un spot publicitaire pour le beurre. Il avait passé l'audition six semaines plus tôt et, en apprenant qu'il avait décroché le contrat, ne s'était plus senti de joie et de gratitude. Un spot télé, ça rapportait une fortune. Pratiquement de quoi vivre pendant un an. Mais maintenant qu'il avait reconquis sa place légitime – sous les feux de la rampe –, son ego démesuré avait repris la tête des opérations. Pourquoi être reconnaissant pour un malheureux spot ? Parce qu'il allait gagner quelques milliers de livres ? Et alors ? Ils avaient de la chance de l'avoir, et il entendait bien le leur faire savoir.

À l'heure dite – enfin, quarante minutes plus tard –, il fit son entrée dans l'entrepôt reconverti de Chalk Farm où avait lieu le tournage. À l'intérieur, où régnait un froid polaire, il fut accueilli par une foule de gens hystériques : producteurs, réalisateurs, agents de casting, électriciens, publicitaires, représentants de l'Office national du beurre, maquilleuses, stylistes, coiffeuses et nombre d'individus qu'on rencontrait invariablement dans chaque tournage, bavardant et buvant du thé, avec des porte-clés et des bipers accrochés à la ceinture.

Tout ce monde dépend de moi, pensa Lorcan, savourant cette sensation de pouvoir. Me voilà ! Le bonheur.

« Où étiez-vous ? On a essayé de vous joindre sur votre portable, mais votre agent nous a dit que vous n'en aviez pas ! éructa Ffyon, le producteur. Il doit sûrement y avoir une erreur.

— Il n'y a pas d'erreur, répondit Lorcan d'une voix basse, apaisante. Je n'ai pas de portable.

— Mais pourquoi ?

— Pour avoir la paix », mentit-il. Plus exactement, parce qu'il n'en avait pas les moyens.

Après avoir enjambé un océan de câbles orange afin de serrer la main aux grosses légumes de l'agence de publicité et de l'Office du beurre, Lorcan alla au maquillage. Mais quand une jeune fille s'approcha de lui avec un peigne et une bombe de laque, Lorcan la retint par le bras.

« Ne touchez pas à mes cheveux, dit-il d'un ton sec.

– Mais…

— Personne ne touche à mes cheveux sans mon autorisation. »

Lorcan traitait sa chevelure comme une bête de concours. Il la pomponnait, la bichonnait et répugnait à en confier le soin à des étrangers.

Il passa donc directement à l'habillage. Après lui avoir fait essayer des dizaines de tenues, les deux stylistes durent admettre que c'étaient encore ses propres vêtements qui mettaient le plus en valeur son physique spectaculaire : un jean délavé, et une chemise en soie turquoise qui faisait ressortir le violet de ses yeux.

Au bout du compte, deux heures après son arrivée, Lorcan était presque prêt. En guise de touche finale, il repoussa ses cheveux de son beau front d'une main frémissante.

« Beurre, première », cria le réalisateur.

Le clap se referma avec un bruit sec, et le cameraman passa à l'action.

Un salon factice avait été installé, îlot moquetté et lumineux au milieu du béton. Assis sur le canapé en velours mauve, un pied sur le genou, Lorcan tenait une assiette de tartines. Tandis que la caméra panoramiquait sur lui, il était censé lever les yeux, hausser un sourcil, sourire et dire : « Du vrai beurre ? » Puis mordre dans une tartine et, après une pause langoureusement éloquente, ajouter avec un sourire entendu : « Parce que je le vaux bien. »

Il avait été remarquable à l'audition. Éblouissant. S'il y avait eu des oscars pour la dégustation de beurre, Lorcan en aurait certainement obtenu un. L'équipe de casting n'était pas obligée de savoir qu'il n'avait pas mangé depuis vingt-quatre heures, et que la faim avait rendu sa prestation d'autant plus convaincante.

Mais, à présent, la situation était différente. Il avait un rôle dans une vraie production, il était un acteur sérieux et tenait à le prouver. Si bien que, dans la foulée de son audition de la veille, il en rajouta dans l'emphase et le pathos shakespeariens.

« Moteur ! Et, Lorcan… »

Projetant son diaphragme vers le fond de la salle, Lorcan rugit : « DU VRAI BEURRE ? », comme s'il s'agissait du monologue de *Hamlet*. Les personnes les plus éloignées esquissèrent une grimace, et le cameraman se retrouva momentanément sourd. Personne n'aurait été surpris s'il avait continué : « Du vrai beurre ? C'est la question. Est-il plus noble pour une âme de souffrir les flèches et les pierres d'une fortune affreuse [1]… »

« Coupez, coupez ! glapit Mikhaïl, le réalisateur. OK, deuxième. Un chouia plus bas, d'accord ? »

1. Parodie d'après la traduction de François-Victor Hugo. *(N.d.T.)*

Mais, juste au moment où les caméras se mettaient en marche, Lorcan s'écria : « Attendez une minute ! C'est du *beurre*, ça ?

— Oui, confirma Melissa, préposée aux tartines.

— Beurk ! déclara-t-il, théâtral, jetant l'assiette sur le canapé. Beurk, beurk, beurk ! Vous voulez me tuer, ou quoi ? Ce truc-là, ça vous bouche les artères. »

M. Jackson, de l'Office du beurre, eut l'air atterré.

« Apportez-moi de l'allégé », ordonna Lorcan.

Pendant que Melissa fonçait à l'épicerie du coin, Jeremy, l'agent de casting, tâchait de rassurer M. Jackson, affirmant que personne ne verrait la différence et que Lorcan allait s'en tirer magistralement, même s'il ne croyait pas au produit. Toutefois, malgré le zéro pour cent de matière grasse, la veine shakespearienne ne semblait pas s'être tarie.

« Beurre, dixième. Et, Lorcan…

— DU VRAI BEURRE ? » déclama-t-il, comme si cette fois il s'apprêtait à prononcer la tirade de lady Macbeth.

Tout le monde attendait qu'il poursuive : « Est-ce du VRAI BEURRE que je vois là, devant moi, le manche du couteau vers ma main ? Viens, que je te saisisse ! Je ne te tiens pas, et pourtant je te vois toujours [1]. »

« Coupez, coupez, coupez ! s'exclama Mikhaïl. Lorcan, s'il vous plaît…

— Qui c'est, ce clown ? »

M. Jackson chercha des yeux le représentant de l'agence de publicité.

« Allez lui dire deux mots, le pria-t-il. On piétine, là. »

Lorcan, qui s'amusait comme un fou, regarda, ravi, s'approcher le jeune loup. Encore une belle occasion de faire un caprice.

« Si on faisait ça plus décontracté ? suggéra ce dernier. Style conversation entre amis ?

— Quel est votre nom ? demanda Lorcan, impérieux, bien qu'ils aient été présentés à son arrivée.

— Joe. Joe Roth.

— Je vais vous dire une chose, Joe Joe Roth. J'ai tourné plus de pubs que vous ne vous êtes tapé de nanas. M'expliquer ce que

1. *Idem. (N.d.T.)*

je dois faire, c'est comme apprendre à votre grand-mère à tailler une pipe. »

Joe réprima un soupir. Il n'avait vraiment pas besoin de ça. Il était débordé, sans parler d'une importante réunion avec une marque de céréales programmée pour le lendemain. Jouer les nounous auprès d'acteurs capricieux n'était pas son truc. Surtout que cette campagne n'était même pas la sienne – il en avait hérité quand son prédécesseur avait été viré de chez Breen Helmsford. Seulement, au final, c'était lui, le responsable.

Lorcan le toisa, provocant, brûlant de se colleter avec lui. À sa grande consternation, Joe se contenta de réitérer gentiment sa suggestion : qu'il prononce sa réplique sur un ton amical, sans forcer.

Lorcan en fut tout secoué. Ce Joe Roth était plus coriace qu'il ne l'avait cru. Pour lui damer le pion, il en rajouta encore un peu plus à chaque prise. À la vingt-deuxième, par pure malice et parce qu'il pouvait se le permettre, il pleurnicha : « Quel est mon intérêt là-dedans ?

— Le chèque », rétorqua Joe, s'adossant au mur, les bras croisés, l'air rien moins que gentil.

« Je suis un artiste, déclara Lorcan, hautain.

— C'est peut-être ça qui cloche, fit Joe, sarcastique. On avait demandé un acteur. »

Les yeux de Lorcan s'étrécirent.

« OK, allons-y, appela le réalisateur. Melissa, les tartines ! Beurre, vingt-troisième. Et, Lorcan…

— Du vrai beurre ? » dit Lorcan, exactement avec l'intonation qu'il fallait.

Enfin ! Tout le monde poussa un énorme soupir de soulagement.

Lorcan mordit dans la tartine, sourit en montrant les dents à la caméra et, de la même voix mélodieuse, envoûtante, ajouta : « Ça provoque l'infarctus. »

32

« C'est bon, Lorcan. »

Joe s'avança vers lui avec un sourire affable.

« Il est clair que vous n'avez pas envie de tourner ce spot. Inutile de vous faire souffrir plus longtemps. Notre collaboration va s'arrêter là. »

Lorcan ouvrait la bouche pour lui décocher une remarque caustique, mais Joe poursuivit d'un ton énergique : « Naturellement, vous ne toucherez pas votre cachet, et il se pourrait qu'on vous réclame un dédommagement pour les frais engagés depuis le début de la matinée. »

Tandis que Lorcan le dévisageait avec stupeur, Joe se tourna vers la salle.

« Désolé de vous avoir fait perdre votre temps, annonça-t-il à la cantonade. S'il vous plaît, restez avec nous pendant qu'on essaie de trouver un autre acteur. Jeremy, qu'en pensez-vous ? Et si on contactait Frasier Tippett ? »

Il jeta un coup d'œil sur Lorcan, figé dans une pose alanguie sur le canapé.

« Vous êtes encore là, vous ? Je vais devoir vous prier de partir. Notre assurance ne couvre pas les gens qui n'ont rien à faire sur le site. »

Lorcan était sous le choc. À l'évidence, il avait grandement sous-estimé Joe Joe Roth. Il serait donc d'autant moins raisonnable de le défier de mettre sa menace à exécution.

« Voyons », fit-il avec un geste maladroit. Sa voix ressemblait à un croassement. « On ne va pas s'énerver, hein ? »

Joe l'ignora, car au même moment Jeremy lui tendit un portable en disant : « C'est Alicia, l'agent de Frasier Tippett. »

Joe parla tout bas avant de déclarer avec un large sourire : « Bonne nouvelle, tout le monde. Frasier Tippett sera là dans une heure. D'ici là, détendez-vous. Allez manger un morceau, prendre l'air. »

Là-dessus, il tourna les talons. Lorcan était sans voix. On ne lui avait encore jamais fait ça. Bien sûr, cette histoire de Frasier Tippett ne pouvait être qu'une plaisanterie, mais tout de même, c'était un peu tiré par les cheveux.

Il restait assis sur le canapé mauve, attendant que Joe Roth revienne et que le tournage reprenne. Il commença à s'inquiéter en voyant les gens quitter l'entrepôt pour de bon, avec leurs affaires, par groupes de deux ou trois, la coiffeuse, les maquilleuses, le cameraman, Ffyon, Melissa.

« On va se boire un thé avec des tartines ? » proposa Ffyon.

Melissa pâlit et murmura : « Non, pas de tartines. »

Planté sur son canapé, Lorcan se sentait abandonné et stupide.

Et si c'était vrai ? se demanda-t-il avec horreur. Soudain, à son intense soulagement, il vit Joe émerger du petit bureau avec M. Jackson. Enfin, ils allaient régler cet absurde quiproquo ! Mais, absorbés dans leur discussion, les deux hommes passèrent devant lui sans le regarder.

Lorcan bondit du canapé et, se prenant les pieds dans les câbles, courut derrière eux.

« Qu'est-ce qu'on fait, là ? »

Joe pivota vers lui avec un étonnement non feint.

« Vous n'êtes toujours pas parti ?

— J'ai bien reçu le message », répliqua Lorcan, le visage dur. Il se força à sourire. « Et je suis prêt à me remettre au travail. On a un spot à tourner !

— On n'a plus besoin de vous ici, dit Joe.

— D'accord, je n'ai pas été très gentil, ricana Lorcan, tendant la main et se donnant une tape sur le poignet. Ça vous va, comme punition ? Allez, reprenons le boulot et arrêtons de perdre notre temps.

— Nous avons un autre acteur.

— Un autre acteur, pour quoi faire ? » Il esquissa un semblant de rire.

« Lorcan, je comprends que parfois les gens – surtout les acteurs – aient besoin d'être encouragés pour donner le meilleur d'eux-mêmes, mais vous vous êtes montré tellement méprisant qu'il est évident que tout ça vous ennuie. Or, je ne vois pas l'intérêt d'obliger quelqu'un à faire ce qu'il n'a pas envie de faire. Ce sera beaucoup plus productif pour moi de travailler avec une personne sincèrement motivée. »

Lorcan, sidéré, sentit que Joe parlait sans méchanceté aucune. Sa psyché déficiente accusa le coup en se heurtant à son contraire : une personnalité forte et structurée. Avec une lucidité accablante, il comprit que cet enfant de salaud ne l'avait pas viré par dépit, mais pour des raisons qui lui paraissaient justes. Quelle tuile !

« Je pense que vous feriez mieux de partir », dit Joe.

Lorcan le fusilla du regard. Cette fois, plus de doute possible, c'était réel.

« Vous êtes en train de commettre la pire erreur de votre minable petite carrière, siffla-t-il. Il n'est pas question que je travaille avec un amateur comme vous. Je m'en vais. »

Il se fraya un passage parmi les câbles, espérant malgré tout que Joe le rappellerait. Mais il n'en fut rien, et Lorcan se retrouva dans la rue, tellement choqué qu'il n'arrivait même pas à se mettre en colère.

Comment avait-il pu manquer de discernement à ce point ? Certes, il s'était conduit comme un gougnafier, mais jusque-là on lui avait toujours passé tous ses caprices. En 1992, en Irlande, il avait tourné une pub pour une marque de lessive. Soixante-neuf fois, il les avait obligés à recommencer soixante-neuf fois avant de daigner faire ce qu'on lui demandait. Et personne n'avait songé à se plaindre. C'était ça, l'attitude qu'on attendait de la part d'une star. C'était pour ça qu'on l'aimait, bon sang !

Qu'on l'ait privé de son heure de gloire était déjà inconcevable. Mais que ce soit arrivé par sa faute, là, c'était carrément insoutenable. Il n'avait pas d'autre choix que de rentrer et de faire le mort pour échapper aux appels furibonds de son agent. Une fois chez lui, il eut tout juste la force de se démaquiller et de s'affaler sur le futon à broyer du noir.

Il avait trente-huit ans. D'accord, il ne les faisait pas, et sur son curriculum il était bien spécifié qu'il en avait trente-trois. Mais il savait ce qu'il en était réellement. J'ai presque quarante ans, se dit-il, et ma vie, c'est le néant. Un mariage raté, pas d'argent, pas d'amis, aucune renommée en dehors de l'Irlande. Même pas un lit digne de ce nom. À mon âge, on ne devrait pas dormir sur un futon de merde.

C'était l'argent, surtout, le problème. Il préférait ne pas songer au magot qui venait de lui filer entre les doigts. Dans son désarroi, il chercha fébrilement ses marques, une preuve, n'importe laquelle, qu'il comptait encore.

Hélas, c'était le vide intégral. Les minutes s'égrenaient, interminables. Il n'avait rien à faire, personne avec qui jouer. Tout à coup, il pensa à Amy. Elle avait dû lui laisser une bonne centaine de messages sans qu'il lui donne signe de vie. Seulement – il fit un rapide calcul –, voilà quatre jours déjà qu'elle ne l'avait pas appelé. Sur le moment, il n'y avait pas prêté attention. Il avait d'autres chats à fouetter. Sa carrière avant tout. Mais compte tenu du fiasco qu'il venait de subir, ce silence prenait soudain des proportions alarmantes.

Pourvu qu'elle n'ait pas décidé de l'oublier. À cette idée, il se mit à paniquer.

Il était temps de renouer avec elle.

Histoire de la faire trinquer à nouveau.

Il consulta sa montre. En partant maintenant, il serait à Hammersmith pour l'accueillir à la sortie du travail. Ragaillardi, il inspecta sa chevelure, toujours aussi somptueuse, et quitta l'appartement à la hâte. Sur le chemin du métro, il sourit à une femme et la regarda changer de couleur. Mais... était-ce une impression ? Ça ne lui procurait pas la même jouissance qu'autrefois.

Onze jours avaient passé depuis qu'Amy avait envoyé la police chez Lorcan. Les onze jours les plus longs de son existence. Un véritable enfer. Éperdue de douleur, elle savait que sa vie était finie. Mais, étrangement, son calvaire s'accompagnait d'un prix de consolation – une ébauche de soulagement. Entretenir une relation avec Lorcan était au-dessus de ses forces. Cette façon qu'il avait de jouer au chat et à la souris l'avait rendue folle hystérique. Maintenant, au moins, elle pouvait redevenir elle-même.

Elle sortait du bureau quand une apparition, dans le hall, la fit trébucher. Lorcan. Grand et désinvolte, accoudé au mur, le bras au-dessus de la tête, le blouson entrouvert sur son large torse. Quelle explosion de joie quand elle comprit que tout n'était pas perdu !

Il garda la pose en comptant mentalement jusqu'à cinq, sous l'œil de la caméra. Puis, tandis que son visage emplissait l'écran imaginaire, il sourit, et Amy fut éblouie.

« Je t'ai manqué, ma puce ? » demanda Lorcan avec juste ce qu'il fallait d'affectueuse ironie.

Gros plan d'Amy frappée de stupeur, suivi d'un petit rire amusé de sa part. Nouveau panoramique sur lui : saisissant le visage de la jeune femme entre ses grandes mains, Lorcan l'attirait contre sa poitrine. Expression extatique d'Amy, yeux clos, respirant l'odeur de cuir de son blouson pendant que sa cuisse musclée s'insinuait entre ses jambes.

S'écartant légèrement, Lorcan redessina du doigt le contour de la bouche d'Amy, lentement, presque avec émerveillement. Joli, pensa-t-il. Joli *geste*, s'entend. Et il la serra dans ses bras au moment où le générique s'affichait à l'écran et qu'une musique sirupeuse résonnait dans sa tête.

Tara, qui filait à l'hôpital, leur jeta au passage un regard ému et envieux à la fois. C'était le tableau le plus exquis qu'elle ait jamais vu. L'homme, superbe, athlétique, enlaçant la fragile beauté dans une attitude d'une poignante tendresse.

Plus tard, en racontant la scène aux autres, massés autour du lit de Fintan, elle s'exclama : « On se serait cru dans un film ! »

33

Les résultats de la biopsie, du scanner et de la radio du thorax devaient arriver vendredi après-midi. D'ici là, Tara, Katherine, Liv, Sandro et les O'Grady vivaient dans l'attente. Le monde s'était arrêté de tourner ; leur existence tout entière était suspendue à l'échéance fatidique.

Incapables de dormir, de réfléchir, de se concentrer, de se décider entre sandwich au poulet et sandwich au fromage, ils lisaient tout ce qui leur tombait sous la main concernant la maladie de Hodgkin et collectionnaient les ouvrages sur les médecines alternatives.

Les collègues et amis de Fintan affluaient à l'hôpital en si grand nombre qu'il en vint à observer avec aigreur, dans un moment de découragement : « Ils passent juste pour voir si j'ai le sida. » Mais, même après qu'il fut établi qu'il n'avait pas le sida, la joyeuse ronde des visites se poursuivit tous les soirs, tandis que son cercle de protection rapprochée – à savoir Tara, Katherine, Liv, sa famille et son ami – demeurait pratiquement vingt-quatre heures sur vingt-quatre à son chevet, Sandro et JaneAnn se relayant pour lui tenir la main.

Mercredi soir, lorsqu'ils eurent quitté l'hôpital pour céder la place à un nouvel arrivage de visiteurs, mais répugnant à se séparer, ils allèrent tous chez Katherine et commandèrent des pizzas en se répétant, histoire de se rassurer les uns les autres, que tout irait bien.

« Comment l'avez-vous trouvé aujourd'hui ? s'enquit JaneAnn anxieusement. Vous comprenez, si c'est seulement ses ganglions lymphatiques, on est tirés d'affaire. J'ai lu que ça se traite facilement et qu'il y a un taux élevé de guérisons. Alors, vous l'avez trouvé comment ?

— Un peu fatigué, hasarda Sandro.

— Fatigué ? Oui, peut-être, mais on est tous fatigués. Ce n'est pas dramatique. Et quelle chance, hein, qu'il s'endorme à tout bout de champ ? Le sommeil, c'est revigorant

— Il a fini son déjeuner, glissa Timothy

— Et s'il n'a pas touché à son dîner, c'est pas grave, déclara Milo.

— On n'a pas toujours faim le soir, confirma JaneAnn.

— Et puis, il a mangé un Smartie vers six heures, précisa Liv vaillamment.

— Deux ! s'exclama Sandro, triomphant. Un orange et un bleu.

— Il a été très en forme presque toute la journée, renchérit Tara.

— Sauf quand il s'est énervé et nous a envoyés promener, fit JaneAnn, peinée. Mais, en tout cas, il n'avait pas l'air d'un mourant, hein, qu'en pensez-vous ?

— Un mourant ? Sûrement pas ! On n'a encore jamais vu un mourant d'aussi mauvais poil. »

Le moindre détail touchant Fintan fut ainsi analysé, décortiqué, pour être ajouté au scénario optimiste dans lequel il sortait vainqueur de la maladie.

Toutefois, JaneAnn finit par craquer. En pleine séance de pensée positive, elle fondit en larmes et bredouilla : « J'aurais voulu que ce soit moi plutôt que lui. Il est trop jeune, moi, j'ai un pied dans la tombe et l'autre sur une peau de banane. Vous savez quoi ? renifla-t-elle rageusement. C'est ma faute. Je n'aurais pas dû le laisser partir. Les quatre autres, ils sont restés à la ferme, et aucun ne s'est chopé un cancer. »

Pendant que tout le monde se précipitait pour la consoler, les pizzas furent livrées. Et quand JaneAnn découvrit qu'elle était censée les manger telles quelles, sans légumes ni pommes de terre, sa détresse ne fit que croître.

« Vous êtes sérieux ? Mais c'est pas un dîner, ça. Pas étonnant que Fintan soit tombé malade, si c'est tout ce qu'il mangeait le soir. Rien de tel qu'une cuisine maison pour vous garder en bonne santé. »

Un peu plus tard, elle prit résolument les choses en main.

« Écoutez-moi, les filles. Vous avez chacune un boulot important, et je ne veux pas que vous le perdiez parce que vous aurez passé votre temps à vous occuper de nous. Inutile de nous conduire partout, on peut très bien se débrouiller avec le métro. »

Tara et Katherine se mirent à protester avec énergie.

« Pas question de les lâcher dans le métro londonien, siffla Katherine dans l'oreille de Tara. Il faudrait les briefer d'abord. Ils seraient capables de prendre les escalators à l'envers, de bousiller les tourniquets, de rater la marche en montant dans une rame, de rester coincés entre deux portes et je ne sais quoi encore. Je vois d'ici les gros titres dans les journaux ! »

Jeudi, le traintrain des visites à l'hôpital se poursuivit sensiblement sur le même mode. Tara s'y rendit dans la matinée, et Katherine prit le relais l'après-midi.

Lorsque Tara et les O'Grady arrivèrent, à neuf heures du matin, Sandro était déjà là. Sa tête contre celle de Fintan, ils étaient absorbés dans une conversation intime. Ils paraissaient tellement proches, tellement unis que tout le monde se sentit gêné de les interrompre.

« Pardon de vous déranger, dit JaneAnn, étonnée de n'être pas jalouse de Sandro.

— Aucun problème, sourit Sandro. Je suis ici depuis un bon moment.

— Il n'arrivait pas à dormir, dit Fintan.

— Le lit est trop grand sans lui. »

Aussitôt, une expression horrifiée se peignit sur le petit visage de Sandro. Avait-il offensé JaneAnn ?

Bien que passablement choquée, elle n'eut pas le cœur de lui en vouloir. C'était sans grande importance, tout ça, quoi qu'en dise l'Église…

À une heure et demie, alors que, assise à son bureau, Katherine hésitait entre un sandwich au poulet et un sandwich au fromage, la sonnerie du téléphone l'arracha brusquement à sa torpeur. Fromage ! Va pour le fromage. À moins que ce ne soit le poulet…

C'était Desmond, le portier, pour l'avertir qu'un « gentleman » la demandait à la réception. Sa manière caustique de prononcer le mot était éloquente. Perplexe, elle prit l'ascenseur et tomba sur Milo, rayonnant, un plan de Londres dans la poche.

« Comment es-tu venu jusqu'ici ? s'exclama-t-elle, stupéfaite.

— J'ai pris Piccadilly Line jusqu'à Piccadilly Circus, puis Bakerloo Line jusqu'à Oxford Circus. Fintan dort, JaneAnn est dans ses prières, Timothy en train de lire, du coup j'ai décidé de tenter l'aventure.

— Vous connaissez cette personne ? »

Le regard méprisant du portier effleura la chevelure hirsute de Milo, ses gros godillots, sa salopette élimée.

« Oui, merci, Desmond. »

Tandis que ce dernier secouait la tête, incrédule, l'air de dire : « Méfiez-vous de l'eau qui dort », Katherine se tournait vers Milo.

« Et tu ne t'es même pas perdu. Bravo !

— Oh si, je me suis perdu. J'ai pris la mauvaise direction à South Kensington, mais je suis descendu à Earl's Court et j'ai demandé mon chemin à une femme.

— Heureusement qu'elle t'a aidé.

— Elle ne m'a pas aidé. Elle a dit… attends que je me souvienne de sa réponse exacte. Elle a dit : "Est-ce que j'ai la tronche d'un bureau de renseignements ?"

— Oh, Milo. »

Katherine posa la main sur son bras, sans faire attention à Joe Roth et à Bruce qui traversaient le hall.

« Je suis désolée.

— Il n'y a pas de quoi. J'étais mort de rire. Je commence à m'y faire, à ces Londoniens qui disent ce qui leur passe par la tête. C'est drôle. "Est-ce que j'ai la tronche d'un bureau de renseignements ?" pouffa-t-il. Elle est bien bonne. OK, je file voir Tara à Hammersmith. Piccadilly ou District Line. Et j'irais bien... euh... voir Liv, si je savais où elle bosse. »

Katherine le considéra avec une indulgence amusée.

« Elle est dans le Hampshire.

— C'est quelle ligne, ça ? »

JaneAnn priait en permanence. Son chapelet ne quittait jamais sa main et elle se rendait fréquemment à la chapelle de l'hôpital, souvent en compagnie de Sandro. Désireux de lui plaire, il lui avait raconté ses prétendues expériences religieuses et ses pèlerinages dans les hauts lieux du catholicisme. Mais lorsqu'il fit allusion aux visions qu'il avait eues, il comprit qu'il était allé trop loin.

« Mon enfant ! souffla JaneAnn, l'agrippant au col avec ferveur. Il faut que vous en parliez au curé de votre paroisse. C'est votre devoir. Vous ne pouvez pas garder ça pour vous. »

Sandro s'empressa alors de faire machine arrière ; il réussit à neutraliser JaneAnn en expliquant que ses visions étaient probablement dues à un excès d'alcool. Pour compenser la déception qu'il venait de lui causer, il passa plus de temps avec elle à la chapelle.

« Avec toutes les prières que vous dites pour Fintan, observa Katherine, il ne peut que s'en sortir.

— Nos prières n'ont pas la même valeur qu'ailleurs, soupira JaneAnn, c'est une chapelle œcuménique.

— Mais n'est-ce pas le même Dieu pour tout le monde ? » demanda Tara imprudemment.

JaneAnn lui jeta un regard dégoûté. « Apprends ton catéchisme, mon petit. Expliquez-lui, Sandro. »

Vendredi matin, alors qu'ils sortaient de chez Katherine, JaneAnn déclara avidement : « Vivement dimanche que je puisse aller à la messe ! »

Tara et Katherine échangèrent un coup d'œil consterné. La messe ? Elles ne savaient même pas où était l'église catholique la plus proche. Pour la première fois depuis plusieurs jours, elles avaient un autre souci que le résultat de la biopsie de Fintan. Sitôt qu'elles en eurent l'occasion, elles quittèrent la chambre de leur ami pour tenir un conciliabule dans le couloir.

« Et si je lui disais franchement que je ne sais pas où c'est ?

— Non, rétorqua Tara, catégorique. Ça risque de la tuer. Actuellement, elle a besoin de repères. Imagine un peu le choc si elle découvre que tu n'es pas une grenouille de bénitier. »

Liv, les cheveux au vent, venait à leur rencontre. En voyant leur mine préoccupée, elle s'arrêta net.

« On a le résultat de la biopsie ?

— Non, c'est moins grave que ça. Mais tout de même. JaneAnn cherche une église catholique pour aller à la messe du dimanche. »

Liv parut interloquée.

« Et alors ? St. Dominic, ça ne vous va pas ? Dans Malden Road… c'est à deux pas de chez toi. »

Tara et Katherine en restèrent sans voix. Comment le savait-elle ?

« Espèce de cinglée, va, se plaignit Tara. Ne me dis pas que tu y as déjà mis les pieds.

— Ça m'arrive, bien sûr.

— Mais tu n'es pas catholique !

— Et alors ? Dans ma quête du bonheur, je fréquente aussi les synagogues, les mosquées, les lieux de réunion des Quakers, les temples hindous, les divans des psychanalystes et Harvey Nichols. Et j'y suis toujours la bienvenue. Sauf peut-être chez Harvey Nichols, ajouta-t-elle après réflexion.

— Tu ne connaîtrais pas, par hasard, le nom d'un des prêtres ? risqua Katherine.

— Mais certainement. Le père Gilligan. Vous lui donnerez le bonjour de ma part. Bon, il faut que j'aille aux toilettes. À tout de suite. »

Quand Liv revint, toutes les chaises autour du lit de Fintan étaient occupées. Milo se leva.

« Tenez, asseyez-vous.

— Non, non, je vous en prie. »

Pendant qu'il protestait, JaneAnn suggéra : « Vous n'avez qu'à vous asseoir sur les genoux de Milo.

— Je suis trop grande », répondit Liv, rouge comme une tomate.

Ce qui eut l'air de beaucoup amuser Milo.

« Moi aussi, je suis grand. Ce n'est pas la place qui manque. »

Il tapa sur son genou en guise d'invite.

« Non, non, je ne peux pas.

— Allez, vas-y, insista Fintan faiblement.

— Vas-y, Liv », firent Tara et Katherine en chœur.

Le visage en feu, Liv se percha avec précaution sur les genoux de Milo.

Plus tard, on entendit JaneAnn marmonner : « Quand le Seigneur ferme une porte, il en ouvre une autre. Je veillerai à ce qu'il en sorte quelque chose, de ce séjour, quitte à y laisser mes dernières forces. »

Même les athées les plus endurcis parmi eux – et la concurrence était rude – se surprirent à prier, vendredi, à l'approche de l'échéance.

On avait dit à Fintan que les résultats seraient prêts vers seize heures. À partir de deux heures de l'après-midi, tous les regards furent rivés sur la porte. Chaque fois qu'une blouse blanche entrait, un tressaillement perceptible parcourait l'assistance. La conversation languissait.

Finalement, à quatre heures moins dix, alors que la tension atteignait les limites du supportable, le Dr Singh s'approcha du lit. À la vue de tous ces visages blêmes, il eut un léger mouvement de recul.

« Puis-je dire un mot à mon patient ?

— Je veux qu'ils restent », murmura Fintan.

Le Dr Singh acquiesça d'un hochement de tête.

« J'ai une mauvaise nouvelle. »

Le cœur de Katherine cognait sourdement dans sa poitrine. Elle n'osait pas regarder les autres.

« On n'aura pas les résultats aujourd'hui. Le labo est débordé. Vous allez être obligé d'attendre lundi. »

34

« Je parie qu'elle cherche un autre boulot, dit Bruce.

— Non, mon pote, objecta Myles. À mon avis, elle est malade.

— Elle n'a pas l'air malade, fit remarquer Bruce.

— Elle n'a pas l'air non plus très en forme », répliqua Jason.

Les spéculations allaient bon train sur les absences répétées de Katherine. Durant ses trois années chez Breen Helmsford, elle n'avait pas pris un seul jour de congé de maladie. Darren affirmait l'avoir vue pleurer au téléphone lundi matin, mais l'information fut classée parce que trop invraisemblable. D'ailleurs, ce ne serait pas la première fois que Darren raconterait des craques.

Quand on sut par Fred Franklin que mardi matin elle avait demandé à Appelez-moi-Johnny quelques jours pour « raisons personnelles », la nouvelle provoqua un accès d'hilarité générale.

« Pour quoi ? Des raisons personnelles ? ricanait Myles. Laissez tomber. C'est un robot, cette nana.

— Peut-être que son lave-vaisselle est en panne, avança Bruce. Ce serait un vrai drame pour la Reine des Neiges. »

Vendredi midi, au pub, l'équipe de Joe passa en revue l'éventail des possibilités.

« Peut-être qu'elle se marie, spécula Bruce. Les filles, ça leur prend un temps fou d'organiser tout le tintouin.

— Ou alors elle s'est fait refaire les seins, hasarda Jason avec espoir. Il paraît qu'il faut beaucoup de repos après l'opération.

— À moins qu'elle ne soit en train de divorcer, dit Myles. Je la trouve un peu patraque, comme si elle traversait une mauvaise passe. »

Bruce était d'accord. « En temps normal, on dirait qu'elle sort direct du pressing, mais cette semaine ses fringues étaient toutes fripées.

— C'est dur de repasser avec des nichons refaits, leur rappela Jason. Ça démange pendant un bon bout de temps.

— Elle n'a pas l'air de dormir beaucoup, fit Bruce.

— C'est parce qu'elle est obligée de coucher sur le dos, tant que ses nouveaux nichons continuent à lui faire mal. »

Excédé, Myles s'en prit violemment à Jason :

« Qu'est-ce que tu racontes ? Tu les trouves plus gros, ses nichons ? Hein ?

— Pas vraiment, admit Jason, boudeur.

— Que crois-tu qu'elle a ? » demanda Myles à Joe, qui jusque-là avait gardé un silence morose.

Joe haussa les épaules et répondit brièvement : « Aucune idée. »

Myles échangea un regard interrogateur avec Bruce et Jason. Apparemment, aujourd'hui, Joe Roth n'était pas à prendre avec des pincettes.

« Joe et moi, on l'a vue avec un homme hier midi, annonça Bruce à la surprise générale. Genre pop-star.

— Vous quoi ? Raconte ! » Myles et Jason écarquillèrent les yeux. « Ça change tout. Qui c'était ?

— Je ne connais pas son nom. Mais il aurait pu faire partie des Dexy's Midnight Runners. Un type hyperbaraqué, en salopette… un truc de créateur, c'est clair. Comme si on l'avait traîné à reculons à travers une haie.

— Sûrement une pop-star, acquiesça Myles. C'est fini, le temps où les chanteurs prenaient soin de leur apparence.

— Ouais. En tout cas, Dexy avait l'air d'être très copain avec la Reine des Neiges, dit Bruce. Ce qui conforte ma théorie comme quoi elle va se marier.

— Nom de Dieu ! s'exclama Myles, abasourdi. C'est peut-être vrai, après tout. Des goûts et des couleurs… »

Il risqua un coup d'œil nerveux en direction de Joe.

Darren fit irruption dans le pub en brandissant un bout de papier.

« Regardez ça ! La Reine des Neiges m'a payé mes frais.

— Et alors ? C'est son boulot, non ?

— Oui, mais j'y avais inclus trois exemplaires de la note de l'Oxo Tower. Dont deux photocopies merdiques… juste pour la faire bisquer. Et elle a signé un chèque pour le tout !

— Sale petit menteur ! lança Myles avec mépris. J'imagine qu'elle pleurait en le signant, hein ?

— Je vous jure qu'elle a pleuré lundi matin et qu'elle m'a remboursé les photocopies, protesta Darren, froissé.

— La Reine des Neiges est impossible à arnaquer, dit Jason.

— C'est ce que je croyais. Mais vous pouvez me faire confiance, elle est en train de perdre la main. Regardez. »

La preuve, indéniable, fut exhibée devant les sceptiques.

« Elle nous fait peut-être une dépression, souffla Myles, éberlué.

— C'est le silicone, conclut Jason. Ça lui a ramolli la cervelle. Mmmm, c'est comme ça que je les aime !

— En tout cas, c'est une sacrée bonne nouvelle », déclara Bruce.

Aussitôt, tout le monde se mit à fourrager dans son portefeuille à la recherche d'une note de frais bidon. Tout le monde, excepté Joe.

35

« Comment ça, tu ne peux pas ? geignit Thomas.

— Je ne peux pas, répéta Tara. Il faut que quelqu'un s'occupe d'eux, et ce n'est pas juste de laisser tout le boulot à Katherine.

— Mais tu as passé ta semaine avec eux. On est samedi soir, et tu sors avec moi, Eddie et sa nouvelle copine, point à la ligne.

— Thomas, je ne peux pas abandonner les O'Grady.

— Et moi ? » Il avança une lippe boudeuse de petit garçon. « Je te vois quand, moi ? »

Tara hésita. Leurs rapports avaient été tellement tendus ces derniers temps que son insistance à être avec elle lui fit plaisir.

« Sérieusement, je me sens une responsabilité vis-à-vis des O'Grady. »

Le voyant se rembrunir, elle capitula.

« Bon, d'accord. Mais tu es une vraie plaie », se plaignit-elle avec indulgence.

Thomas se rengorgea.

« Je suis comme je suis. C'est à prendre ou à laisser. »

D'un coup, il avait recouvré sa morgue que, sans savoir pourquoi, Tara avait toujours trouvée irrésistible.

Il supervisa sa tenue vestimentaire, dans l'espoir de damer le pion à Eddie et à sa nouvelle conquête.

« Mets ta jupe noire, oui, la mini, tes chaussures les plus hautes et le haut avec le col en V. Et rentre le ventre. »

Tara apporta un soin particulier à sa coiffure, à son maquillage et aux accessoires, mais une tonne de mascara à cheveux bleu n'aurait pas détourné l'attention de Thomas de ses rondeurs. En inspectant le résultat final avec amertume, il se lamenta : « Tu as encore grossi depuis le week-end dernier. Voilà ce qui arrive quand on ne va pas à la gym. » Elle n'avait pas fait de sport de toute la semaine : son emploi du temps avait été complètement chamboulé par ses visites à l'hôpital. « Et je parie que tu n'as pas suivi ton régime non plus », ajouta-t-il, accusateur.

Il n'avait pas tort. Il y avait trop de victuailles autour du lit de Fintan pour une faible femme. Tout le monde venait avec du chocolat, des viennoiseries, des chips, du pop-corn, des bonbons et du raisin pour essayer de le remplumer un peu. JaneAnn croyait davantage à la vertu thérapeutique des sandwiches au jambon que de la médication. Sauf que Fintan regardait à peine les friandises qui s'amoncelaient sur sa table de chevet. Et personne d'autre n'avait vraiment faim. À l'exception de Tara, qui n'arrêtait pas de manger, tentant, avec une fébrilité mécanique, d'apaiser l'angoisse qui la dévorait.

Elle avait espéré malgré tout que Thomas se montrerait compréhensif, lui accorderait une dispense le temps que les choses rentrent dans l'ordre. Que dalle.

« Je traverse un moment difficile, Thomas, hasarda-t-elle.

— Comment tout ça va se terminer, Tara ? demanda-t-il, exaspéré. Je cherche à t'aider et, pour être honnête, je te trouve très ingrate.

— Pardonne-moi. Je te suis très reconnaissante.

— Tu crois que ça m'amuse de te fliquer ? »

À vrai dire, oui, pensa-t-elle. Pour le regretter aussitôt. Il était irascible, quelquefois même brutal, mais elle ne devait pas oublier que c'était pour son bien.

Beryl entra en ondulant dans la chambre, et Thomas se tourna vers elle.

« C'est qui, la jolie fifille ? C'est qui, la belle fifille, hein ? » roucoula-t-il.

Si seulement il pouvait être aussi gentil avec moi, se dit Tara tristement. Mais ça viendrait. Pourvu qu'elle cesse de manger.

« J'appelle un taxi ? s'enquit-elle d'un ton las.

— Tu ne veux pas prendre ta voiture ?

— Non, Thomas. Et si j'ai envie de boire ?

— Boire ? Et ça ? »

Il lui pinça la peau du ventre, faisant rouler le bourrelet entre ses doigts.

« Juste une fois, supplia-t-elle piteusement. J'ai eu une semaine épouvantable…

— Va pour cette fois, concéda-t-il. Puisque ton pote est peut-être en train de mourir. »

Estomaquée par sa grossièreté, Tara prit soudain conscience qu'elle en avait plus que marre de Thomas et de ses manières de rustre. De sa cruauté gratuite. Marre de ne jamais avoir le dernier mot. De se faire insulter et piétiner en permanence. Tout cela au nom de la sacro-sainte honnêteté.

« Ça ne te fait rien… » Sa voix vibrait de douleur et de rage. « … qu'un garçon de ton âge soit aussi gravement malade, voire mourant ? »

Surpris, l'air quelque peu bovin, Thomas répondit : « Non, ça ne me fait trop rien. »

Tara le regarda fixement dans l'espoir de lui faire honte.

« Je ne le connais pas assez, avoua-t-il mal à l'aise, ébranlé par sa réaction. Si c'était un pote à moi, ce serait sûrement différent. »

Elle le regardait toujours.

« Ce n'est pas un pote à moi », protesta-t-il. Sans méchanceté, toutefois.

« Mais tu comprends ce que je ressens ? »

Une lueur apparut dans les yeux de Thomas. Ce n'était pas vraiment de la compassion ; mais il reconnaissait à son corps défendant que c'était dur pour elle. Gêné, il haussa les épaules.

« Désolé de ne pas faire semblant de pleurer sur son sort. C'est que je suis quelqu'un…

— … d'honnête, acheva Tara avec une pointe de mépris. Je sais. »

Il lui jeta un regard d'incompréhension. Elle s'était mise dans un drôle d'état pour un pote malade ! Il aurait bien voulu la voir, si sa maman l'avait abandonnée !

Au moment de partir, Tara vit Thomas glisser son petit porte-monnaie marron dans sa poche, et ce geste lui parut infiniment mesquin.

« Tu nous prêtes vingt livres, dis ? » fit-il d'une voix enjôleuse.

Dawn, la nouvelle copine d'Eddie, était une petite chose frêle et aguichante, avec de longues jambes couleur caramel et des yeux noirs pleins de vivacité. À côté d'elle, Tara eut l'impression d'être un marshmallow géant. Anxieuse, elle regarda Thomas les contempler à tour de rôle. Prenant des notes, faisant des comparaisons en sa défaveur.

Ce soir-là, elle se paya une cuite monumentale, tellement monumentale qu'elle se sentit mieux. Dans la boîte de nuit où ils finirent par atterrir, elle dansa comme une folle avec Dawn et décida qu'elle l'aimait bien.

Plus tard, dans le taxi qui les ramenait chez eux, Thomas, saoul et affectueux, lui tint la main et lui caressa les cheveux.

« Pourquoi tu m'aimes ? s'enquit-elle, espiègle.

— Qui a dit que je t'aimais ? » rétorqua-t-il.

À son sourire oblique, Tara conclut qu'il la taquinait.

« Dans ce cas, pourquoi es-tu avec moi ?

— Mais à cause de ton argent, voyons. »

Il rit, et elle ravala son humiliation. C'était si agréable, cette complicité retrouvée.

« OK, sourit-elle, rentrant dans son jeu, puisque tu restes avec moi pour mon argent, tu sais ce que tu es, hein ? Un homme entretenu. » Elle ouvrit de grands yeux, feignant d'être choquée. « Un prostitué, presque. Et donc, moi, je suis une maquerelle ! »

Thomas ne lui rendit pas la politesse. Le visage fermé, il prit un air pensif. Fini, le batifolage. Mon Dieu, se dit-elle, pourquoi fallait-il que ça tourne toujours au vinaigre ? Le sentiment de chaleureuse connivence n'était plus qu'un lointain souvenir.

Je n'en peux plus, de tout ça, songea-t-elle avec lassitude. Après la semaine éprouvante qu'elle venait de vivre, elle n'avait plus la force d'assurer. Elle était à bout de ressources, à bout d'excuses, à bout d'espoir.

36

« Elle est comment, demanda JaneAnn, la messe à St. Dominic ? »

Katherine se figea. Que répondre ?

« Très bien, risqua-t-elle.

— Elle est longue ? »

La durée était-elle un gage de qualité ? Sûrement.

« Oh, oui, ça dure des heures.

— Parfait. » JaneAnn hocha la tête avec satisfaction.

On sonna à la porte ; c'était Sandro, tiré à quatre épingles.

« Qu'est-ce que tu fais là ? s'étonna Katherine.

— J'accompagne JaneAnn à la messe de onze heures. »

Katherine éclata de rire, puis s'arrêta net en apercevant JaneAnn.

« Tu me déçois, Katherine Casey, à te moquer de la foi d'un jeune homme.

— Désolée », fit-elle humblement.

À la vue de l'indescriptible capharnaüm qui régnait dans son appartement d'ordinaire impeccable, Sandro eut un mouvement de recul. On se serait cru après un bombardement. Vêtements, chaussures, valises, literie… il y en avait partout. Une paire de chaussettes s'étalait sur la télé ; une tasse renversée gisait dans une plante verte. Le sol était jonché de bouteilles de vin et de whisky de la veille et, bien que le canapé-lit ait été replié, un coin de drap en dépassait, pareil à une langue pendante. Dans la cuisine, au bruit de casseroles se mêlaient un grésillement et des odeurs de friture.

« On dirait qu'il y a vingt étudiants qui habitent ici, souffla-t-il en contemplant le chaos.

— N'est-ce pas ? » Katherine eut un rire sombre.

« Toi qui es tellement maniaque...

— À quoi bon ? dit-elle avec un geste d'impuissance. Si je range, cinq minutes plus tard ce sera à nouveau le bordel.

— Ça va ? » Il la regarda avec attention.

« Super, répondit-elle d'une voix suraiguë. Tout baigne. Sauf que, vois-tu, de temps à autre, j'aimerais pouvoir accéder à ma salle de bains. Il y a toujours quelqu'un dedans. Ça ne me gêne pas vraiment que JaneAnn se soit servie de mon loofa pour astiquer le sol de la cuisine, ni que Timothy ait récuré ma poêle antiadhésive pour enlever tout le noir, ce qui m'a chagrinée, ce matin, quand finalement j'ai réussi à mettre les pieds dans la salle de bains, c'est que quelqu'un – à mon avis, Milo – avait utilisé tout mon baume embellisseur Kérastase.

— Et pourquoi crois-tu que c'était lui ?

— Tu n'as qu'à regarder ses cheveux ! glapit Katherine. Bon sang, tu ne vois pas comment ils brillent ? »

Rouge comme une pivoine, elle toisa furieusement Sandro avant de fondre en larmes.

« Je suis désolée ! bredouilla-t-elle, secouée de sanglots. Je suis désolée. C'est terriblement égoïste de ma part. Comment puis-je me soucier de ces choses-là alors que Fintan est si mal ? »

On sonna à nouveau. Cette fois, c'était Liv, sobrement vêtue. Katherine rit à travers ses larmes.

« Ne me dis pas que tu vas à la messe de onze heures avec JaneAnn ! »

Elle savait qu'elle aurait dû y aller avec eux, mais elle se sentait trop déboussolée.

« Justement, insista JaneAnn, ça te ferait du bien. »

Milo ne venait pas non plus, ce qui eut l'air de la peiner beaucoup. Mais quand ils revinrent tous, deux heures plus tard, JaneAnn était en pleine forme et encore plus amoureuse de Liv parce que, grâce à elle, elle avait pu s'entretenir avec le père Gilligan.

« Vous avez raté une messe extraordinaire, psalmodia-t-elle. Le sermon a été particulièrement beau. Sur le fils prodigue. Si éloigné qu'on ait été du Seigneur, Il vous accueille toujours à bras ouverts, sans rien demander. »

Elle lança un regard appuyé à Milo.

Puis Tara arriva, et ce fut l'heure d'aller voir Fintan.

Sitôt qu'elle eut franchi les portes de l'hôpital, Tara se sentit à plat. Elle était vannée, vidée de toute émotion, elle ne supportait plus l'odeur de désinfectant qui imprégnait ses cheveux et ses vêtements, elle en avait marre des chaises dures réservées aux visiteurs, et tenir sans fumer plusieurs heures d'affilée virait au supplice. Elle n'avait pas tricoté une seule maille du pull de Thomas ni mis les pieds à la salle de gym de toute la semaine. Son travail s'en ressentait, et elle n'arrêtait pas de manger. Elle rêvait d'une soirée tranquille à la maison, à regarder des feuilletons à la télé sans parler à personne. Un coup d'œil en direction de Katherine lui fit comprendre qu'elle n'était pas seule dans son cas.

« C'est bizarre, dit JaneAnn, exprimant ainsi le sentiment général, on a l'impression de n'être jamais parti d'ici.

— On prend les mêmes et on recommence, rit Tara faiblement.

— Ce n'est que notre... » Liv compta sur ses doigts. « ... notre cinquième jour à l'hôpital.

— Mais on dirait que c'est le millionième, acquiesça Milo.

— Il sortira peut-être demain, qui sait », hasarda JaneAnn avec espoir.

Si tous les résultats étaient bons, Fintan pouvait faire soigner ses ganglions à l'hôpital de jour.

Par chance, il allait mieux ce dimanche-là. Même si la bosse dans son cou était toujours apparente, il était moins agité, moins livide ; il avait réussi à manger et à garder ce qu'il avait absorbé. L'humeur était donc à l'optimisme. À coup sûr, il allait s'en tirer.

« Et Thomas, quand est-ce qu'il viendra me rendre visite ? demanda-t-il malicieusement à Tara.

— Je ne sais pas. » Elle rougit. « Il est très pris, entre son boulot et son foot...

— Dis-lui que j'aimerais bien le voir, déclara Fintan avec un grand sourire. Ça m'aidera à me rétablir.

— D'accord », promit Tara, mal à l'aise.

Évidemment, elle avait proposé à Thomas de l'accompagner à l'hôpital, ou même seulement de rencontrer les O'Grady. Il avait refusé tout net. « Je n'ai pas envie d'être hypocrite », avait-il dit en guise de fin de non-recevoir.

Et d'ailleurs, à quoi jouait Fintan ? Il détestait Thomas.

Elle fut tirée de ses réflexions par un retentissant : « Salut, tout le monde ! » Les amis de Fintan, Frederick, Claude et Geraint, firent irruption dans la chambre, chargés de victuailles. Il fallut se lever pour leur faire de la place. Ils furent suivis de près par Harry et Didier. Puis par Butch et Javier.

Les visiteurs de Fintan étaient si nombreux qu'ils devaient sortir de la chambre pour continuer à causer avec animation, tissant ainsi de nouveaux liens. Certains, plaisantait Fintan, ne prenaient plus la peine de passer le voir, séduits par l'ambiance de fête qui régnait dans le couloir. D'après lui, parmi tous les gens qui venaient à l'hôpital, il y en avait qui ne le connaissaient même pas.

Finalement, pour libérer la place, Liv, Tara et Katherine se retirèrent au parloir, où Liv entreprit de se renseigner sur un sujet qui lui tenait à cœur depuis quelque temps déjà.

« Timothy est marié, n'est-ce pas ? s'enquit-elle nonchalamment.

— Oui.

— Ambrose est marié aussi ? Ainsi que Jerome ?

— Oui.

— Alors, pourquoi pas Milo ? Il est gay, ou quoi ?

— Pas du tout, répondit Tara. Mais il a été déçu par une femme.

— Comment ça, déçu ? Serait-ce encore un de vos euphémismes irlandais ?

— Ça signifie qu'il s'est fait plaquer, expliqua Katherine. Il était fiancé à Eleanor Devine, ils étaient “accordés” comme on dit chez nous, et elle a pris la poudre d'escampette.

— Pourquoi ?

— Elle ne voulait pas être femme de fermier. Elle est partie à San Francisco pour devenir artiste conceptuelle. »

Tara donna un coup de coude à Katherine.

« Mais, au fait, Liv, pourquoi toutes ces questions ?

— Il mesure un mètre quatre-vingt-six, dit Liv, rêveuse. Il est bâti comme une armoire à glace, il a de beaux cheveux noirs et brillants… »

À la mention de cheveux brillants, Katherine se raidit imperceptiblement.

« … des yeux bleu marine et un magnifique sourire. » Liv sortit de sa rêverie. « Oh, comme ça… pour rien. »

Tout le monde rit.

« Tu n'es pas sérieuse, dis ? fit Tara.

— Bien sûr que si.

— Mais, observa Tara, gênée, tu es suédoise, décoratrice d'intérieur, quelqu'un de raffiné. Alors que lui, il est… Enfin, il est Milo O'Grady.

— Il porte une salopette, renchérit Katherine.

— C'est un homme de la terre, répliqua Liv, une lueur dans le regard. Il crée la vie avec ses mains, il sème, moissonne. Y a-t-il un métier plus honorable que celui-là ?

— Neurochirurgien, dit Katherine.

— Travailleur social, fit Tara.

— Comptable.

— Styliste.

— Il travaille avec ses mains. Ses grandes mains fortes, sensuelles. Ne voyez-vous pas à quel point il peut être beau ?

— Non, riposta Tara abruptement.

— Liv, tu es perturbée, la réconforta Katherine. On marche toutes à côté de nos pompes, actuellement. Voyons, tu n'as tout de même pas oublié ton Lars chéri ?

— Cette ordure ? » répliqua Liv d'un air vague.

Soudain, elle parut prendre conscience de son comportement et à son tour se lamenta, honteuse : « Mais qu'est-ce qui me prend ? Comment puis-je penser à un homme dans un moment pareil ? Je me dégoûte.

— Arrête, protesta Tara. Je t'en supplie, arrête. On traverse tous une sale période. Si ça peut te consoler, j'ai moi-même culpabilisé parce que je me faisais du souci pour Thomas et moi. J'ai trouvé ça tellement déplacé ! »

Katherine eut l'impression qu'on ôtait un gros poids de sa poitrine.

« Heureusement que tu as parlé de ça, Tara. Moi aussi, cette semaine, j'ai eu des préoccupations autres que Fintan et j'ai cru être un monstre d'égoïsme.

— C'est vrai ? »

Elles échangèrent un sourire penaud ; le soulagement les rendait légères.

« Nous sommes ou bien trois méchantes garces, décréta Tara, ou bien parfaitement normales.

— Pauvre Fintan, dit Katherine. Que doit-il ressentir, lui ? Comment réagiriez-vous s'il vous restait très peu de temps à vivre ? Je fais mon possible pour me mettre à sa place.

— Moi aussi, dit Tara.

— Moi aussi, dit Liv.

— Bon, alors imaginez que vous avez seulement six mois à vivre, déclara Tara. Qu'en mai prochain vous ne serez plus là. Allez-y, essayez », insista-t-elle devant leur air passablement choqué.

Se sentant stupide, Katherine ferma les yeux. D'accord, ce serait donc son dernier Noël. Et elle ne reverrait pas l'été. Elle paniqua presque, en pensant à tout ce qu'elle aimerait faire en six mois.

Ses principes, ses barrières lui semblèrent étouffants. Aberrants, même. Elle eut envie de mordre dans la vie à pleines dents. De tout expérimenter. De s'amuser, de s'amuser follement. De s'envoyer en l'air. Avec Joe Roth. Bon sang ! Affolée, elle rouvrit les yeux. Liv et Tara étaient en train de la regarder.

« Ça fait peur, hein ? souffla Tara, frémissante. Je vais vous dire un truc. S'il me restait six mois à vivre, je ne me préoccuperais pas du fait que Thomas veuille ou non m'épouser pour ne pas finir mes vieux jours toute seule. Car, ces vieux jours, je ne les atteindrais pas.

— Et tu ferais quoi ? demanda Katherine avec empressement, pour chasser ses propres pensées.

— Moi, je plaquerais Lars et tenterais ma chance avec Milo, affirma Liv.

— C'est ce que tu comptes faire de toute façon, observa Tara. Tu n'as pas besoin d'être mourante pour ça. Moi, en revanche, je me payerais une aventure.

— Avec qui ?

— Je ne sais pas. Quelqu'un que je trouve sublime, quelqu'un qui me trouve sublime. Un coup de foudre, quoi, délirant, insensé, le genre où on ne décolle pas du lit, où l'on se réveille en pleine nuit tellement on a envie l'un de l'autre. »

Elle frissonna de plaisir.

« Ah bon, ce n'est pas comme ça que ça se passe avec Thomas ? ironisa Katherine.

— Tu sais bien qu'au bout de trois mois la libido replonge au-dessous de zéro. Et cesse de me regarder. J'aime Thomas, tout ça, c'est pour rire.

— Tu viens pratiquement d'avouer que tu n'as même plus envie de lui.

— Pas du tout ! J'ai juste dit que si les choses étaient… Écoute, ce n'est pas sérieux !

— En effet, opina Katherine. On n'a pas six mois à vivre, on n'est pas mourantes, cette discussion de midinettes est trop nulle, à la fin.

— Heureuse de te l'entendre dire ! s'écria Tara. J'étais en train de penser… Si je laisse tomber Thomas pour me taper quelqu'un d'autre et qu'ensuite je ne meurs pas, je me sentirai la reine des pommes ! »

37

Lundi matin, peu après dix heures, alors que la bande habituelle était massée autour du lit de Fintan, le Dr Singh fit son entrée. À en juger par son air vaguement agité, il devait y avoir du nouveau. L'atmosphère se chargea d'électricité ; tout le monde avait les nerfs à fleur de peau. *Pourvu que les nouvelles soient bonnes !*

« J'ai les résultats de la biopsie de la moelle osseuse », annonça-t-il en regardant Fintan.

Dites-nous, vite !

« Souhaitez-vous les entendre seul ?

— Non, répondit Fintan, tremblant dans son effort pour rester calme. Vous pouvez parler devant tout le monde. Ça m'évitera de répéter. »

Le Dr Singh prit une inspiration et s'arrêta. Pour lui non plus, ce n'était pas facile.

« Malheureusement, les nouvelles sont mauvaises. »

Dans le silence qui suivit, huit visages blêmes semblaient lui adresser une supplique muette.

« La maladie est active dans la moelle osseuse, poursuivit-il nerveusement.

— Active comment ? croassa Katherine.

— Je crains qu'elle n'ait atteint un stade assez avancé. »

Katherine regarda Fintan. Ses yeux étaient sombres et immenses, comme ceux d'un enfant terrorisé.

« J'ai également les résultats du scanner », ajouta le Dr Singh sur un ton d'excuse.

Huit regards torturés se tournèrent vers lui.

« Ils révèlent l'activité de la maladie dans le pancréas. Et… » Le Dr Singh était sur des charbons ardents. « … j'ai aussi les résultats de la radio du thorax. »

L'expression de son visage se passait de commentaires.

« C'est dans son thorax ? » demanda Milo.

Le médecin hocha la tête.

« Cependant, on n'observe aucun signe d'activité dans les organes vitaux comme le foie, les reins ou les poumons. Là, le pronostic aurait été nettement plus réservé. »

Fintan prit la parole pour la première fois.

« Je vais mourir ? fit-il d'une voix rauque.

— Nous allons commencer le traitement immédiatement, déclara le Dr Singh sans relever sa question. Maintenant que nous savons à quoi nous avons affaire, nous sommes en mesure d'y apporter une réponse adaptée.

— Il serait temps, dit Tara amèrement, à la stupeur générale. Son état se détériore de jour en jour, et vous ne bougez pas le petit doigt, sous prétexte que ce putain de labo a trop de travail pour s'occuper de son cas. Et si ce délai faisait toute la différence entre la vie et… et… »

Elle se mit à pleurer, à gros sanglots déchirants qui la secouaient tout entière.

« Tu devais avoir des symptômes depuis des lustres, hoqueta-t-elle, se tournant vers Fintan, le visage baigné de larmes. Depuis des mois.

— C'est vrai.

— Alors, pourquoi n'es-tu pas allé consulter ? » Elle pantelait, partagée entre la douleur et la colère. « Pourquoi Sandro ne t'y a pas poussé ?

— Parce qu'on croyait savoir ce qui m'arrivait. Les suées nocturnes, au point qu'il fallait quelquefois changer les draps. L'amaigrissement progressif. L'estomac barbouillé en permanence. Vois-tu, Sandro avait déjà vécu tout ça. »

Un tableau effarant se dessinait sous leurs yeux. La conspiration du silence. Fintan de plus en plus malade, sans que lui et Sandro réagissent, persuadés qu'il n'y avait rien à faire.

« Deux abrutis, voilà ce que vous êtes. » Tara frissonna. « Deux sombres crétins. »

JaneAnn l'empoigna par le bras et, manu militari, l'entraîna à l'écart.

« Arrête tes bêtises, Tara Butler, lui ordonna-t-elle. Il n'est pas encore mort. »

Le traitement débutait le matin même. Fintan devait rester à l'hôpital pour y subir cinq jours de chimiothérapie intensive. Les visiteurs furent priés de partir.

« Mais je suis sa mère. » Sa joviale combativité avait déserté JaneAnn. « Ma place est ici.

— Allez, viens, m'man, la pressa Milo, s'efforçant de la faire bouger. Tu le verras ce soir. »

En arrivant à son travail par cette fraîche et limpide matinée d'octobre, Katherine fut momentanément déconcertée par l'agitation qui régnait autour d'elle. On la salua sur son passage tandis qu'elle avançait comme un automate. Parvenue à son bureau, elle fit une pause pour s'assurer que c'était bien le sien. Elle avait l'impression d'évoluer dans de la ouate qui étouffait les bruits extérieurs, émoussait ses sens et la faisait fonctionner au ralenti.

Avant même de s'asseoir, elle chercha Joe des yeux. Il était au téléphone, penché en arrière, ses longs doigts élégants jouant avec un stylo. La raison de tout ce remue-ménage, semblait-il, était que le budget Muesli Multifruits venait juste de leur passer sous le nez pour être confié à un concurrent. C'était le premier échec de Joe Roth chez Breen Helmsford.

« On ne gagne pas à tous les coups. »

Joe haussa les épaules avec dignité, histoire de remonter le moral à son équipe.

« Pas dans ce métier, fiston, rétorqua Fred Franklin brutalement. On gagne à tous les coups. Ou bien on perd son job. »

Au fond, Katherine aurait dû se réjouir : la perte de ce budget pouvait facilement coûter son poste à Joe. Or, elle eut envie d'aller le consoler, de poser sa belle tête contre sa poitrine et de lui caresser les cheveux.

« Ce n'est pas ta semaine, hein ? s'esclaffa Fred. Avec la dérouillée que ton cher Arsenal s'est prise samedi. »

Allez, au boulot, se dit Katherine. Elle contempla les chiffres sur son bureau comme si c'était du chinois. Puis elle prit la feuille de tableaux et la retourna ; peut-être que ça serait plus clair comme ça. Breda lui jeta un coup d'œil inquiet.

« J'arrive, Breda. Le temps de remettre un peu d'ordre. »

Ressaisis-toi, s'admonesta-t-elle. Sinon Joe Roth ne sera pas le seul à se retrouver à la rue.

« Est-ce le bon moment ? »

Levant la tête, elle vit Joe debout devant son bureau.

« Pour quoi ? bredouilla Katherine, le cœur battant.

— Les notes de frais.

— Encore ?

— Encore. » Il sourit, désabusé. « Autant le faire tout de suite. Au cas où on me demanderait de libérer mon bureau avant la fin de la journée.

— Vous plaisantez, j'espère ? souffla-t-elle, atterrée.

— Le monde de la pub est une jungle.

— Mais c'est votre première erreur, protesta-t-elle. Ce ne serait pas juste. »

Il se pencha vers elle.

« Katherine, fit-il tout bas, le regard rieur. Calmez-vous. »

Une fraction de seconde, elle inhala son odeur. Une odeur fraîche, savon et note citronnée, avec, en toile de fond, quelque chose d'imperceptiblement plus animal. Joe se redressa, et elle se sentit perdue et abandonnée.

« Posez-vous », lui offrit-elle.

C'était bien, « posez-vous », ça faisait décontracté.

Il s'assit en face d'elle. Troublée par sa présence, elle ne maîtrisait plus sa calculatrice, tapant sur les touches « pourcentage » et « racine carrée » à la place du signe « plus ».

« Désolée pour votre budget Muesli Multifruits. »

S'il fut désarçonné par sa sollicitude sans précédent, Joe n'en laissa rien paraître. Il se contenta de hausser les épaules.

« C'est la vie. »

Mais il avait beau plastronner, elle sentait combien son travail lui tenait à cœur.

« On n'obtient pas toujours ce qu'on veut. »

Son regard soutint celui de Katherine. Était-ce son imagination, ou sa remarque contenait-elle un sens caché ?

« Peut-être que vous, si », ajouta-t-il.

Obtenait-elle toujours ce qu'elle voulait ?

Médusé, Joe vit les yeux de Katherine s'emplir de larmes, puis déborder soigneusement, joliment, sur ses joues lisses. Les prenant tous les deux au dépourvu.

« Excusez-moi, murmura-t-elle, baissant la tête et chassant les larmes du revers de la main. Je… j'ai appris une mauvaise nouvelle ce matin.

— Je suis désolé de l'entendre. » Il avait l'air sincère.

À ces mots, elle se remit à pleurer de plus belle. Elle aurait voulu se blottir dans les bras de Joe, enfouir son visage dans sa chemise immaculée.

« Voudriez-vous… ? »

Sur le point de lui proposer de venir discuter autour d'un café, il se reprit juste à temps. Évidemment qu'elle ne voudrait pas.

Katherine fut distraite par Angie qui passait lentement en se dévissant la tête. Pour essayer d'apercevoir Joe. D'ailleurs, maintenant qu'elle y pensait, elle l'avait déjà vue passer et repasser au moins deux fois pendant leur conversation. Bizarre.

« C'est bon. » Elle désigna les notes de frais avec un sourire forcé. « Je ferai le chèque d'ici un ou deux jours. »

Lorsqu'il retourna à son bureau, Joe fut accueilli par une délégation fébrile, menée par Myles.

« C'est vrai qu'elle pleurait, la Reine des Neiges ? s'enquit-il avidement.

— Non », répliqua Joe, laconique, lui tournant le dos.

38

Fintan avait disjoncté. Il n'y avait pas d'autre explication à son comportement. Il avait mandé Tara et Katherine à son chevet pour leur soumettre une requête à chacune, et, quand elles surent ce qu'il attendait d'elles, elles crurent que le cancer s'était propagé jusque dans son cerveau.

C'était cinq jours après son diagnostic, et on lui avait accordé une journée de répit car le traitement s'avérait très pénible. Le cocktail de médicaments l'avait rendu malade, sa bouche n'était plus qu'un ulcère géant, et il commençait à perdre ses cheveux.

« Nom de Dieu, marmonnait-il quand il trouvait la force de parler. À choisir, je préfère encore le cancer. »

Compte tenu de sa réaction à la médecine traditionnelle, tout le monde se replongea frénétiquement dans les ouvrages sur les médecines alternatives.

« En temps normal, j'en aurais rigolé, reconnut Katherine, levant les yeux de la page où l'on suggérait au malade de se visualiser baigné d'une lumière jaune, mais ça vaut peut-être le coup d'essayer. »

Aux suggestions de s'imaginer aspirant une pure lumière argentée ou atomisant ses cellules cancéreuses comme l'auraient fait des envahisseurs de l'espace, Fintan répondait en maugréant : « Fichez-moi la paix, je suis trop mal. »

Ce jour-là, cependant, avec seulement une solution saline en goutte-à-goutte et malgré sa faiblesse et son teint grisâtre, il paraissait aller beaucoup mieux.

« Venez, venez ! croassa-t-il dans un simulacre de son ancienne exubérance. Vous savez, vous dites toujours que s'il y a quelque chose que vous pourriez faire pour moi… »

Katherine et Tara hochèrent la tête avec ferveur.

« Parfait. Alors, c'est promis ?

— Promis.

— Promis, promis ? »

Elles levèrent les yeux au ciel. Comme si elles pouvaient lui refuser quoi que ce soit !

« Promis, promis.

— Bien, je commencerai par toi, Tara. »

Elle prit un air attentif.

« Tu vas quitter Thomas. »

Elle continua à sourire, mais son regard exprimait la perplexité.

« Pardon ? »

Elle avait cru qu'il lui demanderait d'acheter un nouveau pyjama ou bien – Dieu l'en garde ! – d'aller lui chercher de la documentation chez un entrepreneur de pompes funèbres. Au pire, de s'occuper de Sandro si jamais il venait à disparaître. Mais pas ça.

« Je veux que tu quittes Thomas », répéta-t-il.

Elle donna un coup de coude à Katherine.

« Ensuite il voudra que je grimpe au sommet de l'Everest, que je redresse la tour de Pise et…

— Ce n'est pas drôle, Tara, rétorqua-t-il. Je ne plaisante pas. »

Déconcertée par la gravité de son ton, elle scruta son visage décharné, à la recherche d'un indice. Et quand elle comprit qu'il était sérieux, son cœur se mit à battre la chamade.

« Mais pourquoi ? balbutia-t-elle.

— Parce que je veux que tu sois heureuse. »

Bien qu'à peine audible, sa voix était étonnamment ferme.

« Mais je suis heureuse. »

L'insatisfaction confuse et irrationnelle qu'elle éprouvait à l'égard de Thomas s'évanouit comme par miracle.

« C'est sans lui que je serais malheureuse. Pas vrai ? » Elle se tourna vers Katherine.

« Pas la peine de la regarder, grinça Fintan. Elle est de mon avis. »

Tara tenta de se rebeller.

« Et en quoi ça te concerne, ma relation avec Thomas ? »

Fintan contempla la couverture comme en quête d'inspiration.

« Si je dois mourir, il est hors de question que tu persistes à gâcher ta vie. »

Tara était choquée, mortifiée… et furieuse. Comment osait-il disposer de sa vie sous prétexte qu'il risquait de mourir bientôt ?

« Oui, je suis un salaud, acquiesça-t-il joyeusement, lisant à sa grande honte dans ses pensées. Je profite sans vergogne de ma situation. Autant en tirer parti, c'est à peu près le seul avantage que j'y vois.

— Je regrette que tu n'aimes pas Thomas.

— L'unique raison pour laquelle je ne l'aime pas, c'est parce qu'il te démolit. »

Fintan planta son regard étincelant dans le sien.

« Il n'est même pas venu me voir depuis quinze jours que je suis ici. Même Ravi est venu. »

Tara soupçonnait Ravi d'être passé à l'hôpital comme quand on ralentit et qu'on se tord le cou pour voir un accident de la route, mais elle dit seulement : « Ça, ce n'est pas sympa vis-à-vis de toi, pas vis-à-vis de moi. Si tu tiens absolument à le voir, Fintan, je peux arranger ça.

— Surtout pas. Sa seule vue me ferait régresser de plusieurs mois. Non, ce que je veux souligner par là, c'est qu'il ne t'est d'aucun soutien.

— Fintan, je ferai tout pour toi, tout ce que tu voudras, mais je n'ai pas l'intention de quitter Thomas.

— Tu as promis ! »

Il avança sa lèvre inférieure toute crevassée pour mimer la bouderie.

« Regarde. » Il tira la langue. « Tu veux voir mes ulcères ? Ils sont hallucinants.

— Fintan…

— Regarde ceux que j'ai sur la langue. Ils sont énormes, non ? Regarde ! ordonna-t-il.

— Énormes, oui, fit-elle d'une voix blanche. Fintan, ne me demande pas de quitter Thomas. Il n'est pas si mauvais que ça…

— Non ! » Fintan voulut s'asseoir, mais l'énergie lui manqua. « Katherine et moi, on en a marre de t'entendre dire que s'il t'insulte, c'est pour ton bien, pour montrer qu'il tient à toi. Et que ce n'est pas sa faute s'il est un sale con. S'il traitait sa mère comme il te traite toi, pas étonnant qu'elle se soit tirée. Tu as dit que tu ferais tout pour moi. Alors, fais-le.

— Tout, sauf ça.

— C'est facile », insista-t-il faiblement.

L'accès de véhémence passé, il était retombé sur ses oreillers.

« Dis-lui, Katherine. Tu jettes toutes tes affaires dans la voiture, et tu te casses ! »

Pour la première fois, Tara visualisa la chose et en eut froid dans le dos. C'était comme si on lui avait dit de sauter d'une falaise.

Fintan bougea la tête, laissant un paquet de cheveux drus et noirs sur l'oreiller. Il ne s'en rendit pas compte, ce qui, en un sens, était encore pire.

« Mais que deviendrais-je sans Thomas ? hasarda Tara, regardant les cheveux, le cœur au bord des lèvres. Jamais je ne trouverai quelqu'un d'autre, et j'ai horreur d'être seule. Non pas que j'en sois fière…, ajouta-t-elle.

— Je vais vomir, l'interrompit Fintan d'un ton pressant. Katherine, passe-moi le bassin. »

Il eut un haut-le-cœur, puis, épuisé et en nage, s'effondra sur le lit. Personne ne parlait. Tara et Katherine réfléchissaient discrètement au moyen de prendre congé quand il demanda : « Et comment sais-tu que tu as horreur d'être seule ? Depuis qu'on est à Londres, tu es restée célibataire peut-être une semaine en tout et pour tout ! Sitôt que c'est terminé avec un, tu t'embarques avec un autre. Allez, brise la barrière de la peur. »

Tel un poisson au bout d'une ligne, elle trépigna et se débattit pour se libérer.

« Non, Fintan. J'ai trente et un ans. On ne met pas du vin

nouveau dans de vieilles outres. Je fais partie du club de la Dernière Chance et…

— Toi et ton club de la Dernière Chance ! rit-il avec amertume. Si quelqu'un y est, au club de la Dernière Chance, ce serait plutôt moi. »

Tara était sans voix. Partagée entre la colère, l'angoisse et le sentiment de culpabilité. C'était du chantage.

« Tu veux finir comme ta mère ? »

Elle se redressa d'un geste brusque.

« À vivre avec un vieux grincheux ? poursuivit Fintan, narquois. À te mettre en quatre pour lui sans qu'il soit jamais content ? Tu y es presque ! »

Tara fulminait. Qu'elle critique son propre père, c'était une chose, mais que quelqu'un d'autre, même d'aussi proche que Fintan, parle en ces termes de sa famille était carrément vexant. De toute façon, elle n'était pas comme sa mère, qui était un amour, mais indéniablement une carpette. Même si Thomas n'était pas toujours commode, Tara n'était pas une carpette. Elle était une jeune femme libre et indépendante. Une jeune femme de son temps.

« Tu ne peux rien me refuser. J'ai un cancer. » Et il ajouta, histoire d'enfoncer le clou : « Si tu ne quittes pas Thomas, je mourrai rien que pour t'embêter. »

Tara l'aurait étranglé. À travers un brouillard, elle l'entendit déclarer : « Bon, d'accord, je suis prêt à faire des concessions. Demande à Thomas de t'épouser, et s'il dit oui, tu auras ma bénédiction. Mais s'il dit non, tu le jettes. Ça te va ?

— On verra », marmonna-t-elle. *Et puis quoi encore !*

« Parfait ! »

Malgré la lassitude, malgré la nausée, Fintan était content.

« À ton tour, Katherine ! Toi, tu vas sortir de la chambre froide. »

Katherine écoutait avec un intérêt poli, comme si elle n'avait pas la moindre idée de ce dont il était question.

« Trouve-toi un homme.

— Et pourquoi, éclata Tara, pourquoi elle, elle a la meilleure part, alors que moi j'hérite du pire ?

— Je ne crois pas que Katherine voie les choses de cette façon-là. »

Katherine affichait un sourire contraint.

« C'est toujours le même schéma, tu n'as pas remarqué ? » murmura Fintan. Les yeux clos, il semblait réfléchir tout haut. « Tous les douze mois ou presque, tu apparais au bras d'un homme beau comme un dieu. Il reste là une quinzaine de jours, puis paf ! il disparaît, et tu nous dis que tu n'as pas envie d'en parler. Tu ne pourrais pas choisir quelqu'un d'un peu moins beau ? Renoncer à la logique de l'échec que tu mets en place à chaque nouvelle rencontre ? Et ne pense pas que je n'en connais pas la cause. » Sa voix était si faible qu'elles durent se pencher vers lui pour l'entendre. « Tu es exactement comme ta mère. Une seule mauvaise expérience, et te voilà transformée en poule mouillée. *Cotcotcotcotcot !* » Sans rouvrir les yeux, Fintan plia les bras et fit mine de battre des ailes. « Poule mouillée », répéta-t-il d'un ton éloquent et, ouvrant les yeux, il planta son regard dans celui de Katherine.

« Je ne suis pas comme ma mère. » Elle déglutit.

« Si, si, exactement pareil ! Tu as une peur bleue des hommes.

— Ma mère est cinglée.

— Continue comme ça, et tu le deviendras aussi.

— Fintan, dit Katherine posément, un être humain n'a pas impérativement besoin d'un partenaire pour être heureux.

— Ô mon Dieu, le bassin, vite ! »

Elles auraient bien voulu pouvoir s'éclipser pendant que Fintan était à nouveau secoué de spasmes.

« Si seulement j'arrivais à vomir, marmonna-t-il, je suis sûr que je me sentirais mieux. »

Tara et Katherine fixaient leurs chaussures, regrettant de ne pas être dans la peau de quelqu'un d'autre.

« Alors, Katherine, reprit Fintan, rompant le silence. Je t'accorde que certaines personnes sont faites pour vivre seules, mais tu n'es pas du nombre. Tara m'a dit qu'il y avait un gars, au boulot… »

Katherine foudroya Tara du regard, focalisant sur elle toute la rage qu'elle ne pouvait retourner contre Fintan.

« Plus maintenant, répondit-elle avec une satisfaction acrimonieuse.

— Il est parti ?

— Non, il a juste cessé de s'intéresser à moi.

— Pourquoi ? »

Elle garda le silence.

« Réponds-moi. J'ai un cancer, je suis peut-être à deux doigts de la mort ! »

Elle s'exécuta de mauvaise grâce.

« À mon avis, c'est parce que je l'ai accusé de harcèlement sexuel pour qu'il arrête de vouloir sortir avec moi.

— Pourquoi as-tu fait ça ?

— Je n'avais pas envie de sortir avec lui.

— Mais enfin, pourquoi ? Est-il antipathique ?

— Oh, non ! Il est tellement sympa que c'en est énervant.

— Aha ! » Fintan s'anima. « Autrement dit, si ç'avait été un taré, tu aurais dit oui ? Après quoi il t'aurait larguée et tu aurais retrouvé ta sécurité... seule et confortée dans ta mauvaise opinion des hommes. Tu as tout prévu, hein, Katherine ? »

Excessivement mal à l'aise, elle haussa les épaules.

« Il est marié ?

— Pas que je sache.

— Il est séduisant ?

— Très.

— Suprêmement, dangereusement séduisant ?

— Non, juste très séduisant.

— Il ne bosse pas comme mannequin à temps partiel ?

— Non.

— Tant mieux. Je le trouve très bien, ce jeune homme. Est-ce qu'il te plaît ? »

Il y eut une pause. Frémissante, Katherine hocha la tête.

« Comment s'appelle-t-il ?

— Joe Roth.

— Ta mission, si tu l'acceptes, Katherine Casey – et je te le conseille vivement, si tu veux revoir Fintan O'Grady vivant –, est de vamper ce Joe Roth.

— Je crois qu'il a déjà quelqu'un, protesta-t-elle.

— Tu aimes bien les défis, non ? »

Elle ne répondit pas.

« Promets-le-moi. Promets-moi d'essayer.

— Je vais y réfléchir.

— Je sais bien que vous me détestez, toutes les deux. » Il les gratifia d'un grand sourire. « Mais si vous pouviez voir ce que je vois, vous seriez écœurées de gâcher votre vie comme vous le faites. Vous supportez d'être moyennement malheureuses en croyant qu'un jour tout va s'arranger d'un coup de baguette magique. Allez, partez, maintenant, vous m'avez épuisé. Et n'oubliez pas, Tara, tu commences à faire tes valises, et toi, Katherine, mets ta plus belle culotte pour aller au bureau lundi ! Surtout, insista-t-il, tel un entraîneur de foot, ouvrez-vous au monde et vivez, vivez, vivez ! »

L'air crispé, elles lui dirent au revoir. Au moment de sortir, elles tombèrent sur Neville et Geoff.

« Désolée, les filles, gémit Fintan en les voyant, je suis trop mal fichu pour recevoir des visites. »

Tara et Katherine descendirent sans mot dire, sauf pour saluer vaguement Harry, Didier et Will qui venaient de débarquer en masse, chargés de fleurs, de magazines et de packs de bière. Les fleurs et les magazines étaient pour Fintan, mais la bière, c'était pour eux.

Après s'être engouffrées dans la Coccinelle, elles roulèrent en silence pendant une bonne vingtaine de minutes. Finalement, Tara déclara : « Il est tordant, Fintan, tu ne trouves pas ? Complètement marteau », ajouta-t-elle avec un rire forcé.

Katherine retint son souffle. Se faisait-elle des montagnes pour rien ?

« Tu crois qu'il plaisantait ? »

Tara lui jeta un regard amusé.

« Évidemment ! Qui pourrait prendre ça au sérieux ? Sacré Fintan ! »

Katherine la dévisagea avec inquiétude. Elle n'était pas du tout certaine que Fintan les ait fait marcher. Mais si c'était le cas, quel soulagement...

« Sacré Fintan, acquiesça-t-elle, éperdue. Il est tombé sur la tête. »

L'instant d'après, elles se convulsaient de rire.

« Rien que d'imaginer…

— Comme si…

— Il est fêlé.

— Lui et ses magouilles à la noix !

— Et nous, on a failli… J'y ai réellement cru, un moment, avoua Katherine.

— J'ai bien vu, dit Tara. Pas moi. »

Et elles rirent à gorge déployée des idées joliment extravagantes de Fintan.

39

Samedi soir, Liv et Milo officialisèrent leur relation en annonçant timidement qu'ils allaient au cinéma, à la dernière séance.

« Chouette ! s'exclama Timothy. On va voir un western ? Un truc avec Clint Eastwood ? »

Il y eut un silence gêné, puis Liv rougit et marmonna : « On y va juste tous les deux, Milo et moi. »

JaneAnn exultait.

« On finit toujours par trouver chaussure à son pied ! Milo est un garçon formidable, mais chez nous, à Knockavoy, il n'y a personne qui lui convienne. Les voyages, ça vous ouvre l'esprit, hein ? Il mérite une gentille femme. Surtout après la déception qu'il a connue avec Eleanor Devine. » Elle sourit rêveusement. « Liv sera très bien à Knockavoy. »

Tara et Katherine échangèrent un regard stupéfait. JaneAnn n'avait pas attendu longtemps pour les marier.

« C'est une chance qu'elle soit aussi bonne catholique. »

Liv était également bonne bouddhiste, hindoue, sikh, adepte de la scientologie, juive et athée quand ça l'arrangeait. Mais à quoi bon désillusionner JaneAnn ?

« C'est peut-être Milo qui viendra vivre à Londres », hasarda Katherine prudemment.

JaneAnn rit aux éclats, sans pouvoir s'arrêter.

« Un peu de bon sens, ma fille, dit-elle en s'essuyant les yeux.

Un peu de bon sens. Avec la belle ferme qu'il a, aller vivre à Londres ! Non, mais, qu'est-ce qu'il ne faut pas entendre ! »

« Pourquoi il me fait ça, ô Lampe de Sagesse ? demanda Tara à Liv. Ô Anna Raeburn suédoise, dis-moi, pourquoi veut-il fiche ma vie en l'air ? Il est censé être mon ami. »

Dimanche après-midi, Katherine, Liv et elle s'étaient échappées de l'hôpital pour s'accorder une pause dans le pub du coin.

Le problème était que Fintan avait remis ça – réitéré ses exigences insensées. Et, pour couronner le tout, il en fit part à Sandro et à sa famille.

JaneAnn, choquée, les avait dévisagées l'une après l'autre puis avait déclaré :

« Faites ce qu'il vous demande, les filles. Comment pourriez-vous avoir ça sur la conscience ? »

Tara et Katherine regardèrent autour d'elles en quête d'un allié, mais ne virent que Milo, Timothy, Sandro, Liv, et bien sûr JaneAnn, qui les dévisageaient comme si elles venaient de commettre un meurtre.

« Fintan s'est rendu compte de sa propre mortalité, expliqua Liv, citant directement son livre de chevet du moment. Quand le temps est compté, il paraît soudain très précieux. Et pas seulement le sien, celui de tout le monde en général. »

Toutes les trois se sentirent brièvement solidaires.

« De toute façon, fit Tara avec espoir, son raisonnement ne tient pas debout. Il ne va pas mourir ; il est sous traitement intensif, et la maladie de Hodgkin se guérit dans la majorité des cas.

— C'est peut-être une question de jours, renchérit Katherine, optimiste. Mais comme il a beaucoup souffert, ça ne m'étonne pas qu'il déraille. »

Liv se rembrunit.

« Il ne déraille pas. Moi, je trouve qu'il a raison. Tu devrais quitter Thomas, dit-elle, hochant la tête en direction de Tara, et toi... » Elle pivota vers Katherine et cria : « ... tu aurais bien besoin de te faire SAUTER ! »

La plupart des clients du pub se retournèrent. Avant que Tara, apoplectique, et Katherine, frappée d'horreur, n'ouvrent la bouche pour l'envoyer sur les roses, elle se leva et sortit en trombe.

« Qu'est-ce qui lui a pris ? s'étonna Tara.

— Comment veux-tu que je le sache ? » riposta Katherine avec humeur.

Elles se turent. Tara fumait, Katherine jouait avec les clés de la Coccinelle.

« Arrête ça, bon sang ! » Tara lui tapa sur la main. « Tu vas me rendre folle. »

L'air mutin, Katherine lâcha les clés.

« On devrait retourner à l'hôpital, dit finalement Tara.

— Pas tout de suite.

— Tant mieux, je n'ai pas envie d'y aller non plus. J'ai trop peur qu'ils nous retombent dessus.

— Ils peuvent toujours se gratter ! ricana Katherine.

— Et si tu quittais Thomas et que je couchais avec Joe Roth ? » suggéra Tara.

Elles rirent nerveusement, liées par une fragile complicité.

« Tu ne crois pas... » Tara fit une pause, cherchant à le formuler avec tact. « Tu ne crois pas que Fintan nous a demandé ça par dépit, parce qu'il est très malade et pas nous ? Tu ne crois pas que c'est une sorte de revanche ? Pour nous détruire comme la maladie l'a détruit, lui ? »

Là, au goût de Katherine, elle poussait le bouchon un peu loin.

« À mon avis, c'est plutôt une lubie, répliqua-t-elle sèchement. Il traverse une très mauvaise passe, et ça l'a fait déjanter.

— J'espère. Parce que s'il ne se calme pas, je n'irai plus le voir.

— Mais c'est horrible ! s'écria Katherine, qui avait caressé exactement la même idée.

— C'est facile pour toi, dit Tara, sur la défensive. Tu décroches la meilleure part, t'envoyer en l'air avec un mec canon, alors que moi, je dois abandonner l'homme que j'aime.

— Ce n'est pas du tout ce que tu imagines, fit Katherine, agacée. Je flippe rien que d'y penser.

— Ben, voyons !

— Je t'assure. Tu sais bien que je ne pourrai pas.

— Tu ne pourras pas quoi ? Faire de l'œil à un beau gosse qui te court après de toute façon ? Essaie donc d'envisager une rupture après deux ans de vie commune et le fait de te retrouver toute seule dans ta putain de trente-deuxième année. Là, il y a de quoi flipper. À propos, pourquoi au juste tu ne veux pas approcher ce Joe ? »

Brusquement, sans lui laisser le temps de refuser de répondre, Tara éprouva une inexplicable bouffée de colère. Il fallait que les choses soient dites. Une bonne fois pour toutes.

« Je vais être franche, Katherine, s'entendit-elle déclarer, fixant son amie d'un regard brûlant. Je ne voulais pas t'en parler, mais je n'ai plus le choix. Fintan a raison. Tu dois t'investir. Dans la vie et dans un couple. » Incapable de se contenir davantage, Tara prit une grande inspiration. « C'est ridicule, cette existence que tu mènes, avec tes culottes, ta télécommande, ton appartement nickel et pas d'homme dans ta vie. Là-dessus, Fintan ne déraille pas du tout. Au contraire, en ce qui te concerne, il a mis dans le mille. Il t'aime et il veut que tu sois heureuse ! »

Et elle continua sur sa lancée, sous l'œil meurtrier de Katherine : « Quoi qu'il soit arrivé à Limerick, tu ne peux pas t'en servir éternellement comme excuse, même si je ne sais absolument pas ce que c'est. Je suis ta meilleure amie et je n'en ai pas la moindre idée. »

Katherine finit par retrouver sa voix.

« Moi ? glapit-elle, outragée. Il a mis dans le mille ? En ce qui *me* concerne ? Andouille, va ! Je ne voulais rien dire, mais tant pis. Fintan ne pense qu'à ton bien. Tu *sais* que tu dois quitter Thomas, et c'est pour ça que tu es folle de rage contre lui…

— Ce n'est pas pour ça…

— Tu crois vraiment que c'est ma vie qui est ridicule ? Et la tienne, alors ? » Les pommettes de Katherine étaient couleur betterave. « Tu préfères être avec un taré dans le genre de Thomas plutôt que de vivre seule ? Franchement, je trouve ça pathétique. Et regarde comme tu es grosse. »

Tara se raidit, et quelque part en son for intérieur Katherine aussi, mais il n'y avait plus moyen de l'arrêter.

« Tu manges trop parce que tu es malheureuse. Et tu as le

culot de dire que Fintan cherche à te détruire, alors que c'est clair pour tout le monde qu'il veut t'aider parce qu'il t'aime.

— Tu parles ! » La tension de ces dernières semaines se mua en un torrent de fureur. « En me demandant de quitter l'homme de ma vie !

— Je n'imagine rien de plus jouissif que de te voir larguer Thomas, dit Katherine, venimeuse. Je donnerais cher pour mater la tronche qu'il ferait, crois-moi.

— Pourquoi es-tu si mauvaise avec lui ? siffla Tara entre ses dents.

— Il a toujours son petit porte-monnaie marron ? s'enquit Katherine, méprisante.

— Oui, et alors ?

— Eh bien, tu as un début de réponse.

— Je m'en vais. » Tara s'empara de ses clés de voiture. « Je n'ai pas l'intention de me faire traiter de tous les noms ni d'accepter qu'on insulte mon mec.

— De quels noms je t'ai traitée ?

— Tu m'as traitée d'andouille. » La voix de Tara se mit à chevroter. « Et aussi de grosse.

— C'est toi qui as commencé ! cria Katherine dans son dos. Avec tes histoires de culottes. »

Mais Tara était partie, emportée par une vague de haine, et Katherine resta seule à trembler sur sa chaise. Que leur arrivait-il ? Les amis, c'était fait pour s'épauler dans les moments difficiles. Comment en étaient-ils venus à ce règlement de comptes ?

40

Joe Roth crut qu'il hallucinait. Jeudi matin, il était arrivé au bureau comme d'habitude, et Katherine Harcèlement-Sexuel-Casey lui avait adressé un sourire. Un *sourire*. À *lui*. Et apparemment sans arrière-pensée. Pas comme un prélude pour lui annoncer qu'elle avait perdu ses notes de frais ni qu'elle avait reçu d'en haut l'ordre de calculer ses indemnités de départ. Non, simplement, ses petites dents nacrées se découvrirent ; son regard gris, d'ordinaire si sérieux, s'illumina, et elle lança un : « Bonjour, Joe » jovial.

Que se passait-il donc ? Depuis qu'elle avait pleuré devant lui parce qu'elle avait appris une mauvaise nouvelle, dix jours plus tôt, elle avait repris ses distances. Son attitude subitement amicale le déconcertait au plus haut point.

Et, lorsqu'elle se dirigea d'une démarche ondulante vers son bureau, il remarqua une légère différence dans sa tenue. Était-ce plus court ? Plus moulant ? En tout cas, ça lui plaisait bien. S'il n'avait pas su à quoi s'en tenir avec elle, il aurait pu penser qu'elle flirtait avec lui.

Parvenue à son bureau, Katherine se mit à trembler. Et si ça ne marchait pas ? Si la seule chose que Joe aimait chez elle, c'était son côté inaccessible ?

Bien que très mal à l'aise, elle savait, au fond, qu'elle n'avait pas le choix. Elle était une femme de devoir. C'était toujours elle qui payait les factures, prêtait de l'argent aux amis, pensait aux anniversaires, prenait le volant quand les autres étaient ivres morts. Et maintenant elle avait pour mission de sauver la vie de Fintan. Inutile de compter sur cette écervelée de Tara Butler : elle ne lèverait pas le petit doigt.

À la pensée de Tara, Katherine sombrait dans un abîme de culpabilité. Elle avait enfreint le pire des tabous. Elle lui avait dit qu'elle était grosse. Même si c'était la stricte vérité. Mon Dieu, songea-t-elle, je deviens comme Thomas ! À dire ce que je pense. Quatre jours s'étaient écoulés depuis leur terrible dispute et, bien qu'elles se soient rabibochées avec Liv, elles affichaient l'une vis-à-vis de l'autre une politesse glaciale – et encore, uniquement pour ménager les O'Grady.

Katherine avait beau savoir que sa façon de vivre ne pouvait aucunement affecter l'évolution du cancer de Fintan, elle avait l'impression de lire un reproche muet dans les yeux de Liv, de Sandro et de la famille O'Grady. Mais, par-dessus tout, elle se sentait piégée par l'amour inconditionnel qu'elle portait à Fintan. Elle le revoyait tel qu'il avait été : vigoureux, éclatant de santé, le teint frais, le cheveu épais, l'œil brillant. Et de le voir décharné, le regard éteint, le cou enflé, le crâne dégarni par endroits, dans son lit d'hôpital, l'emplissait d'une tristesse et d'une angoisse indicibles. Dans ces moments-là, elle aurait tout fait pour lui.

Pour finir, la pression, la peur et la culpabilité aidant, elle décida qu'il était plus facile d'essayer d'accéder à sa demande. Et puis, sous le fatras de toutes les autres considérations, profondément enfoui, reposait un ultime argument, qu'elle n'aurait pas avoué sous la torture : elle voulait conquérir Joe Roth. La requête de Fintan s'offrait comme une excuse à sa honte de le reconnaître.

Jeudi matin, armée comme si elle partait à la guerre, elle prit son courage à deux mains et s'obligea à mettre une jupe en lycra noire, courte et affriolante – même si la décrire ainsi n'avait jamais traversé la tête de Katherine – pour aller travailler. Aussi gênée que si elle avait été nue, et malgré le manteau qui l'enveloppait de la tête aux pieds, elle eut à peine la force de se propulser, persuadée que tous ses collègues masculins de chez Breen Helmsford allaient remarquer son manège et en deviner la raison.

En chemin, elle pria pour que Joe ne soit pas là. Qu'il soit sur un tournage, ou malade, mort peut-être. Mais, en entrant, ce fut la première personne qu'elle vit, nonchalamment perchée sur son fauteuil. Paralysée de terreur, elle révisa illico ses plans. Elle ne changerait rien à son comportement et continuerait à l'ignorer, point.

Soudain, elle pensa à Fintan sur son lit d'hôpital et s'identifia à John Malkovich dans *Les Liaisons dangereuses*. « Ce n'est pas moi qui décide », se récita-t-elle mentalement. « Ce n'est pas moi qui décide. » Il fallait qu'elle y passe.

Et pour commencer, qu'elle se montre à tout le monde dans sa petite jupe coquine. Horreur ! Affolée, elle se demanda si elle n'allait pas garder son manteau, avant de se rendre compte que cela susciterait encore plus de commentaires. Ce fut un supplice que de l'ôter, d'abord une manche, puis l'autre. Jetant des regards traqués autour d'elle, Katherine se dirigea vers son poste de travail.

Sois digne face à l'adversité, s'admonesta-t-elle. Pense à Padraig Pearse devant le peloton d'exécution, à Jeanne d'Arc sur son bûcher. Ainsi fortifiée, elle carra les épaules, releva le menton et, luttant contre l'envie de tirer sur sa jupe, mit le cap sur le bureau de Joe.

Regarde-le dans les yeux ! s'enjoignit-elle, avec une sévérité de sergent-major.

Elle s'exécuta.

Prépare-toi à sourire !

Elle sourit.

Avec chaleur.

Avec chaleur.

Garde le sourire.

Elle garda le sourire.

Maintenant, parle-lui. Et sois convaincante !

Sentant que sa langue avait décuplé de volume dans sa bouche, elle réussit à articuler : « Bonjour, Joe. »

C'est tout ce que tu as trouvé ? Lamentable ! Il ne te reste plus qu'à tortiller du popotin.

Pétrifiée, elle s'essaya à un vague déhanchement jusqu'à ce que, parvenue enfin à son bureau, elle défaille presque de soulagement. Elle s'assit, tremblante, et attendit le résultat de ses efforts. Par son attitude provocante, elle lui avait tendu une perche sans équivoque. Mais la saisirait-il ?

Et puis, il y avait le facteur Angie. Katherine ignorait toujours si Joe et Angie se voyaient en dehors du travail ; si oui, elle était mal barrée. Et Fintan aussi.

Toute la matinée, elle surveilla Joe d'un œil inquiet. Comme à midi il n'était pas venu vers elle, elle s'arma de courage, lui sourit à nouveau et dit : « Bon appétit. » Personne ne pourrait accuser Katherine Casey de manquer à ses devoirs !

Elle passa l'après-midi à le guetter, troublée par l'attirance qu'il exerçait sur elle. Quand il parlait au téléphone, la tête sur le dossier de son fauteuil. Quand il riait ou discutait avec un membre de son équipe. Quand, l'air pensif et lointain, il se tapotait les dents avec un stylo bille. Elle l'observait, et une chaleur diffuse montait du creux de son estomac.

Mais il ne se manifestait toujours pas. Alors, vers cinq heures, elle lui sourit encore une fois, pour suggérer qu'un verre après le bureau ne serait pas de refus. Il se contenta de lui rendre son sourire, avec précaution, sans dire un mot. Katherine commençait à en avoir assez de faire tout le boulot. Il ne se fatigue pas beaucoup ! bougonna-t-elle intérieurement. Il aurait pu au moins faire un pas dans sa direction.

À la fin de cette très longue journée, elle rangea ses affaires en s'efforçant de lui expédier un message silencieux : Je m'en vais. Si un nommé Joe Roth veut inviter une nommée Katherine Casey à boire un verre, c'est l'occasion ou jamais. Toujours pas de réaction.

Que pouvait-elle faire de plus, à part l'agresser physiquement ? Lui dévoiler un sein à travers la pièce ?

Et voilà, c'était terminé. Elle était déçue, mais aussi soulagée… et pas vraiment surprise. À un moment donné, elle avait bien senti que Joe Roth était quelqu'un de volontaire et d'obstine. Confronté à un rejet catégorique, il l'avait définitivement rayée de sa liste.

Mais, au moins, elle avait essayé. Peut-être sans trop d'insistance, certes. Et sans obtenir le résultat escompté. Cependant, elle pouvait aller voir Fintan et lui dire en toute honnêteté qu'elle avait essayé.

Restait à espérer qu'il ne refuserait pas de guérir, comme ces clients qui refusaient de payer un avocat lorsqu'il perdait le procès. Pas de victoire, pas d'honoraires. Pas de Joe, pas de guérison.

41

À son arrivée à l'hôpital, la phalange de parents et amis s'était momentanément dispersée, et Sandro et Fintan profitaient d'un de leurs rares tête-à-tête. La main de Fintan dans la sienne, Sandro lui murmurait quelque chose qui le faisait sourire. En approchant, Katherine entendit ce que c'était.

« ... piscine d'eau douce, masseuse, chef de renommée internationale, animations le soir et, dans la journée, excursions dans la jungle avec possibilité de promenade à dos d'éléphant.

— Salut, chuchota Katherine, tirant une chaise sans bruit.

— La Thaïlande. » Un sourire béat flottait sur les lèvres de Fintan. « L'Orchid Palace, à Chiang Mai.

— Ç'a l'air super.

— On est en train de voyager à travers la Thaïlande, expliqua Sandro.

— Après, on va à Phuket.

— Dans un cinq étoiles.

— Avec ski nautique, entre autres activités.

— Dès que Fintan ira mieux, on partira pour de bon.

— Le safari au Kenya d'abord. Et quinze jours à La Source, à Grenade. Montre à Katherine la brochure de La Source, Sandro. »

Sandro fouilla dans la pile de brochures touristiques par terre à côté de lui et finit par sortir celle de La Source, que Katherine admira poliment. Puis il alla chercher à boire, la laissant seule avec Fintan.

« J'ai une bonne nouvelle pour toi, annonça-t-elle. Je me suis jetée à la tête de Joe Roth. »

C'était peut-être un peu exagéré, pour trois sourires et quatre mots, mais Fintan n'était pas censé connaître les détails.

« Formidable ! » Il tenta de se redresser, mais n'y parvint pas.

« Ça va ? demanda Katherine anxieusement. Comment se fait-il que tu sois si faible ? Voilà trois jours que tu n'as pas eu de chimio.

— Mon système immunitaire est naze, mes globules blancs sont complètement à plat. » Il leva les yeux au ciel. « Les effets secondaires de la chimio. À les entendre, tout est un effet secondaire de la chimio. Si je tombe d'une échelle et me casse une jambe, ce sera un effet secondaire de la chimio.

— Oh, mince. Ça ne s'arrange pas.

— On s'en fiche. Allez, parle-moi de Joe Roth. Vous avez prévu de sortir ensemble, ou quoi ? Quand ? Il t'emmène où ?

— Euh… nulle part. » Elle était malheureuse de lui causer cette déception. « Il ne m'a pas invitée.

— Mais tu as dit que tu avais une bonne nouvelle pour moi.

— C'est vrai. » Elle plaqua un sourire éclatant sur son visage. « J'ai fait ce que tu m'avais demandé. J'ai essayé de mon mieux, j'ai souri et je lui ai parlé. Sans résultat, d'accord, mais ça, je n'y suis pour rien. »

Fintan se taisait.

« J'ai fait comme tu avais demandé, répéta-t-elle, piteuse.

— Non, ça ne va pas du tout, décréta-t-il, impérieux. Mais alors pas du tout. »

Le cœur serré, Katherine, une fois de plus, envisagea de mettre un terme à leur amitié.

« Tu t'es excusée de l'avoir accusé de harcèlement sexuel ?

— Ben, non…

— Comment veux-tu qu'il se passe quelque chose, alors qu'il y a toujours ça entre vous deux ? Cesse donc de te défiler, Katherine Casey !

— Je n'y peux rien, fit-elle obstinément. Ce qui est dit est dit.

— Présente-lui tes excuses !

— Je ne *peux* pas. » Elle réprima un frisson, rien que d'y penser.

« On ne traite pas les gens de cette façon-là, assura Fintan avec ferveur. Tu t'es très mal conduite vis-à-vis de lui.

— Tu n'étais pas là, toi, répondit Katherine avec humeur. Il était d'un lourd ! Il ne me lâchait plus…

— Était-ce vraiment du harcèlement ? Ton travail était-il menacé si tu ne te pliais pas à ses exigences ?

— Non, mais…

— T'a-t-il touchée ? A-t-il fait des allusions sexuelles ?

— Oui ! affirma-t-elle, se rappelant qu'il lui avait dit adorer son accent et la trouver merveilleuse.

— Les compliments, ce n'est pas pareil. » Fintan n'était pas facile à berner. « Et n'est-il pas parti sitôt que tu l'as envoyé paître ?

— Si, mais avant ça, il n'a pas arrêté… il n'a pas arrêté de me parler.

— Écoutez-moi cette toquée.

— Et il m'a invitée à déjeuner au moins quatre fois.

— Tu t'enfonces, là. Tu es bien partie pour être aussi frappadingue que ta mère. Bon, c'est très simple : tu t'excuses et tu lui proposes d'aller boire un verre. Il dit non. Et alors ? Le mot « non » n'a jamais tué personne. Allez, vas-y, je sais que tu en meurs d'envie. » Il la gratifia d'un clin d'œil.

« Absolument pas.

— Mais si. Je te connais, va, tu es une tête de mule. Tu ne lui aurais même pas souri, si ça ne te disait rien du tout. Au fond, je ne suis qu'un catalyseur. Malgré toutes tes récriminations, c'est bien pratique pour toi que je sois tombé malade, hein, Katherine Casey ? »

Extrêmement mal à l'aise, elle n'arrivait pas à savoir s'il plaisantait ou non.

« N'est-ce pas une sacrée aubaine pour ta vie amoureuse ?

— Comment peux-tu dire une chose pareille ? s'emporta-t-elle. Tu as tout faux. Si j'ai souri à Joe Roth, c'est uniquement pour ne plus t'avoir sur le dos.

— Très bien, opina Fintan joyeusement. Si tu le prends comme ça, considère que je suis toujours sur ton dos. »

Comment s'en dépêtrer ? Katherine cherchait désespérément une échappatoire.

« S'il te plaît, insista-t-il, tu es mon seul espoir. Il n'y a aucune chance pour que cette chiffe molle de Butler lâche son Thomas adoré. Quand on a besoin de quelque chose, demandez à Katherine Casey… elle ne vous laissera pas tomber. »

Katherine se rengorgea avant de comprendre qu'il venait de resserrer l'étau.

« Tu as changé, soupira-t-elle. Tu es devenu très manipulateur.

— Mais tu essayeras ?

— Que veux-tu que je te dise ? Oui, j'essayerai.

— Et maintenant, regarde-moi bien, Katherine, déclara Fintan. Tu as un oisif devant toi. »

Le mot « oisif » éveillait en elle des visions suavement mondaines : moustaches à la David Niven, fume-cigarette, verres de martini, hors-bord et voitures de sport. Elle contempla le visage décharné de Fintan, ses yeux rougis, ses cheveux de plus en plus clairsemés. Non !

« Comment ça ?

— J'ai été viré.

— Par qui ?

— Par ma patronne. Par qui d'autre ? Le Dr Singh ?

— Mais…

— Carmella en personne. Moulée dans un truc hyperserré et complètement défoncée.

— Elle est venue à l'hôpital pour te virer, dans ton lit ? Mais pourquoi ? Peut-on se faire licencier pour maladie ?

— Elle craignait – tiens-toi bien – que je donne une mauvaise image de sa société. »

Subitement, Katherine comprit.

« Elle croit que tu es séropositif. »

Fintan hocha la tête.

« Mais c'est injuste ! D'ailleurs, je pensais que l'industrie de la mode était très tolérante vis-à-vis des gens atteints du sida.

— Alors, peut-être qu'elle m'a viré parce que je ne suis pas séropositif, rétorqua Fintan d'un ton brusque. Je n'en sais rien. »

Sa bouche s'était durcie. Soudain, son visage se décomposa, sa lèvre inférieure se mit à trembler, et ses yeux injectés de sang s'emplirent de larmes.

« Qu'est-ce que je vais devenir ? suffoqua-t-il. Mais qu'est-ce que je vais devenir ? Ce n'est pas seulement une question d'argent. »

Katherine était frappée d'impuissance.

« Huit ans, j'ai travaillé pour elle, dit Fintan, accablé. Je croyais qu'on était amis. Elle disait se reposer sur moi, et maintenant elle me jette comme un déchet. Je n'ai pas demandé à contracter cette horrible maladie, et j'adore mon travail. Je me sens tellement seul ! Au moins, si j'avais le sida, on serait plusieurs dans le même bateau, à parler trithérapie, à se faire des papouilles et... et... à confectionner une couverture en patchwork !

— Il existe des groupes de soutien pour les gens atteints de la maladie de Hodgkin », fit Katherine.

Depuis que Fintan savait de quoi il souffrait, Liv l'encourageait à contacter d'autres personnes dans le même cas que lui. Du reste, elle leur suggérait à tous d'adhérer à un groupe de soutien – les Mères de cancéreux, Conjoints de cancéreux, Frères et sœurs de cancéreux ou Amis de cancéreux.

« Je sais que je suis censé être fort et que ce n'est pas beau de s'apitoyer sur son sort, mais j'ai un aveu à te faire, dit Fintan.

— Qu'est-ce que c'est ?

— J'ai peur de la douleur. Je suis terrifié à l'idée de mourir dans d'atroces souffrances sans qu'on me donne assez de morphine.

— On n'en arrivera pas là, murmura Katherine. Ah, voici Sandro. »

Sandro jeta un coup d'œil à Fintan, posa les boissons, saisit une brochure et se mit à lire rapidement : « "Lido-Sans-Souci à la Jamaïque. Hôtel-club de luxe avec plage privée, vaste choix de sports nautiques, réflexologie, aromathérapie, cuisine antillaise et européenne..." »

42

« Thomas, veux-tu m'épouser ? »

Rayonnant, Thomas se tourna vers Tara.

« Tara... » Sa voix était chargée d'émotion. « Je ne sais que dire.

— Tu n'as qu'à dire oui, souffla-t-elle.

— Dans ce cas, oui ! J'en serais ravi. Honoré. »

Elle vacilla presque de soulagement, et Beryl lui adressa un sourire de félicitations tandis qu'elle mettait son bol Whiskas dans le lave-vaisselle. Mais, attendez une minute... ils n'avaient pas de lave-vaisselle. Et Beryl ne lui souriait jamais, elle la détestait. Juste au moment où Thomas s'exclamait : « Comment, si je veux t'épouser ? J'ai cru que tu me demandais si je voulais tout ton argent. C'est facile de confondre », Tara se réveilla en sursaut, le cœur battant.

Elle n'arrêtait pas de faire des cauchemars, souvent même avant de s'endormir. Cauchemars qui tournaient autour de cette demande en mariage.

Elle en voulait à Fintan. Ainsi qu'à Katherine Cœur-de-Pierre-Casey. Et ses collègues de travail ne lui étaient d'aucun réconfort. Surtout Ravi. Mercredi midi, dans un bureau quasi désert, il l'avait bousculée : « Ne fais pas cette tête. Ça te dit de lécher le couvercle de ma mousse au chocolat ?

— Merci. »

Avec lassitude, Tara avait pris le rond en papier alu et l'avait léché sans enthousiasme pendant que Ravi renversait le contenu de la boîte dans son gosier.

« Comment va Fintan ? » avait-il marmonné, la bouche pleine.

Tara avait fait une pause. Bonne question. Comment allait-il, au juste ? Le renflement dans son cou n'avait pas diminué d'un iota. Ni les nodules dans son pancréas, qu'on pouvait sentir – quoique aucun d'entre eux n'en éprouvât particulièrement le désir – en lui appuyant fortement sur l'abdomen du côté gauche. Fallait-il mentionner qu'il avait été bouleversé en apprenant que la chimio allait le rendre stérile ? Que le cancérologue avait laissé entendre que, dans la mesure où il était gay, cela n'avait pas grande importance ?

« Il sort de l'hôpital samedi. » Elle avait choisi de positiver.

« Tant mieux. Ça veut dire qu'il est en train de remonter la pente.

— On n'en sait trop rien. Il faudra peut-être neuf mois de traitement avant de savoir s'il est tiré d'affaire.

— Pourquoi il sort, alors ?

— Parce qu'il n'a plus vraiment besoin de rester là-bas. À partir de maintenant, il n'aura que deux séances de chimio par mois.

— Deux séances par mois ? » Ravi paraissait sceptique. « Ce n'est pas assez. Pour que ça marche, ils devraient au moins lui doubler la dose. »

Tara avait un énorme poids sur l'estomac. Comme si c'était aussi simple ! C'était le maximum qu'on pouvait lui administrer sans l'achever.

« Sa mère et ses frères vont être là pendant les neuf mois ?

— Non, ils repartent dimanche. Enfin, JaneAnn et Timothy. »

Excité, Ravi l'empoigna par les épaules.

« Tu veux dire que… l'autre, Milo, il reste ?

— Non seulement il reste, acquiesça-t-elle d'un air éloquent, mais devine chez qui. »

Ravi en eut le souffle coupé.

« Non ! glapit-il. Chez Liv ? Mais c'est génial !

— Juste pour quelques semaines, précisa Tara.
— Et son Lars ? Ça y est, elle l'a mis sur la touche ?
— Oui, hier soir.
— Oh, oh ! j'aurais voulu être là pour entendre ça.
— Moi, j'ai entendu. Elle nous avait branchés sur la conversation à trois. Mais tu n'as pas perdu grand-chose. Ils ont parlé suédois. »

Il y eut un silence.

« Tu t'es engueulée avec Katherine ? demanda-t-il à brûle-pourpoint.
— Pourquoi tu dis ça ?
— Parce que la moyenne de tes coups de fil a baissé de dix-sept pour cent depuis vendredi dernier. Teddy a fait le calcul. Qu'est-ce qui se passe ?
— Rien.
— Raconte-moi. De toute façon, je ne comprendrai pas. »

Ravi était si peu compliqué que c'en était un plaisir ! Tara ouvrit la bouche, et soudain ce fut comme si une digue s'était rompue. À voix basse, mais sur un mode humoristique – « Tu ne vas pas me croire ! » –, elle lui narra la promesse insensée que Fintan lui avait extorquée, sa dispute avec Katherine, sans spécifier que celle-ci l'avait traitée de grosse, et la réaction des O'Grady : « À voir leur tête, on aurait dit que j'avais menacé Fintan avec un hachoir à viande. » Plus sa propre superstition tenace : « Je le crois quand il dit qu'il mourra et reviendra me hanter si je ne fais pas ce qu'il demande. » Elle conclut cependant gaiement : « Il est complètement cinglé, tu ne trouves pas ? »

Ravi ne répondit pas. Diverses pensées défilaient sur son visage comme les ombres de nuages sur un relief montagneux.

« Tu n'as qu'à hocher la tête », fit Tara, inquiète.

La figure lisse, juvénile, de Ravi était un puits de perplexité.

« Fintan est ton copain, hasarda-t-il enfin. Il n'a aucune raison de te faire une crasse. Tu le connais depuis l'âge de quatorze ans, non ? »

Elle acquiesça à contrecœur.

« Et maintenant tu as quoi, vingt-huit ans ?
— Trente et un, banane.
— Hein, déjà ? Tu es si vieille que ça ?

— Eh oui !

— Bon, bref, quand on est amis depuis si longtemps, on se serre les coudes », acheva Ravi avec un sourire triomphant.

Et voilà, il avait réglé le problème de Tara. Alors pourquoi faisait-elle cette tête d'enterrement ?

« Ravi, tu ne m'écoutes pas. Il veut que je quitte Thomas. Il est malade, il ne sait pas de quoi il parle.

— Je n'en suis pas aussi sûr, dit Ravi, songeur. Une fois, j'ai vu un documentaire sur un type pris dans une tempête, sept semaines sur son bateau, les oreilles gelées. Il avait dû manger des morceaux du bateau, il avait failli crever. Repêché par un chalutier, il a eu une révélation et a complètement changé de vie. Il est devenu gentil avec tout le monde, a vendu son entreprise et décidé de vivre à fond le moment présent, en recommandant aux autres d'en faire autant. À mon avis, c'est pareil avec Fintan. Un autre mec, son avion a été détourné...

— Non, Ravi, non ! » Tara ne cachait pas sa déception. « Je compte sur toi pour réagir en vrai garçon. Imperméable aux émotions. Je ne veux surtout pas d'éclairs de lucidité. Tu es mon seul coin d'ombre dans un monde insupportablement clair, où on partage tout avec n'importe qui.

— Pardon, pardon !

— Tu es censé me répondre que Fintan a disjoncté et que je ne dois pas faire attention.

— Mais oui, Tara. Fintan a disjoncté. Ne fais pas attention.

— Trop tard.

— Je sais ! s'écria-t-il, subitement inspiré. Tu n'as qu'à lui mentir. Dis-lui que tu as quitté Thomas, et basta.

— J'y ai pensé. Malheureusement, lui aussi. Il m'a dit qu'il s'en apercevrait. Qu'il se pointerait chez Thomas à l'improviste, comme les contrôleurs de la redevance télé. Il m'a même promis de louer une camionnette avec du matériel de surveillance.

— Flûte. » Embarrassé, Ravi se mordit les lèvres. « Je sais ! Tu quittes Thomas, tu le dis à Fintan, et une fois qu'il ira mieux tu retournes chez Thomas.

— Et s'il ne m'a pas attendue ?

— Eh bien, c'est qu'il ne tient pas vraiment à toi », conclut Ravi avec entrain.

Nom d'un chien, même lui l'avait remarqué !

« Tu ne m'aides pas des masses.

— Je ne suis qu'un garçon, fit-il humblement. Ça ne pouvait pas marcher.

— La solution est évidente, voyons », les interrompit une voix agacée.

Surpris, ils levèrent les yeux. C'était Vinnie. Qui bondit sur ses pieds, retroussa les manches de sa chemise froissée et se mit à faire les cent pas.

« À mon sens, reprit-il, faisant sauter un stylo bille dans sa paume, tu dois commencer par demander à Thomas de t'épouser.

— Tu ne respectes donc rien ? C'était une conversation privée.

— Les clients me paient cent livres pour une heure de consultation, rétorqua Vinnie. Alors que pour toi, c'est gratuit. Profites-en. Bien, où en étions-nous ? Examinons la situation. »

Et, se précipitant vers le tableau blanc, il se mit à gribouiller dessus avec un marqueur crissant.

« Voici le point de départ. »

Il désigna un rectangle rouge et tremblotant d'où il fit partir une flèche.

« Tant que Thomas ne t'a pas dit non – et il ne le fera pas forcément –, il n'y a pas de problème. Donc, il faut que tu lui poses la question.

— Pourquoi ? Autrement, tu vas me virer ? »

Vinnie eut l'air déconcerté.

« Pourquoi pas, après tout ? reprit Tara amèrement. Fintan m'a bien menacée de mourir si je ne faisais pas ce que je lui ai promis !

— Toutes mes excuses. » Vinnie se rendit soudain compte qu'il avait passé les bornes. « Je me suis laissé emporter. Je n'aurais pas dû écouter. Mais c'était si passionnant… un tel challenge… Je n'ai pas beaucoup dormi, voyez-vous, mon petit dernier est en train de faire ses dents…

— Il a raison, marmonna Ravi tandis que Vinnie s'affalait dans son fauteuil en se passant la main sur le crâne. Je regrette, mais ça tombe sous le sens. Demande à Thomas de t'épouser.

— Mais… »

Comment exprimer la terrible crainte qui la rongeait : que, à la moindre intervention de sa part, tout le château de cartes ne s'effondre ?

« Bien, il est temps de se remettre au boulot, annonça Ravi, consultant sa montre. Je reviens, il faut que j'aille me laver les mains. »

43

Entre-temps Katherine, qui mijotait dans un bouillon d'émotions contradictoires, en était arrivée à la conclusion qu'elle n'avait rien à perdre. Les épreuves de ces dernières semaines l'avaient coupée de ses attaches, et elle voguait à la dérive, loin de ses repères familiers.

Liv, Sandro et les O'Grady étaient en rogne contre elle. Tara ne lui adressait pas la parole. En un sens, elle avait déjà lâché Fintan. Elle n'avait donc plus personne. Dans ces circonstances, que risquait-elle à présenter ses excuses à Joe Roth ? Même s'il se montrait infect, elle n'était plus à un affront près.

Une étrange insouciance s'était emparée d'elle. Un esprit d'aventure qu'elle avait toujours nié, refoulé, combattu. Elle était la fille de sa mère et, tôt ou tard, il lui aurait fallu l'assumer.

Ce qui ne l'empêcha pas d'être morte de trac en allant travailler le vendredi matin. Elle avait cru être dans l'embarras la veille ? Elle ne savait alors qu'elle avait mangé son pain blanc ! Avec ses sourires nunuches et ses quelques mots, elle s'était livrée à une répétition générale. Aujourd'hui, on passait aux choses sérieuses. Tir à balles réelles. Avec le risque de blesser quelqu'un.

La peur lui donnait le vertige.

Pressée d'en finir, elle essaya d'intercepter Joe dès qu'elle eut retiré son manteau. Elle ne tenait pas à ce que la moitié de Breen

Helmsford assiste à la scène. Très vite, elle se rendit compte que c'était impossible. Joe était très occupé, très sollicité, toujours entre deux réunions ; il donnait des centaines de coups de fil, et des gens s'arrêtaient en permanence sur le seuil de son bureau pour lui dire deux mots. Dans les brefs intervalles où il était seul, Katherine, dans un effort surhumain, se soulevait de son siège. Mais elle n'avait pas le temps de se mettre debout que déjà son téléphone sonnait ou que quelqu'un d'autre arrivait pour un brin de causette, et elle se rasseyait en grommelant.

À midi, Joe avait rendez-vous avec des clients, et elle dut batailler ferme pour ne pas laisser faiblir sa détermination. Mais lorsqu'il rentra, à trois heures, l'étourdissante ronde de visites et d'appels téléphoniques reprit de plus belle.

Katherine en aurait pleuré de dépit. Elle commençait à être à court de munitions, et toute l'adrénaline accumulée dans le courant de la matinée était en train de se retourner contre elle : elle se sentait déprimée et à plat.

Toutefois, à quatre heures moins dix, alors qu'elle revenait des toilettes, elle aperçut Joe dans la petite pièce vitrée qui abritait la machine à relier. Seul. C'était le moment ou jamais ! Essoufflée, elle se hâta le long du couloir qui semblait aussi vaste que la plaine de Serengeti, concentrant toute son énergie pour empêcher qu'on les dérange. Jusque-là, c'était bon. Personne en vue. Si ! Quelqu'un arrivait derrière elle. Une femme, à en juger par le bruit de pas. Également pressée. À la porte, Katherine se retourna pour voir de qui il s'agissait. Angie, évidemment. Cette peste d'Angie, avec une liasse de papiers dans les bras.

Joe jeta à Katherine un coup d'œil indifférent.

« J'ai fini. » Il désigna la machine. « Je vous laisse la place. »

Elle s'aperçut alors qu'elle n'avait rien dans les mains – rien qui justifiât l'usage de la relieuse. Or, la seule chose qu'on pouvait faire dans cette pièce-là, c'était relier.

Joe et Angie avaient dû se faire la même réflexion. Ils contemplèrent ses mains vides, et Katherine eut l'impression qu'elles grossissaient, grossissaient jusqu'à devenir deux pelles.

« J'ai oublié..., dit-elle d'une voix blanche, ... oublié mon dossier. »

Le regard soupçonneux, Angie hocha la tête.

« Allez-y, ajouta Katherine en se faufilant par la porte. Allez-y.
— Ne vous inquiétez pas, répondit Angie d'un ton lourd de sens. Joe, tu peux me montrer comment ça marche ? »

Quand il eut regagné son bureau, Joe, miraculeusement, ne fut importuné ni par des visiteurs ni par des coups de fil. Mais Katherine s'en moquait. À quoi bon ? se disait-elle. Le temps de rassembler mon courage, quelqu'un va débarquer, et tout sera fichu.

Cependant, lorsqu'elle risqua un coup d'œil sur lui cinq minutes plus tard, il était toujours seul. L'air maussade, il feuilletait des papiers.

L'instant d'après, elle était debout et, avec le sentiment de vivre un mauvais rêve, traversait la salle dans sa jupette ridicule. Une fois devant lui, elle ouvrit la bouche, hagarde, et s'entendit demander : « Pourrais-je vous parler ? »

D'un geste élégant de la main, Joe lui indiqua un fauteuil. Il la regardait avec curiosité. Presque avec méfiance. Éperdue, Katherine s'assit, posa les coudes sur le bureau et comprit que l'heure de vérité avait sonné. Ô Seigneur !

« Vous vous souvenez peut-être, commença-t-elle d'une voix haletante, il y a quelque temps, je… hmm… »

Son expression était inamicale. Pas un sourire d'encouragement, pas le moindre signe de tête, pas la moindre lueur dans ses yeux.

Elle changea de tactique.

« Il y a quelques semaines, vous êtes venu me voir, et je… euh… j'ai dit quelque chose. Quelque chose qui a pu vous faire croire que je… » Elle s'interrompit brusquement. Ces préambules l'énervaient elle-même. « Je vous ai accusé de harcèlement sexuel, déclara-t-elle de but en blanc.
— C'était moins une accusation qu'une insinuation. » Joe inclina la tête. « Oui, je m'en souviens. »

Il ne rit pas, ne plaisanta pas, ainsi qu'elle l'avait secrètement espéré. Il continuait à la fixer sans sourire, et soudain elle vit les choses de son point de vue. Certains avaient perdu leur poste pour moins que ça.

« J'aimerais vous présenter mes excuses, fit-elle, sincèrement confuse. Je suis désolée. C'était faux, je n'aurais jamais dû dire ça. »

Le visage de Joe était dénué d'expression.

« Excuses acceptées. À mon tour de m'excuser, répondit-il calmement. J'ai eu tort d'insister. J'aurais mieux fait de vous laisser tranquille. »

C'était la dernière chose qu'elle avait envie d'entendre.

« Non, non ! » protesta-t-elle.

Devant son air interrogateur, le courage faillit lui manquer. D'une voix haut perchée, elle enchaîna précipitamment : « Si votre offre d'aller boire un verre tient toujours, je l'accepte avec plaisir. »

Elle se trémoussa d'humiliation. *Je te hais, Fintan O'Grady.*

Joe scruta son visage enflammé, et elle s'efforça de décrypter son regard impénétrable, furieuse de se sentir à sa merci. Elle avait horreur de dépendre de quelqu'un. Surtout d'un homme. Pis encore, d'un homme qui lui plaisait.

Finalement, sans la quitter des yeux, il répliqua, pensif : « Je vais y réfléchir. »

Elle crut qu'elle allait commettre un meurtre. Les joues en feu, elle se leva, flageolante, esquissa un sourire forcé et retourna en titubant vers son bureau.

Il fallait qu'elle sorte. Elle fit le tour de Hanover Square et remonta Oxford Street en répétant avec force simagrées : « Je vais y réfléchir. Je vais y réfléchir. »

Ivre de rage, elle jura que Fintan O'Grady allait lui payer ça.

De retour au bureau, elle prit son attirail de claquettes, inutilisé depuis la maladie de Fintan, et s'en fut au club de gym. Normalement, elle ne mettait pas les pieds dans la salle de fitness, mais là elle avait besoin de se venger sur le punching-ball, à défaut de pouvoir taper sur Joe Roth. Ou sur Fintan O'Grady, tant qu'elle y était.

En vain, le moniteur tenta de lui dire qu'elle n'avait pas les bonnes chaussures. Sa fureur fut très persuasive. Rouge comme une tomate, dans son petit short évasé et ses souliers de danse en cuir verni ornés d'un gros nœud, elle cogna encore et encore, donnant libre cours à sa violente colère contre Joe, Fintan, Tara et, en premier lieu, contre la personne qui l'avait faite telle qu'elle était.

Elle attira les curieux – principalement des hommes. Une fille aussi frêle, avec une force pareille !

« Elle pourrait faire partie de l'équipe nationale de boxe », commenta, admiratif, un colosse tout en muscles.

Katherine s'interrompit un instant. D'ordinaire, un regard force trois (profond mépris teinté d'hostilité féroce) ou force quatre (un cran au-dessus dans le mépris et la férocité, agrémenté d'un rictus) aurait suffi, mais ce n'était pas un jour comme les autres. Elle lui décocha donc un regard force cinq (glaçant, avec promesse d'agression physique à l'appui) et ricana sous cape quand il recula en trébuchant. Puis elle se remit à frapper pour exorciser sa propre vulnérabilité, oublier toute cette attention indésirable.

Brusquement, elle s'arrêta, au grand dam des spectateurs. Elle venait de comprendre ce dont elle avait besoin. Il fallait qu'elle aille trouver quelqu'un. Quelqu'un qui lui remonterait le moral. Quelqu'un qui arrangerait tout. Qui avait toujours tout arrangé, d'une manière ou d'une autre. Et ce quelqu'un, c'était Tara.

44

Lorsque Tara ouvrit la porte, Katherine faillit s'évanouir tant la puanteur était insupportable, mais elle pensa avant tout au but de sa visite.

« Je suis désolée, dit-elle rapidement, au cas où Tara aurait voulu lui claquer la porte au nez. Désolée pour la dispute. Pour toutes les horreurs que je t'ai balancées. Je suis vraiment, vraiment désolée. » Elle ravala la boule qui lui obstruait la gorge. « Tiens, je t'ai apporté ça. »

Et elle lui fourra dans les mains un bouquet de fleurs acheté à la supérette ouverte non-stop vingt-quatre heures sur vingt-quatre. Le visage de Tara se plissa.

« Je regrette qu'elles soient aussi moches, mais tous les fleuristes étaient déjà fermés.

— Elles sont superbes. » Tara avait les larmes aux yeux. « Moi aussi, je suis désolée pour tout ce que je t'ai dit, Katherine. Je n'avais pas le droit.

— Tu avais tous les droits ! » s'exclama Katherine.

Elles tombèrent en sanglotant dans les bras l'une de l'autre.

« Oh, Tara, sois gentille avec moi, supplia Katherine, le nez dans le cou de son amie.

— Mais bien sûr. Que se passe-t-il ?

— Joe Roth a été odieux. Je me sens tellement humiliée ! Je n'ai même plus le courage de retourner au bureau.

— Ô mon Dieu ! tu l'as fait... Oh, ma pauvre Katherine ! »

Tara l'étreignit et la berça contre elle jusqu'à ce que Katherine n'en puisse plus.

« Tara ? fit-elle d'une petite voix. C'est quoi, cette odeur infecte ? »

Le regard dans le vague, Tara poussa un gros soupir.

« Entre, je te raconterai. »

Katherine la suivit dans son antre.

« J'ai fait une bêtise, avoua Tara. Je n'aurais pas dû, mais j'étais trop mal.

— Tu n'as pas... ? » Katherine prit peur. « Tu n'as pas... ?

— Je n'ai pas quoi ?

— Tu n'as pas assassiné Thomas ? »

Tara rit. « Pas encore. Non, c'est toujours mon éternel problème. Je cherche une solution magique pour fondre. »

Katherine sentit le rouge de la honte lui monter au front.

« Je m'en veux de t'avoir dit que tu étais... que tu n'étais pas... mince.

— C'est la vérité », répondit Tara tristement.

Elle avait tellement grossi depuis que Fintan était à l'hôpital qu'en se regardant dans la glace vendredi matin elle fut saisie d'une panique familière. Il fallait faire quelque chose. Elle était perpétuellement mal à l'aise, boudinée dans ses vêtements, transpirant en permanence. La débâcle des tables de massage l'avait refroidie pour un temps, mais cette fois le plan d'urgence s'imposait.

Soudain, elle se rappela l'institut de beauté à côté de son travail, avec le panneau publicitaire qui disait : « Éliminez les centimètres superflus grâce à un enveloppement de boue. » Elle en aurait pleuré de soulagement. L'idée d'être nappée de la tête aux pieds d'une substance tiède, voluptueusement chocolatée, de devenir un Bounty humain pendant que la graisse déserterait son corps pour se diluer dans la boue épaisse et moelleuse, c'était follement tentant. Maigrir tout en se faisant dorloter. Le rêve, quoi.

Dès son arrivée au bureau, elle téléphona à l'institut et apprit qu'on lui garantissait la perte d'un minimum de vingt centimètres. Vingt centimètres ! Transportée, se voyant perdre dix centimètres de ventre et cinq à chaque cuisse, elle prit rendez-vous pour midi. Si jamais ça marchait, elle y retournerait lundi pour perdre vingt centimètres de plus, et ainsi de suite. Jusqu'à ce qu'elle ressemble à sa nouvelle copine Amy.

« Ne dit-on pas, observa Ravi gravement, quand elle eut raccroché, qu'il faut souffrir pour être belle ?

— Occupe-toi de tes oignons. Ce bureau est un vrai panier de crabes.

— Au fait, as-tu mis genou à terre pour demander la main de Thomas ?

— J'espère bien, une fois que je me serai fait dégraisser, que c'est lui qui demandera ma main ! » Et elle rit pour éviter que Ravi ne la prenne en pitié.

À midi trente, Tara s'en fut d'un pas sautillant chez Poppy's. Où elle fut accueillie par une esthéticienne en blouse blanche à la maigreur spectrale, nommée Adrienne. Elle était tellement maquillée que si on l'avait frappée sur la tête, son fond de teint serait tombé comme un masque de papier mâché.

Sur l'ordre d'Adrienne, Tara se déshabilla pour ne garder que ses dessous.

« On dirait un peu une fouille corporelle », commenta-t-elle avec un rire nerveux, histoire de détourner l'attention de son gros ventre tremblotant.

Adrienne l'ignora. D'un geste brusque, elle déroula son mètre de couturière et entreprit de la mesurer.

« Est-ce vraiment nécessaire ? » s'enquit Tara anxieusement. Étaler ses mensurations au grand jour, quelle honte !

Question idiote.

« Comment saura-t-on sinon combien de centimètres vous aurez perdus ?

— D'accord, d'accord. Mais je ne veux pas savoir la taille de mon derrière. Ni de mon ventre. Ni de mes cuisses. Ni de mes…

— Je n'avais pas l'intention de vous dire quoi que ce soit. »

Adrienne se demandait si le mètre serait assez long pour faire le tour des hanches de Tara. Mais qu'avaient-elles donc, toutes ces grosses ? Alors qu'il suffisait juste de faire preuve d'un peu de volonté. Une semaine de privations ne pouvait faire de mal à personne.

Dans un silence pesant, elle prit une bonne quarantaine de mesures : rien que les bras furent mesurés quatre fois chacun. Angoissée, Tara commençait à comprendre que si elle perdait ne serait-ce qu'un demi-centimètre à chaque endroit concerné, elle arriverait facilement aux vingt centimètres promis. Ce qui ne changerait pas grand-chose à son apparence. Aïe !

Une fois les mesures consignées – cela demanda un certain temps –, Adrienne l'approcha avec un vaporisateur en plastique, comme celui dont Katherine se servait pour ses plantes, et l'aspergea d'eau. Tara sursauta et poussa un cri.

« L'eau chaude est en panne », s'excusa Adrienne de mauvaise grâce en la regardant frissonner.

Mon Dieu, pensait-elle, dégoûtée, même la chair de poule la faisait trembloter de partout, comme le visage de Stevie Wonder !

« Et maintenant, allons-y pour la boue. »

Dans ses fantasmes, Tara se voyait enduite d'une couche luisante et onctueuse, dans laquelle elle se prélasserait à l'instar d'un hippopotame heureux. Au lieu de quoi, pendant qu'elle continuait à grelotter, Adrienne se planta devant elle avec un bol et une cuillère en bois.

« On fait des pâtés ? » plaisanta Tara.

Adrienne la regarda avec commisération et, puisant un peu du mélange tiède et malodorant dans le bol, l'étala sur sa cuisse à l'aide de la cuillère en bois. Un coup par-ci, un coup par-là, au hasard, elle finit par vider le bol.

Tara baissa les yeux. Son corps blanc était strié de traînées brunâtres.

« L'enveloppement, maintenant, dit Adrienne.

— Mais je n'en ai pas partout !

— Ce n'est pas nécessaire. »

L'« enveloppement » se composait de six vieux bandages fatigués, couleur rose saumon, pareils à ceux que sa mère avait utilisés lors de ses stages de secourisme, qui furent noués autour de sa taille, de ses bras et de ses cuisses et fixés avec de grosses épingles de nourrice. Tara préférait ne pas savoir à quoi elle ressemblait.

« Voilà, déclara Adrienne On va vous enfiler une sudisette spéciale pour réchauffer la boue et favoriser l'élimination des toxines. »

Tara se ragaillardit. Ç'avait l'air scientifique et rassurant. Bien plus que les vaporisateurs en plastique et les bandages de secourisme. À son immense déception, la sudisette en question se révéla être un vulgaire survêtement en polyamide, de ceux que les gamines de douze ans mettaient pour aller piquer dans les magasins. Elle en aurait pleuré.

Selon Adrienne, il fallait une heure environ pour enclencher le processus de dégraissage. Elle partit donc, laissant Tara allongée sur une table dans une petite pièce nue. À travers les cloisons en carton-pâte, elle entendait le crissement rythmique des bandes de cire qu'on retirait. Et elle n'avait même pas un magazine pour se distraire et oublier sa triste condition. À un moment, elle s'assoupit. Ce fut sa propre odeur pestilentielle qui la réveilla.

Les choses allèrent en s'aggravant. Les bandages avaient refroidi, et la désagréable sensation de sous-vêtements humides et glacés lui rappela ses quatre ans, quand, à l'école, elle avait mouillé sa culotte et son collant de laine et qu'elle avait dû les garder, personne ne s'en étant aperçu.

Au bout d'une heure, Adrienne revint, lui ôta le survêtement, déroula les bandages et la mesura à nouveau, serrant le mètre à la manière d'un garrot.

« Parfait, répétait-elle, coupant la circulation. Ç'a bien dégonflé. » Après avoir additionné tous les chiffres, elle annonça : « Vingt-sept centimètres et demi. Vous avez perdu vingt-sept centimètres et demi.

— C'est ça », murmura Tara. Elle était peut-être grosse, mais elle n'était pas stupide. « Où sont les douches ?

— On ne se douche pas, répliqua Adrienne précipitamment.

— Mais je suis sale ! »

L'infâme mixture avait séché et s'effritait au moindre mouvement.

« Euh… la boue va continuer à drainer les toxines pendant les prochaines vingt-quatre heures. »

Ah, oui ? Et naturellement, cela n'a rien à voir avec le fait que l'eau chaude soit en panne !

Mais elle se tut. Comme l'expérience lui avait coûté quarante livres, elle tenait à la rentabiliser au maximum. Elle s'habilla donc sans plus de cérémonie et, bien entendu, laissa un généreux pourboire, pour tenter de compenser son complexe d'infériorité vis-à-vis de l'immatérielle Adrienne. Puis elle partit, le cœur lourd et le moral dans les chaussettes.

À son retour au bureau, ses collègues se mirent à humer l'air avec inquiétude.

« C'est quoi, cette puanteur ? » demanda Ravi.

Assise, très raide, derrière son ordinateur, Tara n'osait pas bouger.

« Quelqu'un a dû marcher dans une crotte de chien, dit Vinnie. Que chacun vérifie ses chaussures. »

Les uns et les autres se levèrent pour examiner leurs semelles.

« Toi aussi, Tara. » Ravi fronça les sourcils.

Tout doucement, avec précaution, elle souleva son pied, et aussitôt un nuage de poussière monta de sous son siège.

« C'est quoi, ça ? s'exclama Ravi. On dirait que tu viens juste d'être exhumée. »

Il s'approcha d'elle.

« Waouh ! fit-il en se pinçant le nez d'un geste théâtral. Ne cherchez plus. C'est la liposuccion de Tara.

— Ce n'est pas une liposuccion ! »

Elle se redressa vivement, provoquant un nouveau tourbillon de boue séchée.

« C'était juste un enveloppement de boue. Pour ma peau. »

Pourvu qu'ils ne se doutent pas des moyens extrêmes auxquels elle était prête à recourir pour perdre du poids !

Ostensiblement, Ravi déplaça son bureau.

« Je n'ai pas le choix. L'odeur m'empêche de me concentrer. »

Pour finir, à la demande générale, Tara quitta le bureau de bonne heure, laissant un sillage de poussière brune, évoquant un état de décomposition.

« Et ne reviens pas avant de t'être décrassée », lui

recommanda Vinnie avec lassitude. C'était déjà assez dur d'avoir quatre enfants en bas âge…

Elle rentra à la maison. Elle devait passer chez Katherine prendre les O'Grady pour les conduire à l'hôpital, mais elle était trop déprimée… et puis, elle empestait. Seule dans l'appartement sinistre, elle essaya de lire l'un de ses nombreux ouvrages sur les thérapies alternatives. Mais, au lieu de visualiser la disparition progressive des cellules cancéreuses de Fintan, elle se visualisa en train de quitter Thomas.

En contemplant le salon, elle se vit emballer ses tableaux et ses (quatre) CD, refermer la porte d'entrée pour la dernière fois et faire le grand saut dans l'inconnu. Paniquée, elle se raccrocha à l'idée que tout n'était pas joué. Thomas pouvait encore l'épouser. Il suffisait de lui poser la question. Mais pas tout de suite…

Tara pensa à Katherine. Elle lui manquait beaucoup ; curieusement, sa colère était retombée. Soudain, on sonna à la porte et, comme si son vœu avait été entendu, Katherine se matérialisa devant elle, un affreux bouquet de fleurs à la main, dans un état de détresse que Tara lui avait rarement connu.

45

Samedi après-midi, Tara et Sandro ramenèrent Fintan à la maison après presque trois semaines d'hôpital.

Il avait une mine épouvantable, et il était si faible qu'il dut s'appuyer sur Sandro et sur un infirmier pour descendre au parking. Tara fut bouleversée de le voir ainsi. Avoir l'air mourant sur un lit d'hôpital, c'était en quelque sorte logique, mais dehors, dans le monde des bien-portants, le spectacle était terrifiant et tragique.

Une bonne chose cependant : Fintan portait le manteau en peau de mouton vert pistache « emprunté » à la réserve de Carmella Garcia.

« Ça m'étonnerait qu'il retourne d'où il vient, rit-elle.

— C'est mon pretium doloris », rétorqua-t-il d'un ton lugubre.

Tara et Sandro échangèrent un regard consterné.

En arrivant à l'appartement désert de Notting Hill, ils découvrirent que, pour fêter le retour de Fintan, JaneAnn avait joué les tornades blanches en leur absence. On aurait pu boire le thé sur les dalles de la cuisine. Elle avait manqué trouer les tapis de chez Purves & Purves à force de passer l'aspirateur et faire disparaître la couche de vernis protecteur sur le sol en béton. C'était une chance que les miroirs au cadre d'albâtre aient résisté à son astiquage énergique.

Une grosse pancarte rose avec l'inscription « Bienvenue à la maison » ornait la porte du salon en inox. Ballons et serpentins étaient scotchés aux tableaux – tous des originaux –, aux lampes japonaises et à la commode au design industriel. Des cartes de vœux s'alignaient sur les étagères signées Philippe Starck. Et dans chaque pièce trônait un bouquet de fleurs.

Hébété, Fintan s'assit sur le canapé de cuir fauve, fabriqué sur commande à New York, pendant que Sandro s'affairait comme une vieille femme, arrangeant les fleurs, rajustant les coussins de cuir, redressant la table basse en formica années soixante-dix. Il s'approcha de Fintan avec un plaid qu'il voulut lui draper sur les genoux.

« Je l'ai acheté exprès. Ta mère m'a dit qu'un plaid, c'est bien, quand on est malade.

— Enlève-moi ça. »

Hargneusement, Fintan arracha le plaid et le jeta loin de lui.

« Mais... JaneAnn pensait que tu serais content.

— J'ai trente-deux ans. Pas quatre-vingt-deux. Je ne les aurai jamais, d'ailleurs, ajouta-t-il avec amertume.

— Je... euh... je vais écouter les messages sur le répondeur, fit Sandro en s'éclipsant.

— C'est formidable d'être à la maison, hein ? demanda Tara nerveusement.

— Ah, oui ? Et qu'est-ce que ça change ? Vire-moi ces putains de fleurs. On se croirait à l'hôpital, ici. »

Sandro revint pour annoncer, tout fier : « Tu as eu des appels d'Ethan, Frederick, Claude, Didier, Neville, Julia et Stephanie. Tout le monde veut venir te voir, mais j'ai rappelé pour dire qu'ils attendent un peu, que tu les rappelleras quand tu seras en forme.

— Pas de coup de fil de Carmella Garcia pour proposer de me réembaucher ? »

Sandro eut l'air atterré.

« C'est le seul qui m'intéresse. Tu sais ce que j'aimerais ?

— Quoi ? »

Sandro avait déjà les pieds dans les starting-blocks.

« Me bourrer la gueule.

— Tu ne peux pas faire ça ! protesta Tara, angoissée. Tu es malade. Attends d'aller mieux.

— Je n'irai pas mieux.

— Mais bien sûr que si ! Et la pensée positive ? »

Le personnel médical ne cessait de le rabâcher : quand on avait le moral, on augmentait ses chances de guérison.

« La pensée positive ? » Le rire de Fintan ressemblait à un aboiement. « Je n'en ai pas la force.

— J'ai acheté des trucs à manger, hasarda Sandro. Tout ce que tu aimes. Fraises ? Quiche ? Petits Filous ? Chouquettes ? Pop-corn au caramel ?

— Je ne veux rien.

— Mais, *bambino*, il faut bien que tu manges.

— Je ne veux rien, rugit Fintan brusquement. Je n'arrête pas de te le dire, tout a un goût dégueulasse. Et, de toute façon, je suis censé manger cru et naturel ! »

Étouffant un sanglot, Sandro se précipita dans la cuisine. Déchirée, Tara le suivit et le trouva accoudé sur le plan de travail en lave islandaise, pleurant toutes les larmes de son corps à côté d'une centrifugeuse (inutilisée) Alessi vert pâle.

« Tout ce que je fais, c'est mal.

— C'est parce qu'il est mal lui-même. Il ne se contrôle pas. Si tu n'avais rien fait, ça l'aurait autant contrarié.

— Il a changé, il devient méchant. Je ne reconnais plus mon Fintan.

— C'est dur pour lui, le consola Tara.

— Pour moi aussi, c'est dur.

— Allez, viens. »

Elle le reconduisit au salon, où ils attendirent dans un silence tendu le retour de Katherine, JaneAnn et Timothy, partis faire des courses.

« Je vais prendre une douche. Ça fait un bail que je n'en ai pas eu l'occasion, annonça Fintan.

— Mais tu tiens à peine debout.

— Je me débrouillerai. » Il les fusilla du regard.

L'estomac noué, Sandro et Tara se demandaient comment ce retour, censé être joyeux, avait tourné au vinaigre.

Tout à coup, ils entendirent de drôles de jappements en

provenance de la salle de bains. Ils se regardèrent, un instant déconcertés, puis bondirent sur leurs pieds.

Recroquevillé sur le carrelage, l'eau ruisselant de son corps nu et émacié, Fintan bafouillait, le visage figé en un rictus d'aversion.

Quelque chose avait changé dans son apparence, pensa Tara. Il n'avait plus tout à fait son look habituel.

Puis elle comprit.

Il était chauve.

Des mèches de cheveux étaient éparpillées sur ses épaules et son torse. Mais sur sa tête il n'y avait presque plus rien.

Ils suivirent la direction de son doigt, pointé sur le bac de douche, où trois traînées mousseuses convergeaient vers la bonde bouchée.

Bouchée par des cheveux.

Une abondante masse de cheveux. Noirs, lourds et luisants d'humidité. Avec les reflets irisés du shampooing que Fintan n'avait pas eu le temps de rincer avant qu'ils ne désertent son crâne.

« Mes cheveux », articula-t-il.

Tara était au bord des larmes.

« Tes cheveux, confirma-t-elle.

— Je suis chauve.

— Ça va repousser quand tu iras mieux. » La voix de Sandro tremblait.

« On t'avait prévenu que ça pourrait arriver, non ? demanda Tara avec douceur.

— Oui, mais je ne pensais pas… je ne voyais pas ça comme ça… tous les cheveux d'un coup, bégaya-t-il. Regardez ça. On dirait un film d'épouvante.

— Viens. »

Sandro décrocha une grande serviette et entreprit de sécher Fintan, tendrement, comme une mère avec son enfant. Les mains, les bras, les dessous de bras, la poitrine.

« Lève ton pied. »

Accroupi, Sandro l'essuya entre les orteils tandis qu'il flageolait, cramponné au mur.

« L'autre maintenant. »

Le cœur brisé, Tara cueillit les cheveux trempés dans ses mains. C'était l'horreur. L'horreur absolue.

Enturbanné dans une serviette, Fintan alla dans la chambre, se jeta sur le lit et fondit en larmes. Une demi-heure durant, il brailla comme un bébé sous les yeux désemparés de Tara et Sandro.

« J'ai l'air sinistre, suffoquait-il, hoquetant entre les syllabes. J'ai… l'air… si… nistre.

— Mais non, mais non.

— Mais si, mais si. » Au fin fond du désespoir, il reprit : « J'ai… l'air… si… nistre.

— Ça repoussera quand tu iras mieux.

— Je n'irai jamais mieux. »

Au bout d'un moment, il se redressa et s'approcha du miroir. Lentement, péniblement, il déroula la serviette et se força à étudier sa nouvelle apparence. De profil, pour commencer.

« Nom de Dieu ! » Il grimaça en se découvrant de face et, dans un geste de regret ineffable, passa la main sur son crâne lisse. « Ma crinière triomphante. Envolée. Complètement envolée. Sans elle, je suis laid comme un pou.

— Pas du tout !

— Oh, la vache ! » Il se cacha le visage dans les mains. « J'ai une oreille plus haute que l'autre.

— C'est faux.

— Non, c'est vrai. Venez voir. »

C'était vrai.

« Je n'aurais jamais cru que j'avais une tête aussi cabossée. Oh, l'horreur ! Et ce n'est que le début. Après, ça sera mes cils. Et mes sourcils. Et aussi là où je pense.

— Tu peux mettre une perruque. » Tara avait le cœur gros. « Peut-être pas là où tu penses, mais sur la tête, oui. » Elle s'efforça d'adopter un ton enjoué. « Tel que je te connais, je parie que tu en as déjà toute une collection !

— En fait, concéda Fintan, maintenant que tu en parles, j'ai ma perruque Pamela Anderson.

— Tu n'aurais pas dû prendre une douche, se lamenta Sandro. Sans ça, tu aurais peut-être gardé tes cheveux.

— Ils ne tenaient plus que par la peinture. C'était juste une question de temps. Simplement, je ne voulais pas le voir », avoua Fintan.

Lorsque Katherine, JaneAnn et Timothy revinrent de chez Harrods, ils furent accueillis par une étrange créature aux longs cheveux blonds qui ressemblait singulièrement à Fintan.

Dimanche après-midi, ils partirent en convoi pour escorter JaneAnn et Timothy à l'aéroport. JaneAnn remercia avec effusion Katherine de les avoir reçus.

« J'ai un petit quelque chose pour toi. »

Discrètement, elle lui glissa un paquet peu volumineux, mais lourd.

« C'est une statuette de l'Enfant de Prague. Si la tête tombe, ne t'inquiète pas. Ça porte bonheur. »

Elle rapprocha son visage de celui de Katherine.

« Occupe-toi de Fintan, hein ? Tu me téléphoneras régulièrement. Et on vous verra tous à Noël. »

Elle se rapprocha encore plus.

« Arrange-toi pour sortir avec ce garçon de ton boulot. L'amour fait tourner le monde. Regarde comme ils sont heureux, Liv et Milo.

— Je fais de mon mieux », marmonna Katherine.

Ensuite, JaneAnn passa à Tara, lui extorquant la promesse de veiller sur Fintan, au péril de sa vie.

« Tu diras à ton fiancé qu'on regrette bien de ne pas l'avoir rencontré. »

Une colère soudaine, violente s'empara de Tara. Elle avait terriblement honte de l'attitude grossière de Thomas.

« Il est très occupé, vous savez.

— Bien sûr. Maître d'école, c'est un poste de responsabilité. Ma foi, peut-être qu'il viendra avec toi à Noël. Sauf si tu fais ce que Fintan t'a demandé, ajouta-t-elle, placide. Dans ce cas, on ne le verra pas. »

Tara se trémoussa, gênée. D'une manière ou d'une autre, elle doutait que JaneAnn rencontre jamais Thomas.

46

Katherine alla travailler, lundi, écartelée entre la nervosité et la honte. Comment pourrait-elle faire face à Joe Roth ? Tout le week-end, elle avait prié pour qu'il mette fin à son supplice en faisant un pas vers elle. Elle brûlait de le voir se percher négligemment sur son bureau et lui dire d'un air entendu : « Ce projet dont vous m'avez parlé vendredi, si on déjeunait ensemble pour en discuter ? »

Mais il n'en fit rien. Il ne bougea pas de la matinée, et au fil des heures elle dut réviser ses espoirs à la baisse. Il n'était pas obligé de l'inviter à déjeuner. Un verre, ça serait parfait. Puis elle décida que ce n'était pas non plus la peine d'aller boire quelque chose. Un petit tour dehors sans aucun rafraîchissement à la clé suffirait amplement. D'ailleurs, il n'avait pas besoin de le lui demander de vive voix. Il n'avait qu'à téléphoner. Ou envoyer un e-mail. Ou un mémo interne. À une heure, elle aurait été ravie de recevoir n'importe quoi. Même un avion en papier avec l'inscription « Tu viens, chérie ? » aurait fait l'affaire.

Il ne se manifesta pas davantage dans l'après-midi, et elle faillit devenir folle à force de cogiter pour s'expliquer son attitude.

Mardi, la situation n'évolua guère, sinon que Tara appela pratiquement toutes les heures pour superviser le cours d'événements inexistants.

« Est-ce qu'il a l'air désagréable ? demanda-t-elle.

— Non, il a l'air plutôt amical quand je croise son regard. Mais c'est rare, j'ai les yeux vissés sur mon écran.

— Tant mieux s'il est amical.

— Je m'en fous, de son amitié ! J'ai assez d'amis comme ça. »

Mercredi, Katherine finit par admettre qu'il ne se passerait rien. Joe avait eu tout son temps pour se décider. Son ultime espoir s'évanouit. Il l'avait rejetée – c'était officiel. Il avait réfléchi et conclu qu'elle ne l'intéressait pas.

Elle pensait qu'elle allait s'écrouler. Chaque déception sentimentale la rapprochait d'ordinaire un peu plus de la mort. Lui ôtait une fraction infinitésimale de joie de vivre. Curieusement, le plongeon n'eut pas lieu. Pour une raison ou pour une autre, la vie continuait. Joe Roth ne voulait pas d'elle ? Bon. Tant qu'elle était vivante, tout pouvait arriver.

Ce soir-là, pour la première fois depuis six semaines, elle alla à son cours de claquettes, puis au All Bar One avec Tara, Liv et Milo – Sandro avait demandé à passer la soirée en tête à tête avec Fintan.

Ils s'installèrent autour d'une table, et Katherine fut surprise par le bien-être qui l'envahit. Elle était enchantée de sortir et prête à s'offrir du bon temps. Délivrée de l'angoisse qui avait pour nom Joe Roth, mais aussi de l'inquiétude pour Fintan qu'elle traînait comme un boulet.

Milo, méconnaissable, n'avait plus rien du rustaud débarqué à Londres un mois plus tôt. Sa tignasse ne semblait plus avoir été débroussaillée par une tronçonneuse, et ses habits flambant neufs portaient l'indéniable griffe de Liv. Athlétique, avec ses boucles noires et ses yeux bleu marine, il était incroyablement séduisant.

Liv et lui en étaient encore au premier stade de l'amour – le stade antisocial – et, tout en faisant des efforts pour parler à Tara et Katherine, ils ne se lassaient pas de chuchoter et de rire ensemble, de s'effleurer, d'échanger des baisers furtifs. Milo marmonna quelque chose à l'oreille de Liv ; elle baissa les yeux, sourit, lui donna un coup de coude dans les côtes et murmura, faussement indignée : « Arrête. »

« Qu'est-ce que tu veux boire ? » demanda Katherine au frère de Fintan.

Sans lui prêter attention, il continua à susurrer dans les cheveux de Liv.

« Qu'est-ce que tu veux boire ? » répéta Katherine en haussant la voix.

Au bout de la quatrième tentative, Milo la regarda, hagard.

« Oh... euh... excuse-moi, tu as dit quelque chose ?

— Apparemment, glissa Tara à Katherine, côté conversation, il va falloir qu'on se débrouille toutes seules. »

Une fois qu'on leur eut apporté leurs verres de vin, elle se lança dans un interrogatoire en règle.

« Cette histoire avec Joe, ça ne t'a pas anéantie ?

— Pas vraiment, répondit Katherine.

— De toute façon, tu ne le dirais pas, se plaignit Tara. Je te connais, va.

— Sincèrement, je t'assure. Son refus est plutôt vexant, d'accord, mais je me sens bien. Je me sens vivante, dit Katherine simplement.

— Tu es d'un cynisme ! Un beau mec vient de t'envoyer bouler... n'importe quelle autre fille serait dans le trente-sixième dessous.

— On ne sait jamais. » Katherine lui décocha une œillade malicieuse. « Je pourrais en rencontrer un autre.

— Mais... »

Tara se sentit décontenancée. Ce genre de remarque ne ressemblait guère à Katherine.

« Tiens, lui, par exemple. »

Katherine désigna de la tête un beau blond accoudé au bar. Sous l'œil médusé de Tara, il se mit à sourire en regardant son amie. Elle pivota vers cette dernière qui, au lieu de lui assener son regard force un (mépris glacial) ou force deux (mépris glacial doublé d'animosité implacable), lui souriait aussi. Certes, pas d'un grand sourire jusqu'aux oreilles, mais tout de même.

Soudain, une vérité ahurissante se fit jour dans l'esprit de Tara. Katherine ne rendait pas son sourire au garçon blond. Elle lui avait souri la première.

Que se passait-il ? Pas de doute, il y avait du dévergondage dans l'air. Katherine lui faisait penser à quelqu'un. Quelqu'un de familier, mais qui ? Eh oui, bien sûr. Quelle surprise. Sa mère, Delia.

Jeudi, Katherine arriva au travail passablement barbouillée, mais forte de sa détermination à survivre sans Joe Roth. Cependant, alors qu'elle était en train de saisir le barème des recettes fixes, elle eut subitement très envie de le regarder. Le nez sur son écran, elle résista. Vaillamment. Jusqu'à ce qu'elle n'en puisse plus. Tournant la tête d'un geste imperceptible, elle risqua un coup d'œil des plus furtifs.

Aussitôt, son visage s'enflamma. Il l'observait. Subrepticement, du coin de l'œil, mais avec beaucoup d'intensité. Leurs regards se croisèrent, et il sourit. L'air complice, entendu.

Qu'y avait-il donc de si drôle ?

Elle se tourna vers son écran. En haut, à gauche, une petite enveloppe clignotait. *Vous avez du courrier.* Elle cliqua dessus. C'était un e-mail.

De Joe.

47

Le jour où elle était venue s'excuser, Joe Roth avait dit à Katherine qu'il réfléchirait. Or, Joe Roth était un homme de parole. Il réfléchit donc.

Pragmatique, quand Katherine l'avait envoyé sur les roses, il avait mis ses sentiments en veilleuse. Mais sans y mêler le fiel de la rancœur. Aussi, bien que considérablement atténués, ils étaient en parfait état de conservation et prêts à resservir à la première occasion.

Non seulement Joe voulait sortir avec Katherine, mais il tenait à lui offrir un moment inoubliable. Magique. Pour lui montrer tout l'intérêt qu'il lui portait. Oui, mais quoi ? Un dîner extravagant ? Une balade en montgolfière ? Un week-end dans une auberge au charme authentique ? À Reykjavík ? À Barcelone ?

Il lui fallait ce qu'il y avait de mieux.

Pendant tout le week-end, il se creusa les méninges – en vain. Lundi et mardi, il continua à se torturer, mais rien à faire, il était en panne d'inspiration.

Et puis, mercredi, eurêka ! En un éclair, il eut la solution. Une idée lumineuse pour une femme de la classe de Katherine.

Mais comment la réaliser d'ici samedi ? Normalement, ça prenait des mois… même pour les membres, la liste d'attente était de huit semaines.

Il n'avait pas d'autre choix que de solliciter l'aide de son copain Rob. Impossible de faire autrement ; seul, il n'y arriverait pas. Le soir même, il passa chez Rob : une requête aussi délicate méritait qu'on se déplace en personne.

« J'ai rencontré quelqu'un, annonça-t-il en guise de préambule.

— Je sais.

— Non, une autre.

— Mince alors !

— Elle s'appelle Katherine et c'est une fille vraiment pas comme les autres.

— Tant mieux pour toi, mon pote.

— J'ai besoin de toi pour l'ultime sacrifice. »

Rob cligna des paupières. « Quoi ? Lequel ?

— Samedi…

— Samedi ! » s'exclama Rob.

Il ne parlait pas sérieusement !

« Samedi, répéta Joe d'un ton éloquent.

— Non, mon pote, fit Rob en reculant. Pas question. Ne me demande pas ça. Un refus, ça fait mal.

— Une torgnole aussi.

— Ah, c'est comme ça.

— Uniquement parce que je suis désespéré.

— On est copains depuis longtemps. Jamais je n'aurais cru ça de toi.

— Désolé, je n'ai pas le choix.

— Qui est cette fille ? Pamela Anderson ?

— Mieux que ça. Alors, ta réponse ? C'est oui ou c'est oui ?

— Tu ne peux pas l'emmener ailleurs ?

— Non. Je veux ce qu'il y a de mieux pour Katherine. Allez, Rob. Je te le revaudrai. Ton prix sera le mien.

— L'argent n'a pas d'importance, tu le sais bien. Tu me vexes.

— Bon, c'est d'accord ?

— Je vais y réfléchir.

— Non, je veux savoir maintenant. »

Rob regarda Joe, déconcerté.

« Ma parole, tu es drôlement mordu.

— Possible.

— Eh bien, moi aussi. »

Il vacilla, agressif, en direction de Joe.

« C'est clair. S'il te plaît. Deux cents livres, ça ira ? »

Rob soupira. Il était mal parti.

« Bon, allez… deux cent cinquante. Tope là ! »

Jeudi après-midi, le téléphone de Tara sonna. C'était Katherine et, d'après le ton de sa voix, elle n'avait pas le moral.

« Qu'est-ce qu'il y a ? souffla Tara, perpétuellement sur le qui-vive dans l'attente d'une mauvaise nouvelle concernant Fintan.

— J'ai eu un e-mail de notre sujet.

— Et ?

— Il m'invite samedi. »

Tara faillit avoir une attaque.

« J'y crois pas ! Tu disais qu'il était infect, qu'il t'ignorait. Et maintenant, tu sors avec lui samedi soir. Bien joué !

— Pas samedi soir. *Samedi.*

— Paris en Eurostar ? »

Katherine laissa échapper un rire curieusement amer.

« Ah ! Un déjeuner dans un grand restau ?

— Non.

— Alors quoi ? Pas le zoo, au moins ? En novembre.

— Non, euh… » Katherine avait peine à articuler, tellement elle avait honte.

« Quoi ? Où ?

— Il… hmm… il… il…

— Il quoi ?

— Il m'emmène à un match de foot », bégaya-t-elle, le cœur au bord des lèvres.

Subir pareille humiliation en public !

« Le foot, c'est tendance, dit Tara prudemment.

— Inutile d'être gentille.

— Et qui joue ? »

Ça comptait. Il y avait une différence entre passer son samedi après-midi avec trois malheureux pékins au bord d'une pelouse boueuse, quelque part en lointaine banlieue, pour regarder patauger deux équipes non classées et se trouver dans un grand stade, avec de vrais sièges, des hamburgers, des programmes, des culottes souvenirs, pour un match de première division, avec des places qui coûtaient plus cher que dans un théâtre du West End.

« Je n'en sais rien. Arsenal contre Machin-chose.

— Arsenal !

— Je sais. Mon Dieu, Tara, comme je regrette de m'être embarquée là-dedans ! Je suis morte de honte. Il est quand même gonflé. S'il n'y avait pas Fintan…

— Mais les billets pour Arsenal s'arrachent à prix d'or !

— Ah, bon ? » Soudain, les choses commençaient à prendre tournure.

« C'est plus dur d'avoir des places pour un match d'Arsenal que pour moi de rentrer dans un jean taille trente-huit.

— Comment le sais-tu ?

— Parce que Ravi est un supporter des Gunners.

— De qui ?

— Les Gunners, c'est Arsenal. Bon sang, tu as beaucoup à apprendre. Il va falloir que tu suives un stage accéléré avec Ravi. »

L'intéressé fit mine de se trancher la gorge et roula des yeux affolés. Katherine le tétanisait. Son charme énigmatique n'opérait pas sur lui. Elle lui flanquait la trouille.

« Raconte-moi ce que Joe dit dans son e-mail. » Tara, dans son excitation, serra le combiné contre elle. « Lis-le-moi, mot pour mot. »

Katherine regarda discrètement autour d'elle et baissa encore plus la voix.

« Il dit : "Samedi après-midi, Highbury. Une bière, Arsenal-Everton, la multitude. Qu'en pensez-vous ? Je m'engage à vous expliquer la règle du hors-jeu et à vous nourrir après." »

Au bord des larmes, Tara n'arrivait presque plus à parler.

« C'est beau, hoqueta-t-elle. Et il t'invite à dîner ensuite. Ça, tu me l'avais caché.

— Et puis… euh… »

Une chaude vague de fierté submergea Katherine.

« Allez, dis-le !

— Alors… euh, si ça ne te dérange pas trop, pourrais-tu

attendre la semaine prochaine pour quitter Thomas ? Je risque d'avoir besoin de mon appartement.

— Zut, se plaignit Tara. Moi qui avais prévu de le larguer ce soir !

— Si seulement ça pouvait être vrai !

— C'est Fintan qui sera content ! »

Mais pas autant qu'elle. Plus l'histoire entre Katherine et Joe se concrétisait, moins Fintan allait la harceler pour qu'elle rompe avec Thomas. Même s'il ne lui en avait pas reparlé depuis quelque temps déjà. Depuis huit jours, plus précisément. Mais était-ce une raison pour baisser sa garde ?

48

Après le travail, Tara se rendit chez Fintan pour lui apporter un article sur les herboristes chinois que Vinnie lui avait donné.

Sandro l'intercepta à la porte.

« Fintan a pété les plombs avec la chaîne de téléachat, chuchota-t-il. Il a acheté un appareil à abdos, un album de country qu'on ne trouve pas en magasin, une horrible chaîne en or avec bracelet assorti et un simulateur de ski de fond. Il passe son temps au téléphone à leur répéter le numéro de notre carte de crédit ! »

Fintan trônait sur le canapé avec un turban Diana Vreeland et un teint couleur lait caillé. Depuis sa sortie de l'hôpital, il se montrait aigri et irascible. Il jeta un œil sur l'article de Vinnie avant de le repousser.

« Chaque fois qu'on se voit, Tara, tu m'apportes un nouveau truc miracle à expérimenter. Homéopathie, acupuncture, crudivorisme, massages, chromathérapie, méditation, et maintenant les herbes chinoises.

— Mais, Fintan, protesta-t-elle, atterrée, ça vaut le coup d'essayer, non ? Ça ne peut pas te faire de mal.

— Allume la télé, l'interrompit-il grossièrement. Qu'on voie des conneries qui fassent rire. Pour changer.

— Fintan… » Sandro se tordait les mains. « S'il te plaît, arrête. Tu vas perdre tous tes amis, à force d'être désagréable…

— Oh, je ne m'inquiète pas pour Tara. Plus les hommes la maltraitent, plus elle se cramponne. »

Tara tressaillit comme si elle venait de recevoir une gifle, mais Fintan, insensible à l'effet de sa remarque, appuya sur la télécommande. Le visage en feu, elle garda le silence. Elle détestait être un objet de pitié et de dérision. Mais que faire ?

Katherine arriva – étrangement, pas avant neuf heures – avec sa calculatrice, en principe pour aider Sandro et Fintan à établir un plan de trésorerie le temps que Fintan touche ses indemnités de licenciement ou une pension d'invalidité.

« Tu ne dois plus jeter l'argent par les fenêtres », implora Sandro.

Fintan lui lança un regard noir.

« Au fait... » Katherine fouilla dans son sac et en sortit une page arrachée d'un journal. « Il y a un papier dans l'*Independent* d'aujourd'hui sur la médecine des chakras. Ça vaudrait peut-être le coup d'essayer... »

Fintan lui fit la grâce de sourire – quoique avec amertume.

Espérant que la nouvelle de l'e-mail de Joe effacerait son acrimonie, Tara s'éclipsa pour rentrer chez elle.

Comme elle tournait dans Holloway Road à la recherche d'une place de stationnement, elle se surprit à penser : Si je n'habitais plus ici, je choisirais un immeuble avec parking.

Au moment d'ouvrir la porte, son premier réflexe était toujours de s'interroger sur l'humeur de Thomas. Ce soir-là, il était penché sur une pile de copies ; impitoyablement, son stylo rouge transformait chaque feuille en flaque de sang.

« Où étais-tu ?

— Chez Fintan.

— Mmmm.

— Comment va-t-il, Tara ? lâcha-t-elle sur un ton lourd de sarcasme. Pas trop bien, Thomas, mais c'est gentil de poser la question.

— Et moi ? demanda-t-il. Je te vois quand, moi ? »

Son ressentiment vis-à-vis du temps et de l'attention que Tara consacrait à Fintan croissait de jour en jour. Parce qu'il ne se sentait pas en sécurité. Mais elle était fatiguée de lui chercher des excuses… C'était bien ça, comprit-elle soudain, consternée, des excuses.

« J'ai pensé qu'on pourrait sortir, ce soir, dit Thomas. Aller manger un curry chez l'Indien du coin.

— Je ne dîne pas. »

Il se retrouvait face à un dilemme.

« Bravo, c'est bien, Tara. »

D'un autre côté, il n'avait pas envie de descendre seul chez l'Indien.

« Mais ça ne me gêne pas si tu fais une pause dans ton régime. »

Elle secoua la tête, catégorique.

« Allez ! Tu n'as pas arrêté de te goinfrer pendant que tu allais voir ton cher Fintan à l'hôpital ! »

J'aurai besoin d'une camionnette, pensa-t-elle. Tout mon barda n'entrera pas dans la voiture.

Elle alluma la télé : curieusement, elle diffusait un documentaire sur les femmes qui craquent un beau jour et tuent leur conjoint après des années de maltraitance.

« Ça va être moi, ça, rit Tara, guettant la réaction de Thomas.

— Non, plutôt moi », rétorqua-t-il, sans l'ombre d'une hésitation.

En le regardant gribouiller sur les copies des élèves, elle se rendit compte avec une lucidité sans précédent à quel point il lui était devenu antipathique depuis la maladie de Fintan. Sa nervosité coutumière la déserta comme par miracle ; d'un coup, elle se sentait légère et intrépide. Suffisamment légère et intrépide – quelle ironie, justement parce qu'elle s'en fichait – pour lui poser LA question.

Elle ouvrit la bouche, et instantanément son cœur se mit à battre la chamade.

« Thomas ? »

Elle avait parlé d'une voix mal assurée, et cela lui déplut.

« Quoi ? »

Il n'avait même pas levé les yeux de ses copies.

« Rien. »

Le silence revint dans la pièce. Elle se lança à nouveau.

« Thomas ?

— Quoi ?

— Si on se mariait ? »

Les yeux toujours baissés, il s'esclaffa.

« Ne dis pas de conneries.

— Ah, bon. D'accord.

— N'importe quoi. » Il rit dans sa barbe. « Mariés, nous deux ! »

L'atmosphère dans le salon marron était lugubre et oppressante. Bizarrement, Tara n'éprouvait aucune émotion. Ni déception, ni surprise, ni désarroi. Elle qui s'était attendue à avoir le cœur brisé.

« Pourquoi ? s'enquit Thomas au bout d'un moment. Serais-tu en cloque ?

— Ça m'étonnerait fort. »

Ils n'avaient pas fait l'amour depuis son anniversaire, plus d'un mois auparavant.

Cette fois, le silence dura une dizaine de minutes.

« À te voir, on pourrait le penser.

— Tu n'as pas exactement le look mannequin non plus », repartit-elle.

Il leva le regard de ses corrections, un regard ingénument vexé.

« C'est mesquin.

— Maintenant, tu sais ce que je ressens.

— Mais je dis ça pour ton bien.

— Moi aussi, je dis ça pour ton bien. »

Thomas la dévisagea et, opérant promptement une de ces volte-face dont il avait le secret, sourit d'un air suggestif.

« Il faut un gros marteau pour planter un gros clou. »

Sa braguette était pointée vers elle, et son rictus se passait de commentaire.

Elle le regarda, fronçant les sourcils, perplexe. Pourquoi donc lui trouvait-elle l'allure d'un gnome ?

Une chose était sûre : elle n'avait pas envie de lui.

« Tu ricanes à l'idée qu'on se marie et tu veux que je couche avec toi ? Cherchez l'erreur ! »

Il parut désorienté pour de bon.

« Allez, Tara, geignit-il. Je suis tout excité. Tu allumes et tu n'éteins pas.

— Débrouille-toi tout seul. »

Là-dessus, elle se leva et quitta la pièce.

Elle n'était pas triste. Elle ne savait pas ce qu'elle avait. Ah, si... elle avait faim.

49

Tara avait depuis longtemps appris à compartimenter sa vie, puisque Thomas ne voulait pas entendre parler de ses amis. Samedi matin donc, quand elle partit chez Katherine pour l'aider à se préparer à son rendez-vous avec Joe Roth, il lui fut facile de laisser son humiliation et ses angoisses derrière elle. Très facile, même. Son existence étant devenue un inextricable fatras, c'était un plaisir de s'en extraire momentanément.

Excitée comme une puce, elle arriva chez Katherine.

Qui l'accueillit en jean et soutien-gorge, tenue qui mettait en valeur son ventre plat et faisait ressortir les os de ses hanches.

« C'est parce que tu sais que je rêve de porter un jean, hein ? s'exclama Tara gaiement. C'est pour moi que tu l'as mis, pas vrai ?

— Tu me vois avec une petite robe noire à un match de foot ? »

Tara jeta un regard autour d'elle et trouva que quelque chose clochait. Les O'Grady étaient repartis depuis presque une semaine, mais la maison était toujours sens dessus dessous. Le tapis du salon avait besoin d'un bon coup d'aspirateur ; les meubles avaient l'air poussiéreux et de guingois et, par la porte de la cuisine, on apercevait une pile d'assiettes sales dans l'évier.

« Oh, ça, fit Katherine avec un geste vague. Oui, je sais. Je pensais faire un grand nettoyage après leur départ, mais...

Franchement, ce n'est pas si grave. En désordre, oui, mais c'est propre. »

Justement, ça ne l'était pas. Tara déglutit, mal à l'aise, et ne dit rien.

« Figure-toi qu'ils me manquent, poursuivit Katherine. Je m'étais habituée à eux.

— Mais ils t'avaient rendue chèvre ! s'écria Tara. Quand je repense à Milo qui a utilisé ton lait pour le corps Chanel !

— Qu'est-ce qui prouve que c'était Milo ? Ç'aurait pu être Timothy ou JaneAnn.

— Ç'avait *l'odeur* de Milo. Tu sais, je crois qu'au fond il a des goûts de luxe.

— Avec Liv, il est comme un poisson dans l'eau », acquiesça Katherine.

Tara renifla à plusieurs reprises.

« C'est quoi, qui pue ? Des cheveux cramés ?

— J'ai dû forcer sur le fer à friser, avoua Katherine, gênée.

— Mince, c'est vraiment le grand jeu pour M. Joe Roth. Et que se passera-t-il si vous décidez de passer à l'action ? Tu n'as pas peur qu'il voie ton appartement… mal rangé ?

— J'ai acheté de la lingerie fine, confessa Katherine. De quoi tenter le diable.

— De la lingerie, encore ? suffoqua Tara. Mais même si tu mets une culotte différente tous les jours jusqu'à ta mort, il t'en restera toujours deux ou trois en stock !

— Et voilà, on s'imagine une fois de plus qu'on va vivre éternellement », observa Katherine d'un ton léger.

Tara blêmit. Mais déjà Katherine enchaînait : « Bon, allez, aide-moi plutôt à m'habiller. Tu étais venue pour ça, non ? »

Malgré elle, Tara éprouva une nouvelle bouffée d'excitation.

« Qu'est-ce que je mets comme haut ? » demanda Katherine.

Tara fourragea dans sa penderie impeccablement ordonnée.

« Toi et ta garde-robe minimaliste, grommela-t-elle. On n'achète que des couleurs neutres, en s'assurant bien que tout va avec tout ; en début de saison, on choisit quelques tenues basiques – tailleur-pantalon gris, tailleur bleu marine, caleçon noir, jupe noire – et on brode là-dessus. » Elle avait terminé son inspection des cintres. « Désolée, Katherine, je ne vois rien de sexy là-dedans, et tu peux difficilement enfiler un chemisier de bureau sur ce jean. » Les mains sur les hanches, elle fit mine de capituler. « Je suppose que tu n'as pas l'intention d'y aller en soutien-gorge ? »

Katherine l'étonna en répondant, embarrassée : « Il se trouve que j'ai fait des emplettes… » Elle tira un sac de sous le lit. « … et acheté ça. Mais ce n'est pas vraiment moi, ajouta-t-elle, contrite. C'est un boomerang. »

Tara parut interloquée.

« Ça va retourner à la boutique, expliqua-t-elle.

— Fais voir. »

Tara ouvrit le sac et en sortit un petit pull framboise.

« Mets-le ! ordonna-t-elle. Tout de suite.

— Mais…

— Mets-le, je te dis ! »

Katherine se posta gauchement devant elle. Elle était ravissante. On aurait dit que le rose foncé illuminait son visage de l'intérieur. Le tissu soyeux moulait ses bras et ses seins ; suffisamment court, il laissait entrevoir son ventre plat. Tara regretta qu'elles n'aient pas songé à lui faire percer le nombril, quelque chose dont elle rêvait pour elle-même s'il n'y avait pas eu tout ce lard.

« Garde-le, lui recommanda-t-elle avec ferveur.

— Je ne peux pas. C'est trop ostentatoire. Et trop jeune pour moi.

— S'il te plaît, supplia Tara. Tu as l'air toute frêle et sexy. Il a tellement l'habitude de te voir fagotée en sainte-nitouche qu'il ne va pas comprendre ce qui lui arrive.

— Mais on est en novembre. Je vais attraper froid.

— Les maladies sont causées par des virus. Et puis, tu auras un manteau. Lequel tu penses mettre, au fait ? »

Il y eut un silence. Le visage de Katherine passa par toutes les couleurs de l'arc-en-ciel.

« En faisant les boutiques, j'ai vu ça… » Elle exhuma un nouveau sac de sous son lit. « Mais je n'aurais jamais dû l'acheter. J'irai la rapporter lundi. Disons qu'elle est ici en vacances. Je ne sais vraiment pas ce qui m'a pris… »

Tara empoigna le sac et en tira une veste trois quarts en cuir souple bleu pétrole, encore dans son emballage de papier de soie.

« Nom de Dieu ! Qu'est-ce qu'il y a d'autre là-dessous ? »

Tara se jeta à terre comme un otage lors de l'attaque d'une banque.

« Rien, fit Katherine à la hâte. Juste une paire de bottes. Plus quelques bijoux et produits de maquillage. Oh, et un peu de lingerie. Mais ce n'est pas moi du tout ; sur ce coup-là, ç'a été une très, très grosse erreur.

— Des 'ottes Baabaa ! » La voix étouffée mais extatique de Tara provenait de sous le lit.

Katherine en déduisit qu'elle avait trouvé les bottes Prada.

« Sors de là, s'il te plaît. »

Tara réémergea.

« Voilà pourquoi tu as débarqué à neuf heures chez Fintan, l'autre soir. Tu étais en train de courir les boutiques ! »

Révérencieusement, elle déplia la veste.

« Ô mon Dieu, je n'y crois pas ! s'exclama-t-elle à la vue de l'étiquette. Dolce et Gab...

— Je préfère ne pas en parler, l'interrompit Katherine, vivement. L'insoutenable culpabilité, tu comprends. »

Tara se sentit soulagée. Katherine avait fait preuve d'une extravagance folle, mais au moins elle n'en tirait pas fierté.

Finalement, Katherine fut prête : pull neuf, veste neuve, bottes neuves, ainsi que foulard, boucles d'oreilles, string, soutien-gorge en dentelle, rouge à lèvres, eye-liner et une giclée de *Boudoir* dans le cou, sur les poignets et le modeste décolleté. Elle laissa même Tara lui faire des couettes.

« On te donnerait quatorze ans, déclara cette dernière. Va et pèche, mon enfant.

— Compte sur moi.

— Comment, dès le premier rendez-vous ?

— La vie est faite pour être vécue, rétorqua Katherine du tac au tac. On sera peut-être tous morts demain. »

Elle semblait y croire dur comme fer, et l'inquiétude de Tara ne fit que s'accroître. Il ne manquait plus que Katherine déraille à son tour !

En sortant dans la rue, elle jeta un coup d'œil furtif à droite et à gauche.

« Tu cherches quelqu'un ?

— Ravi. Ça ne m'aurait pas étonnée qu'il t'assomme, te pique tes vêtements et se fasse passer pour toi pour assister au match.

— C'est si recherché que ça ? » Katherine était contente.

Invité à assister aux grands préparatifs, Fintan, hargneux, avait refusé de se déplacer. Aussi, dans l'espoir de lui changer les idées, décidèrent-elles de faire un saut chez lui avant que Katherine n'aille retrouver Joe.

Sandro ouvrit la porte, blanc et angoissé, totalement oppressé. En silence, l'air pincé, il hocha la tête en direction du salon.

Étendu sur le canapé, Fintan arborait une choucroute style Diana Ross et les Supremes. La première vision de son apparence exsangue et émaciée leur causait toujours un choc. Elles avaient beau savoir que c'était dû à la chimio et à son taux de globules blancs, impossible de se défaire de l'impression qu'elles étaient en train de regarder la mort en face. Mais cette impression s'estompait vite : on les avait prévenus que son état allait se dégrader, avant l'amélioration tant espérée.

« Comment vas-tu ? lui demanda Tara.

— À chier.

— Mais pas pire ? s'enquit Katherine.

— Non, concéda-t-il, bougon.

— Tu es bien assis ? fit Tara, histoire de ménager ses effets.

— Non. Je n'ai plus de fesses.

— Frimeur, va. Tu es prête, Katherine ? »

Katherine acquiesça de la tête.

« Ta-ta-ta-tam ! s'écria-t-elle. Je te présente Katherine Casey, la plus canon des nanas et la tombeuse de Joe Roth. Elle ira loin, cette petite, croyez-en ma vieille expérience. »

Se précipitant au milieu du salon, Katherine esquissa des pas de danse, mimant un défilé de mode, ouvrant sa veste et tortillant ses hanches pointues.

« Tu as toujours dansé comme un pied », lâcha Fintan.

Surprise et blessée, elle s'arrêta net.

Juste à ce moment-là, Tara remarqua une cannette ouverte de Sapporo sur la table basse, et son cœur se serra d'appréhension. Son regard croisa celui de Katherine. Elle l'avait vue aussi.

« Katherine a rendez-vous avec Joe Roth, expliqua Tara, parlant lentement comme si elle s'adressait à un demeuré.

— Ne t'occupe donc pas de moi, chérie, répondit Fintan avec aigreur.

— Mais... tu n'es pas content ? bégaya-t-elle tandis que Katherine se figeait. Tu ne te réjouis pas ? C'est tout de même grâce à toi... je veux dire... en quelque sorte...

— À mon avis, tu dois me confondre avec le cancéreux que ç'aurait pu intéresser.

— Mais pourquoi m'avoir demandé de faire ça, si tu t'en fiches ? souffla Katherine, atterrée.

— J'ai un cancer, chérie. Je peux me permettre tous les caprices. » La voix de Fintan se fit lasse. « Sur le coup, j'y avais cru, Katherine. Je t'assure. Je pensais que si Tara et toi profitiez pleinement de la vie, ça m'aiderait aussi. Liv m'a expliqué alors que je traversais la troisième phase de réaction face à mon état : le marchandage.

— Et quelles sont la première et la deuxième ? questionna Tara.

— Le déni et la dépression.

— Maintenant alors, tu en es où ?

— En pleine phase quatre.

— Qui est ?

— L'apitoiement sur soi. Ça ne se voit pas ?

— Ce n'est pas exactement de l'apitoiement sur soi. » Katherine aussi avait été briefée par Liv. « C'est de la colère.

— Si tu veux.

— Y a-t-il une phase cinq ? » s'enquit Tara, méfiante.

Que leur réservait-il encore ?

« Ouais. L'acceptation, paraît-il. Mais je serai mort d'ici là. »

Elle ouvrait la bouche pour protester, automatiquement, mais Fintan l'arrêta.

« S'il te plaît, épargne-moi tes leçons de morale. Ça m'horripile. Tu n'as qu'à me regarder, avec mon kiwi dans le cou malgré les doses inhumaines de chimio. Je ne suis qu'une tumeur ambulante, alors la morale… » Il se tourna vers Katherine et, s'excusant à moitié : « Allez, vas-y. Sors avec lui, amuse-toi, profites-en. »

Elle hésita, ne sachant comment lui exprimer ce qu'elle ressentait.

« Si jamais ça marche avec Joe, je l'emmènerai ici pour te le présenter.

— Inutile de te déranger.

— Bon, eh bien… j'y vais. Sinon je serai en retard. »

Elle gagna la station de métro au pas de charge sur ses talons de dix centimètres, accélérant l'allure pour chasser sa colère et sa confusion.

Tara resta seule avec Fintan. En proie à un profond malaise, tout comme Sandro, visiblement, qui évitait de paraître dans le salon. Fintan, autrefois toute gaieté et pétulance, en était réduit maintenant à la mesquinerie et à l'amertume. Elle redoutait qu'il lui reparle de Thomas. Certes, il avait absous Katherine – même si sa méchanceté gratuite ne ressemblait guère à une absolution –, mais cela ne signifiait pas que Tara faisait partie du lot. Peut-être bien qu'au contraire il entendait mettre toute la pression sur elle.

« Tu crois que tu devrais boire ça ? » Elle désigna la cannette de bière sur la table.

« Pourquoi ? Ça te fait envie ? N'est-ce pas un peu tôt dans la journée ?

— Je pourrais te poser la même question.

— Ah, mais moi, j'ai un cancer. »

Elle réprima un soupir. « Raison de plus.

— Comment va Thomas ? » lui lança-t-il.

Aïe.

« On a causé tous les deux, et j'ai l'impression que le mariage n'est pas d'actualité, mais je n'ai pas oublié ce que tu m'as dit, en fait, j'y ai réfléchi et… »

Il l'interrompit, répétant mot pour mot ce qu'il avait dit à Katherine : « Ne t'occupe pas de moi, chérie.

— Comment ça ?

— Fais ce que tu veux. Je m'en tape. Épouse-le, ne l'épouse pas. Reste avec lui, continue à jouer les carpettes. C'est ta vie, pas la mienne. Libre à toi de la gâcher… comme tout le monde, d'ailleurs.

— Ah bon.

— Les vivants, dit Fintan pesamment, ne savent pas ce qu'ils perdent

— Je suis libre, alors ? hasarda Tara.

— Libre comme l'air.

— Ben… merci. »

Elle pensait qu'elle se sentirait allégée d'un poids. Elle pensait se réjouir, exulter. Libre. Elle était libre de rester avec Thomas aussi longtemps qu'elle le voudrait.

Youpi ! s'écria-t-elle intérieurement. Elle pouvait rester avec Thomas pour toujours. *Pour toujours !*

Mais pourquoi, au juste, cela sonnait-il subitement comme une menace ?

50

Joe attendait comme prévu dans le hall central de la station Finsbury Park. Parmi la nuée de maillots Arsenal, elle ne le vit pas tout de suite. Elle finit par le repérer, adossé au mur, les mains dans les poches. Il portait un jean délavé, une paire de brodequins et un gros blouson de cuir. Une mèche brune lui barrait le front. Il avait l'air ailleurs. Tandis que, nerveusement, elle se frayait un passage vers lui, le visage de Joe demeurait fermé, distant presque. Elle commença à regretter d'être venue.

Ils étaient quasiment nez à nez, quand son expression changea.

« Katherine ! »

Se détachant du mur, il se dressa devant elle de toute sa haute taille.

« Je ne vous avais pas reconnue. »

« Je ne vous avais pas reconnue », répéta-t-il, détaillant sans vergogne ses cheveux, sa veste, son jean, ses bottes. Secouant la tête, incrédule, il repoussa enfin ses cheveux en arrière et exhala un long : « Wouaouh ! »

Elle se trémoussa, gênée. « Je ne suis pas si différente que ça.

— Non, mais… »

Son sourire s'épanouit ; il ne cherchait même pas à cacher son admiration.

Elle sourit timidement, puis détourna les yeux, embarrassée, heureuse.

« Désolée d'être en retard », dit-elle.

Il consulta sa montre.

« Trois minutes et demie, Katherine. J'étais inquiet. » Il ne mentait pas. « Mais vous êtes là, c'est le principal. Par ici. »

Il la guida vers la sortie, sans la toucher, sans même lui prendre le coude pour lui indiquer la direction. Néanmoins, il restait tout près, créant un périmètre de protection autour d'elle. Il était aussi charmant que lorsqu'il l'avait courtisée au bureau ; seulement, cette fois, elle ne s'en servit pas comme prétexte pour le rudoyer ou pour se moquer de lui.

Le stade paraissait immense. Après le contrôle des billets, ils allèrent boire un verre au bar. Il leur fallut ensuite une bonne dizaine de minutes pour accéder aux gradins en jouant des coudes parmi la foule.

Les places étaient numérotées, et le haut des gradins était couvert. Katherine ne s'était pas imaginé que c'était aussi civilisé.

Et il y avait des femmes – énormément de femmes. Elle n'était pas la seule ! Ils descendirent l'allée entre les interminables rangées de sièges en plastique et s'assirent côte à côte, l'épaule massive et noire de Joe dominant celle, bleue et gracile, de Katherine. Le monde qu'il y avait ! Elle n'en revenait pas. Entre la pelouse et elle, un océan de têtes. Se retournant, elle vit une muraille compacte de torses s'élevant presque à la verticale jusqu'au toit métallique. Elle se pencha en avant et contempla les kilomètres de genoux de part et d'autre. Les trois autres tribunes étaient également bondées. De loin, les mouvements de foule ressemblaient à ceux des algues dans la marée. C'était impressionnant.

Les applaudissements et le piétinement qui montaient des tribunes avaient quelque chose de primitif, de puissant et d'intensément viril. Katherine sentit son sang battre en cadence dans ses veines.

Se tournant vers elle, Joe murmura : « Ça va ?

— Ça va. » Elle hocha la tête avec un sourire imperceptible.

« Vous avez assez chaud ? »

Elle hocha la tête derechef.

« Vous voyez bien ? »

Nouveau hochement de tête.

« Enfin, pour l'instant il n'y a rien à voir », ajouta-t-il.

Puis, après une brève pause : « Vous voulez un hamburger ? Ou bien jeter un œil sur le programme ? »

Il commençait à paniquer : et si cette sortie ne l'emballait pas autant que lui ?

Touchée par sa sollicitude inquiète, elle s'entendit répondre : « Je n'aurais jamais cru que ce serait aussi… »

Il la regarda, alarmé.

« Aussi quoi ?

— Aussi excitant. »

Joe jubilait. Il le savait, il l'avait toujours su ! Derrière sa façade lisse couvait le feu de la passion.

« Excitant, dites-vous, s'exclama-t-il, radieux. Attendez la suite ! »

Katherine ouvrit des yeux étonnés. Quelle présomption !

« Après le coup d'envoi, j'entends », bredouilla-t-il.

Autour d'eux, on se mit à chanter.

Mon vieux m'a dit :
« Supporte Everton »,
Et moi, j'y ai dit :
« Va te faire foutre, ducon, tu es… »

Dieu merci, Joe ne chanta pas. Elle ne savait pas trop comment elle l'aurait pris.

« Ça fait longtemps que vous aimez le foot ? risqua-t-elle.

— Oh, oui ! Je suis un fervent supporter du Torquay United depuis l'âge de quatre ans.

— Alors, pourquoi Arsenal ?

— Parce que quand je suis venu à Londres, retourner dans le Devon un week-end sur deux n'était pas très pratique. Et puis, j'ai habité à cent mètres de leur terrain d'entraînement…

— Je vois, dit Katherine d'un ton sévère. Ce n'est donc pas parce que vous aimez Arsenal en tant que tel ?

— Si, si, la rassura-t-il avec empressement. Mais j'étais jeune à l'époque. Un gamin, quoi. Je ne connaissais rien à la fidélité.

— Et depuis, vous avez mûri ?

— Énormément.

— Tant mieux, opina-t-elle, l'air grave.

— Ça m'a pris du temps, mais j'ai fini par tomber amoureux. » Il déglutit avant de préciser à la hâte : « D'Arsenal, bien sûr. »

La pelouse s'étendait devant eux, immense, vert émeraude, mais toujours déserte.

« Ça ne devrait pas tarder. »

Nonchalamment, il souleva le bras de Katherine et regarda sa montre. Ce n'était pas grand-chose, un geste banal, insignifiant, mais elle retint son souffle quand les doigts glacés de Joe se refermèrent sur son poignet. Il dit : « Merci. » Et la lâcha doucement. Elle mit un moment à recouvrer ses esprits.

Tout à coup, une décharge électrique parcourut les tribunes.

« Ça y est », lui souffla Joe.

Autour d'eux, la foule se leva comme un seul homme, parmi les clameurs, les sifflets et les applaudissements. Apparemment, l'équipe d'Arsenal avait déboulé sur la pelouse, mais Katherine ne vit que les têtes et les épaules des spectateurs assis devant elle. Puis, d'après les huées, elle conclut à l'arrivée des joueurs d'Everton.

Tous se rassirent. Dès le début du match, l'ambiance dans les gradins se chargea d'électricité. La tension était presque palpable ; Katherine se sentit frissonner agréablement.

« Nous, c'est l'équipe en rouge et blanc, lui murmura Joe.

— Je sais ! » Tara l'avait initiée à l'essentiel.

« C'est bien », la complimenta-t-il. C'était même de mieux en mieux.

À droite de Katherine, il y avait un fanatique qui semblait avoir une dent contre Everton. De temps en temps, il bondissait de son siège en hurlant : « Montrez voir un peu ce que vous avez dans le ventre ! »

Après qu'Everton eut manqué un but ouvert, il entonna, triomphant : *« Tirer un coup dans un bordel ! Z'êtes pas foutus de tirer un coup dans un bo-ordel. »*

Inquiète, Katherine sentit soudain qu'il la poussait du coude.

« Chantez, ma p'tite dame. Allez, chantez ! Ces connards d'Everton ! *Tirer un coup...*

— Je ne peux pas, chuchota-t-elle. J'ai mal à la gorge. »

Joe ne chantait pas mais, très concentré, il suivait le jeu avec beaucoup d'intérêt. Normalement, Katherine aurait dû lui en vouloir – pourquoi l'avoir amenée ici, si c'était pour l'ignorer ? –, pourtant, elle n'arrivait pas à se fâcher. Les yeux étrécis de Joe étaient rivés sur le ballon. S'il regardait le match, elle le regardait, lui. Ses pommettes saillantes, sa tignasse emmêlée. Régulièrement, il s'assurait qu'elle était bien. Il craignait qu'elle n'attrape froid, mais malgré ses joues rosies par l'air le froid ne l'incommodait pas.

Vingt minutes après le début du match, il se tourna vers elle, imposant dans son lourd blouson de cuir.

« Ça va ? demanda-t-il pour la énième fois.

— Oui. » Elle révéla ses petites dents dans un joli sourire.

« Je ne vous entends pas, fit-il doucement, se penchant vers elle. Venez plus près. »

Croyant que c'était parce que les gens s'égosillaient tout autour d'eux, elle se rapprocha.

« J'ai dit oui.

— Je ne vous entends toujours pas, répéta-t-il, le regard assombri. Plus près. »

Gênée d'envahir son espace personnel, elle bougea imperceptiblement.

« Ça va. »

Ils étaient si proches qu'elle distingua l'ombre de la barbe naissante sur son menton.

« Je n'entends rien. » Elle dut presque lire les mots sur ses lèvres.

Interdite, elle se déplaça d'un centimètre et demi et s'enquit : « Ça va ?

— Toujours rien », articula-t-il en silence.

Seuls dix centimètres les séparaient à présent ; l'haleine tiède de Joe effleura son visage glacé. Immobiles, ils se regardèrent, lui intensément, elle avec confusion. Puis elle comprit...

Quelque part, dans une autre dimension, Everton manqua un

nouveau but, et, tandis que trente mille gosiers beuglaient dans ses oreilles : « On a gagné, les doigts dans le nez ! Ils ont perdu, les doigts dans le… », Joe Roth se baissa, obscurcissant son champ de vision, et l'embrassa.

51

Rob aurait été au désespoir de savoir que l'occupant de sa précieuse place avait passé tout le match à bécoter sa voisine. Heureusement pour lui, ils ne s'embrassèrent qu'une seule fois.

Mais quel baiser !

Les yeux clos, Katherine respira l'odeur fraîche, citronnée, de Joe. La main sur sa nuque soyeuse, il l'attira contre lui. La chaleur de leurs bouches enfiévrées offrait un troublant et délicieux contraste avec leurs visages froids.

C'était déjà fini. À contrecœur, ils rouvrirent les yeux et s'écartèrent l'un de l'autre, vacillant de désir. Et la réalité reprit ses droits.

Ils regardèrent le reste du match comme dans un état second, consumés d'impatience. Apparemment, ce fut Arsenal qui gagna.

Puis ils prirent un taxi pour aller chez Katherine.

Aussitôt la porte franchie, elle fut prise de panique. Il était seulement cinq heures et demie, beaucoup trop tôt pour la gaudriole. Ce n'était pas une bonne idée.

Joe emplissait l'appartement de sa présence, et elle eut tout d'un coup envie qu'il parte. Elle détestait cette impression de tenir un tigre en laisse, d'avoir préjugé de ses forces.

« Ça, c'est le salon, balbutia-t-elle, éperdue. Asseyez-vous, je vais mettre l'eau à… »

Elle s'interrompit brusquement. Joe avait glissé ses doigts dans la boucle de la ceinture de son jean.

« Viens par ici », murmura-t-il, l'attirant à lui.

Elle ferma les yeux et se sentit vibrer sous son baiser. C'est trop tôt, se répétait-elle, s'efforçant de faire appel à sa volonté. C'est trop tôt. Dans une minute, j'arrête.

Ce fut Joe qui se détacha le premier. Inspirant pour calmer les battements désordonnés de son cœur, il sourit, mélancolique.

« Au fait, je voudrais que tu saches : je ne couche jamais avec quelqu'un au premier rendez-vous.

— Moi non plus, répondit-elle avec hauteur.

— Heureusement qu'on en a un deuxième ce soir, hein ? fit-il, malicieux.

— Si tu t'imagines un instant…

— Pas du tout, dit-il précipitamment, contrit. Crois-le ou non, mais je plaisantais.

— Ah bon. Donc ça t'arrive de coucher avec une fille au premier rendez-vous ?

— Non, je… Oh, je vois, encore une plaisanterie ! »

Ils échangèrent un sourire.

« Alors, ce deuxième rendez-vous ? s'enquit-elle posément.

— J'avais promis de te nourrir.

— Oui ?

— On pourrait manger dehors. Ça te va ?

— Où ça, dehors ?

— Euh… à l'Ivy », dit-il, comme en s'excusant de sa propre extravagance.

Elle se contenta d'acquiescer. « Parfait. Ça ne t'ennuie pas qu'on se retrouve là-bas ? »

Elle ne se sentait pas encore assez intime avec lui pour le laisser assister à ses préparatifs.

Bien que déçu, il répliqua : « La table est réservée pour huit heures. À tout de suite », et il l'embrassa sur la joue.

Sitôt la porte refermée, Katherine entama une danse effrénée dans l'entrée. Elle savait à quel point il était difficile d'obtenir une table à l'Ivy.

Après quoi, elle se rua dans sa chambre et sortit encore un sac de sous son lit. Il contenait une robe noire et moulante aux manches ajustées. Pas vraiment courte à proprement parler, mais courte pour elle. C'était bien la moindre des choses, puisqu'il l'emmenait à l'Ivy.

Elle ne résista pas à la tentation d'appeler Tara, qui devait mourir de curiosité. Mais quand on eut décroché, Katherine crut s'être trompée de numéro. Elle ne reconnut pas cette voix rauque, inintelligible, qui croassa : « Allô ?

— Tara ? fit-elle, hésitante.

— Oh, Katherine. » La voix se brisa.

Elle comprit alors que c'était bien Tara, et qu'elle pleurait si fort qu'elle n'arrivait plus à parler.

« Que se passe-t-il ? C'est Fintan ?

— Non, non, ce n'est rien.

— Ça ne peut pas être rien.

— C'est juste ce connard de Thomas.

— Qu'est-ce qu'il a fait ? »

Katherine était atterrée. Ça ne l'aurait pas étonnée qu'il ait une maîtresse.

« Rien, c'est un sale con, voilà tout. »

Katherine ne savait que dire. Évidemment que Thomas était un sale con. Ce n'était pas nouveau. Mais il devait y avoir autre chose.

« Il ne te trompe pas, au moins ?

— Tu crois qu'il existe sur terre une fille aussi poire que moi ? Mais j'y pense, s'écria Tara entre ses larmes, et ton rencard alors ? Dis-moi que tu t'éclates. Que tout baigne pour toi.

— On s'en fiche. Raconte-moi ce qui s'est passé.

— Demain. S'il te plaît, Katherine, je veux vraiment savoir.

— Il m'a embrassée deux fois et il m'invite à dîner à l'Ivy.

— À l'Ivy ! Je suis si contente, ç'a l'air drôlement sérieux. » Tara fit un immense effort pour paraître gaie. « Quand tu mangeras la mousse aux deux chocolats, aie une pensée pour moi.

— Tu ne veux pas que je vienne ? »

Katherine croisa les doigts, les bras, les jambes et tenta de croiser les orteils, tout en priant avec ferveur.

Même Tara esquissa un petit rire.

« Tu parles !

— Tu crois que ça ira ?

— Absolument. Désolée de t'avoir enquiquinée avec mes états d'âme. Passe une merveilleuse soirée, et surtout n'oublie pas de conclure.

— Tu es sûre que…

— Je le jure sur la tête de ma mémé. »

Le taxi déposa Katherine devant le restaurant à huit heures tapantes, et elle s'obligea à aller faire un tour. Ça ne la gênait pas de poireauter seule quand elle sortait avec Tara et compagnie, mais là c'était différent. Dans un suprême effort de volonté, elle réussit à arriver avec dix minutes de retard. Rien à voir avec une diva capricieuse, mais pour elle c'était énorme.

« J'ai rendez-vous avec M. Roth », dit-elle au maître d'hôtel.

Il consulta sa liste. Une fois. Deux fois.

« Je regrette, nous n'avons pas de réservation au nom de Roth. »

Une boule d'angoisse se forma dans la gorge de Katherine. Affolée, elle jeta un coup d'œil sur la salle et, ivre de soulagement, aperçut Joe assis à une table derrière une cloison. Il la vit également et se leva à la hâte.

« C'est bon, il est là, sourit-elle en désignant Joe.

— C'est M. Stallone, répondit, imperturbable, le maître d'hôtel.

— Ah oui… ? »

Joe les avait rejoints.

« Votre invitée vient d'arriver, M. Stallone, dit l'homme poliment.

— Euh… oui, merci. Par ici, Katherine.

— M. Stallone ? chuchota-t-elle, tandis qu'il lui tenait la chaise.

— C'était le seul moyen d'avoir une table en si peu de temps », marmonna-t-il.

Il y eut une brève pause incrédule, puis elle fut prise de fou rire.

« M. Stallone ! »

Elle riait, riait, pliée en deux au-dessus de la table, incapable de s'arrêter. Il l'observait patiemment, avec indulgence.

« Bon sang, hoqueta-t-elle en s'essuyant les yeux, ça fait des années que je n'ai pas ri comme ça !

— J'espérais que tu n'en saurais rien. Je te guettais, mais cette putain de cloison me bloquait la vue.

— Mais je suis ravie de l'avoir su ! » Rayonnante, Katherine se pencha vers lui. « Je le jure. »

On apporta la carte, et ils choisirent leur menu et le vin.

Il leur restait encore beaucoup à découvrir l'un sur l'autre, cependant, ils parlèrent essentiellement gastronomie. Joe lui décrivit ses toasts au brie chaud, et elle lui raconta sa salade aux lardons. Tout à fait le genre de conversation que j'aurais eue avec Fintan ou Tara, pensait-elle, surprise. Surtout Tara.

Ce qui était loin d'être déplaisant.

Lorsqu'on leur eut servi les plats principaux, elle s'enquit, sincèrement intéressée : « Elle est bonne, ta sole ?

— Oui, dit Joe. Tu veux goûter ? »

Déjà, il lui tendait sa fourchette.

« Euh… non. » Elle se trémoussa, les joues en feu.

« Mais si, vas-y, insista-t-il à voix basse. C'est délicieux. »

Troublée par le ton de sa voix et la familiarité pleine de naturel de son geste, Katherine se pencha.

« C'est bon ? s'enquit Joe, attentionné.

— Très bon », fit-elle timidement.

Il ne la quittait pas des yeux, et, quand elle eut terminé son plat, elle se sauva aux toilettes pour échapper un instant à l'atmosphère électrique qui régnait à table.

Au moment du dessert, en l'honneur de Tara, elle commanda la mousse aux deux chocolats. En portant une cuillerée de chocolat blanc et noir à sa bouche, elle leva les yeux et surprit le regard intense de Joe. La promesse qu'elle y lut, combinée au goût exquis du chocolat fondant sur sa langue, la fit frissonner, comme si elle venait d'avoir un mini-orgasme.

Cette attente fiévreuse lui faisait presque peur. Il y a des chances pour que ça arrive ce soir. De très fortes chances.

52

À la sortie, ils se retrouvèrent dans l'air glacé de la nuit.

Et maintenant ?

« On va prendre un café chez moi ? proposa Joe.

— À Battersea ? » Sous-entendu : quelle idée ridicule.

« Pourquoi pas ? » fit-il, apparemment insensible à son ironie.

Fais-le attendre, s'exhorta-t-elle désespérément. Fais-le attendre. Ne cède pas trop vite.

« Non », dit-elle.

Son sourire vacilla, et elle s'en réjouit, le temps d'ajouter : « Allons plutôt chez moi. »

Dans le taxi, ils se tinrent par la main sans mot dire. Toujours en silence, elle ouvrit sa porte puis la referma avec soin. Et ce fut comme s'ils avaient été catapultés l'un vers l'autre. Elle sentit vaguement Joe lui retirer son manteau, qui glissa en tas sur le sol de l'entrée, avant de la propulser vers le canapé du salon. Sans cesser de l'embrasser, il fit pression sur ses épaules pour la faire allonger.

Ils s'embrassèrent pendant des heures lui sembla-t-il. Chaque fois qu'elle tentait de se redresser ou de parler, il la repoussait en arrière, et c'était reparti. Les yeux fermés, elle était comme en transe, planant par-dessus des champs de couleurs, des paysages d'étoiles. La drogue ? se disait-elle. Pour quoi faire ?

Voilà bien longtemps qu'on ne l'avait pas embrassée de la

sorte. Bien longtemps qu'on ne l'avait pas embrassée tout court. Comment avait-elle pu vivre sans ?

Rouvrant les yeux, elle fut étonnée de retrouver le décor familier de son salon.

Tout en l'embrassant, Joe la caressait doucement, délicatement, avec une lenteur qui la rendait folle. Ce fut seulement quand il posa la main sur sa cuisse et, la remontant sous sa robe, découvrit – comme il l'avait espéré – qu'elle portait des bas, et non des collants, qu'il faillit perdre son sang-froid.

« Non ! » grogna-t-il lorsqu'elle s'arc-bouta contre lui.

La main sur son pubis, il l'obligea à se rallonger, et un frémissement de plaisir la parcourut tout entière.

Les doigts tremblants, elle défit les boutons de sa chemise, se rassit et, les paumes à plat sur son torse, le poussa sur les coussins du canapé.

Étourdis, ils échangèrent un sourire.

Elle glissa la main sous la ceinture de son jean.

Il gémit et murmura : « Katherine… »

En la regardant, il reconnut à peine la jeune femme BCBG qui travaillait avec lui. Cette Katherine-là était une vraie tigresse.

À nouveau, il la fit pivoter et se remit à l'embrasser, mais elle désirait plus.

« S'il te plaît », implora-t-elle, tirant sur sa robe pour essayer de l'enlever.

Il se leva, défit prestement la ceinture et les boutons de son jean, et l'aida à retirer sa robe mais, avec son tacite accord, lui laissa ses dessous. Joe s'agenouilla, une jambe entre ses cuisses. Lorsqu'elle sentit son poids sur elle, en elle, Katherine crut mourir et monter au septième ciel.

Plus tard, ils reposèrent dans les bras l'un de l'autre. Puis elle sentit à nouveau les mains de Joe sur elle ; avec douceur, il dégrafa son soutien-gorge, la débarrassa de ses bas et du porte-jarretelles. Abandonnant leurs vêtements éparpillés dans un salon qui ressemblait déjà à un champ de bataille, ils gagnèrent la chambre où ils firent l'amour pour la seconde fois.

Comme Joe n'avait pas l'air de vouloir dormir, Katherine le poussa du doigt.

« Allez, viens.

— Où ça ?

— Dans la salle de bains. On va prendre une douche.

— Pourquoi ? Tu dois rentrer chez ta femme ?

— Viens. »

En pouffant, ils titubèrent jusqu'à la salle de bains, grimpèrent dans la baignoire, et elle lui tendit une éponge et un tube de gel douche.

« Lave-moi.

— OK, dit-il, inspectant son corps gracile, puis l'éponge. Mais il faut te mouiller d'abord. »

Il ouvrit l'eau chaude et l'entraîna sous le jet. Son regard pensif s'attarda sur elle, sur l'eau qui ruisselait entre ses seins. D'un geste lent, calculé, il pressa le gel sur l'éponge.

« Tu es sale, déclara-t-il sévèrement.

— Je sais. » Elle arrivait à peine à articuler.

Sans hâte, il entreprit de frictionner sa peau luisante, décrivant des cercles sur son ventre, ses bras, ses jambes. Et sur ses seins, qu'il enduisit de mousse.

« C'est particulièrement crade par là.

— Je sais », souffla-t-elle.

Il promena l'éponge entre ses cuisses, et elle trépigna d'excitation.

« Tiens-toi tranquille ! » ordonna-t-il.

Elle essaya, mais le massage, ferme, régulier, se révéla irrésistible. L'eau chaude, son corps mouillé, glissant, eurent raison de leur résistance.

Le dos contre le carrelage froid, elle noua les jambes autour de la taille de Joe. L'espace de quelques instants, ils se cramponnèrent l'un à l'autre en serrant les dents, puis il perdit pied, et ils s'étalèrent, toujours enlacés, sans dénouer leur étreinte, pleurant de rire.

Le lendemain matin, Katherine se réveilla de bonne heure. Elle tourna la tête et le vit. Joe. Joe Roth. Le Joe Roth du bureau. Sans ses costumes. Dans son lit. Endormi et craquant, dans son sommeil, avec ses cils épais et sa barbe naissante.

C'était comme se réveiller le matin de Noël pour découvrir que le Père Noël venait de passer.

Cette fois, je ne vais pas tout gâcher, se répéta-t-elle mentalement. Cette fois, je ne vais pas tout gâcher. Cette fois, je ne vais pas...

Elle savait que c'était le moment le plus délicat. Pour tout le monde, lui avait assuré Tara. Mais surtout pour quelqu'un comme elle, dont le principal attrait aux yeux des hommes était l'inaccessibilité. Un attrait qui disparaissait dès la première nuit partagée... Garder ses distances après avoir fait l'amour était une gageure. La plupart de ceux qui l'avaient poursuivie durant des semaines, voire des mois, en découvrant soudain qu'elle était une femme comme les autres, perdaient tout intérêt pour elle. Oui, indéniablement, c'était un moment délicat.

Joe ouvrit les yeux et la contempla langoureusement.

« Salut, fit-il d'une voix ensommeillée.

— Salut, chuchota-t-elle.

— Quel joli spectacle, de bon matin. »

Il l'attira à lui, sous la couette, et le cœur de Katherine se gonfla quand elle sentit la chaleur de son corps. Elle ferma les yeux pour savourer la douceur de ses caresses, et ils firent l'amour, plus lentement, plus indolemment, et plus sensuellement encore que la veille.

Katherine mit à profit les quelques instants où Joe alla dans la salle de bains pour se passer à toute vitesse les doigts dans les cheveux, puis sous les yeux, afin d'effacer les indésirables traces de mascara. Quand il revint, il s'arrêta et se frotta le menton d'un geste incertain.

« Il faudrait peut-être que j'y aille, dit-il, l'air interrogateur.

— Peut-être », répondit Katherine avec un sourire énigmatique.

Quelle déception ! Et les croissants, le jus d'orange fraîchement pressé, les serviettes de lin blanc qu'on vantait dans tous les spots publicitaires ? Ne devrait-elle pas porter la veste d'un pyjama, et Joe le pantalon ? Ne devrait-elle pas s'enfoncer dans les oreillers en duvet d'oie tandis que, penché sur elle, Joe lui ferait manger un yaourt à la petite cuillère ? Il lui en mettrait sur le bout du nez, et ils riraient ensemble comme deux enfants.

Après, ne devraient-ils pas aller se promener, main dans la main, pour jeter du pain aux canards ? Elle tremperait un orteil dans l'eau, coiffée d'un chapeau ridicule qu'elle serait obligée de maintenir d'une main pour éviter qu'il s'envole.

Joe ressortit et revint dans la chambre, tout habillé. Un grand sentiment de vide envahit Katherine.

« Je t'appellerai, promit-il.

— Ah oui ? » fit-elle avec un petit sourire.

Histoire de lui montrer que s'il n'appelait pas, elle n'en mourrait pas. Et de lui refaire le numéro de la femme mystérieuse qui avait dû le séduire la première fois. Dieu que c'était épuisant !

« De toute façon, on se verra au bureau.

— Bien sûr, acquiesça-t-elle légèrement.

— Merci pour la fabuleuse soirée. Et journée », ajouta-t-il.

Elle inclina gracieusement la tête.

« De rien. »

La porte d'entrée claqua, et une profonde mélancolie s'empara d'elle. Était-ce tout ?

Au moins, elle avait réussi à conserver la maîtrise d'elle-même. Mieux que la dernière fois. Peut-être qu'elle avait enfin grandi. Peut-être... même si ça lui avait pris douze longues années.

53

La première blessure est toujours la plus profonde. Katherine avait dix-neuf ans quand elle avait connu son premier chagrin d'amour. Et d'apprendre la mort de son père si peu de temps après n'avait fait que cristalliser sa douleur.

Aussi, lorsque Tara lui avait annoncé : « Fintan et moi, on a mis assez d'argent de côté pour quitter Knockavoy. Tu devrais venir avec nous », elle eut l'impression qu'on lui lançait une bouée.

« Où irez-vous ? demanda-t-elle.

— Loin, très loin.

— Pas à Limerick ? » Sa voix trembla.

« Oh non. Bien plus loin que ça.

— Dublin ?

— Encore plus loin, plastronna Tara.

— Pas à… pas à New York ? » Katherine ne cacha pas son excitation.

« Euh… non, pas à New York, répondit Tara, l'air légèrement penaud. Londres, ça te va ? »

Katherine aurait préféré une destination plus lointaine. Comme Los Angeles. Ou Wellington. Ou la Lune. Mais, à défaut, Londres ferait l'affaire.

Le matin du 3 octobre 1986, ils débarquèrent à la gare

d'Euston, achetèrent l'*Evening Standard* et louèrent un appartement à Willesden Green.

Dans la semaine qui suivit, Tara décrocha un poste dans une société d'informatique, Fintan fut embauché comme vendeur dans une luxueuse boutique de prêt-à-porter masculin et Katherine trouva un stage de comptabilité. Ce fut le début de leur nouvelle vie.

Londres regorgeait d'hommes. Retroussant leurs manches, Tara et Fintan se mirent au travail. Mais pas Katherine. Elle n'avait aucun mal à garder ses distances. Lorsque par hasard quelqu'un l'invitait à sortir, elle refusait, de la manière la plus désagréable qui soit. Personne ne revenait à la charge une deuxième fois.

Jusqu'à ce vendredi soir, quatorze mois après leur arrivée à Londres, où elle alla boire un verre avec des collègues de Tara. Parmi eux se trouvait un certain Simon Armstrong, le don Juan en titre de la boîte. Charmant et charmeur, sûr de lui, blond, beau gosse, il jouissait d'un immense succès auprès des femmes. Mais Katherine le remarqua à peine, comme frappée d'une cécité sélective. Grâce à ses antennes ultrasensibles, Simon perçut son authentique indifférence à son égard... on ne simulait pas ces choses-là. Il aurait pu séduire n'importe laquelle des femmes présentes à la soirée, mais il décida qu'il lui fallait Katherine.

Il demanda à Tara son numéro au bureau et lui téléphona pour lui proposer de la revoir. Elle dit non. Il rappela. Elle lui redit non. Il déclara que ce n'était pas une réponse.

D'abord alarmée par son intérêt, Katherine se sentit flattée, puis carrément troublée. La persistance de Simon avait ouvert une brèche dans sa carapace, libérant des désirs enfouis. Elle aspirait à être aimée. Si elle parvenait à construire quelque chose avec ce Simon Armstrong, sa vie redeviendrait normale. Tout est bien qui finit bien.

Elle accepta donc de sortir avec lui. Ils se revirent une fois. Deux fois. Au bout de trois semaines, elle coucha avec lui. Lorsqu'elle quitta son lit, il promit de la rappeler le soir même et ne le fit pas. Ce fut elle qui lui téléphona tôt – trop tôt – le lendemain matin. S'efforçant de raffermir sa voix, elle lui suggéra de la retrouver en fin de journée. Simon se montra évasif. Elle craqua et se retrouva à supplier : « S'il te plaît, ne me fais pas ça. » Ce qui eut naturellement pour effet de le faire fuir à toutes jambes.

Katherine passa plusieurs mois dans un état de prostration totale. Elle n'arrivait pas à croire qu'elle venait de se faire larguer une nouvelle fois. Apparemment, son incapacité à entretenir des rapports avec les hommes s'était aggravée. Elle se sentait plus déphasée que jamais.

On ne l'y reprendrait plus, se jura-t-elle. Ce coup-ci, elle avait assimilé la leçon.

Entre-temps, la vie poursuivait son cours. Elle travaillait dur, préparait ses examens de comptabilité, vivait avec Fintan et Tara, observait leurs frasques avec un sourire désabusé, tout en se gardant bien de les imiter. Elle s'habillait dans les boutiques – modérément – branchées, dépensait beaucoup d'argent chez le coiffeur, parlait aux hommes sur un ton léger et sortait, comme ses amis. À cette différence près qu'elle rentrait toujours seule.

Et puis elle rencontra Alex Holst.

Voilà presque quatre ans qu'elle était à Londres. Fintan venait juste d'être embauché chez Carmella Garcia, et Alex était l'un de ses mannequins. Savamment mal rasé, il arborait une denture refaite à la perfection, des cheveux de jais et un sourire taquin. À sa grande inquiétude, quand on le lui présenta, les yeux de Katherine ne s'illuminèrent pas d'une lueur lubrique. Son air poli mais absent le perturba au plus haut point. Comment, quelqu'un qui ne tombait pas en pâmoison devant lui ?

De son passé de gamin obèse, Alex avait hérité d'un profond sentiment d'insécurité. Les haltères et la boulimie aidant, il était devenu svelte et beau, mais l'image qu'il gardait de lui-même demeurait celle d'une montagne de lard, objet de mépris et de dérision. Au moment où Katherine s'écarta de lui, il entendit la petite voix familière lui souffler : « Tu n'es qu'un gros tas. »

Bien que plus doux, il se montra tout aussi persévérant que Simon. Il l'appelait continuellement, lui envoya des fleurs au bureau et lui écrivit un poème pour dire que jamais il n'avait rencontré une femme aussi fascinante qu'elle.

Elle résista beaucoup plus qu'avec Simon. Quand Alex lui déclara qu'il n'avait pas l'habitude de courtiser les femmes avec autant d'assiduité, elle railla : « Je parie que tu dis ça à tout le monde. »

Quand il lui jura qu'il n'était pas un tombeur, elle rit méchamment et riposta : « Tu me prends pour une imbécile ? »

Quand, un soir, il lui fit la surprise de l'attendre à la sortie du bureau, elle lui dit froidement que la traque était un délit passible de sanctions pénales.

Il ne se démonta pas, et peu à peu elle se radoucit. Ce fut plus fort qu'elle. Elle se mit à croire ses protestations enflammées parce qu'elle avait désespérément envie de les croire. Un soir, il lui révéla le secret honteux de son enfance, et sa dernière barrière tomba, balayée par une vague de compassion.

Comme Simon, Alex lui offrait l'occasion d'exorciser les tenaces démons du passé. Pour finir, serrant les dents, déterminée, cette fois, à ne pas s'accrocher, elle accepta de sortir avec lui.

Cela dura un peu plus longtemps qu'avec Simon, mais c'est tout. Un beau jour, elle sentit qu'il commençait à se désintéresser d'elle. Lorsqu'elle lui posa la question, il nia catégoriquement. Elle n'en fut pas rassurée. Impuissante, elle assista à sa propre métamorphose en hystérique angoissée et parano. Elle accusa Alex de regarder les autres filles, de ne plus faire attention à elle. Il protesta sans grande conviction, sur quoi il ne donna plus signe de vie pendant trois jours. Il ne téléphona que pour lui annoncer qu'il voyait quelqu'un d'autre.

Toutes les vieilles plaies de Katherine se rouvrirent d'un seul coup. La douleur de l'abandon, l'humiliante impression de n'être pas assez bien. Elle se remit à se haïr avec passion. La souffrance était insoutenable. Elle n'était qu'une pauvre idiote, une ratée.

Elle finit par recouvrer ses esprits. Cependant, bien qu'elle se fût juré de fuir les hommes jusqu'à son dernier jour, elle ne se sentait pas tranquille. Elle s'était déjà sabordée deux fois. Elle vivait dans la hantise de récidiver.

« Tu devrais peut-être les choisir moins beaux, lui suggéra Tara avec tact. En général, les beaux sont tellement amoureux d'eux-mêmes qu'il ne leur reste pas grand-chose pour les autres.

— Je n'ai pas envie d'en parler, siffla Katherine.

— Je sais », soupira Tara.

Katherine était incapable de sortir avec un homme ordinaire. C'était aussi simple que ça. Les hommes ordinaires ne l'intéressaient pas.

Elle avait eu une demi-douzaine d'amants avant Joe. Sa plus longue « histoire d'amour » avait duré sept semaines. Toutes s'étaient terminées de la même façon : elle s'était fait plaquer. À force, par peur de la rupture, ne supportant plus d'attendre que l'autre se lasse progressivement d'elle, elle précipita les choses. Se conduisant comme une vraie folle enragée. Pour mieux hâter l'inéluctable. Elle titubait à travers la vie entre longues plages de célibat et brèves liaisons, suivies de périodes de récupération. Chaque fois qu'un homme se détournait d'elle, laissant entendre qu'elle n'était pas assez bien, les vieux démons rappliquaient au triple galop.

Jusqu'au jour, deux mois plus tôt, où on lui présenta le nouveau directeur de clientèle, Joe Roth, qui entreprit de faire son siège selon un mode qu'elle connaissait déjà.

54

Cette fois, j'ai réussi à maîtriser la situation, se dit fièrement Katherine en regardant son lit défait. L'impression de vide laissée par le départ de Joe s'était dissipée ; elle pétillait d'excitation après la nuit passée avec lui.

S'emparant d'un oreiller, elle le pressa contre son visage et capta une imperceptible trace de son odeur. Le souvenir que cela éveilla la fit frissonner de bonheur. Elle brûlait d'en parler à quelqu'un. Il était presque midi… trop tôt pour appeler Tara ?

Nom de nom… Tara ! Que lui était-il arrivé hier ? Katherine se rua sur le téléphone et tomba sur son répondeur. Elle composa le numéro de son portable et eut la boîte vocale. Alors elle téléphona à Liv et eut son répondeur. Elle laissa un message et appela Fintan.

« Allô ! aboya-t-il.

— C'est moi. Je peux venir ?

— Pas maintenant. Ce soir.

— Ah… J'aurai mon portable, si jamais tu changes d'avis. »

Elle se sentait curieusement désœuvrée. C'était son premier dimanche sans les O'Grady, dont le séjour, semblait-il, avait duré plusieurs mois. Elle n'avait plus l'habitude de disposer de son temps. Surtout quand le meilleur de la journée était déjà derrière elle.

Elle aurait pu nettoyer et ranger son appartement, mais la

jubilation qui l'habitait l'empêchait de se livrer à une tâche aussi prosaïque. Elle prit donc sa voiture pour aller chez Selfridges ; seulement, au lieu de visiter le rayon du prêt-à-porter féminin, elle déambula parmi les articles de toilette pour hommes. D'un geste nonchalant, elle prit un after-shave, le renifla, le reposa. Puis un autre. Et encore un autre. Elle se promena au hasard entre les étalages, jusqu'au moment où, essayant un énième vaporisateur, elle manqua défaillir. Ce fut comme si elle revivait les voluptueux plaisirs de la nuit. Elle inhala plus profondément, fermant les yeux pour mieux s'abandonner à ses souvenirs. Le contact de sa peau, le désir palpitant, tel un oiseau en cage, la joie de se sentir aimée, adulée. Elle rouvrit les yeux et regarda le flacon. *Davidoff For Men*, voilà ce que portait Joe Roth. Elle envisagea un instant de l'acheter, puis se ravisa. Il fallait être cinglée pour faire ça. Respirer son parfum, d'accord, l'acheter, ça serait trop nul.

« Vous avez devant vous une femme déchue, annonça Katherine, radieuse.

— Je ne veux rien savoir, grommela Fintan.

— Mais moi, si, protesta une Tara pâle et épuisée.

— Nous aussi, firent Liv et Milo à l'unisson.

— Moi aussi », ajouta le pauvre Sandro.

En fin de journée, ils s'étaient tous retrouvés chez Fintan, et attendaient maintenant l'arrivée des pizzas.

Malgré son manque de sommeil et la crainte que Joe n'appelle pas, Katherine débordait de joie de vivre, pressée de raconter sa fabuleuse aventure aux autres.

Tandis qu'elle leur décrivait son samedi – le match de foot, le baiser, le dîner à l'Ivy, le coup de M. Stallone –, ils la bombardèrent de questions pour connaître tous les détails.

« Il sentait comment ? demanda Tara.

— Ça t'a fait quel effet ? interrompit Milo.

— Qui a fait le premier pas ? s'enquit Sandro.

— Tu savais qu'il allait t'embrasser ? dit Liv.

— Tu as pris la mousse aux deux chocolats ? » Tara, à nouveau.

« Tu avais le trac ?
— A-t-il admiré tes dessous ?
— Au fait, tu les as achetés où ? » Milo.

Chacune de ses réponses déclenchait une avalanche d'exclamations. Katherine piaillait, ravie.

« Ton récit vaut largement une partie de crac-crac », glapit Tara avant de se taire brusquement.

Elle avait refusé de révéler à Katherine la raison de son marasme de la veille. « Je n'ai pas vraiment envie d'en parler. Bon sang, avait-elle ajouté, incrédule, j'ai l'impression de t'entendre. »

Pendant tout le récit de Katherine, Fintan était resté vautré sur le canapé, l'air bougon, affichant ostensiblement son manque d'intérêt. Mais, à mesure que la fièvre montait, il dressa l'oreille (la basse) et écouta à contrecœur. Puis il s'assit, se pencha en avant, émit des sifflements involontaires, des « Oh ! » et des « Ah ! » et, pour finir, ne put se retenir de demander : « Et tu as laissé ton joli manteau noir Jil Sander par terre dans l'entrée toute la nuit ? »

Fière et gênée, Katherine acquiesça de la tête.

« *Toute la nuit ?* »

Nouveau signe de tête affirmatif.

« Tu ne t'es pas éclipsée entre deux parties de jambes en l'air pour l'accrocher sur son cintre ? »

Triomphante, elle secoua la tête.

« Bon, d'accord, il date de l'hiver dernier, concéda-t-il, mais quand même ! »

Ils n'en revenaient pas, de la facilité avec laquelle Katherine leur racontait ses aventures. Parvenus au moment où Joe s'était déshabillé au milieu du salon, ils se sautèrent au cou en criant : « Mon Dieu !
— Géant ! hurla Tara.
— Étonifiant ! » rugit Liv.

On sonna à la porte. Les pizzas étaient arrivées. Sandro en aurait pleuré de dépit.

« Ils ont choisi leur moment ! se lamenta-t-il. Surtout, ne dis pas un mot tant que je ne suis pas là. »

Soufflant et maugréant, il courut ouvrir. Quand il reparut,

quasi invisible derrière la pile de boîtes, il demanda avec inquiétude : « J'ai raté quelque chose ?

— Non, mais c'est l'heure de *Ballykissangel* », fit remarquer Liv.

Un chœur de protestations lui répondit.

« On s'en fout ! Ça, c'est beaucoup plus intéressant. Vas-y, continue, Katherine. Donc, il était là, à poil, dressé dans ton salon…

— Dressé, c'est le mot. » Elle rit en frissonnant de plaisir.

« Ooooooh, punaise ! »

Elle leur parla même de l'épisode de la douche en pleine nuit.

« Une douche ! Nom d'un chien ! » suffoquèrent-ils.

Milo et Liv échangèrent un regard incandescent.

« J'ai peut-être tort de vous raconter tout ça. Si ça se trouve, il ne rappellera pas. Ça ne sera pas la première fois.

— Eh bien, s'il ne rappelle pas, c'est toi qui le recontacteras, affirma Tara.

— Je ne crois pas… »

Avec une précipitation presque indécente, Milo et Liv étaient en train de rassembler leurs affaires. L'instant d'après, ils prenaient congé.

« On a tout de même réussi à les garder une bonne heure avant qu'ils ne filent s'envoyer en l'air, déclara Tara.

— Une heure ? dit Fintan avec un grand sourire. Si vous voulez mon avis, il y a de l'eau dans le gaz. »

Tout le monde s'en aperçut, mais se garda bien de le laisser paraître : Fintan avait souri !

« S'ils restent ensemble, c'est uniquement à cause des enfants, s'esclaffa Katherine.

— En tout cas, à cause de la literie, c'est sûr, fit Tara. Non. Ils viennent de s'acheter une couette. Je pense qu'ils s'y sont attachés.

— Alors, tu n'es pas contente que le gros salaud que je suis t'ait forcé la main ? demanda Fintan, perfide, à Katherine. Ta nuit d'amour, c'est à moi que tu la dois.

— Je croyais que tu t'en fichais ?

— C'est vrai. Tu as raison. Mais compte tenu du résultat, considère mon désistement comme nul et non avenu.

— Oh, tu sais, le résultat… C'est peut-être juste l'aventure d'une nuit, et je suis d'autant plus mal barrée que je travaille avec lui.

— Et s'il y a un message qui t'attend quand tu rentres chez toi ? s'amusa Fintan. S'il essaie de te joindre en ce moment même ? Il a ton numéro de portable ? »

Katherine secoua la tête, mais son cœur fit un bond dans sa poitrine. Et s'il l'appelait réellement ce soir ? À son immense déception, de retour chez elle, son répondeur affichait zéro message.

55

« Ravi, dit Tara, où puis-je trouver une camionnette ?

— Une camionnette ? Comme pour un déménagement ?

— Oui, c'est ça. Une petite camionnette.

— Je n'en sais rien. Il faut qu'on demande aux grandes personnes. »

Il hocha la tête en direction de Vinnie, Teddy et Evelyn. Tout d'un coup, il comprit le sens de sa question et se redressa vivement.

« Pourquoi ? Que s'est-il passé ?

— D'abord, j'ai besoin d'une clope.

— Au fumoir ! »

Assise dans le réduit aux murs jaunes, Tara tira énergiquement sur sa cigarette, sous l'œil de Ravi, militant antitabac acharné et intolérant, sauf lorsqu'il s'agissait d'elle.

« Tu quittes Thomas ? » Il n'en croyait pas ses oreilles.

« Il y a des chances.

— Mais pourquoi ? »

Tara esquissa un pâle sourire.

« Oh, Ravi, même toi, tu as essayé de me dire que c'était très moyen avec Thomas, et pourtant tu es un garçon.

— Oui, mais tu as toujours eu une réponse à me fournir. »

Elle grimaça. « C'est pas croyable les excuses que je lui ai inventées...

— Tu t'en vas pour faire plaisir à Fintan ?

— Non, Fintan s'en fiche, maintenant. J'aurais dû m'en réjouir, eh bien non, je me suis fait piéger. »

Ravi réprima un soupir. Les femmes, c'était d'un compliqué !

« Et quand je suis rentrée chez moi, samedi, ç'a été le bouquet. »

Elle tira une grande bouffée de sa cigarette en revoyant la scène. Sitôt qu'elle avait franchi la porte, Thomas s'était mis à hurler : « Ce n'est pas parce que cette pédale de mes deux a chopé une cochonnerie contre nature que tu ne dois pas suivre ton régime, Tara ! »

Il brandissait l'emballage d'un loukoum qu'il avait retrouvé dans ses affaires de gym. Une rage froide, aveugle, s'empara de Tara. *Que faisait-elle avec cet ignoble individu ?*

« Je te demande pardon ? siffla-t-elle.

— Je disais, répéta Thomas, que ce n'est pas parce que cette pédale… »

À force de pousser le bouchon trop loin, celui-ci avait fini par sauter.

« Je t'interdis de parler ainsi de mon ami, fit-elle d'une voix basse, menaçante.

— Mais je…

— Stop !

— J'ai le droit d'exprimer mon opinion, non ? s'enquit-il, belliqueux.

— Non ! C'est de la cruauté mentale, et d'ailleurs il ne s'agit pas d'une maladie contre nature. À t'entendre, c'est de sa faute.

— Ai-je le droit, oui ou non, d'exprimer mon opinion ?

— Mais…

— AI-JE LE DROIT, cria-t-il, d'exprimer mon opinion ? Oui ou non ?

— La question n'est pas là. » Elle haussa le ton à son tour.

« Écoute-moi. C'est une pédale. Je n'invente rien.

— Tu es d'une intolérance crasse, dit-elle d'une voix faussement calme. Un vrai homme des cavernes, avec ton machisme antédiluvien. »

À son étonnement, il se mit à rire de bon cœur.

« Exact. Redis-moi ça, à propos du machisme. »

Tara déglutit, muette de stupeur. Pas besoin de se chercher des ennemis, avec un mec pareil.

« Allez, vas-y, insista-t-il, badin. Redis-le.

— Ce n'est pas un compliment. » Elle serra les mâchoires.

« Ah bon ? Pourtant, ça m'en a tout l'air. Je suis un homme des cavernes, avec mon machisme antédiluvien. » Il rit à nouveau, sincèrement amusé. « Mais c'est pour ça que tu m'aimes. »

Voilà ce que tu es obligée de te farcir.

Les dominos commencèrent à tomber, et soudain, avec une clarté aveuglante, elle vit à quel point était inadmissible son refus de rencontrer les O'Grady. D'aller voir Fintan à l'hôpital. Sans parler de ses insinuations odieuses, de son attitude méprisante vis-à-vis de l'avenir de leur couple, de sa surveillance constante de son poids, de ses critiques permanentes, de tout l'argent qu'il lui empruntait, de cette façon qu'il avait de monter Beryl contre elle. Mais le pire, c'étaient les excuses qu'elle lui trouvait.

Elle s'aperçut alors qu'elle était en larmes. C'étaient des larmes de honte, de rage et de douleur.

« Qu'est-ce que tu as à chialer ? fit Thomas. Tu as tes ours ?

— Quoi ?

— Tu as tes règles ?

— Non. » Elle sanglotait à fendre l'âme.

« Putain, Tara, arrête de pleurer. Tu veux une tasse de thé ?

— Non. Laisse-moi tranquille. »

Il lui lança un regard noir. Aurait-elle oublié à quel point il était sensible ?

« Très bien, riposta-t-il, bravache. Je vais te laisser tranquille. »

La porte d'entrée claqua, et elle s'écroula en larmes. Elle pleurait toutes ces années perdues, son aveuglement volontaire, le bonheur qui la fuyait, le vide qui l'attendait.

Katherine téléphona, mais, hoquetante, secouée de spasmes, elle put à peine lui parler.

Finalement, elle alluma une cigarette et s'assit, le regard dans le vague, se demandant pourquoi ça ne marchait jamais. *Pourquoi moi ? Pourquoi je n'arrive pas à réussir une vie à deux ? Pourquoi je me retrouve toujours seule ?*

Thomas revint quelques heures plus tard et, comme si de rien n'était, lui proposa de sortir.

« Non, répondit-elle, implacable, le visage blanc comme un linge. Vas-y sans moi. »

Elle passa la soirée de samedi à se préparer moralement au départ. À essayer de combler le fossé béant qui existait entre le projet et sa réalisation concrète.

Dimanche, chez Fintan, elle ne souffla mot à personne de ce qui la tourmentait. Elle en était incapable. Elle n'avait pas de mots pour faire comprendre l'énormité de la tâche qui l'attendait. Elle regarda Liv et Milo, écouta le récit haletant de Katherine, et se dit que ces trois-là savaient ce que vivre voulait dire.

« Tu comprends maintenant, Ravi, pourquoi j'ai besoin d'une camionnette.

— Je vais chercher dans les pages jaunes, promit-il.

— Tu crois que je fais bien de partir, hein ? demanda-t-elle anxieusement.

— Tu viens de m'expliquer toi-même...

— J'espérais t'entendre dire que je me faisais une montagne de pas grand-chose.

— Hélas, non, répondit-il tristement.

— Je suis morte de trouille. » Elle se glissa une cigarette dans la bouche, qu'il lui alluma. « À l'idée d'être seule. De vieillir seule. Jamais je ne rencontrerai quelqu'un d'autre.

— Mais bien sûr que si !

— Qu'en sais-tu ? Une grosse vache comme moi... Oh, Ravi, si seulement tu avais vu Katherine samedi. Le frisson, l'anticipation... c'était génial, on avait l'impression de redevenir des adolescents. Même moi, je l'ai ressenti.

— Oui, mais ça ne dure pas, protesta-t-il rapidement. Regarde, ma copine Danielle et moi...

— Tout de même, l'interrompit-elle, quand on est ensemble, on est censé avoir un minimum d'affection l'un pour l'autre.

— Tu n'as pas d'affection pour Thomas ?

— Non. Et il me le rend bien. Sinon, il ne me répéterait pas à tout bout de champ que je suis une grosse vache. Tu ne trouves pas ça louche, cette manie de vouloir me changer à tout prix ?

— Absolument. Tu as mille fois raison. C'est ce que j'ai essayé de te dire. »

Tara prit un air songeur.

« Je le savais sans le savoir, tu me suis ?

— Tu le savais, mais tu ne *voulais* pas le savoir. »

Le film en noir et blanc de sa vie reprit soudain les couleurs et le rythme d'un quotidien normal

Le choc s'était atténué, la douleur s'apaisait. Il ne restait plus que la colère.

Une colère noire.

56

Lorsque Katherine arriva au travail lundi matin, Joe était déjà là, mais il ne la regarda même pas. Et voilà, pensa-t-elle, profondément déprimée. J'ai eu encore tout faux. Une fois de plus.

Avec lassitude, elle suspendit son manteau et se dirigea vers son bureau. Au milieu duquel trônait un paquet. Avec son papier d'emballage bleu et or, ce n'était sûrement pas une pile d'imprimés fiscaux envoyés par le ministère des Finances.

« Qu'est-ce que c'est ? demanda-t-elle à Charmaine.

— Aucune idée, il était là quand je suis arrivée. »

Katherine le prit et le palpa. Le contenu était souple et malléable au toucher.

« Ouvre-le, dit Charmaine.

— OK... », fit Katherine, lentement, ne sachant si elle devait donner libre cours à son excitation. Qui d'autre que Joe aurait pu lui expédier ça ?

Avec soin, pour ne pas abîmer le beau papier, elle tenta de décoller le scotch.

« Mais déchire-le ! s'écria Charmaine. Vas-y, fonce ! »

Elle s'exécuta. Quelque chose de blanc se déplia et atterrit sur son bureau.

« Nom d'un chien, fit Charmaine, c'est quoi, ce... ? »

Katherine examina l'objet, et un large sourire s'épanouit sur ses lèvres.

« Qu'est-ce que c'est ? » Charmaine trépignait d'impatience.

« Un tapis antidérapant. Pour éviter de glisser dans la baignoire. »

De sous ses cils, elle coula un regard en direction de Joe, mais il semblait très, très concentré sur son écran. Tellement concentré qu'elle pouvait voir les muscles de son cou saillir.

« D'où ça vient ? s'enquit Charmaine, soupçonneuse.

— Je n'en sais rien.

— Il n'y a pas de mot avec ?

— Non.

— Bizarre. »

Sur son ordinateur, Katherine trouva un e-mail : « Pour ne pas qu'on dérape la prochaine fois. »

À la vitesse de l'éclair, elle tapa : « Quand voudrais-tu ne pas déraper ? » Elle cliqua sur Envoi et attendit. Peut-être avait-elle été trop directe ? *Allez*, le supplia-t-elle silencieusement, *réponds-moi.*

Trois minutes plus tard, elle vit Joe actionner sa souris. Il avait ouvert son message, il était en train de le lire ! L'air impénétrable, il pianota sur les touches de son clavier.

Katherine, impatiente, tapotait sur son bureau, et, quand le nouveau message clignota sur son écran, son cœur manqua un battement. « Aimerais ne pas déraper prochainement. Dis-moi ce qui t'arrange. »

Après un calcul fébrile, elle lui renvoya : « Mercredi soir ? » Elle trouvait que ça faisait léger et nonchalant.

Quelques secondes plus tard, elle recevait un autre message. « Ai peur de déraper. Mercredi soir est très loin. »

« Peur très compréhensible. Demain soir ? » répondit-elle.

« Ai peur de déraper. Demain soir est très loin. »

Les doigts tremblants, elle tapa : « Peur très compréhensible. Par mesure de sécurité, disons ce soir. »

Pas une fois, leurs regards ne se croisèrent.

Toute la journée, ils furent extrêmement courtois l'un avec l'autre. À un moment, Joe rentra dans le bureau alors qu'elle s'apprêtait à sortir. Il s'écarta pour la laisser passer, prenant bien garde à ne pas la frôler.

« Pardon, murmura Katherine.
— Mais je vous en prie.
— Merci.
— Il n'y a pas de quoi. »

De temps en temps, elle avait l'impression qu'elle allait éclater de bonheur. Elle dut frotter ses pieds l'un contre l'autre sous son bureau pour dissiper le trop-plein d'allégresse. Parfois, en regardant Joe, grand et imposant dans son costume, elle eut envie de se lever et de crier à tue-tête : « J'ai vu Joe Roth dans le plus simple appareil. Je pourrais vous le décrire par le menu. Croyez-moi, il est sublime ! »

Dans l'après-midi, son téléphone sonna. C'était Tara.

« Il se peut que j'aie un service à te demander.

— Vas-y, demande », lança Katherine, désinvolte. Rien ne pouvait entamer son euphorie.

« Ça t'ennuie que je vienne m'installer chez toi ?

— Ô mon Dieu !

— Je suis vraiment désolée, fit Tara, mortifiée. Ça tombe très mal, je sais. Tu as un nouveau jules et tu aimerais avoir tout l'appartement pour vous deux, tu as été célibataire pendant deux ans, et j'aurais pu quitter Thomas à n'importe quel autre moment, au lieu d'attendre aujourd'hui.

— Tu as… *quitté*… Thomas ?

— Pas tout à fait. Mais je compte le faire après le boulot. Je chargerai une partie des affaires dans la voiture, et, pour le reste, Ravi me trouvera une camionnette dans la semaine.

— J'ai du mal à le croire. Enfin, je suis ravie. »

Bien sûr qu'elle était ravie, mais, franchement, Tara avait choisi son jour !

Une heure plus tard, Joe lui expédia un e-mail : « En parlant de ne pas déraper ce soir, que préfères-tu : restaurant, bar, cinéma, théâtre, friterie, boutique vidéo, night-club, bowling, jacuzzi ou chez moi ? Rayer les mentions inutiles. »

Katherine fut obligée de répondre : « Malheureusement, il y a eu un petit changement de programme. Mon amie Tara est en plein psychodrame… »

Comme elle tenait absolument à ce qu'on ne sache rien de leur relation, Joe arriva à l'appartement une demi-heure après elle. Lorsqu'elle ouvrit la porte, son immense sourire contrastait de manière frappante avec l'attitude distante qu'ils avaient affichée au bureau.

La plaquant contre son pardessus, il l'embrassa avec un soulagement fébrile.

« J'espère que tu n'as pas été suivi, dit-elle sévèrement.

— Si, mais j'ai traversé en courant une blanchisserie chinoise et je suis ressorti par-derrière.

— Dans une allée pleine de cartons ?

— Et de poules. Ensuite j'ai escaladé une échelle d'incendie et je suis entré par une fenêtre.

— Dans une chambre avec un homme et une femme dans un lit ?

— À mon avis, c'étaient deux hommes. J'ai donc soulevé mon chapeau et dit poliment : "Excusez-moi."

— L'un d'eux a dit : "Tu as vu ça ?" Et l'autre a répondu : "Quoi ?"

— Mais j'étais déjà parti ! »

Ils rirent, enchantés de cette complicité.

« Merci pour le tapis de bain, fit-elle timidement.

— Quand est-ce qu'on l'étrenne ? »

Elle secoua la tête.

« Ce soir, il faut être sages : Tara peut débarquer avec armes et bagages d'une minute à l'autre. Je suis désolée. Ce n'est pas vraiment ce que tu avais prévu.

— On pourrait aller manger une frite et louer une cassette, proposa-t-il, chevaleresque. Tout n'est pas perdu.

— Oui, mais… »

Il était bien trop tôt pour les soirées cocooning ; ce genre de plan, c'était envisageable quand on sortait ensemble depuis trois semaines minimum.

« Je pourrais essayer de nous préparer quelque chose, fit-elle, incertaine.

— J'aime mieux pas.

— Aïe !

— Rappelle-toi, Katherine, tu m'as avoué toi-même il y a des lustres que tu ne savais pas cuisiner.

— Bon, alors te risquerais-tu à accepter au moins une tasse de thé ?

— J'ai bien mieux que ça. » Il extirpa une bouteille de vin de la poche de son pardessus. « Là ! Le meilleur de chez Oddbins.

— Tu as passé une bonne journée, hier ? lança-t-elle de la cuisine où elle était partie chercher le tire-bouchon.

— Ç'avait bien commencé, fit-il, pensif. Mais vers onze heures, les choses se sont gâtées. Et ensuite, le seul rayon de soleil a été la visite chez Homebase pour acheter un tapis de bain.

— Tu aurais dû rester ici avec moi, le taquina-t-elle.

— Ah oui ? » Il avait l'air surpris. « J'aurais bien aimé, mais je ne voulais pas abuser. »

Quand elle revint, elle espéra que son soulagement n'était pas trop transparent.

Ils allèrent à pied à la friterie du coin. Il s'était mis à pleuvoir.

« De l'Ivy à ça en quarante-huit heures, ironisa-t-elle en poussant la porte.

— Tu prends quoi ? » Joe examina le panneau en plexiglas. « Saucisses ? Ailes de poulet ? Cheeseburger ?

— Ça dépendra de ce que tu prends, toi.

— Frites-cervelas. Et on pourrait peut-être partager une portion d'oignons en beignets.

— Si je te donne un bout de mon cabillaud, calcula-t-elle, tu me laisseras goûter ton cervelas ?

— Autant que tu voudras », répondit-il tout bas.

Soudain, la friterie disparut, et ils se retrouvèrent seuls au monde. Muets, les yeux dans les yeux, soudés en une communion magique. Derrière son comptoir en formica, Ernie en eut presque les larmes aux yeux. Ah, l'amour !

Ils achetèrent de quoi boire, et il ajouta sur le plateau quatre sachets de ketchup et une portion de pickles. Histoire de fêter ça et de leur souhaiter bonne chance.

Ensuite, ils se rendirent chez le loueur de vidéocassettes où Joe choisit immédiatement *Vacances romaines*.

« Tu te souviens, le jour où on a déjeuné ensemble ? » Il s'arrêta, gêné. « Le jour où je t'ai *forcée* à venir déjeuner avec moi. »

Ce fut au tour de Katherine de rougir. « Tu ne m'as pas forcée.

— Bref, on parlait de soirée pluvieuse à la maison, d'un film noir et blanc à la télé, et on a dit en même temps : *Vacances romaines.* Tu te rappelles ? »

Évidemment qu'elle se rappelait. Mais elle se contenta de dire : « Ah bon ? Oui, c'est possible. »

À neuf heures et demie, le film était presque terminé, et Tara n'était toujours pas là. Il leur était de plus en plus difficile de garder le contrôle d'eux-mêmes.

« Non ! » À son corps défendant, Katherine interrompit leur baiser passionné. « Tara risque d'arriver au moment crucial.

— D'accord », souffla Joe, le cœur battant.

Quand il eut retrouvé l'usage de sa voix, il demanda : « Et pourquoi quitte-t-elle son petit ami ? »

Bribe par bribe, elle finit par lui raconter toute l'histoire et le comportement odieux de Thomas. Ensuite, Joe lui parla de Lindsay, la fille avec laquelle il était sorti pendant trois ans.

« Et qui a mis fin à votre relation ? s'enquit-elle, faussement désinvolte.

— Saatchi & Saatchi, rit-il. On lui a offert un superposte à New York. Mais ça n'allait déjà pas fort entre nous.

— Tu en as... souffert ?

— Oui. Mais tu connais le dicton.

— Lequel ?

— Le temps guérit toutes les blessures. »

Katherine enchaîna alors sur Fintan et son cancer.

« Un jour, au bureau, fit-il gauchement, je t'ai vue verser une larme. Je t'avais apporté mes notes de frais, et tu m'as dit que tu venais d'apprendre une mauvaise nouvelle. C'était à propos de Fintan ?

— Peut-être bien », répondit-elle d'un ton vague.

Inutile de lui montrer qu'elle conservait en mémoire le moindre regard, la moindre parole qu'ils avaient échangés.

Puis elle lui décrivit Milo, JaneAnn et Timothy. Leur découverte de Londres, le coup de foudre entre Milo et Liv, bien que cette dernière soit une grande prêtresse de la mode, alors que Milo s'était toujours baladé dans une vieille salopette.

« Une salopette ! » s'exclama Joe.

Ce type qu'il avait vu dans le hall avec Katherine n'était peut-être que le frère de Fintan.

« Oui, acquiesça-t-elle, perplexe. Une sorte de bleu de travail, tu sais, avec des bretelles...

— Je sais, dit-il dans un grand sourire. Et que fait-il dans la vie, ce Milo ?

— Il a une ferme. » Quelle drôle de question.

« Il n'est pas musicien dans un groupe ?

— Qui ? Milo ? Tu veux rire ? »

À onze heures, le téléphone sonna. À la surprise de Katherine, c'était Tara.

« Où es-tu ?

— Toujours à la maison. Je me suis dégonflée, avoua-t-elle piteusement. Désolée de t'avoir gâché ta soirée.

— Tu n'as rien gâché du tout. Je suis très bien. Ne t'inquiète pas pour ça.

— Peut-être que j'aurai le courage de le faire demain soir.

— Quand tu voudras. »

Katherine raccrocha d'un coup sec. Ça ne lui disait rien qui vaille.

« Elle ne vient pas. Opération tapis de bain ! »

57

Mardi soir, à sept heures, Tara était debout au milieu du salon, une pile de cartons et de sacs à ses pieds.

Elle avait quitté le bureau de bonne heure pour pouvoir tout emballer et être prête à partir dès qu'elle aurait prononcé son discours d'adieu.

La veille, elle avait trébuché dans les derniers cent mètres, devant l'énormité de sa décision et la perspective de l'existence solitaire qui l'attendait. Et, naturellement, Thomas s'était montré très gentil avec elle, comme s'il subodorait quelque chose. Il lui avait dit qu'elle avait maigri. Lui avait offert de préparer le dîner. Si bien que, chaque fois qu'elle ouvrait la bouche pour lui annoncer son départ, elle avait des vapeurs, et toute l'entreprise lui semblait du pur délire.

Mais, finalement, l'inexorable processus du deux pas en avant, un pas en arrière toucha à son terme. Elle avait balayé trop de choses sous le tapis, ça ne pouvait plus durer. Armée des souvenirs de toutes les fois où il l'avait rabaissée, humiliée, elle était prête à se jeter dans la bataille. De temps à autre, une nouvelle image surgissait, la renforçant dans sa résolution. Elle voulait l'enfoncer comme il l'avait enfoncée. Comme elle s'était laissé enfoncer.

La bouche sèche, Tara entendit sa clé dans la serrure. Vidé après une journée passée à crier après des adolescents, Thomas la regarda à peine tandis qu'il jetait sa serviette (marron) sur le canapé (marron).

Soudain, il se rendit compte qu'il y avait quelque chose d'anormal. Comme de l'électricité dans l'air. Pourquoi Tara restait-elle plantée au milieu de la pièce ? Pourquoi ne s'asseyait-elle pas ? Et où étaient les bouquins ? Avaient-ils été cambriolés ?

« Thomas ?

— Quoi ?

— J'ai un truc à te dire.

— Eh bien, vas-y.

— Je te quitte.

— Bon sang, Tara, gémit-il, mais qu'est-ce que tu as en ce moment ? J'ai eu une rude journée, je n'ai pas envie d'entrer dans une discussion sur les états d'âme d'une nana en plein syndrome prémenstruel.

— Je crois que tu as mal compris. Il n'y a rien à discuter. Je te quitte. Maintenant. »

Il fit sa tête de poisson rouge. Les yeux exorbités, il parvint tout juste à articuler : « Pourquoi ?

— Voyons, répondit-elle, pensive. Serait-ce parce que tu es inutilement cruel ? Ou pathologiquement pingre ? Ou parce que tu te conduis en garde-chiourme ? Ou bien, tout simplement, parce que tu es un horrible personnage et que tu me débectes ? C'est difficile à dire, Thomas. Tout ce que je sais, c'est que j'ai dû perdre la boule pour avoir vécu deux ans avec toi. »

À mesure qu'elle parlait, il blêmissait à vue d'œil.

« Mais..., protesta-t-il, choqué par la virulence de son réquisitoire. Je suis comme ça. Je dis ce que je pense, mais je t'aime, et tout ce que je fais, c'est pour ton bien.

— Sincèrement, je pense que tu aurais besoin d'une thérapie, compte tenu de ton attitude névrotique envers les femmes.

— Foutaises », lâcha-t-il, méprisant.

Curieusement, ce n'était pas la première fois qu'il entendait cette suggestion...

« Tu n'as aucune espèce d'affection pour moi, dit Tara.

— Bien sûr que si.

— Certainement pas. Sinon, tu aurais été beaucoup plus gentil. »

Tout à coup, Thomas aperçut les cartons et les sacs à ses pieds et fit le lien avec les étagères vides. Livres, vidéocassettes, CD, tout était parti. Son sang ne fit qu'un tour.

« C'est… ce sont tes affaires, là-dedans ?

— Quelques-unes, oui. Je reviendrai chercher le reste dans la semaine.

— Et où irais-tu ?

— Je *vais*, répliqua-t-elle, insistant bien sur ce dernier mot, je vais chez Katherine.

— Chez Katherine ?

— Pour un petit moment, ajouta-t-elle, désinvolte. Puis je verrai éventuellement à acheter un appartement.

— Acheter un appartement ?

— Il y a de l'écho ici ? » Elle regarda autour d'elle.

« On pourrait en parler », hasarda-t-il vaillamment.

Maintenant que son départ était imminent, il se raccrochait désespérément à elle. Il était redevenu un petit garçon de sept ans.

« On a déjà parlé.

— Quand ?

— Le soir de mon anniversaire, par exemple. Quand tu as dit que tu me laisserais tomber, si j'étais enceinte.

— Oh, ça.

— Et vendredi dernier, quand j'ai proposé qu'on se marie.

— Je ne pensais pas que c'était sérieux, marmonna-t-il.

— Justement !

— Tara, ne pars pas. » Il fit une pause. « Amour. »

Sa détermination vacilla. Jamais encore il ne l'avait appelée « amour ».

« Je reconnais que je n'ai pas toujours été sympa avec toi.

— Tu peux me répéter ça, s'il te plaît ?

— Je reconnais que je n'ai pas toujours été sympa avec toi, redit-il de mauvaise grâce.

— Elle est bien bonne, celle-là ! » Tara eut un rire sans joie. « Pas toujours sympa avec moi. C'est une façon de voir les choses.

— Dis donc, personne ne t'a forcée à rester.

— Je sais, sourit-elle. C'est lamentable, hein ? Crois-le ou non, je suis bien plus en colère contre moi que contre toi.

— Comment peux-tu me faire ça ? » Sa figure s'était allongée.

« Sur quel ton faut-il te le chanter ? Tu es un affreux personnage, voilà tout.

— Mais tu sais bien pourquoi. Je te l'ai dit, non ? Depuis que ma mère m'a abandonné, j'ai du mal à faire confiance à une femme. Et là, ça recommence, comme ce fameux dimanche matin. J'arrive, et je trouve les bagages dans l'entrée… c'était l'enfer, Tara.

— Oh, change de disque ! »

Thomas n'en croyait pas ses oreilles. Traiter de la sorte sa blessure qu'il entretenait amoureusement, qu'il choyait et protégeait comme son bien le plus précieux. Comment osait-elle, cette grosse vache… !

« Ça y est, j'ai compris ! s'exclama-t-il, furibond, tu as rencontré quelqu'un d'autre. C'est ça, le fin mot de l'histoire.

— Eh non. Il n'y a personne d'autre. C'est toi qui es en cause. Et moi aussi, hélas.

— Ce Ravi, je parie que tu baises avec lui.

— Je ne baise avec personne. »

Il la considéra avec amertume.

« Ça ne m'étonne pas. Qui voudrait de toi ?

— Enfin je le retrouve, mon Thomas ! Allez, au revoir. » Elle enfila son manteau. « La seule chose qui a été réelle, dans tout ça, c'est que ç'a été ignoble. »

Hébété, il la regarda soulever les cartons et les descendre pour les charger dans la voiture. Lorsqu'elle revint pour la deuxième fournée, il ouvrit de grands yeux scandalisés.

« Eh, laisse ma putain de table basse tranquille !

— À qui elle est, cette table ?

— À moi.

— Qui l'a payée ? »

Il ne répondit pas.

« C'est moi. Donc, conclut-elle triomphalement, c'est *ma* putain de table basse, Thomas. »

58

« Youpi ! » Fintan arracha sa perruque Marilyn Monroe et la fit tournoyer à la manière d'un lasso au-dessus de sa tête. « Je n'arrive toujours pas à le croire. Pas toi, Katherine ? »

Songeant à Tara, qui pleurait toutes les larmes de son corps depuis bientôt quarante-huit heures, Katherine murmura : « Mmmm…, moi, si.

— Raconte-moi ce que tu as pu glaner. Était-il anéanti ?

— Il était dans tous ses états.

— Ooooh ! » Fintan serra les poings. « J'aurais voulu être une petite souris… Dommage qu'elle ne l'ait pas filmé. Comment est-elle ?

— Effondrée, pour ne rien te cacher.

— Roy Orbison ?

— Non. »

Katherine sourit d'un air mystérieux. Roy Orbison languissait dans une boîte à chaussures, sous quatre albums photos en haut de son armoire. Ç'avait été son premier réflexe quand Tara avait débarqué chez elle avec ses affaires ; elle n'aurait pas supporté deux mois supplémentaires de « C'est fiiiii-niiiii ! ».

« Elle parle toujours de devenir lesbienne parce qu'elle ne va pas rencontrer un autre homme ?

— Oui, comme au bon vieux temps.

— Et les cours du soir ?

— Pour l'instant, on en est à la mosaïque, au portugais et aux leçons de banjo. Je te préviens, elle a l'intention de te traîner avec elle.

— Des leçons de banjo ? Aïe ! Coup de bol, je reprends mes séances de chimio demain. Je serai trop mal en point même pour regarder un banjo.

— C'est une chance, en effet.

— Tu ne penses pas qu'elle va retourner chez Thomas, dis ?

— En tout cas, il a déjà téléphoné pour demander s'ils pouvaient rester amis.

— Je vois. Il avait envie de jouer à zizi-pan-pan. Et alors ?

— Elle lui a répondu… Oh, c'était extra, Fintan. Elle a dit : "Rester amis ? Comment pourrait-on rester amis, puisqu'on ne l'a jamais été ?"

— Joli ! Bon, elle s'en remettra. Mais il ne faut surtout pas la pousser à remonter en selle. Rappelle-toi ce qui est arrivé après Alasdair.

— Absolument. C'est quoi, cette boîte dans le coin ?

— Mon appareil à abdos. Rassure-toi, il repart. Et toi, comment ça va ?

— Très bien. » Katherine avait un sourire jusqu'aux oreilles. « Très, très bien.

— Toujours trois heures de sommeil par nuit ?

— Dans le meilleur des cas.

— Et avec ça, tu es resplendissante. Quand pourrai-je le rencontrer ?

— Qu'est-ce qui t'arrange ?

— Attendons la fin de la chimio. Je ne tiens pas à lui vomir sur les chaussettes dès notre première entrevue. Ça ferait désordre. »

Le téléphone sonna.

« Tu veux répondre ? demanda Fintan. Tu es à côté. Qui ça peut-il bien être ? C'est fou, ce tourbillon de mondanités !

— Allô ? fit Katherine. Oh, bonjour, Mme O'Grady. Ah, bon ? Vous en êtes sûre ? Non, je ne suis pas au courant. Non, non, je vous assure. Je vous le jure. Je comprends, oui… je comp… bien sûr, je compr… Attendez une minute. Mieux vaudrait savoir d'abord si c'est vrai avant de menacer de tuer quelqu'un. »

Elle tendit le combiné à Fintan.

« C'est ta mère. Tu le savais, toi, que Milo voulait vendre sa ferme pour s'installer définitivement à Londres ? »

En s'extirpant du lit, Tara commença par mettre une croix sur le calendrier que Katherine lui avait donné. C'était sa dixième nuit d'affilée sans Thomas. Dix nuits blanches, interminables, avec son rythme circadien grandement perturbé par le changement de décor, les litres d'alcool qu'elle engloutissait pour anesthésier la douleur, et l'angoisse du vide béant qui s'étendait devant elle.

Son attitude bravache face à Thomas l'avait désertée avant même son arrivée chez Katherine. Au point qu'elle avait failli faire demi-tour. Cependant, après l'humiliation qu'elle lui avait fait subir, elle savait qu'il n'y avait pas de retour en arrière possible. Tout le monde avait beau lui assurer qu'elle s'en remettrait, elle était convaincue que sa vie était bel et bien finie.

Katherine était dans la cuisine, en train de préparer le café pour Joe et elle.

« Salut ! » lança-t-elle, enjouée.

Malgré son manque de sommeil, elle était toute fringante, même si de temps à autre elle sombrait dans une langoureuse rêverie.

Tara esquissa un sourire forcé.

« Tara, fit Katherine lentement.

— Quoi ?

— Ça. »

Elle glissa un doigt sous l'élastique de son pyjama et tira. Un vaste interstice apparut.

« Oh ! » Tara se regarda, abasourdie.

« Il t'arrive de manger quelque chose ?

— C'est toujours pareil. Tu casses avec ton mec, tu ne peux rien avaler, tu as la ligne haricot vert, et là, tu rencontres quelqu'un d'autre. C'est le prix de consolation de Dame Nature. » Tara sourit faiblement.

« Mais il faut que tu manges.

— Ça ne me dit rien.

— Ne te laisse pas aller, insista Katherine résolument. Il n'en vaut pas la peine.

— Il n'était pas si mauvais que ça. Quelquefois même, il pouvait être gentil.

— Donne-moi un exemple. »

Tara réfléchit une seconde.

« Il s'occupait toujours de ma paperasse. Comme les impôts ou l'assurance auto. Il savait que j'avais horreur de ça.

— Encore heureux, vu que tu lui servais de chauffeur. Trouve-moi autre chose.

— Il était galant. Il m'ouvrait les portes, m'avançait les chaises.

— C'est du machisme primaire, ça. »

Tara poussa un gros soupir.

« Allez, courage, tu n'as pas perdu grand-chose. Soyons réalistes, vous n'étiez pas franchement le couple du siècle. »

Katherine avait raison. Son histoire n'avait rien de tragique ni de particulièrement romantique. Mais c'était son histoire.

« D'accord, fit-elle, la tête basse. Je sais que c'était une brute, je sais qu'il était radin, et je reconnais que je suis probablement mieux toute seule. Mais, quand on t'ampute un membre gangrené, ça continue à te démanger, vois-tu. »

Katherine aimait bien la comparaison entre Thomas et un membre gangrené.

« Au fait, merci pour hier soir, marmonna Tara.

— De rien. Désolée… euh, d'avoir défait ton travail.

— Tu as bien fait. J'essayais de me duper, c'est tout. »

La veille au soir, sous les yeux horrifiés de Katherine, elle avait sorti son tricot en disant : « Autant que je le termine et que je le donne à Thomas. Ce serait dommage de gâcher toute cette laine.

— Non ! » Katherine avait bondi sur ses pieds et, s'emparant des aiguilles, en avait retiré les mailles de la manche à demi achevée. Elle avait tiré avec frénésie sur le fil, démontant rangée après rangée. « C'est juste une excuse pour le revoir. Comme l'argent qu'il te doit, le rideau de douche que tu as laissé là-bas ou le fait que tu as oublié de filer un coup de pied à Beryl avant ton départ. Non, Tara, non ! »

Tara la regardait avec une expression ahurie.

« OK », chuchota-t-elle.

Katherine retourna s'asseoir auprès de Joe en grommelant : « Pardon, tu n'avais pas besoin d'assister à ça

— Maman, j'ai peur », balbutia-t-il, feignant d'être terrorisé.

Tout le monde rit, et la tension se dissipa.

Dieu, qu'il était mignon ! pensait Tara. Et tellement facile à vivre. Elle les soupçonnait, Katherine et lui, de passer autant de temps à l'appartement simplement pour la garder à l'œil. Katherine avait même déménagé le téléphone dans sa chambre et confisqué le portable de Tara. « Je ne peux pas t'empêcher de l'appeler dans la journée, avait-elle dit, mais au moins tu ne le feras pas quand tu rentres bourrée le soir. »

Joe et Katherine lui avaient également barré le passage lorsqu'elle avait tenté d'aller faire une balade nocturne en voiture avec un coup dans le nez. « Je ne veux pas aller chez Thomas, expliqua-t-elle, courroucée. Je veux seulement passer devant chez lui.

— Je te laisserai faire, rétorqua Katherine, uniquement si c'est pour poser une bombe dans son entrée. Allez, hop, au lit ! »

« Vingt jours ! »

À son arrivée dans la cuisine, Katherine et Joe applaudirent avec enthousiasme.

Tara eut un mouvement de recul.

« On est lundi matin. Comment pouvez-vous être aussi en forme ?

— C'est l'heure de ta lamentation matinale. » Katherine lui adressa un sourire rayonnant.

« Merci. Mon grief du jour, c'est que je n'ai personne pour m'accompagner voir *L'homme qui murmurait à l'oreille des chevaux*.

— Mais Thomas n'y serait pas allé de toute façon.

— Permettez-moi de conserver une vision idyllique de mon passé, fit Tara avec dignité.

— Nous, on n'a pas envie d'aller voir ce film, déclara Katherine.

— Quel soir n'irons-nous pas le voir ? » s'enquit Joe qui souriait aux anges.

Ils se dévisagèrent un moment, l'air béat, puis elle finit par répondre : « Mardi prochain.

— Vous n'avez pas besoin de le voir, fit remarquer Tara. Votre vie tout entière baigne dans de l'eau de rose. Bon, allez, je file travailler.

— Profite bien de ta vingt et unième journée sans Thomas !

— Je rentrerai tard. » Elle fit une pause, dans l'espoir de les entendre protester, mais, comme ils ne réagissaient pas, elle ajouta : « Je vais à la gym, et après je sors.

— Avec qui ?

— Peu importe... Ravi, le SDF du coin de la rue, je m'en fous. Je sais, c'est un cas d'école : s'étourdir de distractions, se noyer dans l'alcool.

— Mais, au moins, tu ne sacrifies pas à la tradition de te taper le premier venu, compatit Katherine.

— Quelqu'un que tu ne toucherais pas avec des gants si tu n'émergeais pas d'une rupture, renchérit Joe avec un sourire entendu.

— Attendez un peu. Je n'ai pas dit mon dernier mot. »

En fermant la porte, Tara fut frappée – ça lui arrivait fréquemment – par l'absurdité de sa situation. Pourquoi fallait-il qu'elle campe chez quelqu'un alors qu'elle avait un foyer – son propre foyer – pas très loin d'ici ?

Je veux rentrer à la maison.

Eh non, tu ne peux pas, se dit-elle. Accablée, elle rejoignit sa voiture.

« B'jour, Tara, beugla Ravi lorsqu'elle entra dans le bureau. J'ai une très bonne nouvelle pour toi. J'ai lu dans *ES* que Max Factor a sorti un nouveau rouge à lèvres. Qui ne prétend pas être indélébile, mais *autorenouvelable*... je ne sais pas toi, mais, moi je trouve que c'est pareil. À mon avis, une expédition chez Boots s'impose !

— C'est vrai ? fit-elle, ragaillardie. Et qu'en disent-ils, Ravi ?

— Apparemment, tu le mets, et dès que tu sens qu'il s'estompe, si c'est comme ça qu'on dit, tu serres les lèvres... » Il joignit le geste à la parole. « … et paf ! Il réapparaît, tout beau, tout neuf. »

Le téléphone de Tara sonna. C'était Liv.

« Qu'est-ce qu'il y a ? Encore JaneAnn ? »

Liv soupira. « Cette femme est un ange exterminateur. Mais je ne t'appelle pas pour ça. Aurais-tu de la drogue ?

— Pardon ?

— Du hasch.

— Pas sous la main. Pourquoi ?

— Pour Fintan. Il trinque énormément, après sa séance de chimio, et quelqu'un lui a dit que le hasch supprime la nausée. Seulement je ne vois pas comment m'en procurer. Je suis dans la décoration, moi ! Tout ce qu'on m'a jamais offert, c'est de la cocaïne. »

59

« Je t'ai apporté du libanais rouge, mec, débita Tara à la manière d'un dealer, agitant une minuscule plaquette brunâtre. À moins que ça ne soit du noir marocain. Je ne fais pas trop la différence. Et je ne te raconte pas le plan d'enfer pour le dégoter. L'ami d'un ami d'un ami de Ravi a une sœur qui a un copain qui a un collègue qui nous a donné rencard à l'entrée de la piscine de Hammersmith pour nous fourguer la came. Mec, ajouta-t-elle, ça sent bon, dis donc. C'est quoi, un gâteau ? »

Fintan l'escorta dans la cuisine où, sur une plaque de four posée sur le plan de travail, trônait un seul et unique petit fondant au chocolat.

« Des brownies au hasch, expliqua-t-il. Désole, Tara. Sandro a réussi à m'acheter pour vingt tickets de douce cet après-midi. Ça vous aurait évité de courir partout, à Ravi et à toi… mec, ajouta-t-il également.

— Oh, ne t'en fais pas pour nous, on s'est amusés comme des petits fous. Alors, les brownies, ça t'a aidé pour ton mal au cœur ?

— Je viens juste de me les taper. Mais j'espère vraiment que ça va marcher. Avoir constamment envie de vomir, c'est d'un mortel !

— Croisons les doigts ! Bon, qu'est-ce qu'on fait ce soir ? Ce serait drôlement tentant de se défoncer à mort, puis de descendre à la station-service pour essayer de racheter tout leur stock de bière…

— … tout en étant incapables de parler parce qu'on serait pliés de rire pour un rien.

— Évidemment, il ne faut pas oublier que l'usage de la chose est purement thérapeutique. Mais, tout de même, une petite défonce, ça ne ferait pas de mal. Voilà des années que ça ne m'est pas arrivé.

— Le seul problème, dit Fintan, c'est que je sors.

— Tu sors ? Et pour aller où ?

— Sandro organise une soirée de Noël.

— Déjà ? Le 1er décembre ?

— C'était le seul soir où on pouvait avoir une table au Nobu. Imagine-toi que c'est complet jusqu'au 4 janvier.

— Et tu te sens assez costaud pour y aller ?

— Tant qu'il y a du vit, il y a de l'espoir, rit-il. Je voudrais m'éclater. Manger, boire et être joyeux.

— Tu es sûr ? Pour quelqu'un qui n'est pas très en forme…

— Ça sonne, tiens, c'est mon taxi. »

Fintan se prépara pour partir. En le regardant, elle eut soudain la gorge nouée.

« C'est une soirée costumée ?

— Non.

— Alors pourquoi cette canne ?

— Ah, ça ? Avec toutes ces histoires de drogue et d'estomac barbouillé, j'ai oublié de t'en parler.

— Me parler de quoi ?

— La dernière séance de chimio m'a réservé une surprise. Les terminaisons nerveuses de mon pied.

— Quel genre de surprise ? » questionna-t-elle, angoissée.

C'était de pire en pire.

« Ça me picote et, quand je m'appuie trop dessus, ça me fait mal. Avec la canne, c'est mieux. » Il lui éclata de rire au nez. « Allez, ne fais pas cette tête. C'est provisoire. Quand j'aurai fini la chimio, tout rentrera dans l'ordre. Dis-moi si ma perruque est droite ? »

Elle le contempla, squelettique, titubant vers la porte dans sa perruque Tina Turner, et pensa : *Il n'a qu'un an de plus que moi.*

« Tu veux que je passe demain soir ? demanda-t-elle, lui emboîtant le pas tandis qu'il éteignait les lumières.

— Non. Je vais en boîte avec vingt-sept de mes meilleurs potes, mais tu peux tout à fait te joindre à nous.

— En boîte ?

— Oui, Tara. En boîte, dit-il d'une voix légèrement crispée. La garde meurt mais ne se rend pas. »

Le cœur serré, Tara se rendit compte qu'il n'était peut-être pas aussi zen qu'elle l'aurait cru.

« Tu es en colère ?

— Pas exactement. En tout cas, pas là, tout de suite. Mais si je suis coincé au club de la Dernière Chance, autant que j'en profite à fond. »

Elle ne dit rien, partagée entre la honte et l'admiration.

« Je m'en vais me battre, annonça-t-il. Ou du moins, danser. Tant qu'il me reste du souffle et qu'il y a Sister Sledge sur la platine, la vie continue. »

60

La première chose que Frank Butler disait à Tara quand il venait la chercher à l'aéroport de Shannon, c'était : « Tu repars quand ? » Cette année, cependant – une fois n'est pas coutume –, la question rituelle vint en second. En accueillant Tara et Katherine le mercredi d'avant Noël, sa première parole fut : « Il paraît que Fintan O'Grady a le sida.

— Non, papa, c'est un cancer.

— Tu parles ! Cancer, mon œil. Ils nous prennent pour des ploucs, ou quoi ? Suivez-moi, la voiture est là-bas. » Se frayant un chemin dans la foule grouillante de l'aérogare, il demanda : « Ils croient qu'on ne lit pas les journaux, qu'on n'allume jamais la télé ?

— Non, sincèrement, M. Butler, s'interposa Katherine avec juste ce qu'il fallait de douceur et d'autorité. Fintan n'a pas le sida. »

Frank en fut tout décontenancé. Katherine Casey ne raconterait pas de craques. C'était une bonne petite. Quoique, à la réflexion, il la trouvait changée. Plus… délurée, si tant est que la chose soit possible.

« Tu repars quand ? aboya-t-il à l'adresse de Tara.

— Le jour de l'an.

— Et tu auras besoin qu'on t'emmène, je suppose.

— Exact. »

Soudain, Frank pensa à quelque chose et se ragaillardit considérablement. Ce coup-ci, il tenait ses informations de source sûre.

« Au fait, j'ai entendu dire que Milo O'Grady est comme cul et chemise avec une Suissesse divorcée qui l'oblige à vendre la ferme.

— Ce n'est pas une Suissesse !

— Et elle n'est pas divorcée, M. Butler.

— Et elle ne l'oblige pas à vendre la ferme. Il fait ça de son plein gré.

— Mais si ça peut vous consoler, M. Butler, ils sont en effet comme cul et chemise. »

Frank continua à marcher, dans un silence morose. Il jeta leurs bagages dans le coffre de la Cortina et, se tournant vers Tara, l'inspecta de la tête aux pieds.

« Mais tu es maigre comme un coucou !

— Merci, papa.

— Remarque, tu étais drôlement enveloppée avant. Avec la figure comme une pleine lune dans le brouillard, hé, hé, hé ! »

Frappée de stupeur, Tara éprouvait une sensation de déjà vu. C'est exactement le genre de conversation que j'aurais pu avoir avec Thomas. Mais comment j'ai fait pour supporter ça ? Pour la première fois, une vérité lui apparut alors : elle préférait encore finir ses jours dans la solitude plutôt que de revivre une situation pareille.

Katherine et Tara étaient revenues chez elles pour une dizaine de jours. Les vols entre Londres et l'Irlande étant surchargés en période de fêtes, elles avaient réservé leurs places d'avion dès le mois de mars. À l'époque, Katherine s'était félicitée de sa prévoyance. Maintenant, elle la regrettait amèrement. L'idée d'être séparée de Joe pendant dix jours était insupportable.

Ne pouvant quitter Londres à cause de sa chimio, Fintan avait insisté pour qu'elles partent. « J'ai trop de monde autour de moi, se plaignait-il. Sandro, Milo, Liv restent à Londres. Harry, Didier, Neville, Geoff, Will, Andrew, Claude, Geraint et

Stephanie ont tenu absolument à passer le jour de Noël avec nous. Et puis, il y a JaneAnn et Ambrose qui arrivent d'Irlande.

— Aïe, frissonna Tara. JaneAnn et Liv ! Ta mère lui a donc pardonné d'avoir kidnappé Milo ?

— Pas vraiment. Mais il faudra bien qu'elle s'y fasse. »

« Où est maman ? demanda Tara à son père, une fois à la maison.

— Je suis là ! »

Fidelma accourait déjà avec un immense sourire. Elle était couverte de plumes et arborait un T-shirt avec l'inscription : « Ma voisine est allée à Londres, et tout ce que j'ai eu, c'est ce minable T-shirt. »

« Je ne peux pas rester, expliqua-t-elle. Je viens juste te dire bonjour. Je suis en train de plumer les dindes, sous le hangar. Il y a tellement de plumes dans l'air que j'ai presque l'impression de voler ! » Elle s'interrompit brièvement. « Mon Dieu, mais tu as fondu ! C'est à cause du petit ami ? »

Tara hocha la tête. Ses lèvres se mirent à trembler violemment. Mais ça faisait du bien de pleurer. Surtout dans le giron de sa mère.

« Et à cause du pauvre Fintan aussi, j'imagine. »

Fidelma était elle-même au bord des larmes, mais le moment était mal choisi.

« Oublie donc tes tracas, réconforta-t-elle sa fille, la prenant dans ses bras. On est là pour s'occuper de toi. Tu ne vas plus te reconnaître quand tu repartiras. »

Avec un soupir de bien-être, Tara se blottit dans la chaleur maternelle. Elle n'avait plus besoin de batailler, sa maman était là pour la décharger momentanément de son fardeau. Pour la première fois depuis très longtemps, elle se sentait en sécurité.

Elle passa un merveilleux Noël. Ravie d'être dans sa famille, de revoir ses trois jeunes frères, Michael, Gerard et Kieran, qui, bien qu'âgés respectivement de vingt-trois, vingt-quatre et vingt-huit ans, persistaient à ne pas vouloir sortir de la crise d'adolescence.

Katherine, en revanche, comptait les jours jusqu'à leur départ. Elle restait des heures au téléphone avec Joe qui séjournait dans le Devon, ni l'un ni l'autre ne se décidant à raccrocher.

« Toi d'abord.

— Non, toi.

— Non, toi.

— OK, on compte jusqu'à trois et on raccroche en même temps.

— Ça marche.

— Bon, alors, un…

— … deux…

— … trois !

— Joe ?

— Oui ?

— Tu n'as pas raccroché.

— Je sais. Désolé. Mais toi non plus. »

Le matin de Noël, Agnes lui demanda : « Il t'a offert un cadeau, ce jeune homme, hein ?

— Oui, roucoula Katherine. Il m'a offert une étoile.

— Comment ça, une étoile ?

— Il a fait baptiser de mon nom une nouvelle étoile. Quelque part là-haut, fit-elle, levant les yeux au plafond, il y a une étoile nommée Katherine Casey. Parce que, d'après lui, je *suis* une étoile, confessa-t-elle timidement. Alors, ça lui a paru logique qu'une étoile porte mon nom.

— De mon temps, on était contentes de recevoir une breloque pour notre bracelet », grommela Agnes.

La petite Katherine manifestait une tendance inquiétante à devenir une nouvelle Delia.

Frank Butler et elle n'étaient pas les seuls à avoir remarqué ce changement.

« Je ne sais pas ce qu'elle a, mais on dirait sa mère, s'étonnaient les bonnes gens de Knockavoy.

— Pourtant, elle ne s'habille pas avec de vieux draps, elle.

— Ça non ! Regardez-la, elle est drôlement bien nippée. »

Les hommes accoudés au comptoir de chez Forman's se retournèrent vers Katherine, vêtue d'une jupe en cuir noir et d'un cardigan court et moulant.

« Le cercle des alcoolos n'a d'yeux que pour toi », marmonna Tara.

Levant la tête, Katherine aperçut en face d'elle une rangée de visages au nez bulbeux. Tara guettait déjà le regard qui tue, mais Katherine se contenta de sourire. Tara soupira. Elle n'arrivait pas à s'y faire, à cette nouvelle version soft de Katherine Casey.

« … sept, six, cinq, quatre, trois, deux, un. BONNE ANNÉE ! »

Tara contempla la cigarette à demi consumée qu'elle tenait à la main.

« Puisque j'ai commencé, je finis », murmura-t-elle.

Puis, très solennellement, elle cassa et émietta ses seize dernières cigarettes dans un cendrier de chez Forman's.

« Aïe, grimaça Timothy O'Grady. Ça doit faire mal.

— Non, mentit-elle, désinvolte. C'est le début de mon propre ramadan. Plus de nourriture, plus d'alcool et, surtout, plus de cigarettes ! »

Quatorze heures plus tard, Katherine et Tara, assises dans la section non-fumeurs de l'aéroport de Shannon, attendaient de reprendre l'avion pour Heathrow.

« Ça fait quatorze heures que je n'ai pas fumé une cigarette, proclama Tara avec fierté. *Quatorze* heures.

— Dont onze passées à dormir, répondit Katherine, narquoise.

— Regarde ce type, là-bas. » Tara désigna un homme dans la section fumeurs, qui tirait sur sa cigarette comme si c'était une question de survie. « C'est dégoûtant, non ? Comment peut-il faire ça ? Ingurgiter cet horrible poison ? »

Dix minutes plus tard, elle ouvrait un paquet de Nicorette.

« C'est ça, le truc, déclara-t-elle en mastiquant avec frénésie. Beaucoup mieux que les clopes. »

Vingt minutes plus tard, assise dans la section fumeurs et sans cesser de mâcher sa Nicorette, elle aspirait une profonde bouffée d'une cigarette extorquée au brave homme.

« J'ai toujours fumé, lui expliqua-t-elle tristement. Le tout, c'est d'arriver à m'en faire une raison. »

61

Tara commença ses cours du soir. Maintenant qu'elle ne faisait plus la tournée des bars tous les soirs de la semaine – mais seulement un soir sur deux, voire sur trois –, elle avait du temps libre que la gym et les visites chez Fintan ne suffisaient pas à remplir totalement.

Hélas, les leçons de banjo ne durèrent qu'une soirée.

« C'est trop dur, se plaignit-elle. Et avez-vous une idée du prix d'un banjo ? C'est la ruine assurée. »

La mosaïque n'eut guère plus de succès. « Trop minutieux. Tous ces petits carreaux, il y a de quoi devenir folle. »

Quant aux cours de portugais : « C'est plein de tocards. Mais ça ne fait rien, s'exclama-t-elle joyeusement, il reste des places en méditation, batik et aviron. Parmi ces trois trucs-là, je suis sûre que je vais trouver mon bonheur. »

Le bonheur, néanmoins, s'obstinait à la fuir.

« La méditation, qu'est-ce que c'est rasoir ! Tout ce silence m'a tapé sur les nerfs, on se serait cru dans un dîner où personne n'a rien à se dire. »

À l'issue du cours de batik, elle demanda : « Franchement, est-ce que j'ai une tronche de baba cool ? »

Elle ne fut pas très loquace au sujet de l'aviron, d'où elle rentra en clopinant, l'air battu et le cheveu hirsute.

« C'était comment ? s'enquit Joe.

— Pas génial. Ils m'ont fait chavirer, et j'ai cru que j'allais me noyer. Je me suis cogné le genou, et ma coiffure est fichue. »

Ce soir-là, complètement démoralisée, elle souffrit particulièrement de son statut de célibataire. Elle avait besoin de tendresse et de réconfort, que quelqu'un la prenne dans ses bras pour la consoler de son brutal plongeon dans l'eau froide. Qu'on pose un baiser sur son pauvre genou meurtri pour chasser la douleur.

Finis, les cours du soir, décida-t-elle. Ce qu'elle aimait, c'était l'attrait de la nouveauté, l'espoir de se passionner pour une activité. Mais ça ne marchait pas. Inutile de chercher à tromper sa solitude en s'inventant des hobbies.

Elle en vint à regretter le temps où elle avait cessé d'acheter *Vogue* pour ne plus voir toutes ces superbes tenues dans lesquelles elle n'avait aucune chance de rentrer. Elle était peut-être un boudin, à l'époque, mais au moins il y avait un homme dans sa vie.

Milo mit sa ferme en vente et leur annonça son intention de devenir jardinier paysagiste.

« J'adore Londres, mais la terre me manque. J'aime la sentir entre mes doigts. On a chacun notre façon de vivre. »

En l'écoutant, Liv se pâmait d'admiration.

« Tu es heureuse, Liv ? lui demanda doucement Tara.

— Heureuse ? fit-elle, dubitative. Je ne sais pas trop ce que c'est. Mais je ne prends plus de Prozac, de millepertuis, d'huile d'onagre, de vitamine B, et ça fait des lustres que je n'ai pas eu de pensées suicidaires.

— Mais es-tu heureuse avec Milo ? »

Le visage de Liv s'illumina.

« Oh, c'est un amour. J'ai une chance folle. Il a changé ma vision du monde. Quand il pleut, au lieu de craindre pour ses cheveux parce qu'ils risquent de friser, il dit : "Voilà une belle pluie bien grasse, c'est bon pour les récoltes." En même temps, ajouta-t-elle à la hâte pour qu'on n'aille pas lui reprocher de voir la vie en rose, il ne faut pas oublier qu'on s'est connus à cause de la maladie de Fintan. D'un côté, ça nous a rapprochés, mais de l'autre… ça veut dire angoisse et culpabilité. Et puis, il y a JaneAnn qui m'en veut. Bref, rien n'est parfait.

— C'est clair », acquiesça Tara, dissimulant son sourire.

Tout de même, Liv eut la décence d'admettre : « Mais, enfin, on n'en est pas loin. »

Vers la mi-février, ils apprirent que Thomas avait une nouvelle petite amie. C'était Marcy, la femme que Tara avait rencontrée à l'anniversaire d'Eddie et qui essayait d'avoir un enfant par insémination artificielle.

« Ça tombe sous le sens, déclara-t-elle bravement. Cette pauvre fille doit être désespérée. »

Bien que très entourée, elle était en état de choc.

« C'est la jalousie qui me tue, avoua-t-elle, pâle et crispée. Je n'arrive à revoir que les moments où il a été gentil avec moi.

— Il n'a jamais été gentil avec toi, rétorqua Katherine, histoire de lui remonter le moral.

— Si, au tout début. Il a été adorable. Raide dingue de moi ; on aurait dit que j'étais une déesse. Pourquoi, sinon, serais-je sortie avec lui ? Et pourquoi suis-je restée avec lui tout ce temps ?

— On se le demande.

— Parce que j'essayais de retrouver notre relation d'autrefois. Je sais bien que c'est fini, terminé, mais j'ai toujours le sentiment qu'il est à moi. Et maintenant, il va être gentil avec elle.

— Il va lui pourrir la vie, oui !

— Ce n'est pas une consolation. C'est à moi qu'il devrait pourrir la vie, pas à elle. »

La tête dans les mains, Tara gémit : « Je n'en peux plus, d'être comme ça. » Puis, dans un sursaut d'optimisme : « C'est juste un obstacle de plus à franchir. Une fois que j'aurai passé la barrière, ça ira beaucoup mieux. Ça signifie, ajouta-t-elle, mélancolique, qu'il n'y a plus de retour en arrière possible.

— Tu ne comptais quand même pas retourner chez lui ? » Sandro était horrifié.

« Non, mais… C'est un pas de plus dans la séparation, quand ton ex rencontre quelqu'un d'autre. » Elle sourit faiblement.

« C'est un choc. Et ce n'est pas agréable de penser qu'il continue à vivre sa vie sans moi.

— Mais toi, tu vis bien ta vie sans lui, la rassura Liv.

— Pas vraiment. Je n'ai rencontré personne, moi. Les mecs, ils ne perdent pas de temps pour se brancher une nouvelle nana. Ce que ça peut m'énerver ! Trois mois à peine, et hop, ça y est. Je trouve ça injuste.

— Toi aussi, tu pourrais te brancher quelqu'un, si ça te manque à ce point-là, observa Fintan. Depuis un mois, tu as quand même réussi à te taper deux types différents. »

Tara frissonna. « J'étais bourrée, et chaque fois ça n'a duré qu'une nuit. C'étaient les deux individus les plus hideux de tout l'hémisphère Nord. Elephant Man et son horrible frère. J'ai couché avec eux juste pour avoir un peu de tendresse.

— C'est la règle du jeu, opina Fintan, guilleret. Les femmes couchent pour avoir de la tendresse, et les hommes sont tendres pour pouvoir coucher.

— Mais après une aventure d'une nuit, on se sent encore plus mal, répliqua Tara. Franchement, ça ne vaut pas le coup.

— Et comment va ce cher Ravi ? s'enquit Fintan innocemment.

— Ravi ? Celui avec qui je bosse ? Celui qui a trois ans de moins que moi ? Qui passe ses nuits à jouer à la Nintendo ? C'est de ce Ravi-là que tu parles ? Il va très bien, pourquoi ?

— Simple politesse. » Fintan sourit, sournois. « Il est toujours avec sa copine Danielle ?

— Non, ils ont rompu à Noël.

— C'est vrai ? » Fintan et Sandro se poussèrent du coude. « C'est bien vrai ? Il est donc libre ? Je serais toi, j'y réfléchirais sérieusement. »

Tara le considéra d'un œil torve.

« Si jamais j'y pense, qu'on m'abatte sur-le-champ. »

Le lendemain, en arrivant au bureau, elle tomba sur Amy, dans le hall.

« Salut, fit Amy avec un grand sourire. Comment tu vas ? Ça fait une éternité que je ne t'ai pas vue. Il faudrait qu'on sorte ensemble, un de ces jours. À moins que tu ne te sois réconciliée avec ton jules ? »

Piteuse, Tara secoua la tête. Un jour, peu avant Noël, elle avait craqué dans les toilettes devant Amy et lui avait raconté ses malheurs.

« Écoute, mon ami a un copain très sympa qui s'appelle Benjy. Je suis sûre que tu t'entendrais très bien avec lui. Si on sortait un soir tous les quatre ?

— D'accord. »

Un lent frisson parcourut Tara. Et si le copain en question se révélait un tant soit peu acceptable ?

« Quand ? demanda-t-elle.

— Samedi ?

— Ce samedi, je ne peux pas. Le samedi d'après ?

— Parfait.

— Il est gentil, ce Barney ?

— Benjy. Adorable.

— Ma foi, s'il ressemble, même de loin, à ton petit ami, il doit être sublime. »

Se détournant, Tara ne vit pas la lueur d'inquiétude qui traversa le regard bleu pervenche d'Amy.

62

« Pour la trente et unième année consécutive, le prix de la plus belle collection de molécules est attribué à Katherine Casey. »

Joe sourit à Katherine, étendue, nue et alanguie, sur le lit, dans son appartement de Battersea.

« Et pas seulement à l'échelle planétaire, ajouta-t-il d'un ton doctoral. Je parle de l'Univers dans son ensemble.

— Il faut qu'on aille travailler, dit-elle sans grande conviction.

— Un instant, jeune fille. Je n'en ai pas encore tout à fait terminé avec vous. »

Quelque temps plus tard, la voix étouffée de Katherine émergea de sous lui. « Cette fois, il faut vraiment qu'on y aille. »

Elle se leva et faillit trébucher sur une collection d'haltères qui traînaient, pleins de poussière, près de la porte. Dans la salle de bains, une plante dépérissait sur l'appui de fenêtre, un seul shampooing trônait sur le bord de la baignoire, et pas d'après-shampooing.

Un vrai appartement de célibataire. Mais plus pour longtemps. Katherine avait bien l'intention d'y remédier.

Elle revint en courant dans la chambre, enveloppée dans une serviette beige toute râpée.

« Je suis en retard. Il faut que je repasse mon chemisier. »

Joe voulut lui arracher la serviette, et elle le tança : « Non.

Laisse-moi tranquille et va prendre ta douche, sinon tu seras en retard, toi aussi.

— Bien, m'dame. »

Tête basse, il s'en fut dans la salle de bains.

Elle était déjà habillée quand il reparut, et il promena son regard sur son fin tailleur bleu ciel.

« Sans doute la meilleure petite amie dans tout l'Univers connu, dit-il doucement.

— Habille-toi.

— OK », soupira-t-il.

Elle se sécha les cheveux, se maquilla et fouilla dans son porte-monnaie.

« Oh, Joe, j'ai besoin de monnaie pour mon ticket de métro.

— Sers-toi. »

Il ouvrit son veston et avança une hanche dans sa direction.

— Non, pouffa-t-elle. Je ne mets pas la main dans la poche de ton pantalon.

— Si tu veux prendre le métro, sourit-il, perfide, tu n'as pas le choix. »

Elle hésita, puis glissa sa paume dans la cache secrète doublée de tissu satiné, jusqu'au recoin, tout au fond, où s'entassaient les pièces de monnaie. Mais l'argent ne l'intéressait plus. Car elle avait senti autre chose. Quelque chose de vivant qui bougeait, se déployait sous ses doigts. Elle palpa, caressa et…

« Non ! s'exclama-t-elle. À ce rythme-là, on n'arrivera jamais au bureau ! »

Elle sortit une poignée de pièces, choisit ce dont elle avait besoin et laissa tomber le reste dans la poche.

« Désolée, fit-elle, penaude. On verra ça plus tard.

— Absolument. On se retrouve dans les toilettes pour hommes à l'agence ?

— Non.

— Ah…

— Je réservais ça pour ton anniversaire. Et tu as gâché la surprise.

— C'est vrai ? » demanda-t-il, curieux.

Il ne savait jamais à quoi s'en tenir avec Katherine ; cette fille-là était un drôle de mélange de pudeur et de lubricité.

« Attends le mois de juillet, et tu verras. » Elle rassembla ses affaires. « Mon Dieu, il pèse une tonne, ce téléphone. »

Elle avait débranché son téléphone et l'avait emporté chez Joe afin que Tara ne soit pas tentée de profiter de son absence pour appeler Thomas.

« Allez, à tout de suite. » Elle l'embrassa. « Donne-moi dix minutes d'avance.

— Tu n'as pas besoin de me dire ça tous les matins, Katherine, répondit-il avec douceur. Je suis au courant. Mais c'est tout de même dommage qu'on soit obligés de se cacher de tout le monde au bureau. Aurais-tu honte de moi ? »

Il rit, mais elle sentit un réel désarroi derrière sa question.

« Bien sûr que non ! s'écria-t-elle. Simplement, je n'aime pas qu'on se mêle de ma vie privée. Il faut que je préserve mon autorité au travail. S'ils apprennent que je suis avec toi, ils vont croire que je suis humaine. Et ce sera la porte ouverte à tous les abus... » Elle réfléchit un instant. Peut-être qu'elle était trop coincée, après tout. Oh, et puis zut ! « OK, du moment qu'on n'entre pas ensemble. »

Leur relation durait depuis presque cinq mois déjà, et pour Katherine chaque jour qui passait tenait du miracle. Un autre que Joe aurait déjà pris la tangente devant tous les événements dramatiques de sa vie. Il avait assisté sans broncher aux frasques qui avaient suivi la rupture de Tara avec Thomas, prêté une oreille compatissante à ses lamentations et arbitré à l'occasion les échauffourées nocturnes quand elle avait essayé d'arracher le téléphone à Katherine.

Mieux encore, il apportait son soutien à Katherine dans le drame de Fintan. Jamais il ne lui reprochait le temps qu'elle lui consacrait ; bien au contraire, il était prêt à en faire autant. Il ne protesta même pas quand Fintan flirta outrageusement avec lui, lors de leur première rencontre.

« Merci, lui avait dit Katherine, une fois dehors.

— Merci de quoi ?

— De n'avoir pas été mal à l'aise quand il t'a dragué.

— Tu n'as pas à me remercier. Un beau garçon me fait la cour ? C'est plutôt flatteur.

— Eh bien, il va falloir t'y habituer. Je crois qu'il t'aime bien. »

La pression des événements et l'intensité des émotions faisant office de cocotte-minute, Joe et Katherine étaient rapidement devenus très proches. Aucune de ses relations amoureuses n'avait duré aussi longtemps. Et voilà bien longtemps également qu'elle n'avait pas fait confiance à un homme comme elle faisait confiance à Joe. Dans les limites du raisonnable, s'entend.

« Mais j'ai suffisamment confiance en toi pour te dire que je n'ai pas confiance en toi, riait-elle.

— Merci. » Il était extrêmement sérieux. « Prends ton temps. Je ne suis pas pressé, il y a plein de gens qui me font confiance. »

Elle gardait son passé pour elle comme un bijou précieux mais, à la longue, son silence commença à lui peser. Elle savait tout sur la famille de Joe ; aussi, son refus obstiné de parler de la sienne prenait-il des allures de névrose. Finalement, un beau jour, elle le fit asseoir et lui avoua l'existence d'une mère cinglée et d'un père absent.

« Je croyais que tu avais tué quelqu'un ! s'exclama-t-il lorsque, après avoir fait durer le suspense, elle réussit à cracher le morceau. Pourquoi te comportes-tu comme si c'était quelque chose de honteux ?

— Ça ne l'est pas ?

— Bien sûr que non.

— Mais je suis une enfant illégitime.

— Tu es Katherine Casey », rétorqua-t-il.

Et, bien qu'elle ait dû s'allonger une heure ou deux pour récupérer, épuisée par sa confession, Katherine entrevit peu à peu la possibilité d'une vie plus sereine. Quant à Joe, il comprenait mieux à présent le pourquoi du comment de sa véritable personnalité.

63

« Il m'arrive un truc bizarre, dit Tara à Katherine.

— Quoi ?

— Je crois que je me suis détachée de Thomas.

— Super ! Mais c'est normal que ça s'atténue. Comme le dit Joe, le temps guérit toutes les blessures.

— Ce n'est pas que ça s'est atténué. Ce matin, quand je me suis réveillée, c'était parti. Complètement. »

Contrairement à ses autres réveils, qui étaient suivis de quelques instants de confusion où la douleur, momentanément absente, se matérialisait soudain, telle une photo en cours de développement, jusqu'à former une image nette, dans toute sa cruelle précision.

« C'est parti, comme un souffle d'air. J'ai l'impression que ce n'est pas moi qui ai vécu avec lui, mais une autre, et ça me semble logique d'avoir décroché, parce qu'il ne me mérite pas.

— Tu es en train de prêcher une convertie.

— Tout ce que j'éprouve maintenant, pour lui, c'est de la pitié.

— N'en fais pas trop quand même.

— Mais, Katherine, il ne sera jamais heureux.

— Parfait. C'est le sort réservé aux méchants.

— Quoi que je fasse, ça n'allait pas. Même si j'étais descendue à trente-cinq kilos, il aurait trouvé autre chose à me reprocher. Parce que le problème, ce n'était pas moi. C'était lui.

— Tu ne dis pas ça comme ça ? s'enquit Katherine, méfiante.

— Non ! C'est génial, hein ? J'ai eu envie de parader devant lui pour qu'il voie combien j'avais maigri, mais maintenant je m'en fiche. Et je me fiche de Marcy. Tu as raison, il va lui empoisonner la vie. Je suis sûre qu'il lui a raconté que je n'étais jamais contente comme quand il m'avait parlé de ses autres amies, si bien qu elle n'osera plus se plaindre, exactement comme moi. Mais quelle importance ? Je ne suis plus malheureuse, et pour moi, c'est ça, la vraie vie ! »

Se tenant par la main, elles exécutèrent une petite danse de triomphe.

« Je ne dis pas que je veux avoir des enfants, mais au moins, aujourd'hui, j'ai le choix. Tandis que cette pauvre Marcy... Merci, Katherine, merci pour tout. De m'avoir hébergée – ce week-end, je me mets à la recherche d'un appart – et de m'avoir supportée. Mais, surtout, merci de m'avoir empêchée de lui téléphoner ou de le voir.

— C'est mieux de ne pas maintenir le contact, acquiesça Katherine. Sinon, on continue à souffrir et à espérer.

— Tu veux que je te dise ?

— Quoi ?

— Je ne suis même pas certaine d'avoir aimé Thomas.

— Ça ne m'étonne pas.

— Et tu sais pourquoi ?

— Non.

— Parce que je n'ai jamais vraiment réussi à oublier Alasdair. Alors j'ai réfléchi, et tu sais quoi ?

— Quoi ?

— Je vais lui passer un coup de fil. »

Le cœur de Katherine se serra. Elle s'en doutait, c'était trop beau pour être vrai. Dire qu'elle était sur le point de rendre à Tara le portable qu'elle lui avait confisqué ! Heureusement qu'elle ne l'avait pas fait.

« Mais il est marié. Ça fait des années que tu n'as pas eu de ses nouvelles.

— Ce n'est pas pour me remettre avec lui, répondit Tara d'un ton léger. Je voudrais juste tirer un trait sur cette histoire. Et le meilleur moment, c'est quand on fait du trente-huit. »

Katherine avait l'air très angoissée.

« Ne t'inquiète pas, la rassura Tara. Même s'il me fallait un homme à tout prix – et ce n'est pas le cas –, j'ai un rencard samedi soir. Cette fille du bureau dont je t'ai parlé, son petit ami a un copain.

— Vous ne deviez pas faire ça il y a des lustres ?

— Si, mais elle a eu la grippe, puis elle est partie, puis j'ai été occupée, mais cette fois, c'est sûr, on sort ensemble. »

Katherine priait pour que Tara renonce à l'idée de revoir Alasdair, ou pour qu'elle n'arrive pas à retrouver sa trace. Mais à son grand dam, Tara annonça qu'elle lui avait parlé, qu'il travaillait toujours au même endroit et qu'ils étaient convenus de prendre un verre jeudi soir après le boulot.

Jeudi soir, à neuf heures et demie, Joe et Katherine regardaient la télé en buvant du vin quand Tara fit son entrée.

« Alors ?

— Il est gros, le crâne dégarni, et il nage dans le bonheur. Ils ont un petit garçon, et sa femme attend un bébé pour le mois d'août.

— Je vois.

— Je te mentirais, Katherine, en disant qu'au fond de moi je ne conservais pas un minuscule espoir.

— Sans blague !

— Mais je ne m'en suis rendu compte qu'après l'avoir vu. Et puis, je voulais des réponses. Comment, après être sorti aussi longtemps avec moi, avait-il pu retourner sa veste et épouser quelqu'un d'autre en si peu de temps ? Il dit qu'il ne peut pas l'expliquer. Que quand il a rencontré Machine, il a su que c'était elle. Point à la ligne. »

Katherine et Joe évitaient de se regarder.

« Vous auriez dû le voir ! s'exclama Tara. Je l'ai à peine reconnu. Il a l'air d'un père de famille. Alasdair, grassouillet ! Lui qui était maigre comme un coucou. Tu te rappelles ? Désolée, Joe, j'ai oublié que tu ne l'as pas connu mais, crois-moi sur parole, c'était un vrai gringalet. Alors que, maintenant, il a des poignées d'amour. Ce doit être ça, le bonheur. D'ailleurs, je trouve que vous avez grossi, tous les deux. »

Ils s'agitèrent, gênés, sur le canapé.

« Il a dit que j'étais superbe.

— Tu l'es.

— Mais j'ai bien vu qu'au fond il s'en foutait.

— Ah bon.

— Et me voilà repartie pour de nouvelles aventures.

— Génial. »

64

« En dernier ressort, fais comme si tu étais gay, recommanda Lorcan, ou comme si tu avais des doutes sur ta sexualité.

— Pourquoi ? » demanda Benjy.

Ce n'était peut-être pas le moyen idéal d'attirer une femme dans son lit.

« Parce que… » Lorcan soupira devant tant de stupidité. « … une femme adore croire que c'est elle qui a guéri un homme de son homosexualité. C'est un challenge, un trip pour l'ego. Elle te fera des câlins en disant : “Tu aimes ceci, tu aimes cela ?” Et si tu la baises, au lieu de se sentir rabaissée, elle prendra ça comme une victoire.

— Si tu le dis. »

Benjy était sceptique. En général, les conseils de Lorcan ne lui réussissaient guère. Il gardait encore un souvenir cuisant du week-end où, dans une soirée, Lorcan lui avait prêté son briquet spécial, celui qui ne marchait pas. Loin d'être charmée par sa vulnérabilité et sa détresse face au briquet récalcitrant, la fille lui avait tourné le dos en marmonnant : « Pauvre type. »

Passant la tête dans l'entrée, Lorcan cria à l'adresse d'Amy, qui se trouvait dans sa chambre : « Parle-nous un peu de cette Tara. Tu dis qu'elle est plutôt… euh, gironde ?

— Oui. Mais moins qu'avant. En fait, maintenant que j'y

pense, elle ne l'est plus du tout. En tout cas, elle est très mignonne…

— Bien sûr », fit Lorcan impatiemment, refermant la porte du salon.

Il n'avait pas envie qu'Amy entende leur conversation.

« Et voilà, c'est une grosse.

— Mais Amy vient juste de dire que non.

— Par gentillesse, pour mieux te la vendre. Benjy, mon vieux, c'est ton jour de chance.

— Ah oui ? »

Benjy ne voyait pas très bien en quoi il était chanceux de sortir avec une dondon.

« J'ai une technique imparable pour toi. Écoute le maître. Voici ce que tu vas faire. Surtout, ne dis pas à cette Tara : “Eh, la grosse ! Je suis un mec bon, moi. T'en fais pas, je vais te sauter quand même.” Parce qu'elle sait qu'elle est grosse. OK ? Non, plutôt que de lui faire comprendre qu'elle devrait perdre dix kilos, tu vas te plaindre de toutes ces femmes obsédées par la minceur. Tu piges ? »

Prudent, Benjy hocha la tête.

« Tu glisses dans la discussion, sans t'occuper du fait qu'elle déborde de partout, que c'est un mythe que les hommes préfèrent les maigres. Raconte-lui que tu n'as jamais entendu un mec dire à un autre : “Elle est sublime, on lui voit toutes les côtes, un vrai squelette, j'ai failli m'éventrer sur sa hanche, rien qu'à la regarder, j'ai la trique.” *Capito ?* »

Benjy acquiesça.

« Ensuite, toujours en causant à bâtons rompus, tu tailles un costard aux top-models. Dis-lui qu'un homme normalement constitué ne peut désirer une femme qui a l'air d'une adolescente anorexique. Cite-lui Jody Kidd. Toi et moi, nous savons bien sûr qu'une nuit avec Jody Kidd serait le comble du bonheur, mais inutile de le raconter à la grosse Tara. Car déjà elle sera en train de se pâmer, et tu n'auras plus qu'à tendre la main pour la cueillir.

— Franchement, tu m'épates. Tu n'as aucune espèce de morale.

— Merci. » Lorcan haussa les épaules. « Un ami, il faut bien que ça serve à quelque chose.

— Il y a juste un petit problème, avoua Benjy, gêné. Je ne suis pas certain d'aimer les grosses.

— Tu as tort, elles ont leurs avantages.

— Mais toi, tu pourrais coucher avec une grosse ?

— Évidemment, déclara Lorcan, magnanime. Remarque, je ne voudrais pas qu'on me voie en public avec elle. Mais, dans l'intimité d'une chambre, je serais tout à fait prêt à mettre le poisson dans le bocal.

— Bon. Mais peut-être qu'elle sera bien, Tara. »

Un espoir insensé s'était emparé de Benjy.

« Ouais. » Lorcan plissa les yeux, songeur. « Peut-être. »

Lorcan alla se préparer dans la salle de bains. Étrangement, il se sentait déprimé. Que lui arrivait-il ? La crise de la quarantaine ?

Avec panache, il plongea la brosse d'Amy dans sa chevelure flamboyante, et le nuage gris se dissipa. Ses cheveux étaient sa consolation. Pendant un moment, il joua à enrouler les mèches autour de la brosse, à les étirer au maximum, puis à les relâcher d'un coup pour les voir reprendre, avec ressort et souplesse, leur position initiale.

Soudain, il aperçut quelque chose qui lui glaça le sang. Il y avait des cheveux pris dans les poils de la brosse. Beaucoup de cheveux. Des cheveux roux. *Ses* cheveux.

La brosse tomba de ses mains inertes. Fébrilement, il explora son crâne et crut sentir, horrifié, que ça manquait d'épaisseur au sommet. Il était en train de perdre ses cheveux ! Allait-il devenir… chauve ?

Avec angoisse, il se souvint de son père. Lui aussi s'était dégarni très tôt. Ce qui n'était pas grave quand on était facteur. Mais Lorcan était acteur de renommée internationale ! Son physique était son gagne-pain.

Tétanisé, presque en larmes, il entrevit son reflet dans la glace. Pas de panique, il lui restait encore plein de cheveux. Longs, soyeux, éclatants. Un petit shampooing pour donner du volume, un coup de brushing, et il n'y paraîtrait plus. D'ailleurs, il y avait là une eau coiffante de chez Wella qui ne demandait qu'à être utilisée.

Lorcan pointa le doigt sur le miroir, cligna de l'œil, fit claquer sa langue et, avec un sourire chaleureux, s'ordonna : « Surtout ne change pas. »

« Vous me trouvez comment ? »

Élégante et sexy dans une combinaison noire, Tara paradait devant Katherine et Joe.

« Superbe. Tara…

— Et si notre ami Benjy était mignon ? s'interrogea-t-elle tout haut.

— Tara, il y a du nouveau. Pendant que tu étais sous la douche, Sandro a appelé au sujet de Fintan.

— Ô mon Dieu ! » souffla-t-elle, s'effondrant dans un fauteuil.

« Non, rassure-toi, c'est une bonne nouvelle. »

Pâle, Tara risqua un coup d'œil plein d'espoir entre ses doigts.

« Une très bonne nouvelle, même. D'après Sandro, depuis vingt-quatre heures les tumeurs ont diminué de volume d'une façon spectaculaire. »

Pétrifiée, Tara continuait à se cacher le visage dans les mains.

« Celle qu'il a dans le cou a fondu de moitié, et on sent à peine les nodules dans le pancréas.

— Dieu soit loué. » Tara rit à travers ses larmes. « Il serait temps, au bout de six mois de chimio. Et qu'en est-il de la poitrine et de la moelle osseuse ?

— Il devra subir d'autres examens, mais s'il y a une amélioration du côté des glandes lymphatiques, il faut espérer qu'ailleurs ça s'arrangera également.

— Je n'arrive pas à le croire. Je n'arrive tout simplement pas à le croire. Ça fait si longtemps qu'on n'a rien eu de positif que j'étais convaincue qu'il n'y avait plus beaucoup… enfin, plus beaucoup d'espoir.

— Je sais.

— Je m'étais résignée... non, pas résignée, se reprit-elle précipitamment, mais si jamais ça n'allait pas mieux, le choc n'aurait pas été trop brutal. Tu comprends ce que je veux dire ? »

Katherine hocha la tête.

« Mais ça, c'est génial ! s'exclama Tara, les yeux brillants.

— Ne nous réjouissons pas trop vite, observa Katherine, circonspecte. C'est une maladie tellement imprévisible.

— Oh, s'il te plaît, laisse-nous nous réjouir un tout petit peu ! On fait un saut chez lui ?

— Non. » Katherine avait du mal à dissimuler son impatience. « On le verra demain. Va à ton rendez-vous et amuse-toi. »

Elle brûlait de se débarrasser de Tara car il y avait une chose dont elle voulait discuter avec Joe depuis la veille.

« OK. Allez, à plus.

— Passe une bonne soirée. Bye. »

La porte d'entrée claqua.

65

« Joe ?

— Mmmm.

— Est-ce qu'il y a eu quelque chose entre toi et Angie ? Angie, qui travaille chez nous. »

Il se figea un instant, avant de se rasseoir droit sur le canapé. Lorsqu'il la regarda, son visage était triste.

« Tu n'es pas obligé de me répondre, mentit-elle promptement. Ce ne sont pas mes affaires, seulement, elle nous a vus arriver ensemble hier matin et elle m'a demandé si je sortais avec toi. J'ai dit non, mais elle avait l'air perturbée. Je me suis donc posé la question... Il s'est passé quelque chose entre vous deux ? »

Il la contempla avec une infinie tendresse, avant de froncer les sourcils comme s'il avait mal. Quand il ouvrit la bouche, elle pria pour qu'il réponde non.

« Oui », dit-il.

Et elle eut l'impression de recevoir un coup de poing. Calme-toi, s'exhorta-t-elle. S'il te plaît, ne joue pas les harpies.

« Ç'a duré longtemps ? » Son cœur battait à se rompre. « Comment ça s'est... Vous êtes restés ensemble combien de temps ? Tu étais amoureux d'elle ?

— Non, répliqua-t-il avec lassitude. Rien de tout cela. Il n'y a eu qu'une seule nuit. »

Une seule nuit, c'était déjà trop, songea-t-elle, rongée par la jalousie. Le pire, c'était qu'elle croyait savoir de quelle nuit il parlait. Le lendemain du jour où elle l'avait accusé de harcèlement sexuel, il était allé boire un verre avec Angie et, le matin suivant, avait reparu au bureau avec les mêmes vêtements. Déjà, à l'époque, elle avait eu un mauvais pressentiment. Elle avait bien pensé à l'interroger durant ces cinq derniers mois, mais elle n'avait pas osé, de peur que sa réponse ne soit pas celle qu'elle avait envie d'entendre. Cependant, depuis qu'elle avait vu dans quel état se trouvait Angie, elle n'avait plus le choix.

« J'ai eu tort, reconnut Joe, l'air malheureux. Normalement, ce n'est pas dans mes habitudes. Mais je suis humain et ça m'arrive de commettre des erreurs.

— Je suis sûre qu'Angie Hiller apprécierait de s'entendre traiter d'erreur, fit Katherine, hautaine.

— Ce n'est pas ce que j'ai voulu dire. L'erreur, ç'a été de m'embarquer dans une histoire avec elle.

— Une histoire ? Je croyais que ç'avait été l'affaire d'une nuit.

— C'est exact.

— Ç'a dû être une sacrée nuit, puisque tu parles de… »

Elle inspira profondément avant de lâcher avec mépris : « … d'histoire.

— C'est juste une expression. Très mal choisie, j'en conviens. »

Katherine retint son souffle ; il allait lui expliquer qu'il s'était contenté d'embrasser Angie, qu'il avait dormi sur son canapé ou bien qu'il avait été trop saoul pour assurer. Mais comme il ne disait rien, elle demanda : « Tu as couché avec elle ?

— Oui. »

Elle eut envie de vomir.

« Et vous vous êtes revus après ?

— Pas dans les mêmes conditions. On en a parlé le lendemain matin ; je lui ai dit que je regrettais ce qui s'était passé et que ça ne se reproduirait plus.

— Et que crois-tu qu'elle a ressenti, hein ? » Une petite voix rageuse, acerbe l'aiguillonnait. « Tu atterris dans son lit, tu la sautes, puis tu lui dis au revoir et merci. Le summum de la galanterie.

— Je suis désolé.

— De quoi ? fit-elle froidement. Tu es libre de tes actes.

— S'il te plaît, ne sois pas comme ça, dit-il doucement.

— Comment ?

— Pourquoi es-tu si fâchée ? Nous n'étions pas ensemble à l'époque. En fait, c'était juste après ton allusion au harcèlement sexuel… »

Je sais, faillit-elle crier.

« … et je pensais que tu n'en avais rien à fiche, de moi. Pour être honnête, Katherine, je n'avais vraiment pas le moral…

— Et tout ce que tu as trouvé, c'est de te consoler avec une autre fille. Tu es bien un mec, va.

— J'ai eu tort, répéta-t-il. Je n'aurais pas dû. Ce n'est pas une excuse, mais j'étais ivre et démoralisé. Je n'étais pas dans mon assiette. J'ai commis une erreur. Ce sont des choses qui arrivent. »

L'air mauvais, elle pinça les lèvres.

« Tout le monde a un passé. Quand on rencontre quelqu'un, on a rarement une ardoise vierge, tu sais. »

Katherine ne desserrait toujours pas les dents. Finalement, elle rompit le silence en sifflant : « Pourquoi tu ne me l'as pas dit ?

— J'ai essayé. Mais tu avais décidé qu'on ne parlait pas de nos ex, rappelle-toi.

— Oui, mais… c'était surtout parce que je ne voulais pas te parler des miens. »

Il poussa un soupir. « Ce n'est pas très objectif, Katherine.

— Tu m'as bien parlé de Lindsay, lui reprocha-t-elle, changeant son fusil d'épaule. Pourquoi pas d'Angie, tant que tu y étais ?

— J'ai essayé ! s'exclama-t-il. Mais tu m'as expliqué que tu avais besoin de temps et que tu avais du mal à faire confiance. J'ai respecté ton choix. Je n'ai pas voulu te brusquer…

— Mets-toi à ma place, l'interrompit-elle. Je vais au bureau tous les jours, et maintenant je découvre qu'Angie Hiller rigole bien derrière mon dos parce qu'elle a couché avec mon petit ami.

— Elle n'est pas au courant pour nous, voyons ! Et pourquoi rigolerait-elle ? C'est avec toi que je suis, pas avec elle.

— Alors comme ça, c'est moi l'heureuse élue ? »

Katherine sentait qu'elle ne se maîtrisait plus, qu'elle courait le risque de tout gâcher, mais c'était plus fort qu'elle. Les paroles chargées de bile jaillissaient de ses lèvres sans qu'elle puisse en endiguer le flot.

« Katherine, la cajola-t-il à voix basse, si tu crains que ça se reproduise ou que je te sois infidèle, tu te trompes complètement. Je ne dis pas ça parce que tu es en colère, mais parce que mes sentiments pour toi… »

Joe s'arrêta. Il avait cru entendre le bruit d'une clé dans la serrure. L'instant d'après, Tara fit irruption dans la pièce, suivie, lui sembla-t-il, d'une foule de gens. Son cœur se serra. Vivement qu'elle aille s'installer dans son propre logement !

Tandis qu'il s'efforçait de plaquer un sourire sur son visage pour accueillir les visiteurs, Tara jacassait avec animation, désignant les trois personnes qui se tenaient derrière elle.

« On passait par là, et j'ai pensé que ce serait sympa de se rencontrer, vu que vous avez tous entendu parler les uns des autres. Voici Amy, qui travaille dans ma boîte, et voici Benjy… » Elle fit une pause, articula silencieusement « mon mec » à l'intention de Katherine et Joe, avant de lever les yeux au ciel en se tenant discrètement l'estomac, comme pour faire mine de vomir. « Et voici… »

Là-dessus, Joe eut un choc. Il reconnut le troisième larron. Impossible de l'oublier, celui-là, avec sa carrure et sa longue crinière rousse. C'était l'acteur capricieux de la pub pour le beurre, Lorcan Machin-Chose.

Manifestement, Lorcan l'avait reconnu aussi, car il coupa court aux présentations en s'écriant, surpris : « Mais on se connaît ! »

Avec un soupir, Joe s'apprêta à subir une confrontation déplaisante. Soudain, une peur déraisonnable l'envahit. Il avait suivi le regard de Lorcan et s'était aperçu qu'il ne s'adressait pas à lui, mais à Katherine.

66

Katherine était blanche comme un linge.

« Salut », dit-elle faiblement.

Lorcan sourit et fit claquer ses doigts pour essayer de se rappeler son nom. Il n'arrivait pas à la situer, mais il avait sûrement dû coucher avec elle. Il était quand même un sacré bonhomme !

Tara se tut brusquement, consciente qu'une dynamique nouvelle venait de se mettre en place et que la situation lui échappait.

« Vous vous connaissez tous les deux ? » Son regard ébahi allait de Katherine à Lorcan.

« On dirait que oui. » Lorcan gratifia Katherine d'un sourire entendu. « N'est-ce pas ? »

Elle hocha la tête.

Sur ce, sans raison apparente, l'ambiance dans la pièce changea. Paralysé par l'angoisse, Joe était assis sur le canapé. Benjy, Amy et Tara restaient plantés au milieu du salon, sans sourire. Une émotion visqueuse, impénétrable irradiait de Katherine.

« Je ne t'avais pas reconnue, tout habillée », lança Tara gaiement, pour détendre l'atmosphère.

Mais le sentiment d'oppression générale ne fit que croître. Par-derrière, elle sentait, quasi viscéralement, l'affolement d'Amy.

« Votre prénom, c'est... euh... hmm... »

Lorcan fouilla dans sa mémoire. Jessica ? Mary ? Inès ? Bon sang, il n'en avait pas la moindre idée. L'universel « ma jolie » lui avait sauvé la vie à de nombreuses reprises, surtout lorsque à son réveil il ne retrouvait plus le nom de la femme couchée à ses côtés, mais là, ça ne marcherait pas. Et d'où diable la connaissait-il ?

« Je suis nul pour les prénoms. »

Il gratifia Katherine, prostrée sur le canapé, d'un sourire contrit. C'est vrai qu'elle était mignonne, il ne verrait pas d'objection au fait de remettre ça !

Malgré le choc, Katherine fulminait intérieurement. Combien de fois avait-elle rêvé de tomber sur lui et de faire semblant de ne pas le reconnaître ? Depuis combien d'années s'exerçait-elle à terroriser les hommes d'un simple haussement de son sourcil finement arqué pour pouvoir le mettre en pratique avec lui, le moment venu ? Et voilà qu'elle n'était même pas capable de relever la tête du dossier du canapé !

Mais il y avait plus humiliant encore que sa défaillance physique. Le fait de vouloir qu'il se souvienne d'elle. Elle l'observait, tremblante, dans l'espoir qu'il se rappellerait au moins son prénom. Or ça faisait tellement longtemps...

« C'est Katherine », chuchota-t-elle.

Avec un sourire éclatant, Lorcan se frappa le front du plat de la main.

« Mais bien sûr. Katherine... maintenant, ça me revient.

— Katherine avec un K », précisa-t-elle lentement.

Il répéta avec une indulgence amusée : « Tout à fait, Katherine avec un... »

Il s'interrompit d'un seul coup, blêmissant à vue d'œil. Il venait de se rappeler qui elle était. Nom de Dieu ! Instantanément, il regretta d'avoir ouvert la bouche.

« Tu as changé, bredouilla-t-il.

— De l'eau a coulé sous les ponts.

— C'est vrai, ça. Voyons, ça fait au moins... quoi, sept ans ?

— Douze ans et demi », répondit-elle sans réfléchir, le regrettant aussitôt. Comment pouvait-on être aussi transparente ?

« Tu tiens les comptes ? »

Lorcan rit nerveusement. Il était très, très pressé de partir. Mais, en gagnant la porte, il remarqua l'homme assis à côté de Katherine avec un K. Doux Jésus, que se passait-il ici ? C'était le jeune loup qui l'avait viré du tournage de la pub pour le beurre. En proie à une crise de paranoïa aiguë, Lorcan se demanda s'il ne s'agissait pas d'un traquenard. Une sorte de tribunal, un conseil de révision. Son passé qui avait fini par le rattraper. Y avait-il d'autres femmes dépitées, d'autres rivaux hargneux cachés dans la chambre et prêts à intervenir ? Puis il se ressaisit. Ne sois pas stupide. Ce n'est qu'une simple coïncidence. Voilà tout.

« Tiens, tiens… » Il masqua son anxiété par un rire de dérision. « Mais c'est Joe, Joe Roth.

— Lockery Liggery. » Joe hocha la tête avec une politesse hostile. « Quelle surprise !

— Je m'appelle Lorcan.

— Ce n'est pas ce que j'ai dit ? »

Le ton innocent de Joe ne trompa personne.

Une lueur s'alluma dans l'œil de Lorcan. Il n'avait pas oublié l'humiliation qu'il avait subie le jour du tournage, ni la mouise dans laquelle il s'était retrouvé à la suite de son renvoi.

« Êtes-vous… ? »

Lorcan agita un doigt entre Katherine et Joe.

« Sommes-nous quoi ? demanda Joe.

— Vous êtes ensemble ?

— En quoi ça vous regarde ? s'enquit Joe poliment.

– Non, ne me dites pas que vous êtes mariés, rit Lorcan.

— Nous ne sommes pas mariés, dit Katherine d'une petite voix lointaine.

— Tant mieux ! » approuva Lorcan avec chaleur.

À la consternation générale, il s'assit de l'autre côté de Katherine et, avec une lenteur délibérée, l'embrassa sur la joue.

« Tout n'est pas perdu, alors. »

Amy étouffa une exclamation angoissée, et Joe se redressa, dans un mouvement de colère.

« Vous permettez ?… »

Sous leurs regards incrédules, Katherine lui tourna le dos et, telle une fleur offerte aux rayons du soleil, fit face à Lorcan.

67

Elle n'avait jamais su lui résister, et ce n'était pas maintenant qu'elle allait commencer.

Elle avait presque dix-neuf ans et bavardait avec une collègue au comptoir d'un bar de Limerick quand Lorcan l'avait repérée. Il s'ennuyait, irritable comme un chat privé de souris, et voilà que soudain sa bonne humeur était revenue.

« Regarde la petite mignonne, là-bas. » Il poussa du coude son ami, Jack.

« Ce n'est pas franchement ton genre, fit Jack, étonné.

— Du moment que c'est une fille, rétorqua Lorcan. Couvre-moi, je me lance. »

Lorsque Delores, la femme avec qui elle était, alla chercher des cigarettes, Katherine fut surprise d'entendre une voix douce et mélodieuse lui demander sur le ton de la confidence : « Ça ne vous a pas fait mal ? »

Déconcertée, elle pivota sur elle-même. Et se retrouva devant le plus beau spécimen du sexe masculin qu'elle ait jamais vu. Nonchalamment accoudé au bar, il lui souriait, sans cacher son admiration.

« Qu'est-ce qui ne m'a pas fait mal ? »

Son regard mauve la brûlait.

« Quand vous êtes tombée du ciel. »

Elle rougit et se demanda s'il n'était pas en train de la « baratiner ». Si oui, c'était une première.

« Je ne suis pas du ciel. Je suis de Knockavoy. »

Elle savait bien qu'elle manquait de repartie ; néanmoins, sa réponse la déçut amèrement.

Mais Lorcan se mit à rire.

« J'adore ça. "Je ne suis pas du ciel, je suis de Knockavoy." Elle est très bonne. »

Un inexplicable sentiment de bien-être envahit Katherine.

« Comment vous appelez-vous ? demanda-t-il doucement.

— Katherine. Katherine avec un K, ajouta-t-elle avec une gravité qui l'enchanta.

— Moi, c'est Lorcan. Lorcan avec un L. »

Elle pouffa de rire.

« Ça peut difficilement être Lorcan avec un K. À moins, dit-elle pensivement, que le K ne soit muet. »

Elle gloussa de nouveau. Il admira ses petites dents blanches, sa peau veloutée, sans la moindre trace de maquillage, ses cheveux raides et brillants, son assurance de petite fille et ressentit le frisson familier. Il savait que, sur ce coup-là, il devrait s'y prendre avec délicatesse. Il émanait d'elle une aura de pureté, de *propreté*. Pas seulement de son apparence, mais de sa façon d'être : elle ne papillotait pas des cils, ne s'exprimait pas par sous-entendus, ne minaudait pas. Sa fraîcheur exerçait sur lui un puissant attrait.

« Dites-moi, Katherine avec un K, qu'est-ce qui vous amène à Limerick ?

— Je suis un stage de comptabilité », annonça-t-elle toute fière.

Comme il avait l'air de s'intéresser passionnément à ce qu'elle faisait, il eut droit au récit complet de sa vie : sa réussite aux examens, sa vie à Limerick, sa jolie chambre meublée, ses deux meilleurs amis qu'elle avait laissés à Knockavoy.

« Et vos collègues de travail, ils sont gentils ?

— Oui. »

Katherine jeta un coup d'œil autour d'elle et baissa la voix.

« C'est juste qu'ils sont un peu vieux.

— Vous n'avez donc pas beaucoup d'amis ici ?

— Non, pas beaucoup. »

Ça ne l'empêcha pas de présenter Lorcan à la bande de vieux croûtons avec lesquels elle était venue, et il fut obligé de leur faire la conversation, jusqu'au moment où, n'y tenant plus, il glissa à l'oreille de Katherine : « Si on s'éclipsait tous les deux pour aller quelque part où l'on puisse discuter ? »

Une fois dehors, il suggéra négligemment : « Si on allait chez vous ? »

Katherine s'arrêta. La prenait-il pour une oie blanche ?

« Non, répondit-elle d'un ton ferme. Allons dans un autre bar. »

Lorcan éclata de rire.

« Vous n'êtes pas tombée de la dernière pluie, Katherine avec un K. Vous avez raison d'être prudente. Mais moi, vous pouvez me faire confiance.

— Comme si vous alliez me dire le contraire !

— Est-ce que je ressemble à un violeur ? demanda-t-il, comme s'il était l'image même de l'innocence outragée.

— Comment voulez-vous que je sache à quoi ressemble un violeur ? » rétorqua-t-elle du tac au tac.

Posant ses grandes mains sur les épaules menues de Katherine, Lorcan se rapprocha d'elle.

« Je ne vous ferai pas de mal, promit-il de sa voix basse, musicale. Je suis sérieux. »

Touchée par sa sincérité, elle n'arrivait pas à parler. Elle le croyait. Sa présence tellement virile comblait un vide dans sa vie ; elle eut l'impression que la dernière pièce du puzzle se mettait en place.

« D'accord, souffla-t-elle. Vous pouvez monter boire le thé dans ma chambre, mais je vous préviens, pas d'entourloupe. »

Elle le menaça du doigt que Lorcan, grognant et claquant des dents, tenta de mordre. Katherine partit d'un rire argentin.

« Venez. »

Un bras autour de sa taille, il la porta à moitié le long du trottoir.

« Je ne plaisante pas. » Elle leva les yeux sur lui. « Pas d'entourloupe.

— C'est clair », acquiesça Lorcan affectueusement.

Mais entourloupe il y eut.

Sitôt qu'elle lui eut servi le thé dans son meublé, il reposa la tasse sur la pile de manuels de comptabilité. Puis il lui prit la sienne et la posa aussi.

« Qu'est-ce que vous faites ? » Sa voix s'était enrouée.

« Je ne veux pas que vous renversiez votre thé.

— Et pourquoi le renverserais-je ?

— Parce qu'il est difficile de boire et de se laisser embrasser en même temps. »

Katherine fut prise de panique. C'était donc bien un violeur ! Elle ouvrit la bouche pour protester, mais il l'attira contre lui, inclina son beau visage vers elle et l'embrassa.

Elle éprouva une demi-seconde de répulsion, mais, juste avant qu'elle ne le repousse, le charme opéra. On l'avait déjà embrassée, mais jamais de cette façon-là, et, lorsqu'il s'arrêta, elle aurait voulu qu'il continue. Quand elle rouvrit les yeux, à contrecœur, son corps tout entier semblait épouser le corps de Lorcan.

« On se voit demain, Katherine avec un K ?

— OK », fit-elle, hors d'haleine.

Les bonnes sœurs leur avaient dit un jour de ne pas mettre de chaussures en cuir verni avec une jupe de peur qu'on n'aperçoive le reflet de leur culotte. Même Katherine s'était esclaffée. Néanmoins, certains de leurs enseignements s'étaient profondément enracinés dans son esprit. Tara et Fintan pouvaient faire ce qu'ils voulaient de leur vie, quant à elle, elle était fermement décidée à rester vierge jusqu'à son mariage. S'il y avait une chose dont elle était sûre, absolument sûre, c'était qu'elle n'irait jamais jusqu'au bout avec Lorcan. Mais elle ne voyait aucun inconvénient à ce qu'il l'embrasse. Et il ne s'en privait pas.

Ils se retrouvaient tous les soirs, quelquefois chez lui, mais la plupart du temps chez elle. Allongés sur le lit étroit, pendant que ses livres de comptabilité prenaient la poussière sur la petite table, ils s'embrassaient des heures durant. Cependant, quand il se mit à tripoter l'agrafe de son soutien-gorge, elle le repoussa et lui défendit de recommencer. Il se confondit en excuses.

La fois d'après, il renouvela sa tentative, et Katherine, tel un ange vengeur, lui ordonna : « Rentre chez toi. »

Anéanti, il versa une larme et jura qu'il ne le ferait plus. Mais elle se contenta de répéter : « Va-t'en. »

Il partit donc, et elle pleura toutes les larmes de son corps, persuadée que c'était fini. Le lendemain, à sept heures du matin, on tambourina à sa porte et, quand elle ouvrit, pâle et nauséeuse après sa nuit blanche, Lorcan était là, le repentir personnifié. Sans mot dire, ils se jetèrent dans les bras l'un de l'autre. Elle l'entraîna sur son lit et, lorsqu'il déboutonna sa chemise de nuit pour lui caresser les seins, elle ne protesta pas.

Katherine se rassurait en se disant qu'ils vivaient là quelque chose d'exceptionnel. Entre deux baisers brûlants, Lorcan la regarda, les yeux mi-clos, et observa : « Je parie que tu as connu des centaines de garçons.

— Non. » Elle était trop inexpérimentée pour mentir. « Juste deux.

— Je suis jaloux », grommela-t-il. Et ce n'était pas de la comédie.

« Non, non, non, il n'y a pas de quoi ! s'écria-t-elle. C'étaient des garçons qui étaient venus passer des vacances à Knockavoy. Rien à voir avec… avec nous.

— Ça valait le coup de m'attendre, hein ? rit-il.

— Oui. »

C'était exactement ce qu'elle pensait : Lorcan était sa récompense parce qu'elle avait été sage.

« Et toi, demanda-t-elle timidement, tu es sorti avec beaucoup de filles avant moi ? »

Son cœur battait la chamade. Elle pressentait déjà la réponse, surtout qu'il avait sept ans de plus qu'elle. Et qu'il était tellement beau.

« Oh, une ou deux, répliqua-t-il, l'air de rien. Mais elles ne comptent pas. »

Lors de ses coups de fil passés du bureau, Katherine annonça en chuchotant à Tara et Fintan qu'elle avait un petit ami. Dans les semaines qui suivirent, elle leur confia qu'il était « sublime », qu'elle était « folle de lui » et qu'il était « fou d'elle ».

« On dirait une star de cinéma. D'ailleurs, il est acteur.

— Mince alors ! » Tara contenait à peine son envie. Un acteur ! « Raconte. »

Katherine l'entendit vaguement crier à l'adresse de Fintan : « Il est acteur ! » Puis, parlant à nouveau dans le combiné : « On le connaît ? On l'a déjà vu quelque part ?

— Peut-être. » Katherine débordait de fierté. « Tu vois cette pub pour un adoucissant textile ? Avec des joueurs de foot…

— Pas possible ! scanda Tara. L'arbitre qui leur dit d'enlever leurs maillots pour les mettre à la lessive ? Il est FANTASTIQUE !

— Fantastique ! » entendit Katherine, en écho. Fintan.

« Non, ce n'est pas l'arbitre, avoua-t-elle. C'est un des joueurs, sur la droite, à l'extrémité du terrain.

— On se calme. » Tara se détourna du téléphone pour répéter à Fintan : « Ce n'est pas l'arbitre.

— On ne peut pas le manquer, dit Katherine. Il part en courant, on voit bien son dos en gros plan… Tu y es ?

— Peut-être, fit Tara, dubitative.

— Il est très grand et il a les cheveux roux.

— Un rouquin ! Tu ne l'avais jamais dit, ça. Très grand ? Tu es sûre qu'il est beau ? On croirait plutôt Beaker, du *Muppet Show* !

— Pas du tout, rétorqua Katherine avec humeur.

— Excuse-moi, je ne voulais pas jouer les rabat-joie. Alors, tu penses que c'est sérieux ?

— Oh oui, répondit-elle sans l'ombre d'une hésitation.

— Eh bien, ça alors ! Écoute, tâche de le prendre en photo et viens nous voir dès que tu seras descendue du car vendredi soir.

— Je ne peux pas, je reste ici ce week-end. Pour être avec lui, tu comprends ?

— Encore ! »

L'effet que Lorcan produisait sur elle était irrésistible. Quand il l'embrassait, elle brûlait d'une ardeur fébrile, quand il lui touchait les seins, elle avait l'impression d'exploser.

Un jour, alors qu'ils étaient allongés sur son lit comme d'habitude, en train de s'embrasser à pleine bouche, elle distingua le crissement d'une fermeture Éclair et le sentit qui tâtonnait avec son jean.

« Qu'est-ce que tu fais ? s'enquit-elle, alarmée.

— Je ne te demande rien, dit-il d'une voix rauque. Je veux juste que tu poses ta main dessus.

— Non !

— S'il te plaît.

— C'est mal.

— Pourquoi ? Nous nous aimons. »

C'était la première fois qu'elle entendait ça. Elle était ravie, mais sa résolution ne vacilla pas pour autant.

« Sérieusement, on ne devrait pas...

— Mais si. Nous nous aimons. »

Tremblante, elle le laissa prendre sa main et la guider vers son sexe en érection. Ses doigts se refermèrent sur les siens, et il se mit à bouger sa paume, de haut en bas.

« Non, supplia-t-elle.

— Plus fort, gémit-il. Plus vite. Je t'aime. Plus vite. »

Le petit lit était agité de secousses. La respiration saccadée de Lorcan lui écorchait l'oreille, son visage, rouge, convulsé, était celui d'un étranger. Elle se sentait souillée, humiliée, et, quand un liquide chaud lui inonda la main, elle crut défaillir de dégoût.

Cependant, après son départ, elle se surprit à y repenser avec excitation. Puisqu'ils s'aimaient, décida-t-elle, il n'était pas question de parler de péché mortel. De toute façon, quoi qu'elle fasse avec lui, elle n'irait pas jusqu'au bout. Après tout, même Tara ne l'avait pas fait. Mais, au fil des semaines, Lorcan avait réussi à vaincre sa résistance au point que, quand ils se retrouvaient sur le lit, il avait déjà le jean autour des genoux, et elle, la culotte à mi-cuisse.

« Mais on n'ira jamais plus loin, hein ? chuchotait-elle.

— Jamais », répondait-il dans un murmure.

Parfois, il lui arrivait de se frotter un peu contre elle, et c'était tellement délicieux qu'il recommençait.

« Mais tu n'entreras pas, n'est-ce pas ?

— Je n'entrerai pas. Je vais juste me placer... comme ça. C'est bon ? »

Elle hochait la tête. C'était la sensation la plus exquise qu'il lui avait été donné d'éprouver. Et, tant que ça s'arrêtait là, elle ne voyait pas pourquoi elle s'en priverait.

« Ça ne fait rien si je bouge un peu ? murmura Lorcan.

— Du moment que tu n'entres pas.

— Je n'entrerai pas. »

Au bout d'un certain temps, Katherine hasarda, inquiète : « Je crois que tu es presque dedans.

— Non, souffla-t-il, remuant frénétiquement les hanches. Je suis toujours dehors, c'est simplement que... »

Mais les mouvements de hanches s'amplifièrent, s'accélérèrent, et, à l'instant même où Katherine, affolée, sentait quelque chose de dur l'envahir, Lorcan déclara, triomphant : « Ça y est, cette fois je suis dedans ! »

Après, elle pleura, et il la berça dans ses bras, lui caressant les cheveux et répétant : « Ça va aller, mon bébé, ça va aller. »

Elle leva vers lui son visage baigné de larmes.

« On ne recommencera plus, dit-elle, maussade. Et n'essaie pas de me convaincre. Je sais que c'est mal. Si je meurs maintenant, j'irai droit en enfer. »

Ils recommencèrent. Par accident. Encore. Et encore. Quand Lorcan se risqua à lui suggérer de « prendre des précautions », elle riposta sèchement que c'était inutile car ça ne leur arriverait plus

Bien sûr que cela arriva. Et Lorcan n'eut guère besoin de la convaincre... son propre corps l'avait trahie. Elle était tout à fait incapable de lui résister.

Ce qui la consolait, dans les moments de honte et d'écœurement, c'était l'idée qu'il l'aimait. Une fois qu'ils seraient mariés, tout rentrerait dans l'ordre, ne serait-ce que de manière rétrospective.

Non qu'il fût question de mariage entre eux, mais ça allait de soi. C'était dans le regard de Lorcan quand il la regardait, dans la chaleur de sa voix quand il lui disait qu'il l'aimait.

68

Ce fut Benjy qui, le premier, rompit le silence orageux.

« Euh, fit-il gauchement, se demandant pourquoi c'était toujours à lui de payer les pots cassés, ça prouve seulement qu'il n'existe que treize personnes sur terre, et le reste, c'est fait avec des miroirs. On y va, peut-être ? Amy ? Tara ? Lorcan ?

— On y va », dit Amy d'une voix étranglée.

Lorcan ne semblait pas avoir entendu.

« Lorcan ? répéta Benjy d'un ton éloquent.

— Mais on est bien ici », répondit Lorcan doucement, cruellement.

Il sourit à Katherine, coincée, tel un objet, entre lui et Joe. Et son sourire signifiait : Je reviendrai.

Avec une grâce paresseuse, faisant attendre les autres, il déplia sa longue silhouette et se leva du canapé.

« Bye, lança-t-il en se dirigeant vers la porte.

— Bye », couinèrent Tara et Benjy, pressés de disparaître.

Amy ouvrit la bouche pour dire au revoir, mais tout ce qui en sortit fut : « Aaarrr. »

La porte claqua. La pièce résonna d'un silence vibrant ; elle s'était vidée, mais l'on y sentait encore une présence malveillante.

« Comment as-tu connu Lorcan ? demanda Katherine à Joe d'une voix atone, sans le regarder.

— J'ai travaillé avec lui sur un spot publicitaire. Ou plutôt je n'ai pas travaillé avec lui.

— Comment ça ?

— Il était tellement insupportable qu'on a dû faire appel à un autre acteur.

— Ça ne m'étonne pas. C'est Lorcan tout craché. La star. »

Il n'aurait su dire si elle parlait sérieusement ou non.

« Et toi, d'où le connais-tu ?

— Il m'a fait perdre ma virginité... et bien plus encore. »

La manière dont elle avait dit cela lui glaça le sang. Il voulut l'enlacer, mais elle se dégagea.

« Non.

— Non ?

— Je veux que tu partes, déclara-t-elle avec froideur.

— Ne fais pas ça, implora-t-il.

— Je veux que tu partes. »

Joe ne comprenait pas. Était-ce à cause d'Angie, ou à cause de Lorcan ? Il penchait pour Lorcan. Tant qu'il avait été là, Joe avait eu l'impression de ne pas exister.

« Va-t'en », ordonna-t-elle.

Désespéré, il fit une nouvelle tentative, mais Katherine demeurait hors d'atteinte.

« Je t'appellerai demain. » Et il s'en fut, à contrecœur.

Lorsqu'elle rentra une heure plus tard, Tara était mortifiée.

« Katherine, je suis vraiment, vraiment désolée. Quelle terrible coïncidence ! Si j'avais eu la moindre idée, le moindre soupçon que tu puisses connaître Lorcan, j'aurais fait un grand détour pour éviter la maison.

— Tu es revenue de bonne heure, fit Katherine sourdement.

— Ben, oui... »

La soirée s'était terminée en queue de poisson après leur départ, tant la tension entre Lorcan et Amy était devenue étouffante.

« Arrête-moi si je me trompe. Lorcan, c'est Beaker, du *Muppet Show* ? Ton ex-petit ami de Limerick ? »

Katherine baissa la tête.

« Et il t'a plaquée ?

— Oui. Il m'a plaquée.

— Fintan et moi, on s'en est doutés à l'époque où tu avais le cœur en miettes.

— Mais je n'ai pas voulu en parler.

— On avait remarqué, fit Tara, ironique.

— Désolée.

— Il est très beau. Pas étonnant que tu aies été si mal quand tu es rentrée à Knockavoy. Mais, en même temps, c'est un vrai salopard. Il se prend pour un don de Dieu. Tu as vu comme il t'a draguée devant sa copine ?

— Ça, c'est Lorcan. »

La manière dont c'était sorti, presque dans un gémissement, alerta Tara. Inquiète, elle examina Katherine de plus près. Cette dernière était comme droguée.

« Tu as fumé un joint ?

— Non.

— Tu as bu ?

— Non.

— Tu te sens bien ?

— Ça va.

— Tu n'as pas l'air… dans ton assiette. Tu es perturbée ? Ça t'a fait un choc de revoir Lorcan ?

— Pourquoi ça m'aurait fait un choc ?

— Tu le sais mieux que moi. »

Tara l'observait attentivement, quand soudain une chose la frappa.

« Où est Joe ?

— Qu'il aille se faire foutre. »

Tara étouffa un petit cri. « Quoi ?

— Il a couché avec une fille du bureau.

— Oh, non ! Oh, non ! Dis-moi que ce n'est pas vrai.

— C'est vrai.

— Je n'aurais jamais cru ça de lui. D'ailleurs, il semblait raide amoureux de toi. Ah, les mecs, tous les mêmes ! Et ça dure depuis tout le temps que vous êtes ensemble ? »

Katherine ne répondit pas tout de suite. Oh, et puis tant pis, elle n'avait pas le choix.

« En fait, c'est arrivé avant que je sorte avec lui. Mais

n'empêche. Il ne m'avait rien dit, alors que je travaille dans le même bureau...

— Attends une minute. On pourrait revenir à la réalité, là ? Katherine, tu as pété les plombs ? Tu es fâchée parce qu'il a couché avec une fille *avant* de sortir avec toi ? Tu pensais quoi ? Qu'il était puceau ? Qu'il se réservait pour toi ?

— Non, mais...

— Toi aussi, tu as eu des amants. À commencer par Beaker du *Muppet Show*. Tu n'as aucun droit de reprocher ça à Joe. Oh, allez ! Montre-moi quelqu'un qui n'a pas de passé, et je te montrerai Connard le Barbant. »

Katherine haussa les épaules d'un geste indifférent.

« Ça n'a rien à voir avec la visite de Lorcan ? » Une bouffée d'angoisse submergea Tara. « Tu n'espères pas te... te remettre avec lui ? Ce serait de la folie pure.

— Je sais.

— C'était il y a douze ans et demi. Autant dire une éternité. Il a une copine, toi tu as Joe.

— Si Joe téléphone, décréta Katherine sur un ton sans réplique, je ne lui parlerai pas, c'est clair ?

— Jusqu'à quand ?

— Quand je l'aurai décidé.

— Mais...

— Je suis chez moi, ici. »

Et la discussion fut close.

Le lendemain matin, Joe appela à plusieurs reprises, laissant des messages sur le répondeur.

« S'il te plaît, réponds-moi, Katherine », demandait-il, sa politesse masquant mal son désespoir.

Tara était profondément malheureuse pour lui.

« Allez, viens, dit-elle à deux heures de l'après-midi, on va chez Fintan.

— Ah bon ? » Katherine avait l'air déconcertée. « Je n'ai pas envie de sortir.

— Mais... tu ne voudrais pas voir ses bosses ? Ou plutôt leur absence ?

— Pas aujourd'hui.

— Katherine, ça fait six mois qu'on attend une amélioration. C'est enfin arrivé. Ça ne te touche pas ?

— Si, mais je ne tiens pas à y aller aujourd'hui. Désolée. Je regrette, ajouta-t-elle avec une apparente sincérité.

— Katherine, j'aimerais tant t'aider, insista Tara. Tu es tellement bizarre. Veux-tu qu'on en parle ?

— Vas-y toute seule. Embrasse Fintan pour moi. Je passerai le voir bientôt. »

Le cœur lourd, Tara finit par partir, et Katherine poussa un soupir de soulagement.

Elle aspirait à la solitude. Tout en sachant qu'elle n'avait pas un comportement normal, c'était comme si elle s'observait de l'extérieur, sans pouvoir intervenir. Elle avait si longtemps rêvé de Lorcan qu'elle n'arrivait pas à croire qu'il venait de lui être livré sur un plateau. Dans ses scénarios, lorsqu'il revenait, c'était elle qui menait la danse. Elle réécrivait la fin de leur histoire à sa convenance. Sans être tout à fait décidée : le terrassait-elle ou bien partaient-ils ensemble en direction du soleil couchant. Les deux, probablement.

Les images, terribles, de la dernière scène avec lui la hantaient encore et, en y repensant, elle grimaça comme si elle avait mal.

« Il faut qu'on se marie. »

Katherine ne quittait pas Lorcan des yeux.

« Pourquoi ? »

Elle jeta un regard autour d'elle. Elle avait choisi un lieu public, un pub, en l'occurrence, pour lui annoncer la nouvelle, mais à présent elle se demandait si c'était une bonne idée.

« Parce que... » Elle déglutit avec effort. « J'attends un bébé. »

Même en sachant que Lorcan ne la laisserait pas tomber, elle avait le trac.

« Je ne peux pas t'épouser, dit-il avec un mélange d'exaspération et de pitié.

— Mais *pourquoi* ? »

Ses yeux étaient comme deux puits sans fond dans son visage livide.

« Parce que, soupira-t-il, je suis déjà marié. »

Elle crut qu'elle allait s'évanouir. Un rugissement lui emplit les oreilles ; le pub se transforma en une vision de l'enfer. Sous son regard, le visage de Lorcan, de familier et désirable, devint celui du diable. Sa belle bouche n'était plus qu'un trait mince et cruel, son nez aristocratique se mua en une lame pointue, ses yeux mauves ressemblaient à deux charbons incandescents.

« C'est impossible, impossible », marmonnait-elle, la tête dans les mains.

Katherine Casey ne pouvait être enceinte d'un homme qui refusait de l'épouser. Cela ne faisait tout simplement pas partie du programme.

« On n'a qu'à vivre ensemble. » Elle risqua un coup d'œil sur lui.

C'était loin d'être la solution idéale, mais que faire ?

« Je suppose que tu es séparé de ta femme ? »

À nouveau, il poussa un gros soupir.

« Tu te trompes. »

Une fois de plus, elle crut défaillir.

Lorcan regardait la porte, guettant le moment où il pourrait prendre le large.

« Mais comment ça ? glapit-elle. Je suis allée chez toi. Il n'y avait aucune femme là-bas.

— Elle était absente.

— Absente ? » répéta-t-elle, hagarde.

Elle se rappela les plantes vertes, l'étagère à épices, les coupelles de pot-pourri. Elle avait pensé que c'était Lorcan qui les avait mises là.

« Oui, les jours où tu es venue, elle était en voyage », confirma-t-il avec lassitude.

Une faible lueur surgit soudain des ténèbres.

« Tu vas quitter ta femme. Allez, viens, fit Katherine d'un ton énergique, reprenant confiance en elle. Je t'accompagne. On va lui parler tous les deux. »

Déjà, elle ramassait son sac et sa veste, et Lorcan fut pris de panique. Elle était parfois tellement déterminée, autoritaire presque, quand il s'agissait de remodeler le monde selon ses propres critères. De toute façon, il n'avait pas l'intention de quitter Fiona. Malgré ses frasques occasionnelles, il tenait encore à elle. Sans oublier le fait qu'elle l'entretenait.

« Non, déclara-t-il fermement. Laisse Fiona tranquille. »

Jamais elle n'aurait imaginé que l'on puisse souffrir autant.

« Mais je vais avoir un bébé. » Une note hystérique perça dans sa voix.

Mon Dieu, quel gâchis, pensa Lorcan, mal à l'aise. Il ne pouvait même pas lui suggérer d'avorter, il n'avait pas les moyens de participer aux frais de l'intervention.

« Qu'allons-nous faire ? demanda-t-elle d'un ton suppliant.

— Ce n'est pas moi qui suis en cloque. »

Le sentiment de culpabilité qu'il éprouvait vis-à-vis d'elle le rendait hargneux.

« Qu'entends-tu par là ?

— C'est toi qui es enceinte. Je ne l'ai pas voulu. Je voulais que tu prennes tes précautions, mais tu ne m'as pas écouté. C'est donc à toi de décider si tu le gardes ou pas.

— Qu'essaies-tu de me dire ? »

Elle s'en doutait déjà, mais continuait à se raccrocher à des lambeaux d'espoir.

« À mon avis, il est préférable que je reste en dehors de ça. »

Il était fier d'avoir su le formuler aussi gentiment.

« Mais tu ne peux pas ! cria-t-elle. Ça te concerne autant que moi.

— Franchement, Catherine, je crois…

— Ce n'est pas mon nom », balbutia-t-elle désespérément.

Devant son air interdit, elle persista, obstinée : « Mon nom, c'est Katherine avec un K. C'est toi-même qui l'as trouvé. Allez, dis-le.

— Katherine, déclara-t-il haut et fort, je crois qu'il vaut mieux ne plus nous revoir.

— NON ! Ne me laisse pas.

— Je t'assure, c'est mieux ainsi.

— Pour toi peut-être, mais moi, qu'est-ce que je vais devenir ?

— Tu t'en sortiras, fit-il rapidement en évitant son regard. Tu verras, tout finira par s'arranger.

— Je t'en prie, suffoqua-t-elle. Je t'en prie. *Je t'en supplie.* »

Comme dans un cauchemar au ralenti, il était en train de se lever Il allait partir, et elle ne le reverrait plus.

Il s éloigna de la table, mais elle se cramponna à son bras, si bien qu'il la traîna derrière lui. Un tabouret se renversa, tandis qu'il s'efforçait de desserrer ses doigts crispés. Elle se cogna la hanche, mais ne sentit pas la douleur. Les gens se retournaient sur eux. Il lui parla. Lui dit des mots cruels. Des mots durs. « Va-t'en. Laisse-moi tranquille. » Une chope tomba, et son contenu mousseux se répandit sur le bois verni. Le barman se hâtait vers eux.

« Mais tu m'aimes, non ? s'entendit-elle hurler.

— Non », répondit-il.

Non.

69

Tara insista pour palper Fintan, comme si elle faisait partie de la brigade des stups. Elle promena ses mains sur lui, émerveillée par la réduction spectaculaire de ses tumeurs.

« Tu sais ce que je sens ? demanda-t-elle en lui caressant le flanc.

— Quoi ?

— RIEN ! exulta-t-elle bruyamment. Rien ! »

Elle s'écarta et l'examina de la tête aux pieds – chauve, squelettique, appuyé sur une canne. Mais la bosse dans son cou n'était plus que de la taille d'un grain de raisin.

« Tu as une mine superbe ! s'exclama-t-elle. On en mangerait ! Comment ça va, autrement ?

— Drôlement bien. Je pète les flammes et j'ai un appétit d'ogre. L'avenir est radieux. Au fait, où sont Katherine et mon Joe ?

— Tu es assis ? J'ai une histoire à vous raconter. »

Et elle régala Fintan et Sandro du récit des événements dramatiques de la veille.

« Beaker, du *Muppet Show*, répétait Fintan, secouant la tête d'un air incrédule. Après toutes ces années, qui voit-on débarquer ? Seulement Beaker, du *Muppet Show* ! »

Mais lorsqu'elle leur décrivit la situation avec Joe, ils furent atterrés.

« Ça ne tourne pas rond dans sa tête !

— Je suis très inquiète pour elle, avoua Tara. Je ne voulais pas la laisser seule. Elle est comme assommée.

— Elle n'a tout de même pas envoyé bouler Joe à cause de Beaker ?

— Non ! se lamenta Sandro. Comment pourrait-elle tenir à quelqu'un qui a brisé son petit cœur de *bambina* ?

— Peut-être qu'elle a décidé de lui rendre la monnaie de sa pièce, dit Fintan. Qu'en penses-tu, Tara ? Elle accepte de coucher avec lui et, au dernier moment, elle lui tire sa révérence en disant qu'il a un tout petit zizi ?

— Aucune idée. Honnêtement, impossible de savoir ce qu'elle a dans le crâne.

— Bon Dieu, on aimerait tous faire ce coup-là à quelque vieux saligaud qui nous a largués, commenta Fintan rêveusement. Allez, ne te tracasse pas, Sandro. Beaker a une copine, ce qui le met hors circuit. »

Tara, pour sa part, doutait qu'Amy puisse représenter un obstacle à l'instinct de chasse de Lorcan.

« Et Joe la sortira de là. À propos, et ton rendez-vous, Tara ?

— L'horreur totale. Rondouillard, court sur pattes et avec un début de calvitie.

— Gentil au moins ?

— Oui, ça allait. Mais je me préserve. Mon prochain mec devra être au top. Mieux vaut être seule que mal accompagnée, non ?

— Bonté divine ! s'écria Fintan. On ne te reconnaît plus. Qu'est-il arrivé à Tara du club de la Dernière Chance ?

— Oui, renchérit Sandro. Où est passée Tara Butler je-ne-peux-pas-vivre-sans-homme ?

— Lamentable, hein ? fit-elle avec une grimace. Le club de la Dernière Chance, tu parles ! J'ai toute la vie devant moi.

— Exactement comme ma pomme. » Fintan était tout sourires.

« Je ne sais pas ce qui a changé. Quand je vivais avec Thomas, je n'avais pas confiance en moi. J'étais sûre que je ne survivrais pas sans lui, mais maintenant je me rends compte que mon manque de confiance, c'est à lui que je le devais. Et c'est tellement agréable de ne pas avoir peur tout le temps.

— Peur de quoi ?

— De me retrouver seule. Je craignais le pire, le pire est arrivé et, tout compte fait, ce n'est pas si terrible que ça. C'est même plutôt jouissif.

— Jouissif ? » Fintan haussa un sourcil. « On aura tout entendu.

— Je ne dis pas que je ne me sens pas seule. J'adorerais rencontrer un mec canon. Mais ma solitude était bien plus grande quand j'étais avec Thomas. Au moins, en étant libre, j'ai des chances de tomber sur quelqu'un de bien. Regardez Katherine. Elle a fait la rencontre du siècle, alors qu'elle est plus âgée que moi.

— De six semaines seulement. Mais tu as raison. La vie est une aventure perpétuelle. Et au fait, Ravi ?

— Oh, Fintan, je t'en prie. Ravi est un ami.

— À mon avis, il aimerait bien être plus qu'un ami. »

Sandro la gratifia d'un clin d'œil entendu.

Tara rougit et se trémoussa.

« Peut-être. Il n'a jamais rien dit, mais… oui, peut-être. De toute façon, je crois qu'il me préférait grosse. Remarquez, tout n'est pas perdu. Je suis en voie de revenir au bon vieux quarante. C'est ça, l'ennui de ne pas avoir d'ennuis. Il n'y a rien de pire que le bien-être.

— Tu es en train de te stabiliser, la rassura Fintan. Avant, tu n'étais pas belle à voir, tu avais l'air toute ratatinée. Oui, je sais, je ferais mieux de me regarder dans une glace. Mais maintenant, tu es resplendissante. Mince, tonique. Tu ne trouves pas, fit-il, s'adressant à Sandro, que Tara et Ravi feraient le couple idéal ?

— Il a un corps superbe, acquiesça Sandro.

— Oh non ! Écoutez, je l'aime beaucoup. Mais je ne suis pas prête. » Elle tâtonna, à la recherche de ses mots. « J'ai envie de sortir avec des tas d'hommes. De faire dans la légèreté, de m'amuser. Je n'ai pas été libre pendant si longtemps que je veux en profiter à fond.

— Il risque de ne pas t'attendre.

— Je m'en moque, Fintan ! Je m'en moque !

— Magnifique, souffla-t-il. Absolument extraordinaire. »

Entre-temps, une violente dispute avait éclaté entre Amy et Lorcan. Après des mois de vexations, la façon outrancière dont il avait dragué la colocataire de Tara avait été la goutte d'eau qui avait fait déborder le vase.

L'altercation dura tard dans la nuit et reprit dès les premières lueurs du jour.

« Comment peux-tu m'humilier ainsi ? » hurlait Amy.

Son beau visage était crispé et maculé de larmes.

« Comment ? répondit-il d'un ton dégagé. C'est simple. Tu ne t'en es pas aperçue ? J'ai flirté ouvertement avec une autre fille.

— Mais pourquoi ? glapit-elle. Je ne comprends pas. Pourquoi restes-tu avec moi si c'est juste pour me faire du mal ? »

Parce que c'est tellement facile.

Sa voix monta de plus en plus haut, finissant dans un registre suraigu.

« Pourquoi tu fais ça ? Qu'attends-tu de la vie ? Hein, qu'attends-tu de la vie ? »

Cette question, on avait dû la lui poser un millier de fois. Il fit mine de réfléchir sérieusement.

Puis, avec un sourire cruel, il répliqua : « Un vaccin contre le sida. »

La dernière fois qu'on lui avait demandé ça – voilà une quinzaine de jours, une pharmacienne effondrée nommée Colleen –, il avait répondu : « Ce que je recherche dans la vie ? Que dirais-tu d'une femme qui baise comme une lapine et se transforme en pizza à deux heures du mat ? »

Il commençait à être en panne de bons mots. Certes, les femmes n'allaient pas comparer ses réponses entre elles, mais il avait toujours mis un point d'honneur à ne jamais utiliser la même. Cependant, ce trait d'esprit fut de trop pour Amy.

« Dehors ! »

Se redressant de toute sa hauteur, qui était considérable, elle lui désigna la porte.

« Sors d'ici ! »

Lorcan s'esclaffa avec indulgence.

« Tu es belle quand tu es en colère. »

Mensonge patenté – elle avait une tête d'épouvantail.

« Dehors ! répéta-t-elle.

— Tu as des parts dans British Telecom ? »

Elle lui jeta un regard à la fois furieux et interrogateur.

« Parce que, expliqua-t-il en riant, leurs bénéfices vont monter en flèche quand tu auras passé ton nombre habituel de coups de fil pour me supplier de revenir.

— Dehors ! »

Il gagna la porte sans se presser. Au moment de sortir, il se retourna.

« Il me faut environ une demi-heure pour rentrer chez moi, alors tâche de patienter jusque-là avant de téléphoner. »

Il se dirigea vers le métro en ricanant sous cape du bon tour qu'il venait de lui jouer. Mais, très vite, l'excitation retomba, cédant la place à des sentiments nettement moins plaisants. C'était toujours pareil. Dès qu'il s'agissait d'endosser le personnage du vilain garnement, il ne résistait pas, c'était plus fort que lui. Mais là, il se demanda s'il n'était pas temps de passer à autre chose et de laisser Amy en paix. Plus il y pensait, plus il était convaincu qu'il devait poursuivre sa route à la recherche de quelqu'un d'autre. Quelqu'un que peut-être il connaissait déjà…

Tiens, rit-il intérieurement, serais-je en train de grandir ?

Décrochant le téléphone, Amy composa un numéro. Mais ce n'était pas celui de Lorcan.

70

Le lundi, Katherine n'alla pas travailler. Elle demanda à Tara de téléphoner à sa place.

« Pourquoi ? Tu es malade ?

— En quelque sorte.

— Tu n'as pas l'air malade.

— Tu vas le faire ou pas ?

— Pourquoi tu ne veux pas y aller ? C'est bien la première fois que ça t'arrive.

— Je n'ai pas le courage d'affronter Joe.

— Et pourquoi refuses-tu de sortir ? Tu n'as pas mis le nez dehors depuis samedi soir.

— S'il te plaît, Tara. S'il te plaît », implora Katherine avec une fébrilité qui l'effraya.

Tara ne savait pas ce qui se passait, mais elle avait très peur. Sous ses airs hagards, Katherine semblait être en proie à un séisme intérieur. Tara redoutait de la laisser seule. Même si ce n'était pas fondé, elle craignait que son amie ne tente de se suicider.

« S'il te plaît, Tara.

— D'accord. »

C'était terrible, ce sentiment d'impuissance.

Ce jour-là, Tara appela Katherine presque aussi souvent que Joe. À son retour du bureau, elle la trouva habillée et maquillée.

« Tu sors ? demanda Tara, priant avec ferveur pour qu'elle ait rendez-vous avec Joe.

— Non.

— Ah... C'est gentil de t'être mise en frais pour moi.

— Ha, ha.

— Ha, ha, toi-même. »

Elles passèrent une soirée étrange, tendue, à regarder la télé en feignant de ne pas entendre le téléphone qui sonnait toutes les demi-heures.

Tara surveillait Katherine à la dérobée. Cette atmosphère d'attente alliée à son maquillage et à sa coiffure impeccable, ça signifiait sûrement quelque chose. À la fin de *Panorama*, elle eut soudain une révélation.

« C'est lui que tu attends, n'est-ce pas ? »

Katherine posa sur elle un regard apeuré.

« Hmmm ? fit-elle nerveusement.

— Tu attends Lorcan ? C'est pour ça que tu n'as pas quitté la maison. Il n'a pas ton numéro de téléphone, mais il a ton adresse, et tu avais peur qu'il vienne en ton absence. »

Katherine ne dit rien, et Tara sut qu'elle avait vu juste. Incapable de supporter cette situation absurde plus longtemps, elle bondit sur ses pieds et s'assit en face d'elle.

« Écoute-moi, dit-elle d'un ton pressant. S'il te plaît, Katherine, regarde-moi. »

Lentement, Katherine leva sur elle des yeux hostiles.

« Je vais te remettre les idées en place, affirma Tara avec force. Ce Lorcan était ton premier amour. Le premier, ça ne s'oublie pas. Tu étais très jeune et un peu naïve. Et il est extraordinairement beau, ce qui n'aide pas. Je suis sûre que ça t'a secouée de le revoir samedi, et c'est normal que tu te sentes toute bizarre. Ça arrive à tout le monde. Si je tombais sur Thomas maintenant, ça me perturberait aussi. Mais momentanément, pas plus, car la vie continue. Surtout pour toi, parce que tu as Joe. »

À la mention de Joe, Katherine changea d'expression avant de reprendre son air morose.

« Voyons, Katherine, tout ça, c'est de l'histoire ancienne. Il faut aller de l'avant. Même moi, je me suis remise de ma rupture avec Thomas. Et si je l'ai fait, n'importe qui peut le faire !

— Tu n'étais pas enceinte de Thomas. » Katherine remuait à peine les lèvres.

Un silence horrifié accueillit cet aveu.

« Et il n'était pas marié, ajouta-t-elle d'une voix blanche.

— Tu veux dire... ? balbutia Tara. Tu as été enceinte de Lorcan ? Et il était marié ? Quand tu avais dix-neuf ans ? »

Elle lut la réponse dans le regard éteint de Katherine.

« Bon Dieu de bon Dieu ! Pourquoi tu ne nous en as pas parlé ? »

Katherine parut lutter pour sortir de son mutisme. Comment expliquer l'enfer dans lequel elle s'était retrouvée plongée ? Et l'abominable vérité qui s'était fait jour dans son esprit : célibataire, attendant un enfant d'un homme marié, elle était devenue comme sa mère. Une mère dont elle avait cherché à se démarquer toute sa vie durant.

Dix-neuf ans de piété, d'ordre, de vêtements repassés, d'assiduité en classe, de ponctualité, d'intégrité ne faisaient aucune différence. Qui plus est, elle avait presque le même âge. Sa mère l'avait eue à vingt ans.

« Raconte-moi, l'encouragea Tara, la gorge nouée. Je sais bien que ça doit être très dur pour toi.

— Pas aussi dur qu'à l'époque. » Katherine serra les dents. « Tu n'imagines pas à quel point je ne voulais pas de cette grossesse. C'était le piège absolu. Comme si j'étais en prison, mais à l'intérieur de mon propre corps. Et qu'il n'y avait pas d'issue. »

Elle regarda Tara, implorant sa compréhension, et lui décrivit comment il lui arrivait de se pincer pour tenter d'arracher tout ce qui n'était pas elle, pour essayer de récupérer la vraie Katherine, intacte.

« Tu t'es fait avorter ? » demanda Tara avec douceur.

Avorter.

« Tu te rappelles que je ne suis pas... que je n'étais pas pour. »

Gênée, Katherine se revoyait à l'école, répétant doctement après les bonnes sœurs que l'avortement équivalait à un assassinat, qu'un fœtus était un être humain en puissance. Mais la désertion de Lorcan avait balayé tous ses principes. Elle n'avait qu'une hâte : se débarrasser de l'intrus qui squattait son corps. C'était le seul moyen d'éviter la catastrophe. Elle savait qu'elle irait brûler en enfer, mais ça lui était égal. L'enfer, elle connaissait déjà.

« Je ne pouvais le dire à personne, hoqueta-t-elle, la gorge obstruée par les larmes. Jamais je ne me suis sentie aussi seule.

— Tu aurais pu nous en parler, à Fintan et à moi.

— Non, Tara. Vous l'avouer signifiait me l'avouer à moi-même. Je voulais en finir au plus vite, et c'était beaucoup plus facile de tourner la page si j'étais la seule à savoir.

— Mon Dieu, c'est horrible ! » Tara était livide. « Tu n'avais donc personne pour te soutenir. Au fait, et ta mère ? Tu aurais pu la mettre au courant, elle ne t'aurait pas jugée.

— C'est vrai, acquiesça Katherine avec un pâle semblant de sourire. Elle aurait sans doute été ravie. Elle m'aurait organisé une interruption de grossesse et en aurait peut-être profité pour créer un précédent dans le pays. »

Il était déjà suffisamment dramatique de marcher sur les traces de sa mère, sans que celle-ci le *sache* par-dessus le marché...

« Alors, qu'as-tu fait ? » lui souffla Tara, convaincue que Katherine devait vider son sac.

Katherine soupira.

« Je n'avais strictement aucune idée sur la façon d'organiser un... » Encore maintenant, elle avait du mal à prononcer le mot. « ... un avortement. Je savais juste que c'était illégal en Irlande et qu'il fallait que j'aille en Angleterre. »

Terrifiée, nauséeuse, elle avait pris le train pour Dublin avec deux cents livres en poche ; là-bas, il y avait un centre où on pourrait l'aider. Elle pouvait à peine envisager l'énormité de sa situation ou de ce qu'elle s'apprêtait à commettre. Elle s'efforçait de ne penser qu'à l'avenir, lorsque son cauchemar serait terminé.

Au centre, on la reçut avec chaleur et gentillesse. Le médecin qui l'examina confirma qu'elle était enceinte de huit semaines, puis on l'envoya chez une conseillère qui lui fit valoir toutes les possibilités.

« Je ne veux pas le savoir, suffoqua Katherine. Je veux seulement... S'il vous plaît, je voudrais en finir. »

La conseillère hocha la tête. Elle en avait vu, des gamines tellement paniquées par leur grossesse qu'elles en perdaient toute faculté de réflexion.

« Puisque vous en êtes sûre, il y a une clinique à Liverpool. Je vais les appeler. Quand désirez-vous partir ?

— Maintenant. » Katherine tenta de maîtriser le tremblement de sa voix. « Le plus tôt possible. »

Elle attendit, perchée au bord de la chaise dans le bureau exigu. Au bout d'un quart d'heure, la conseillère revint, souriante.

« C'est arrangé, fit-elle doucement. J'ai noté tous les détails sur cette fiche. Le ferry part ce soir à huit heures. Vous y serez à... »

Elle erra le reste de la journée à travers Dublin mais, par la suite, n'en conserva aucun souvenir. N'ayant rien à faire, elle se retrouva sur le port avec plusieurs heures d'avance. Tandis qu'elle traînait dans la salle d'attente aux allures de hangar, elle sentit quelque chose de chaud et de mouillé entre ses jambes. Saisissant son petit sac, elle se précipita aux toilettes où elle découvrit qu'elle était en train de saigner. Ce fut alors seulement qu'elle prit conscience de la douleur.

Le bateau partit sans elle, et le lendemain matin elle retourna à Limerick, avec toujours cette même sensation de vivre un mauvais rêve.

« Donc, tu n'as pas avorté, fit Tara, histoire de la réconforter.

— Oui, mais c'est tout comme.

— Je comprends maintenant pourquoi tu étais tellement aigrie quand tu es rentrée à Knockavoy.

— Ensuite, j'ai écrit à mon père. » Au point où elle en était, autant vider son sac complètement.

« Et qu'a-t-il répondu ? »

Tara essaya de garder son calme. Si son père l'avait rejetée peu de temps après sa rupture avec Lorcan, pas étonnant qu'elle soit aussi coincée.

« Il était mort, dit Katherine simplement. Depuis six mois et six jours.

— Et ça t'a fait quoi ? »

Katherine hésita avant de trouver les mots justes.

« J'ai eu envie de mourir aussi. »

Tara soupira, accablée.

« Puis nous sommes venus nous installer à Londres, et j'ai enchaîné les relations désastreuses. Voilà. »

Katherine esquissa un sourire humide.

« Moi aussi, j'ai eu une relation désastreuse après l'autre.

— Mais pas de la même façon. »

Tara dut en convenir.

« Ça doit être le fait d'avoir appris la mort de ton père juste après cette terrible histoire avec Lorcan.

— Peut-être.

— Heureusement que tu m'en as parlé. C'est sûrement le destin qui nous a envoyé Lorcan ici samedi soir. »

Le regard de Katherine s'illumina, et Tara se rembrunit.

« Parce que ç'a fait resurgir ton passé, ajouta-t-elle précipitamment. Maintenant, tu peux tourner la page.

— Je vois.

— Je ne me suis donc pas trompée ? Tu attendais sa visite ?

— S'il te plaît, Tara, essaie de comprendre. Je n'ai pas l'impression que ce soit terminé. Ça continue à me hanter.

— Qu'est-ce qui t'a fait croire qu'il viendrait ?

— Mon intuition. »

Tara lui lança un coup d'œil perçant.

« Le désir, plus vraisemblablement. Mais même s'il débarquait ici, qu'aurais-tu à y gagner ? Ce n'est pas comme si tu avais l'intention de te remettre avec lui. »

À sa grande consternation, Katherine ne protesta pas.

« Je ne sais pas ce que je veux », se lamenta-t-elle. Son désarroi était authentique. « J'aimerais seulement ne plus avoir cette image-là de ma vie et de mon passé.

— Et qu'avais-tu prévu ? »

Katherine repensa à ses innombrables scénarios et répondit vaguement : « Rien de précis. Ça va dépendre.

— Mais ça n'arrivera pas, lui assura Tara, apaisante. Tu peux très bien dépasser tout ça. On va te trouver un bon psy, tu sais que tu peux compter sur moi, et puis bien sûr il y a Joe. Sans oublier Liv, qui est une mine d'informations sur ces questions-là. D'ailleurs, je ne suis pas certaine que tu en aies besoin, regarde la fabuleuse relation que tu as avec Joe… »

On sonna à la porte, toutes les deux sursautèrent.

« Mais qui… ? demanda Tara. Il est minuit moins dix. »
Katherine avait le visage en feu.
« Je crois que c'est pour moi, dit-elle faiblement.
— Qui c'est ? Joe ? »
C'était Lorcan.

71

« Je le crois pas », souffla Tara tandis que Katherine pressait le bouton de l'interphone.

Il avait osé ! Tout compte fait, son amie n'était pas si folle.

Katherine ouvrit la porte. Ses jambes se dérobèrent sous elle à la vue de la haute silhouette aux larges épaules. Le regard appréciateur de Lorcan la ramena douze ans en arrière. Le mouvement arrogant de sa crinière léonine n'avait pas changé d'un iota.

« Entre. »

Elle s'efforça de canaliser son désir de revanche avant qu'il parte en fumée face à sa saisissante beauté. Elle avait à nouveau dix-neuf ans et n'en croyait pas ses yeux de le voir là.

« Salut, dit Tara avec froideur. On ne t'attendait pas vraiment.

– À mon avis, Katherine, si. »

Le sourire éloquent de Lorcan signifiait que, s'il n'avait déjà eu une proie, il n'aurait pas hésité à tenter sa chance auprès d'elle.

« Tara, tu permets… ? » Katherine essaya de rester polie.

Tara sortit en trombe, surprise d'être aussi en colère. Lorcan était une ordure, ça se voyait clairement. Pour la première fois, elle imaginait la frustration de son entourage lorsqu'elle persistait à fréquenter de sombres crétins.

La porte du salon claqua, et Katherine et Lorcan s'assirent sans se quitter des yeux, lui sur le canapé, elle sur une chaise.

« Et voilà, dit-il.

– Oui », acquiesça-t-elle, les lèvres tremblantes.

Elle se sentait vide à l'intérieur, plus légère que l'air et désagréablement inconsistante.

« Pourquoi es-tu là ? » s'enquit-elle d'un ton sec qui ne lui vint pas naturellement.

Dans le premier des scénarios qu'elle s'était rejoués pendant des années, Lorcan lui tenait des propos enflammés du genre : « Je ne t'ai jamais oubliée, cette rupture a été la plus grosse erreur de ma vie, ne pensons plus à ces douze ans et demi, on a déjà perdu trop de temps… » Ce qui représentait l'occasion rêvée de lui dire d'aller se faire pendre de mille et une façons.

Au lieu de quoi, il déclara, désinvolte : « C'est super de te retrouver comme ça, par hasard. On pourrait reprendre nos vieilles habitudes. » Puis il ajouta, à son propre étonnement : « Et j'aimerais savoir… » Il s'interrompit et, la fixant de son regard lumineux : « Je crois que j'aimerais savoir ce qui est arrivé au bébé. »

Telle une anguille, sa colère ne cessait de lui échapper. Elle aurait dû être furieuse qu'il ait attendu aussi longtemps pour prendre des nouvelles de son enfant. Mais, curieusement, elle se sentait à demi réconfortée.

« Dis-moi, insista-t-il. Tu l'as eu ? Je pourrais le voir ? »

Katherine secoua la tête.

« Tu l'as fait descendre ? »

Elle hésita avant de répondre : « Non.

– Non ?

– J'ai fait une fausse couche.

– Mais tu avais l'intention d'avorter ? »

Honteuse, elle fit signe que oui.

Il n'y avait donc pas d'enfant. Lorcan était soulagé. Il ne savait pas ce qui lui avait pris de poser la question… il s'était laissé emporter en pensant que peut-être son fils n'était pas loin. Mais il fallait être réaliste, qui avait besoin d'une pareille responsabilité ?

« Bon, eh bien… »

Il était pressé d'entrer dans le vif du sujet. Ce n'était pas du tout ce que Katherine avait imaginé : il ne manifestait ni repentir ni effronterie.

« Au fait, qu'est-il arrivé à ta femme ?

– Nos chemins se sont séparés. »

À peu près au moment où il avait commencé à gagner de l'argent, mais ça, pas la peine de le préciser.

« Dommage, observa-t-elle, acide, que vos chemins ne se soient pas séparés quand tu m'as mise enceinte.

– C'est la vie. Tu sais, fit-il à la hâte, je voudrais juste te dire que tu t'es franchement épanouie. Tu étais déjà mignonne à l'époque, mais maintenant tu es tout simplement superbe. »

Elle allait lui demander ce qu'il en était de sa petite amie lorsque, se penchant en avant, il posa la main sur son visage. Une décharge électrique la parcourut, balayant toute pensée rationnelle.

« Tu es devenue une belle femme », murmura-t-il.

Les yeux clos, figée telle une statue, elle sentit sa paume remonter le long de sa joue, s'insinuer dans ses cheveux. Elle savait qu'elle était en train de rater l'occasion de mettre en application le scénario numéro deux, dans lequel elle récompensait sa présomption d'une bonne paire de gifles. Mais, transportée dans le passé, elle était incapable d'esquisser le moindre geste.

« Viens t'asseoir près de moi. » Il tapota les coussins du canapé.

Elle secoua la tête.

« Allez, viens. »

Il avait son sourire carnassier. À force de se tenir penché, son dos en prenait un coup. D'ailleurs, ça faisait un bout de temps qu'il avait mal au dos, il faudrait qu'il aille consulter un spécialiste…

Il ne s'était pas douté qu'elle résisterait autant. Samedi soir, il aurait parié qu'elle l'aurait suivi, les yeux fermés. Mais, entre-temps, elle s'était souvenue de sa colère : le moment était donc venu de sortir l'artillerie lourde.

« Tu sais quoi, Katherine avec un K ? dit-il, plongeant son regard au fond de son âme. Je ne t'ai jamais oubliée.

– Je ne te crois pas.

– C'est la vérité. »

À nouveau, elle secoua la tête.

« Je le jure devant Dieu. Tu comptais beaucoup pour moi, et si je n'avais pas été marié… »

La sincérité de son expression était un baume miraculeusement apaisant sur les vieilles blessures de son cœur.

« Alors, vas-tu venir t'asseoir à côté de moi ? » insista-t-il doucement.

Ce fut plus fort qu'elle. Comme un automate, elle se leva de sa chaise et s'assit sur le canapé. Quelque chose cependant continuait à la tracasser… Mais quoi ?

Tout à coup, elle se souvint.

« Et ta petite amie ?

– Ne t'occupe pas d'elle, sourit Lorcan. Elle et moi, c'est fini. »

Il s'apprêtait à lui porter le coup de grâce : le genre de baiser qui vous achève une femme, doux et néanmoins ferme, tendre et viril à la fois, sensuel et rassurant.

Paralysée, Katherine regarda son visage se rapprocher jusqu'à ce que sa vision se brouille. Juste avant la descente finale, il ajouta d'un ton négligent : « C'était quelqu'un sans importance. »

C'était quelqu'un sans importance.

Quelqu'un sans importance.

Les mots résonnaient dans la tête de Katherine. Avec une lucidité brutale, inopportune, elle comprit que c'était ce qu'il aurait dit d'elle, si jamais sa femme avait découvert leur liaison. « La petite Katherine ? Ne t'inquiète pas pour elle, c'était quelqu'un sans importance. »

Et soudain, sans transition, elle songea à Joe. Joe n'aurait jamais dit ça. Ni d'elle ni de personne.

Lorcan se baissa encore plus, et ses lèvres finirent par effleurer la bouche de Katherine. Suffoquant, elle esquiva son étreinte.

« Il faut que j'aille à la salle de bains », haleta-t-elle.

Étrangement, il ne la retint pas. À voir sa mine indulgente, il devait croire qu'elle voulait se brosser les dents avant de succomber.

Les jambes flageolantes, elle se dirigea vers la porte. Sitôt qu'elle l'eut refermée, Tara surgit dans le couloir et la poussa dans la salle de bains.

« Qu'est-ce que tu fabriques, là-bas ? » demanda-t-elle dans un murmure fébrile.

Une expression paniquée se peignit sur le visage de Katherine.

« Je ne sais pas.

– Je te signale que samedi il ne se souvenait pas de ton prénom. Et il ne se souvient toujours pas de ton nom, sinon il aurait trouvé ton numéro de téléphone dans l'annuaire. Pourquoi est-il passé aussi tard ? Où était-il avant de venir ici ? Ne me dis pas qu'il travaillait : je sais par Amy qu'il n'a pas de travail. »

Tara avait passé les vingt dernières minutes sur des charbons ardents, et toutes ses craintes remontaient pêle-mêle à la surface.

« D'ailleurs, à propos d'Amy...

– C'est fini entre eux, marmonna Katherine. Il me l'a dit.

– Et tu l'as cru ? Il doit être vraiment à court d'excuses. »

Katherine hésita juste une fraction de seconde, mais ce fut suffisant.

« Oh, non, souffla Tara. Tu veux dire qu'il ne s'est pas excusé ? Nom d'un chien ! »

Katherine était blanche comme un linge.

« Je croyais... je pensais... »

Mais elle avait beau tourner et retourner la situation dans tous les sens, c'était injustifiable. Tara avait raison.

« Lorcan Larkin est un salopard de première. Regarde comment il traite sa petite amie. Et, Katherine, réfléchis, je t'en supplie, réfléchis un peu à ce qu'il t'a fait. Il serait prêt à recommencer. Il a été la plus grosse erreur de ta vie.

– Et aussi ma préférée.

– C'est un connard. Je ne comprends même pas que tu lui aies ouvert ta porte. Je reconnais qu'il est très beau et qu'il te fait toujours de l'effet, mais, enfin, après ce qui est arrivé entre vous !

– J'imaginais qu'en le revoyant je serais capable de réparer le passé. » Katherine avait de plus en plus de mal à défendre sa conduite. « Ma vie est un désastre, et c'est lui qui en est la cause. Je me disais que s'il était gentil avec moi ou si moi, j'étais infecte avec lui, tout finirait par s'arranger.

– Ta vie n'est pas un désastre ! protesta Tara avec véhémence.

Le passé est réparé, seulement, tu ne le vois pas. Dans ta tête, rien n'a changé depuis que Lorcan a pris la tangente, mais regarde-toi à travers mes yeux. Tu as un bon job, une superbe voiture, des amis formidables, mais, par-dessus tout, une relation qui marche. Joe et toi, ça marche ! Vous êtes ensemble depuis cinq mois. Il est fou de toi. Tu es folle de lui. C'est une réussite.

– Tôt ou tard, il se lassera de moi, soupira Katherine. Comme tous les autres.

– Certainement pas. Cette étape-là, tu l'as déjà franchie. Il te connaît.

– Et pourquoi, cette fois, ce serait différent ? »

Tara se creusa frénétiquement la cervelle à la recherche d'une explication.

« Peut-être à cause de Fintan, répondit-elle au jugé. Tu étais tellement inquiète pour lui que tu en avais oublié tes névroses. »

Un coup tiré au hasard mais, à son immense surprise, Katherine hocha lentement la tête.

« C'est bien possible. »

Elle se percha sur le rebord de la baignoire.

« Mais oui, tu as raison !

– Et si tu ne te ressaisis pas vite fait, si tu n'arrêtes pas ce manège avec Lorcan, tu vas perdre Joe.

– Je vais perdre Joe », répéta Katherine.

L'idée de vivre sans Joe lui paraissait monstrueuse. Inconcevable.

En un éclair, sa mémoire lui déroula le film de leurs souvenirs communs. Le fameux soir où ils avaient failli mettre le feu à la cuisine de Joe en essayant d'improviser un dîner ; toutes les heures que Joe avait spontanément consacrées à Fintan ; les parties de bras de fer qu'il la laissait gagner ; les *Ally McBeal* qu'il lui avait enregistrés sans qu'elle le lui demande ; le rouge à lèvres Mac qu'il lui avait offert presque de la bonne teinte ; son insistance à réparer sa voiture lors de la énième panne, même si, au final, elle avait dû la ramener au garage. Et la réciproque : ses efforts à elle pour le consoler quand Arsenal s'était fait battre cinq à zéro par Chelsea ; les chaussettes Wallace et Gromit qu'elle lui avait achetées parce que les vieilles étaient trouées ; le beurre de noix de cajou qu'elle avait réussi à trouver et qu'elle gardait dans son placard de cuisine parce qu'il avait dit un jour qu'il aimait ça ; le championnat de première division qu'elle avait potassé pour lui faire plaisir.

Elle vit clairement ce qu'avait été sa vie avant Joe ; le chemin parcouru, la richesse de son présent la laissaient sans voix.

Et dire qu'elle s'apprêtait à jeter tout cela aux orties pour un homme capable de la détruire sans ciller !

Elle avait l'impression de sortir d'un rêve. Un rêve où la pire des insanités prenait des allures parfaitement logiques. Pour mieux révéler son caractère absurde au moment du réveil.

« Tu sais quoi, Tara ? dit-elle, songeuse. Je crois que tu as raison. Avec Joe, c'est réel, hein ? Je ne l'ai pas imaginé ? Ça marche ? Il tient à moi ? Tara, il faut que je l'appelle !

– Hmmm. » Tara hocha poliment la tête en direction du salon. « C'est qu'il y a un grand rouquin là-dedans qui attend d'être servi.

– Que vais-je en faire ? Tu ne voudrais pas m'en débarrasser ?

– Je ne monterais même pas sur lui pour passer par-dessus une haie. Dis-lui de partir.

– Aussi simple que ça, vu qu'il m'a fait un enfant avant de me jeter… » Grisée par sa liberté retrouvée, Katherine demanda : « Je pourrais tout de même le faire bisquer un peu. Allez, juste un petit peu. »

Tara réfléchit, à contrecœur.

« Bon, très bien, mais sois prudente. Un contact rapproché avec ce type, ça brouille les idées. Si je ne te vois pas émerger d'ici cinq minutes, je viens te chercher. »

Katherine n'avait guère besoin de se préparer ; elle avait répété cette scène-là environ neuf millions de fois. Elle se coula dans le salon.

« Alors, où en étions-nous ? roucoula-t-elle.

– À ceci, exactement. »

De sa grande paume tiède, il repoussa ses cheveux en arrière et attira son visage vers lui.

Il posa sa bouche sur la sienne, mais avant que le baiser se prolonge elle se dégagea.

« Non. »

Elle s'écarta.

« Non ? s'étrangla-t-il.

– Désolée. » Elle soupira avec regret. « Je n'ai pas envie, voilà tout.

– Com…

– Tu n'es plus le même homme. Et tu sais quoi ? » Elle regarda et s'aperçut que c'était vrai. « Tu perds tes cheveux. »

Il était devenu livide.

« C'est ton oie de copine, hein ? Tu étais bien partie pour, avant d'aller dans la salle de bains.

– Pas du tout, ça n'a rien à voir, sinon avec ton absence de sex-appeal. » Elle le gratifia d'un sourire charmeur. « Navrée !

– Tu mens, salope.

– Ne me parle pas sur ce ton. » D'un coup, elle était devenue glaciale. « Comment oses-tu ? »

Elle lui décocha un regard force trois, et il eut un mouvement de recul. Cette fille-là était comme un animal !

« Comment oses-tu me traiter de la même manière qu'il y a douze ans ? »

Cette fois, il eut droit au regard force quatre qui lui coupa le souffle. Elle était folle. Un animal enragé !

« Comment oses-tu remettre les pieds ici, comme si rien ne s'était passé ? »

Elle prit une grande inspiration en priant pour y arriver – depuis quelque temps, elle manquait de pratique. Serrant les mâchoires, dans un effort monumental, elle lui lança le regard Méduse. La mine effarée de Lorcan la rassura pleinement quant au résultat.

Il était tétanisé. C'est qu'elle était mauvaise. Très mauvaise. Brr…

« Je m'en vais, déclara-t-il.

– Je me disais aussi qu'il y avait une drôle d'odeur.

– Salope », marmonna-t-il.

Il passa devant Tara, assise dans l'entrée tel un chien de garde.

« Salope, grommela-t-il à nouveau.

– Connard », répliqua-t-elle joyeusement.

Roger, dans l'appartement du dessous, faillit avoir une crise cardiaque tant la porte claqua violemment derrière Lorcan.

Tara et Katherine se dévisagèrent. Katherine était partagée

entre deux sentiments contraires, mais Tara éclata de rire, et elle finit par l'imiter.

« Je suis si contente, hoqueta-t-elle, d'avoir pu utiliser le regard Méduse, vu que je m'étais entraînée en pensant à lui.

– Super ! Alors, tu vas téléphoner à Joe ou bien faire un saut chez lui ?

– Tu penses que je devrais oublier l'histoire avec Angie ?

– Katherine !

– D'accord, d'accord, n'en parlons plus. »

72

Drapé dans sa dignité, Lorcan marchait d'un pas vigoureux dans la rue froide et obscure. Incroyable, le culot qu'elle avait, cette fille. S'il l'avait draguée, c'était uniquement pour se venger de ce petit frimeur de Joe Roth, et aussi parce qu'il s'ennuyait. Sinon, il ne l'aurait pas approchée même avec un bazooka dans le dos.

La Karmann Ghia bleu pastel qui le dépassa en trombe le tira provisoirement de ses réflexions. Lorcan aimait les belles voitures. Mais juste au moment où il reconnut Katherine au volant, elle rit et lui fit un doigt.

C'était le monde à l'envers.

Mais que lui arrivait-il ?

C'était la première fois, littéralement la première fois de sa vie. Il avait presque trente-neuf ans, et jamais encore une femme ne l'avait envoyé sur les roses. Décontenancé, troublé, il se passa une main sur la tête pour essayer de se calmer. À la lueur du réverbère, il remarqua alors une poignée de cheveux roux et ondulés pris entre ses doigts. Nom de Dieu !

On venait de le mettre à la porte. Il perdait ses cheveux. Il n'avait pas de travail. Soudain, toute son énergie rageuse se dissipa, et il se sentit terriblement vieux. Vieux, usé et hors du coup. Vidé, épuisé, déprimé.

Puis il songea à Amy. Douce Amy. Patiente, tendre, loyale.

Amy ne le repousserait pas, elle. Elle l'accueillerait à bras ouverts, le consolerait, lui remonterait le moral. Non, mais quelle idée de vouloir lui rendre sa liberté ! Il fallait être fou.

Lorcan accéléra le pas. Il n'aurait jamais dû flirter avec Katherine. Ni avec cette autre fille, Deedee, plus tôt dans la soirée. Amy était beaucoup plus jolie qu'elles. D'ailleurs, plus il y pensait, plus il avait l'impression qu'il... qu'il l'aimait.

Il courait presque, regrettant de n'avoir pas assez d'argent pour un taxi. Il avait hâte de retrouver Amy pour lui avouer ses sentiments. Lui qui croyait ne jamais se remarier rêvait d'un havre de paix, d'une épaule où poser sa tête (dégarnie). Peut-être même qu'ils auraient des enfants. Il renoncerait à être acteur, c'était un milieu pourri, peuplé d'individus narcissiques. Il gagnerait honnêtement sa vie en exerçant un métier respectable.

Un taxi parut dans la rue déserte, avec le voyant allumé. Lorcan le héla avec entrain. Une fois sur place, il demanderait à Amy de payer la course.

Quand le taxi s'arrêta devant son immeuble, Lorcan se pencha en avant : « Donnez-moi une minute. Je vais chercher de l'argent chez ma petite amie.

– Laissez votre blouson en gage.

– J'en ai pour deux secondes.

– Le blouson reste ici.

– Bon, d'accord. »

Amy ouvrit la porte au bout de la troisième sonnerie. Elle était enveloppée dans une serviette ; visiblement, il l'avait tirée du lit.

« Ah, salut, dit-elle d'une voix blanche.

– Salut, toi. »

Un sourire béat flottait sur ses lèvres, tant il était heureux de la voir, son ange, son trésor, la femme de sa vie.

Comme elle ne s'écartait pas, il fit un geste vers elle.

« Je peux entrer ?

– Non

– Oh, mon bébé, je suis vraiment désolé. Pour l'autre soir, pour cette fille, Katherine. Ce n'était pas sérieux. Tu sais bien comment je suis. »

Sourire mi-contrit, mi-désabusé.

« Je sais comment tu es, acquiesça-t-elle. Benjy m'a briefée. »

Ledit Benjy surgit dans l'entrée derrière elle.

« Salut, vieux, fit Lorcan distraitement avant de se tourner à nouveau vers Amy. Il faut qu'on parle, toi et moi. »

Cette fois, son sourire était plein de promesses.

« Comme on dit, tu ne vas pas être déçue. »

Il nota avec agacement que Benjy était toujours là et fronça les sourcils pour lui signifier de déguerpir.

« Amy et moi, on a des choses à régler ensemble », fit-il sur un ton lourd de sous-entendus.

Benjy ne bougeait toujours pas. Le froncement de sourcils s'accentua.

« Tu permets, vieux ? »

Ce fut alors seulement que Lorcan prit conscience du caractère insolite de la situation. Il était plus de deux heures du matin. Que faisait Benjy chez Amy à cette heure-là ? Pourquoi étaient-ils tous deux drapés dans des serviettes ? Que se passait-il ?

« Nous sommes amoureux », annonça Benjy.

Un accès de franche hilarité s'empara de Lorcan.

« Toi, je suis au courant, persifla-t-il. Tu as toujours été après elle. Mais elle est à moi.

– Non, dit Amy. Je suis à Benjy. »

Les muscles du visage de Lorcan tressautaient ; il ne savait s'il devait rire ou fulminer, se moquer ou interroger.

« Mais je t'aime, Amy, se décida-t-il finalement à dire.

– Et moi, j'aime Benjy. »

Elle ne l'aimait pas réellement. Mais elle avait de l'affection pour lui et, avec le temps, elle en viendrait peut-être à l'aimer. Elle en avait assez de souffrir. Tout ce qu'elle voulait, c'était une existence paisible avec un homme qui idolâtrait le sol qu'elle foulait. Benjy avait promis de lui être fidèle et de l'aimer jusqu'à la fin de ses jours.

« Tous les hommes ne sont pas des salauds, avait-il assuré. Moi, par exemple. »

Et elle l'avait cru.

Il n'était pas assez beau pour en être un.

« Vous n'avez pas... ? suffoqua Lorcan, les regardant à tour de rôle. Vous n'avez pas consommé ?

– Eh si. »

Ils hochèrent la tête avec complaisance.

« Je ne vous crois pas, fut tout ce qu'il réussit à trouver.

– Ne t'inquiète pas, répliqua-t-elle, ça viendra.

– Tu parles d'un ami ! » Lorcan s'en prit à Benjy. « Après tout ce que j'ai fait pour toi. Après tous les conseils que je t'ai donnés pour lever une fille, voilà comment tu me remercies. Bravo, espèce d'enfoiré.

– Ils étaient nuls, tes conseils. Et je n'en ai pas eu besoin. Mon amour sincère pour Amy a suffi. »

Amy voulut fermer la porte, et Lorcan se souvint, paniqué, qu'il avait encore un problème à résoudre.

« Dis donc, tu peux me prêter cinq livres pour le taxi ?

– Non. »

Et on lui ferma la porte au nez.

Le chauffeur de taxi, qui avait été cambriolé à plusieurs reprises, gardait maintenant une masse sous son siège, au cas où. Et il n'avait pas peur de s'en servir.

Pour Lorcan Larkin, les carottes étaient non seulement cuites, mais râpées, assaisonnées, mangées, et ce qu'il en restait devrait faire la semaine.

Dans un immeuble de Battersea, Joe Roth ouvrit sa porte et se retrouva face à Katherine.

« Salut, dit-elle. Excuse-moi de débarquer aussi tard, mais j'ai une histoire à te raconter. »

Épilogue

Dans le restaurant verre et chrome de Camden, la réceptionniste maigrichonne fit glisser un ongle turquoise sur la page de son registre en marmonnant : « Casey, Casey, voyons, où êtes-vous ? Ah, ça y est, table dix-huit. Vous êtes la…

– … première ? acheva Katherine.

– Non, je voulais dire que c'est la table près de la fenêtre. Certains de vos amis sont déjà là. »

Joe et Katherine s'empressèrent de rejoindre Tara, Liv et Milo.

« Pardon pour ce retard, s'excusa Katherine, mais on a eu un problème de coiffage. Joyeux anniversaire, Tara !

– Qu'est-ce qu'il a de joyeux ? s'esclaffa Tara. Tu étais joyeuse, toi, le jour de tes trente-deux ans ?

– Très. » Katherine gratifia Joe d'un petit sourire en coin.

« Moi aussi, confirma Liv.

– Moi, je ne m'en souviens pas, c'est trop loin, dit Milo. Mais il paraît que j'étais content.

– Comment va la femme enceinte ? demanda Katherine.

– Très bien, répondit Milo fièrement. Le matin, elle vomit tripes et boyaux comme l'Exorciste, mais vers midi elle est en pleine forme. »

Liv eut un sourire bienveillant de déesse mère, les mains jointes en un geste protecteur sur son ventre, même si sa grossesse ne remontait qu'à neuf semaines et qu'il n'y avait pas l'ombre d'une rondeur en vue. Il émanait d'elle des vagues de contentement serein.

« Tu es bien assise, là ? s'inquiéta Milo. Tu veux un coussin pour ton dos ? Ça t'a passé, l'envie de manger du papier journal ?

– Du papier journal ?

– J'ai mangé la page des programmes télé hier, admit Liv timidement. Il était fâché.

– Mais pas du tout, la réprimanda Milo avec douceur. Je n'étais pas fâché. J'ai dit seulement : "La prochaine fois, mange plutôt les pages financières..." Tiens, voilà Fintan et Sandro. »

Tout le monde se raidit instinctivement. Fintan avait arrêté la chimio depuis trois mois déjà et, cet après-midi, il avait eu son premier check-up chez le cancérologue. Ils espéraient tous que le résultat était positif.

Il traversa la salle sous le regard du personnel et d'une bonne partie de la clientèle. Grand, décharné, marchant avec une canne, le crâne parsemé d'un tendre duvet d'or pâle. Des cheveux de bébé – d'après JaneAnn, il était né blond.

« Le sida, murmuraient les clients du vendredi soir, hochant la tête avec animation. C'est sûr, il a le sida.

– Ça pourrait être la pelade.

– Non, regarde comme il est maigre. Et je parie que c'est son petit ami avec lui. Je te fiche mon billet qu'il a le sida. »

Sandro restait à côté de Fintan ; tous deux étaient souriants. Cela signifiait-il que les nouvelles étaient bonnes ?

« Joyeux anniversaire ! » Ils se penchèrent sur Tara. « Je sais que c'est demain, mais joyeux anniversaire quand même.

– On s'en tape. Raconte-nous ce qu'a dit le cancérologue.

– Il pense que je passerai la soirée.

– Non, sérieusement. Le pronostic à long terme.

– Le pronostic à *très* long terme est que je vais mourir. »

En voyant leur mine s'allonger, Fintan éclata de rire.

« Nous allons tous mourir ! »

Mais son rire était dépourvu d'amertume.

« Le cancer, il s'est arrêté, hein ? s'enquit Milo anxieusement.

– Pour le moment, il se tient tranquille. Il se planque.

Quoiqu'ils se tuent à me répéter que ça pourrait revenir. Ce n'est pas sûr, mais c'est une possibilité.

– Parmi d'autres, souligna Sandro.

– Qui vivra verra. Je fais sans doute toujours partie du club de la Dernière Chance, mais ce n'est pas grave. »

Se tournant vers Fintan, Tara s'entendit demander : « Et ça ne te dérange pas, cette incertitude ? »

Elle avait parlé sans réfléchir. Aussitôt, elle s'en voulut de son manque de tact, mais Fintan sourit, et son sourire pétillait de bonne humeur et de joie de vivre.

« Non, répondit-il. Et toi ?

– Quoi, moi ?

– L'incertitude, ça ne te dérange pas ? »

Elle ouvrait la bouche pour protester qu'elle n'avait rien à craindre de ce côté-là, quand elle se ravisa et se mordit la lèvre. Comme il était facile d'oublier tout ce qu'elle avait appris en une année !

« Non, dit-elle avec un grand sourire. Non, ça me plaît. Quand j'y repense, tout me paraît – ne vous moquez pas de moi – plus précieux.

– Qui se moque de toi ?

– Ça s'arrose au champagne, décréta Joe.

– Alors, Tara, questionna Fintan avec impatience, comment s'est passé ton déjeuner avec... quel est son nom, déjà ? J'ai du mal à suivre. Gareth.

– Gareth, oui. Disons que, pour la liste de mariage, vous avez encore le temps.

– C'était nul ?

– Pas vraiment. Mais c'est un handicapé de l'humour.

– Comment ça ?

– Gareth, fit-elle dans un gros soupir, est le genre de mec qui t'emmène en vacances dans la jungle pour pouvoir pointer le doigt par la fenêtre en disant : "Tu as vu ? C'est la jungle."

– La vie est pleine de surprises, la réconforta Katherine.

– Surtout la mienne.

– Du moment que tu t'éclates.

– Ah ça, oui.

– Et quand tu auras fini de t'éclater, tu pourras te fixer avec ton fidèle Ravi.

– Sto-op ! Vous allez arrêter, avec ça ? Lâchez-moi les baskets, avec Ravi. »

Il y eut un silence contrit, puis Milo murmura : « M'est avis qu'elle y va trop fort au cri.

– M'est avis aussi, acquiesça Joe.

– Idem, fit Katherine.

– Parlez normalement, gémit Liv.

– D'accord, d'accord, capitula Tara. Puisque ça vous fait plaisir. Je suis raide dingue de Ravi, et on va se marier.

– Ce n'est pas un scoop, dit Fintan calmement.

– Assez ! Je suis prête pour les cadeaux, M. De Mille. Je vous rappelle à tout hasard que je suis en train de meubler mon appartement et que j'en ai marre de faire bouillir l'eau dans une casserole et de dormir sur un canapé-lit défoncé.

– Comme si on avait entendu autre chose depuis un mois.

– Génial. Alors, qui d'entre vous m'offre un lit ?

– Serait-ce moi ? demanda Fintan, angoissé. Je ne serai payé qu'à la fin du mois et, comme je suis à mi-temps, je ne toucherai qu'un demi-salaire. »

Tara lui tendit un paquet.

« Non, le cadeau que j'ai reçu de ta part, c'est ça. Un jour viendra, ajouta-t-elle rêveuse, où Carmella Garcia te suppliera à genoux de revenir travailler pour elle.

– Mais oui ! Je n'y pense même plus. » Fintan déchira l'emballage. « En tout cas, je lui souhaite bien du plaisir. Qu'est-ce que c'est ? Une nappe en peau d'ange ?

– Un rideau de douche.

– Oh, très joli. Bon anniversaire, poupée. Tu acceptes des bons de réduction ? »

Pendant que Tara s'extasiait sur sa nouvelle bouilloire, son pouf gonflable, son range-CD en forme de girafe et son rideau de douche, Fintan questionna : « Si je puis me permettre, Ravi t'a offert quelque chose pour ton anniversaire ? »

L'air déconfit, elle finit par répondre : « Oui.

– Et peut-on savoir ce que c'est ?

- En fait... » Son embarras initial céda la place à

l'enthousiasme. « … c'est un truc extraordinaire. Vous savez que, depuis longtemps, je cherche un rouge à lèvres indélébile ? »

Ils hochèrent la tête, d'un air quelque peu las.

« Ravi m'a déniché ce produit qui s'appelle Lipcote et qu'on applique par-dessus son rouge à lèvres. C'est une sorte de liquide incolore, on laisse sécher une minute, et ensuite, même une guerre mondiale ne le ferait pas bouger. Et devinez quoi… ça marche ! Ça marche du feu de Dieu. Regardez. » Elle brandit son verre de gin tonic. « Je presse mes lèvres sur le verre. Je lui fais une énorme bise. Et maintenant, voyez… aucune trace de rouge à lèvres… enfin, juste un soupçon. Il est formidable, hein ?

– Formidable. »

Le champagne arriva. Joe fit sauter le bouchon, et Fintan et Sandro se poussèrent du coude en gloussant quand la mousse blanche jaillit du goulot.

« Désolée, Liv, rien pour toi, dit Katherine en remplissant six flûtes.

– À quoi trinquons-nous ?

- À Fintan, évidemment, affirma Tara.

– Non, à Tara, c'est son anniversaire, déclara Fintan, magnanime.

– Non, non, à quelque chose qui en vaille la peine, s'il vous plaît, protesta Tara.

– À quoi, alors ?

– À la vie, suggéra Liv, levant son verre de lait.

– Très bien », approuvèrent les autres bruyamment.

Ils saisirent leurs flûtes.

Sept verres s'entrechoquèrent au milieu de la table, tandis que sept voix proclamaient en chœur : « À la vie ! »

Remerciements

Je remercie tout le monde chez Michael Joseph et chez Penguin. Et tout particulièrement mon éditrice, Louise Moore, pour son enthousiasme, ses éloges, son amitié et son difficile, tenace et méticuleux travail de supervision.

Merci à tous chez Poolbeg pour leur dur labeur, leur soutien et leur adhésion. Je tiens à mentionner spécialement les conseils avisés de Gaye Shortland, éditrice.

Merci à mon agent Jonathan Lloyd et à tout le monde chez Curtis Brown.

Merci au « noyau dur » qui m'entoure depuis mon premier livre et qui a lu celui-ci au fur et à mesure de sa rédaction ; qui, par ses suggestions, ses commentaires et encouragements, m'a convaincue de continuer : Jenny Boland, Caitriona Keyes, Rita-Anne Keyes et Louise Voss.

Merci à Tadhg Keyes pour ses conseils sur les goûts vestimentaires des jeunes gens branchés.

Merci à Conor Ferguson, Niall Hadden et Alex Lyons pour les informations sur le monde de la publicité.

Merci à Liz McKeon pour les conseils sur les tables de massage.

Merci au Dr Paul Carson, à Isabel Thompson, de chez HUG, à Barry Dempsey et Anne Marie McGrath, de la Ligue irlandaise contre le cancer, et à l'ensemble du Terrence Higgins Trust pour le temps et les informations donnés avec tant de patience et de générosité.

Merci à Mme Mary Keyes pour les dictons du comté de Clare et pour m'avoir obligée à surveiller mon langage.

Merci à Emily Godson pour m'avoir éclairée sur le monde du spectacle à Los Angeles.

Merci à Neville Walker et Geoff Hinchley pour m'avoir renseignée sur les distractions préférées des jeunes gays (je n'en avais pas la moindre idée !).

Beaucoup d'autres m'ont aidée par leurs conseils pratiques, leur soutien et leurs encouragements. Je leur en suis très reconnaissante et j'aimerais les remercier tous. J'espère sincèrement n'avoir oublié personne, et si c'est le cas, j'en suis désolée. Suzanne Benson, Suzie Burgin, Paula Campbell, Ailish Connelly, Liz Costello, Lucinda Edmonds, Gai Griffin, Suzanne Power, Eileen Prendergast, Morag Prunty et Annemarie Scanlon.

Merci à mon Tony adoré pour tout. Pour son soutien à la fois pratique et affectif. Pour avoir lu le livre au fur et à mesure, m'avoir tenu la main et m'avoir répété que je n'étais pas complètement nulle. Pour avoir couru dans l'escalier pour m'abreuver en thé. Pour m'avoir donné son avis sur les personnages, l'intrigue, le développement, l'orthographe, la grammaire et tout ce qu'on peut imaginer. Sans lui, je n'aurais rien fait.

Et, pour finir, merci à Kate Cruise O'Brien qui a travaillé sur ce livre avec moi jusqu'en mars 1998, lorsqu'elle nous a été ravie par une mort aussi tragique que soudaine.

Imprimé en France par la Société Nouvelle Firmin-Didot
Dépôt légal : avril 2001
N° d'édition : 3752 - N° d'impression : 55420